Te lo dije

Bestseller Internacional

Biografía

Megan Maxwell es una reconocida y prolífica escritora del género romántico. De madre española y padre americano, ha publicado novelas como *Te lo dije* (2009), *Deseo concedido* (2010), *Fue un beso tonto* (2010), *Te esperaré toda mi vida* (2011), *Niyomismalosé* (2011), *Las ranas también se enamoran* (2011), *¿Y a ti qué te importa?* (2012), *Olvidé olvidarte* (2012), *Las guerreras Maxwell. Desde donde se domine la llanura* (2012), *Los príncipes azules también destiñen* (2012), *Pídeme lo que quieras* (2012), *Casi una novela* (2013), *Llámame bombón* (2013), *Pídeme lo que quieras, ahora y siempre* (2013), *Pídeme lo que quieras o déjame* (2013), *¡Ni lo sueñes!* (2013), *Sorpréndeme* (2013), *Melocotón loco* (2014), *Adivina quién soy* (2014), *Un sueño real* (2014), *Adivina quién soy esta noche* (2014), *Las guerreras Maxwell. Siempre te encontraré* (2014), *Ella es tu destino* (2015), *Sígueme la corriente* (2015), *Hola, ¿te acuerdas de mí?* (2015), *Un café con sal* (2015), *Pídeme lo que quieras y yo te lo daré* (2015), *Cuéntame esta noche. Relatos seleccionados* (2016), *Oye, morena, ¿tú qué miras?* (2016) y *El día que el cielo se caiga* (2016), además de cuentos y relatos en antologías colectivas. En 2010 fue ganadora del Premio Internacional Seseña de Novela Romántica, en 2010, 2011, 2012 y 2013 recibió el Premio Dama de Clubromantica.com, y en 2013 recibió también el AURA, galardón que otorga el Encuentro Yo Leo RA (Romántica Adulta). *Pídeme lo que quieras*, su debut en el género erótico, fue premiada con las Tres plumas a la mejor novela erótica que otorga el Premio Pasión por la novela romántica. Megan Maxwell vive en un precioso pueblecito de Madrid, en compañía de su marido, sus hijos, sus perros *Drako* y *Plufy* y sus gatas *Julieta* y *Peggy Su*.

Encontrarás más información sobre la autora y sobre su obra en: www.megan-maxwell.com

Megan Maxwell
Te lo dije

Esencia/Planeta

El papel utilizado para la impresión de este libro es cien por cien libre de cloro y está calificado como **papel ecológico**.

Ésta es una obra de ficción. Los nombres, personajes, lugares y sucesos que aparecen son producto de la imaginación de la autora o bien se usan en el marco de la ficción. Cualquier parecido con personas reales (vivas o muertas), empresas, acontecimientos o lugares es pura coincidencia.
El editor no tiene ningún control sobre los sitios web de la autora o de terceros ni de sus contenidos ni asume ninguna responsabilidad que se pueda derivar de ellos.

Avinguda Diagonal, 662, 6.ª planta. 08034 Barcelona (España)
www.esenciaeditorial.com
www.planetadelibros.com

Adaptación de la cubierta: Booket / Área Editorial Grupo Planeta
Ilustración de la cubierta: Shutterstock
Primera edición en Colección Booket: septiembre de 2016

Depósito legal: B. 12.823-2016
ISBN: 978-84-08-15851-6
Impresión y encuadernación: CPI (Barcelona)
Printed in Spain - Impreso en España

Para todas aquellas personas que hace siglos confiaron en mí,
y que siglos después, siguen a mi lado.
Os quiero

Megan

1

—Padre Francisco, padre Francisco... —casi gritó Margarita con su perpetua sonrisa—. ¿A qué hora podemos venir a decorar la catedral?

—Cuando ustedes quieran, señora —dijo el cura sin inmutarse.

—¡Mamá, por favor! —se quejó Victoria apurada, ordenándole callar.

—Margarita, querida —intervino Mónica, la futura suegra de la chica—, la empresa que organiza la boda se encargará de todo.

—Cuando mi hija Piluca se casó con el duque de Morealto en la estupendísima iglesia de los Jerónimos —contó Cuca Costa de Linaza, amiguísima de Mónica—, hicieron un arreglo floral monísimo, con tulipanes frescos traídos especialmente de Holanda.

—¡Vaya! —exclamó Margarita, la madre de Victoria, que no sabía cómo acertar con aquella finolis—. Pero ¿para qué fueron hasta Holanda, con las flores tan preciosas que tenemos en España? —Y, antes de que su hija pudiera decir nada, murmuró—: Si alguna vez queréis flores de las buenas, la gitana de mi barrio tiene de todo, sin necesidad de ir a Holanda.

—Seguro que sí. —A Mónica le desagradaba la vulgaridad de aquella mujer—. Pero repito: las flores de la boda serán preciosas.

—¡No lo dudo, chata! —replicó Margarita, poniendo así punto y seguido y ganándose una mirada de reproche de su hija—. Pero como madre de la novia quiero saber qué flores son.

En verdad tampoco le importaba tanto, pero si esa pija de La Moraleja creía que iba a hacerla callar, ¡lo llevaba claro!

—¡Mamá, déjalo ya! —le pidió Victoria poniendo los ojos en blanco.

¿Por qué su madre no podía morderse la lengua? La estaba dejando en ridículo.

—Victoria, cielo —alardeó su suegra con petulancia—, quiero que sepas que los encargados de preparar la boda son los mismos que organizaron la de la hija del expresidente del gobierno.

—Eres un encanto, Mónica. Tú siempre tan atenta —contestó ella, que esperaba que con esa respuesta su madre se diera por vencida y pudieran dar por zanjado el tema de las flores.

Pero no fue así.

—Margarita —insistió Mónica clavando en ella sus gélidos ojos claros, tan iguales a los de su hijo, que parecían provenir de la misma piedra de Neptuno—, yo soy una mujer muy exigente, y para la boda de mi hijo quiero lo mejor, ¡cueste lo que cueste! —afirmó mirando a sus amigas, que asintieron—. Quiero que mis mil cien invitados, gente ilustre, recuerden la boda de Carlos como un evento maravilloso. ¿Acaso no quieres lo mismo para tus quince invitados?

En esto último había más veneno que en las glándulas urticantes de una familia de cobras del desierto.

—¡Por supuesto, chata! —replicó Margarita sin amilanarse, aunque sí se mostró incrédula con la poca educación de aquella estúpida, y lo que más deseaba en aquel momento era meterle uno de los candelabros del altar por el culo.

Sin embargo, tras mirar a su hija, a quien notaba incómoda con su presencia, disimuló con dignidad la sensación de inferioridad que aquellas imbéciles le provocaban y prefirió no decir nada más.

—Los organizadores tienen muy claro que esto es la catedral de la Almudena —añadió Mónica con malicia—. No una iglesia de barrio.

—¡No me digas! —A Margarita le estaba costando la vida estarse callada—. ¡Qué clasistas!

Aquello empezaba a parecerse mucho a su peor pesadilla, pensó Victoria con el pulso palpitándole en la sien como un corazón automático. Necesitaba un minuto, sólo un minuto.

—Disculpadme un instante. Tengo una llamada —las interrumpió, apretando los labios y dirigiéndose hacia una pequeña puerta lateral.

—Yo también tengo que hacer una llamada urgente —se disculpó su amiga Beth con una estudiada sonrisa, y salió detrás de ella.

Cuando la alcanzó, la encontró hiperventilando.

—¡Esto es una pesadilla! —jadeó la novia, que abrió su bolso Gucci. Necesitaba un cigarrillo—. ¿A qué está jugando mi madre? ¡Dios santo, ¿por qué no se calla?!

—Tranquilízate, sólo está dando su opinión —susurró su amiga.

—Mi madre está aquí por culpa de Susana, la imbécil de mi secretaria —bufó Victoria rabiosa—. A la puñetera calle la voy a mandar cuando regrese. ¡A la puñetera calle!

—Escúchame y respira —señaló Beth, que sólo de pensar en tener una madre tan vulgar como Margarita palideció de horror—. Mañana es tu gran día. ¡El día que hemos estado planeando desde hace un año! Piensa en lo *cool* y guapa que estarás con los dos preciosos vestidos que Manuel Pertegaz ha creado para ti.

Pero la cara de Victoria era todo un poema.

—Mañana todo va a salir mal. ¡Lo sé! Lo intuyo.

—No digas tonterías. Estarás tan fantástica que nadie se fijará en ciertos personajes. Y cuando Charly te vea, no podrá apartar los ojos de su peluche preferido.

Peluche, *peluchito*, así la llamaba Charly en la intimidad. Pocas personas lo sabían, pero Beth era una de ellas.

La primera vez que Victoria y Charly se vieron fue en una famosa tienda de muñecas situada en la Gran Vía madrileña. Beth y ella compraban un enorme peluche para Luana, una amiga, y fue tal el flechazo para Charly que la persiguió día y noche hasta que consiguió una cita con ella.

—Espero que tengas razón —asintió Victoria aceptando el abrazo de su amiga—. Gracias, Beth. Eres maravillosa. Siempre sabes lo que necesito.

Y era cierto. A diferencia del resto del mundo, Beth la entendía. Se habían conocido en una cena de empresa, siete años antes, y desde entonces se habían hecho íntimas amigas.

En aquella época, Victoria estaba muy sola. Beth era diez años mayor que ella, además de la hermana del director de su empresa, algo que en cierta forma le solucionó la vida, ¿para qué negarlo? Esa poderosa mujer la tomó bajo su protección, la moldeó a su imagen y semejanza y le enseñó un mundo más selecto y lujoso que el que ella nunca habría esperado conocer. Con el tiempo, cuando los asociados de la empresa le ofrecieron una oportunidad animados por Beth, Victoria fue lista y la aprovechó.

—Para eso estamos las amigas —respondió Beth mientras, subida en sus taconazos, observaba a Charly aparcar su biplaza rojo encima de la acera y acercarse a ellas—. ¿No crees, querido?

—Buenos días, señoritas —las saludó aquel tipazo de hombre.

—¡Charly! —exclamó Victoria mientras se escabullía del abrazo de su amiga para sonreír a su guapo y metrosexual novio.

—¿Qué te ocurre, peluche? —preguntó él tras un casto beso.

—Tu suegra está ahí dentro —señaló Beth antes de que Victoria pudiera contestar.

—Entiendo —asintió él, torciendo el gesto y colocándose bien el cuello de su camisa—. Iré entrando, antes de que a mamá le dé un ataque.

Y, tras dirigirle una breve sonrisa a Victoria, atravesó la puerta de la catedral. Nunca le había gustado la madre de su futura esposa, y estaba seguro de que a Mónica tampoco.

En efecto, nada más entrar en la catedral, Charly las encontró junto al altar, cuchicheando sobre la decoración de la iglesia. Se acercó a ellas con la más higiénica de sus sonrisas.

—Hola, mamá —besó en la mejilla a su progenitora, y dedicó una fría pero caballerosa expresión a Margarita—. ¿Algún problema, querida suegra?

—Ninguno, querido yerno —contestó ella con la misma frialdad, mirando sus helados ojos azules.

No se soportaban. Lo sabían y procuraban dejarlo patente en sus escasos encuentros. Margarita estaba segura de que Charly intentaba separarla de Victoria, pero ella no estaba dispuesta a permitirlo. Era su hija y la adoraba a pesar de sus continuos desplantes.

—Carlos —murmuró Mónica mientras Beth se acercaba con su espectacular y sexy vestido Armani—. Tu suegra está preocupada porque duda de que la empresa que organiza la boda decore bien la iglesia.

—Querida suegra —respondió Charly acercándose a ella—, tú sólo ocúpate de llegar mañana sobria a las cinco en punto, que del resto me ocupo yo.

Tras observarse con odio durante unos segundos, Margarita se volvió hacia el padre Francisco. Necesitaba un poco de cordialidad, aunque sólo fuera una mirada.

En la calle, Victoria intentaba calmar su ansiedad fumando un cigarrillo. La presencia de su madre en la catedral la llenaba de inseguridades. ¿Qué pasaría por la cabeza de su suegra?

Se apoyó en la pared y pensó en lo fácil que habría sido si Charly no se hubiera dejado embaucar por su madre, o sea, por su finísima suegra. La suya debería haber sido una boda íntima. Pero no. Al final aquello se había convertido en un bodorrio de ¡mil ciento quince invitados!

Mónica, su suegra, se había encargado de que la petición de mano apareciera publicada en las páginas de sociedad, en especial y a todo color en la revista *¡Hola!* Precisamente aquello había sido el detonante para que su madre y algunas vecinas de toda la vida se enteraran de su boda.

—Vaya, vaya... Mi hermanita pecando como los simples mortales.

Al oír aquella voz, Victoria se puso aún más tensa. ¡Su hermana! La especialista en acarrear problemas acababa de aparecer. Así que sólo tuvo que levantar la mirada para encontrarse con la guasona sonrisa de Bárbara, que se acercaba junto a su amigo Víctor.

—No me lo puedo creer —casi gritó Victoria al ver su indumentaria—. ¿Cómo se te ocurre aparecer así vestida?

—¡Te lo dije! —le advirtió Víctor a su amiga y, tras darle un beso a Victoria, se situó entre ambas.

—Sí. Y yo te dije que mi hermana llevaría un moño alto y estirado y traje oscuro de marca —respondió Bárbara cogiendo los cinco euros que Víctor le entregaba.

—Os encanta incordiarme, ¿verdad? —replicó la aludida mirándolos con cara de pocos amigos.

—Nos encanta ver cómo se te hincha la vena del cuello, sí —confesó Víctor sonriente.

«Llevo tiempo sin verte y sigues igual de borde, querida hermana», pensó Bárbara, acercándose a ella para darle un beso. Pero entonces Victoria se movió, la mano de Bárbara golpeó el cigarrillo sin querer y éste, a su vez, se aplastó contra su blusa de seda beige.

—¡Por Dios, Bárbara! —gritó Victoria al ver la quemadura—. Te has cargado la blusa de Carolina Herrera.

—¡Serás imbécil! —respondió su hermana indignada—. Y yo me he quemado la mano. Pero ¡claro, es más importante tu carísima blusa de marca, ¿verdad, pija insensible?! —gritó sin importarle la gente que pasaba por la calle.

—¡Ya estamos! —suspiró Víctor, que sabía lo que se avecinaba—. Comienza la lucha.

—Prefiero ser como soy a una fracasada aspirante a escritora como tú —replicó Victoria mirando las oscuras ojeras de su hermana.

—¡Serás bruja!

—¡Futura señora bruja para ti! —repuso Victoria con altivez—. Y, por cierto, ¿cómo te atreves a aparecer en el ensayo de mi boda vestida con vaqueros y una camiseta en la que pone «Colega, salva las ballenas»?

—Porque sabía que no os gustaría ni a ti ni al imbécil de tu novio —afirmó agriamente Bárbara.

—¡Estúpida!

—¡Pija de mierda!

—¡Chicas, chicas..., por favor! —intervino Víctor tratando de poner paz—. ¡Basta ya! No podemos estar toda la vida igual.

—Tienes razón —asintió Bárbara y, mirando con dureza a su hermana, espetó—: Me piro de esta comedia absurda. Pero antes voy a decirte una cosa, señorita triunfadora. Si estoy aquí es porque mamá me lo ha pedido. No porque yo quiera tener nada que ver contigo ni con tu nueva familia.

Al percibir la amargura en la voz de su hermana, Victoria supo que se había pasado. Lo sabía, pero era incapaz de dar marcha atrás.

—¿Qué ocurre aquí? —preguntó Margarita, que al oír las voces había corrido hacia la puerta de la catedral seguida por Charly y Beth—. ¡Vaya, pero si han llegado mis otros dos tesoros! —Y, sintiéndose más segura, miró al estirado de su yerno—: Iré a avisar a tu madre. Estoy convencida de que le encantará conocerlos.

Con una desafiante sonrisa y antes de que nadie pudiera moverse, Margarita desapareció de nuevo en el interior de la catedral.

—¡Vaya pintas! —se mofó Charly tras mirar de arriba abajo a aquellos dos.

—Como suelte por esta boquita lo que yo opino de la tuya —replicó Bárbara—, ten por seguro que lo vas a lamentar.

—Creo que es mejor que nos vayamos —murmuró Víctor acercándose a su amiga, que temblaba a pesar de su aparente tranquilidad.

Habían pasado casi dos años desde su último y desafortunado encuentro, pero aún le dolía recordar cómo Victoria le había negado ayuda a su madre cuando ésta llegó al límite de su adicción.

—Ay, Barbie, Barbie... ¿Aprenderás modales alguna vez? —terció Beth acercándose a Victoria, quien observaba la escena en silencio—. Si sigues así, conseguirás ser más vulgar que tu madre. Es más: ya hueles a barato.

—¡Serás hija de puta! —la insultó Víctor con desprecio.

—¡Basta ya! —gritó Victoria, pero nadie le hizo caso.

—Si no te importa, sanguijuela recauchutada —repuso Bárbara, que no podía soportar a ninguno de ellos, y mucho menos a Beth—, mi nombre es Bárbara. Y si no quieres probar mis modales de barrio no vuelvas a mencionar a mi madre, o te juro que te tragarás los dientes de conejo que tienes. —A continuación se volvió hacia su hermana y espetó—: Siento vergüenza de ti. ¿Cómo puedes permitir que hablen así de mamá?

En ese instante se oyeron voces de mujer, y Víctor, que no estaba dispuesto a que Margarita se enterara de lo que ocurría, fue el primero en reaccionar.

—¡Marga, estás guapísima! —exclamó corriendo a besarla—. Muy pero que muy guapa. Ese vestido te sienta fenomenal. Pareces una artistaza.

—Gracias, tesoro —dijo ella luciendo su nuevo vestido de C&A.

A pesar de sus cincuenta y cinco años y de no haber tenido una vida muy fácil, Margarita Zúñiga era una mujer atractiva y resultona.

—Hola, mami —la saludó Bárbara mordiéndose la lengua. Odiaba a esa gente pero, le gustara o no, aquel relamido iba a ser su cuñado.

A continuación, con paso lento y entre cuchicheos, el heterodoxo grupo de invitados entró en la catedral para ensayar la que sería, en palabras de Mónica, la «boda más cuca del año».

2

Tras llamar a la oficina y vociferarle de mala manera a Susana, Victoria paró un taxi. De camino al hotel, mientras escuchaba a su madre hablar con Víctor sobre su nueva peluquería, observó con disimulo a su hermana. Se había cortado el pelo y estaba más delgada. Además, tenía ojeras.

Bárbara miraba por la ventanilla ajena a todo. Odiaba tener que seguir con aquella farsa, pero era incapaz de dejar sola a su madre en un momento así.

Cuando el taxi se detuvo ante el hotel AC Santo Mauro, Victoria fue la primera en bajar.

—Mamá, por favor —dijo sin el menor tacto—, prométeme que no le pedirás al camarero una bolsa para llevarte las sobras, y que tendrás cuidado con la bebida.

—Por supuesto, hija —respondió Margarita agarrada a Víctor, que al oír eso sonrió. Todavía recordaba la última vez que habían asistido juntos a una boda: Margarita tuvo langostinos congelados para un mes.

—Mamá no bebe desde hace más de un año, ¡estúpida! —bufó Bárbara molesta por su comentario, pero de inmediato notó cómo la mirada de su madre le pedía tranquilidad.

—Eso espero —suspiró Victoria sin mirarlas—. De todas formas, procurad no decir ni hacer nada que pueda comprometerme.

—Y tú no olvides que, aunque seamos de barrio, tenemos educación, hermanita —replicó Bárbara apartándose de ella.

Sin inmutarse, Victoria entró con paso firme en el hotel, pero de pronto sintió cómo se le erizaba la piel. ¿Qué hacían sus jefes y los compañeros de paddle de Charly allí?

Como pudo, compuso una estupenda sonrisa, poco antes de que las manos de Álex, un conocido de su novio, la agarraran y se la llevaran.

—¿Les apetece un canapé? —ofreció un camarero a los recién llegados—. ¿Señora Villacieros y señor Martínez?

Víctor miró al camarero. Esa cara...

—¡Anda, vecino! —Fue Bárbara quien finalmente lo reconoció—. ¿Qué haces tú aquí?

Víctor cayó entonces en la cuenta: aquel chico que les servía canapés en una bandeja de plata era el vecino cañón del bloque de Bárbara.

—Alberto —consiguió balbucear Víctor—. No sabía que trabajaras aquí.

—Llevo seis meses —respondió el muchacho a la vez que indicaba a Margarita dónde estaba el servicio—. Y vosotros, ¿qué hacéis en un lugar como éste con lo más fino de Madrid?

—El idiota —respondió Bárbara desconcertándolo.

—¡Camarero! —gritó en ese momento Beth, acercándose hasta ellos más tiesa que un ajo—. Haga el favor de traerme ahora mismo un martini seco, sin aceituna.

—Enseguida, señora —respondió el chico, que, tras dejar la bandeja en una mesa cercana, se marchó.

—¿Dónde habrá aparcado la escoba? —murmuró Bárbara señalando a Beth.

—Seguro que ni siquiera la aparca —repuso Víctor echándose a reír—. La pliega y se la mete por el culo. Así consigue ir tan tiesa.

Pero la risa se les congeló en el rostro cuando poco después vieron que Beth y Victoria estaban echándole la bronca a Alberto.

—¡Soy alérgica al ácido linoleico de las aceitunas! —vociferó Beth con altivez—. Y si por un despiste de un camarero incompetente como tú hubiera dado un sorbo a esa copa, ahora mismo estaría en urgencias.

—Deberías poner más atención a tu trabajo —convino Victoria—. No olvides que estás trabajando en el hotel Santo Mauro, no en un burguer de carretera. Si no estás capacitado para saber lo que es una aceituna, deja este trabajo. ¿Has entendido?

—Sí, señora. Lo siento, señora —se disculpó por enésima vez Alberto.

Y, a una seña del maître, desapareció, momento que aprovechó un preocupado Víctor para ir tras él.

Una vez entraron en las cocinas, Alberto abrió la puerta de una pequeña sala y, tras cerrarla con frustración, dio un par de puñetazos a una mesa. Víctor, consciente de cómo se sentía, le tocó en el hombro y lo invitó a sentarse. El muchacho comenzó a despotricar contra aquellos pijos.

—¡Malditas víboras! —se quejó al tiempo que se quitaba la chaquetilla de camarero y se encendía un cigarrillo—. Como dice mi abuela, «Dios las cría y ellas se juntan».

—Qué razón tiene tu abuela —asintió Víctor, incapaz de dejar de mirar la tableta de chocolate que se marcaba bajo la camiseta de Alberto.

—Y ¿sabes lo mejor de todo? —prosiguió el camarero enfadado—. Que la idiota de la morena no tiene ni la más remota idea de que la otra víbora y el imbécil de su novio tienen una suite privada en el hotel que visitan muy a menudo...

Al oír eso, a Víctor se le pusieron los pelos como escarpias. «¡La que se va a armar!», pensó olvidándose de los marcados abdominales de Alberto.

Todavía alucinada por el estúpido comportamiento de su hermana, Bárbara cogió una copa de cava durante el tiempo que estuvo sola y se dedicó a observar el absurdo mundo de triunfadores en el que se movía Victoria: trajes de marca, relojes caros, coches de lujo... Ostentación y más ostentación.

—¡Estoy flipando, Víctor! —dijo cuando su amigo se reunió con ella—. Pero si esos horteras van vestidos como los que cantaban *Amo a Laura*.

—Tengo un notición. —A pesar de la excitación, Víctor habló en voz baja, mirando a ambos lados—. Cuando te lo cuente no te lo vas a creer.

—Si vas a decirme que las tetas de aquella rubia son falsas, ya lo sé —respondió ella sin percatarse del nerviosismo de su amigo—. ¡Por Dios, pero si parecen dos naranjas!

—Bárbara, escucha. Alberto me ha contado que...

—Qué lugar más interesante —los interrumpió Margarita acercándose a ellos.

—Sí, mamá —repuso Bárbara—. Es como estar en el museo de los horrores.

Y, antes de que ninguno pudiera decir nada más, Margarita cogió un cenicero de loza con el logotipo del hotel y se lo guardó en el bolso.

—¡Mamá! —exclamó su hija.

—Hija, son monísimos... Además, tienen un montón.

—Esa lámpara, Marga, te quedaría coquetísima en el recibidor —se mofó Víctor.

—¡Maldita sea! Me he traído el bolso pequeño —anunció ella con picardía.

—¿Sabes lo que te digo, mamá? Que tienes razón. Que tienen muchos y que cojas un par de ellos para mí también.

—Disculpen. —Alguien tosió entonces a su espalda, dejándolos petrificados—. Mi encantadora futura nuera acaba de revelarme que ustedes son su familia.

«Joder, joder, nos ha pillado...», pensó Bárbara antes de responder.

—Pues va a ser que sí —asintió tapando a su madre.

—Mamá —dijo Victoria, agarrada del brazo de aquel hombre que les había hablado—. Quería presentarte a mi futuro suegro, el padre de Charly. El señor Juan Montefinos de Jerez, dueño de este hotel, y de muchos otros.

El caballero impecablemente vestido que tenían ante sí era un hombre canoso de estatura media y sonrisa bonachona, lo que impresionó a Margarita.

—Encantada de conocerlo, señor Montefinos —lo saludó con amabilidad.

—¡Por favor, llámame Juan! —le pidió él al tiempo que le guiñaba un ojo.

—De acuerdo —asintió Margarita, pestañeando de tal forma que Victoria estuvo a punto de atragantarse—. Juan, quiero aprovechar la oportunidad de decirte que tienes un hotel precioso.

—Gracias, Marga. ¿Puedo llamarte así? —preguntó él, bajando la voz mientras la madre de Victoria asentía bajo la atenta mirada de sus hijas—. De todos los que poseo, éste es mi hotel preferido. Siempre he pensado que, como algunas mujeres, tiene un encanto especial.

«¿Marga está ligando?», se sorprendió Víctor.

—Unos amigos que vinieron a Madrid —comentó para parecer interesado— quedaron encantados con el hotel.

—Me alegra oír eso, muchacho —repuso Juan, aunque seguía con los ojos clavados en Margarita, que se afanaba por cerrar un bolso que parecía a punto de explotar—. Intentamos dar el mejor servicio a nuestra clientela. En los últimos meses hemos incluido conexión Wi-Fi en las habitaciones, minibar gratuito, servicio de mayordomía, además de un maître y un sumiller excepcionales.

—Contratar a Philippe L'Isidre-Brac como sumiller ha sido maravilloso —añadió Victoria segundos antes de que Cuca, la amiga de su suegra, la tomara por la cintura y se la llevara.

¿Por qué todos se la llevaban?, pensó ella con frustración.

—Juan —dijo entonces Margarita—, aun a riesgo de parecerte inculta, ¿qué es un *mosiller*?

—¡Mamá! —exclamó Bárbara, volviendo la cabeza para comprobar que Victoria no la había oído.

Pero sus ojos se clavaron entonces en su futuro cuñado y en el hombre que estaba con él. ¿Por qué se miraban así?

—Eso era precisamente lo que quería contarte... —murmuró Víctor dándole un discreto empujón—. Parece ser que el machote de Charly tiene más pluma que un edredón nórdico.

—Querida Marga —continuó Juan, ajeno a lo que Víctor y Bárbara decían—. Un sumiller es el profesional que se encarga de comprar el vino para nuestro restaurante y sugerir a nuestra clientela cuál tomar con cada plato.

Bárbara no podía creerlo. ¿Charly era gay? ¡Imposible! Su hermana se había vuelto pija y tonta. Pero ¿ciega e idiota también...?

Instantes después, el maître les indicó que ya podían pasar al salón.

Con gesto serio, Victoria observó desde su posición cómo su hermana y Víctor se sentaban a un lateral de la mesa. Y le dio un vuelco el corazón cuando vio que su suegro, tras intercambiar unas palabras con el maître, se dirigía hacia ellas acompañado de su madre, que se sentó a su lado muy sonriente.

La comida comenzó con normalidad. Charly tomó asiento entre su adorada mamá y Juan, y Victoria entre éste y Margarita, quienes no pararon de hablar, reír y bromear. Sin embargo, cuando creía que todo estaba controlado, se quedó de piedra al ver cómo, animado por Mónica, el padre de su novio llamaba al sumiller y le pedía para Margarita diferentes vinos para degustar. Horrorizada, Victoria observó a su suegra, que le retiró la mirada con una frialdad digna de Cruella de Vil. ¿Por qué hacía eso? ¿Acaso no sabía el problema que tenía su madre con la bebida?

Margarita, que podía ser humilde pero no tonta, sonrió ante la mala pasada de su futura consuegra.

«La muy bruja», pensó y, dando unas palmaditas en la mano de su hija para tranquilizarla, la sorprendió cuando le confesó abiertamente a Juan que no podía beber vino porque era una alcohólica en rehabilitación. Tras asentir, él la animó a continuar con su rehabilitación, llamó de nuevo al sumiller y, ante la rabia de Mónica, le indicó sin dar explicaciones que no trajera los vinos.

Desde su mesa, Bárbara y Víctor observaron con orgullo cómo Margarita rechazó lo que años atrás habría sido su perdición. Luego, centrando de nuevo sus miradas en Charly, vieron incrédulos cómo éste sonreía en dirección a Beth y a su acompañante, el hombre al que minutos antes lanzaba extrañas miradas.

—¡Por Dios! —exclamó Víctor en voz baja—. Pero si están haciendo un trío delante de todos. Se miran con más morbo que vergüenza.

—¡No me lo puedo creer! Al engominado le gusta la carne y el pescado.

—Sí, aunque tengo que reconocer que el pescado que le gusta es muy pero que muy fresco —asintió Víctor observando al rubiales de metro ochenta, fibroso y musculado.

—¿Crees que la tonta de mi hermana lo sabe? —preguntó Bárbara al ver cómo Victoria hablaba con su suegro sin percatarse de aquel sucio tonteo.

—Yo creo que no tiene ni idea —respondió Víctor pinchando ensalada de bogavante con guacamole—. Recuerda lo que ocurrió cuando se enteró de que Luis se la pegaba con la hija de la panadera.

—¡Pobre chaval! —exclamó ella esbozando una sonrisa al recordarlo—. Creo que lo dejó eunuco de por vida.

—Vicky está tan absorta con su trabajo y en demostrarse a sí misma que es una más de ellos que no ve nada más. —Y, tras darle un codazo a su amiga para llamar su atención, Víctor señaló—: Allá van la recauchutada y el pescado fresco.

En ese momento, un camarero les preguntó si habían acabado y, cuando asintieron, puso ante ellos un exquisito segundo plato.

—¿Qué es esto? —quiso saber Víctor.

—Aquí pone atún rojo con tocino ibérico al perfume de romero.

—Dios santo, ¡qué buena pinta tiene! —A Víctor se le hacía la boca agua.

—¡Mejor que lo que estoy mirando yo, seguro!

Incrédulos, observaron cómo Charly, tras levantarse de la mesa, desaparecía por la misma puerta por la que lo habían hecho la recauchutada y el pescado fresco.

Bárbara soltó entonces su servilleta con disimulo y se levantó, y lo mismo hizo Víctor. Y, como dos fantasmas, cruzaron ellos también la puerta y se encontraron en los aseos.

Una vez confirmado lo que ambos intuían, salieron por donde habían entrado.

—¡La madre que los parió! —exclamó Bárbara incrédula tras meter en un carro de la limpieza dos pares de pantalones que había cogido del lavabo a hurtadillas—. Pero ¿cómo pueden tener la poca vergüenza de estar ahí dentro follando como conejos? ¡Los tres!

—Por Dios... —resopló Víctor acalorado—. ¡Qué bochorno!

—¿Por qué tengo que enterarme yo, y no mi hermana? —bufó ella al ver desde lejos a Victoria sonreír mientras comía—. ¿Cómo voy a permitir que se case mañana, sabiendo que es un mentiroso? No puedo. No puedo callarme.

—Barbiloca —dijo Víctor con afecto—., Victoria nos va a odiar el resto de su vida.

—Prefiero que me odie a que siga engañada —replicó ella con decisión

Así que, prefabricándose unas falsas sonrisas, se acercaron a Margarita, que nada más verlos intuyó problemas.

—Marga, cielo —susurró Víctor apurado—. Te necesitamos.

Sin necesidad de preguntar, la mujer se levantó. A continuación, Bárbara se agachó junto a su hermana.

—Vicky —le dijo—, ¿podrías acompañarme un momento? Tengo que enseñarte algo importante.

—¿Ahora mismo? —siseó ella clavándole una mirada asesina.

—Sí, ahora mismo —asintió Bárbara y, mirando a Mónica, la madre de Charly, añadió—: Venga usted también, le encantará la sorpresa.

Sonriendo con falsedad, Victoria se puso en pie.

—Por vuestro bien espero que lo que vayáis a enseñarnos sea algo importante —sentenció siguiéndolos junto a su madre, su suegra y las insoportables amigas de ésta—. Porque como no sea así os juro que os vais a enterar.

—Tú sí que te vas a enterar —murmuró Bárbara. Y, tras entrar en el baño, soltó una patada a una de las puertas de cristal, que se hizo añicos. Después, dándose la vuelta y evitando mirar los ojos como platos de las demás, inquirió—: ¿Consideras esto importante?

Consciente del escándalo y de la comprometedora situación en que se encontraba su hijo, de rodillas entre aquellos dos, Mónica hizo un amago de desmayo. Margarita y Víctor fueron quienes la sujetaron, ya que sus amigas estaban demasiado alucinadas presenciando la escena.

No cabía la menor duda de que esos tres habían sido pillados in fraganti.

—Buen *yoko geri* —felicitó Víctor a su amiga, y con un gesto le indicó que mirase a sus pies.

—De algo tiene que servir dar clases de kárate —asintió Bárbara sonriendo al mirar al suelo y reconocer el fino vestido de Beth. Aprovechando la confusión del momento, se agachó e hizo una pelota con la seda disimuladamente.

—¡No te muevas! —gritó Beth escondiéndose tras el «pescado fresco», que, rojo como un tomate, miraba la cara de todos intentando taparse las vergüenzas con las manos.

—Maldita sea... Pero ¿quién...? —exclamó Charly, aunque no terminó la frase al ver la cantidad de ojos que los observaban.

—¡Carlos...! —se lamentó Mónica al ver a su hijo en aquel estado—. Pero, hijo..., ¿qué estás haciendo?

—Si quiere, yo se lo explico —se mofó Bárbara.

—¡Bendito sea Dios! —se persignó Marga al ver aquello.

Incrédulo, y sin apenas moverse, Charly clavó una gélida mirada en Victoria, que estaba pálida como la cera.

—Peluche... —dijo paralizado ante tanta gente—. Lo siento. Dame la oportunidad de poder explicarme.

—Tendrá poca vergüenza... —remugó Víctor al tiempo que cogía con disimulo el vestido de seda que Bárbara le pasaba a escondidas. A continuación, salió del baño.

—¡Por Dios! —gritó Beth avergonzada—. ¿Quieren dejar de mirarnos con esas caras? ¿Dónde está mi vestido?

—Ay, Beth, Beth... —se burló Bárbara—. ¿Cuándo vas a aprender a comportarte? Si sigues así, todos descubrirán lo que eres.

—No consiento que...

—Tú, zorra, ¡cállate! —vociferó Victoria clavando sus oscuros ojos en Beth.

—¡Victoria! —chilló entonces su suegra—. Cuida tu vocabulario.

—Eh..., Cuchi-Cuchi —terció Marga dirigiéndose a la odiosa mujer—, ¡a callar!

—Te consideraba mi amiga. ¿Cómo has podido hacerme esto? —dijo Victoria y, volviéndose hacia Charly, sus ojos brillaron aún con más furia y dolor—. Y tú... tú eres...

No consiguió decir más. Le temblaba todo. Aquella situación era tan de folletín barato que por un momento Victoria pensó que estaba soñando. Pero no. No soñaba. Estaba sucediendo realmente. Aquéllos eran Charly, Beth y Álex. Estaban desnudos ante ella, y no sabían qué decir.

—¡Esto no puede salir de aquí! —bramó Mónica intentando cerrar la puerta de entrada a los baños. Sin embargo, era imposible: Margarita no la dejaba—. ¡Nadie debe enterarse! ¡Cierra la puerta!

—¿Sabes, doña Remilgos? —replicó Margarita—. En este momento no deberías preocuparte por eso. Deberías preocuparte por cómo se sienten tu hijo y mi hija. La gente que diga y que piense lo que quiera.

—¡¿Y tú qué sabrás?! Si eres chusma de barrio —espetó la otra con desprecio justo en el instante en que Víctor entraba de nuevo.

Había arrojado el vestido de Beth al mismo carro de la limpieza donde minutos antes Bárbara había tirado los pantalones de los otros dos.

—¡Mónica! —vociferó Juan, que hasta ese momento se había mantenido en un discreto segundo plano—. No creo que sea necesario ser tan desagradable.

—Oiga, señora —intervino Víctor dispuesto a soltar su lengua—. Sin faltar. O aquí faltamos todos.

—¡Cállate, Juan! Es mi hijo —replicó Mónica exasperada. Luego, volviéndose hacia Margarita, añadió—: ¿Desde cuándo una borracha, un peluquero de barrio y una vividora sin rumbo van a decirme a mí lo que debo decir o pensar?

—¡Váyase a la mierda, señora! —explotó Bárbara y, sintiendo cómo la rabia se apoderaba de ella, gritó—: ¡Como alguien más vuelva a insultar a mi madre, juro que soy capaz de cualquier cosa!

—Tranquila, tesoro —murmuró Margarita—. No ofende quien quiere, sino quien puede.

—Pero yo puedo —escupió Mónica atrayendo la mirada de Victoria—. Tu hija se marchó de casa harta de tus borracheras.

—¡A la gorda esta le arranco el moño! —chilló Víctor.

—¡Cállate, maricón! —vociferó Charly.

—¿Quién es más maricón? —escupió Margarita mirándolo con odio—. ¿El que se muestra como es o el que lo niega, llama «maricón» a los demás y en la intimidad se pirra por un rubiazo?

—Por cierto, Charly —terció Víctor mirándolo—, por si no lo has pillado, eso va por ti.

—Pero ¿quiénes os creéis que sois para hablarnos así? —chilló Mónica.

—Son mi familia, ¿te parece poco? —intervino entonces Victoria con la vena del cuello a punto de estallar. Aún tenía mucho que decirle a su suegra. De su interior estaba aflorando algo que llevaba tiempo olvidado—. Te guste o no, son mi familia. Y a partir de este instante, te agradecería que eligieras muy bien tus palabras y tus modales cuando quieras dirigirte a cualquiera de ellos. Porque te informo, por si no lo sabes, de que puedo ser tan dañina como tú. —Y señalando a Beth, que la miraba horrorizada, concluyó—: No olvides que he tenido una estupenda maestra.

—¡Viva la madre que te parió! —gritó emocionado Víctor.

—¡Ole mi hermana y su vena del cuello! —aplaudió Bárbara.

—Qué pico de oro tiene mi niña —se enorgulleció Margarita, con lo que se ganó una tímida sonrisa de su hija mayor.

—En cuanto a ti, Charly —prosiguió Victoria con firmeza—, a partir de este momento, tú y yo no tenemos nada más que hablar. La boda se anula.

—¡¿Cómo?! ¡No puede ser! ¡Imposible! —chilló Mónica histérica.

Charly se levantó entonces del suelo de un salto, dejando sus atributos al aire para satisfacción de las amigas de su madre.

—¡Peluche, espera! —llamó mientras buscaba su ropa. ¿Dónde estaba?—. No me hagas esto. No me dejes así. Tenemos que hablar. Necesito hablar. ¡Peluche, por favor...!

—Charly. Ya no soy tu peluche, y repito: no tengo nada más que hablar contigo —sentenció Victoria y, tras aceptar la mano de Víctor, salió del baño.

—¡Dios mío, qué bochorno! —gimió Mónica horrorizada—. La boda... ¿Qué les diré a los invitados? ¿Qué podemos hacer?

—Yo te recomendaría que comenzaras a llamar a tus mil cien invitados, chata —respondió Margarita con el móvil en la mano—. Y tranquila, que de mis quince ya me encargo yo.

—¡Todo esto es culpa tuya y de ese marica! —bramó Charly

dirigiéndose a Bárbara—. Vosotros sois los culpables de todo, ¡chusma de mierda!

—¿De verdad lo crees así? —dijo Bárbara. A continuación se acercó a él, lo cogió por los testículos ante la sorpresa de todos y, retorciéndoselos con evidente placer, le susurró al oído mientras Charly palidecía de dolor—: Si vuelves a acercarte a mi hermana, aunque sea para pedirle la hora, te juro que te los arranco y me hago unos pendientes con ellos.

—¡Que alguien llame a la policía! —gritó Beth asustada. Pero nadie se movió.

—Eh, zorrón verbenero, ¿has visto qué mona has salido en la foto? —se mofó Margarita enseñándole su móvil mientras sonreía—. Seré clara y concisa: si se te ocurre tramar algo contra alguno de mis hijos, mañana seréis noticia.

Y, tras decir eso, agarró de la mano a su hija Bárbara y salieron del baño.

—¡Juan, por el amor de Dios, haz algo! —chilló Mónica—. No te quedes ahí mirando como un pasmarote.

—No, querida —replicó él antes de salir detrás de Margarita y de Bárbara—. Es tu hijo, no lo olvides.

3

Con el desconcierto aún pintado en la cara, Victoria salió del hotel de la mano de su amigo Víctor. Segundos después los siguieron Bárbara y su madre.

—Esperad un segundo, por favor —los llamó Juan yendo tras ellos—. Os llevaré a casa.

—No, Juan. Te lo agradezco, pero es preferible que no —respondió Victoria, observando cómo Bárbara y Víctor se adelantaban para llamar un taxi.

—Siento muchísimo todo lo ocurrido —murmuró él cogiéndole las manos con cariño—. No sé qué decirte. Estoy tan confundido que...

—Nos hacemos cargo, Juan —repuso Margarita, y endureciendo la voz añadió—: Pero lo mejor que podemos hacer en este momento es marcharnos de aquí.

—Lo entiendo. Por supuesto que sí —asintió él. Parecía tan confuso, tan perdido, que Margarita sintió deseos de acunarlo—. No sé cómo disculparme por lo ocurrido. Ha sido algo tan bochornoso que...

—Tú no tienes que disculparte por nada, eres una de las mejores personas que he conocido en mi vida —musitó Victoria y, tras darle un abrazo, dijo mientras caminaba hacia su hermana—: Gracias por todo, Juan, pero ahora necesito marcharme.

—Marga —llamó él entonces. La mujer se volvió para mirarlo—. Recuerda que aquí estoy para lo que necesitéis. Por favor, recuérdalo.

—Gracias, Juan. Lo recordaré —y, tras sonreírle, se dispuso a subir al taxi, donde ya la esperaban sus hijas.

«Si regalaran un diamante por cada disgusto que da la vida, sería multimillonaria», pensó Victoria mirando por la ventanilla.

«Humillación». «Desconcierto». «Incredulidad». Todas esas complicadas palabras pasaban por la mente de Victoria mientras se dirigía a su casa acompañada por su familia.

—Vicky, tesoro mío —murmuró su madre sin dejar de mirarla—. ¿Vives aquí?

—Sí, mamá —asintió ella desde una nube; todo era confuso a su alrededor—. Vivo aquí.

El taxi se había detenido ante uno de los rascacielos de Madrid, conocido como la Torre de Valencia. Estaba situado en el cruce de Menéndez Pelayo y O'Donnell, calles concurridas, llenas de vida y de negocios.

Frente al rascacielos se alzaba el parque del Retiro, uno de los orgullos de Madrid, un parque cañí, considerado el gran pulmón verde del centro de la ciudad, donde naturaleza, deporte y ocio se mezclaban en perfecta armonía.

—¡Madre mía! —exclamó Víctor incrédulo—. Pero si vives en la Torre de Valencia. ¡Qué glamour, chica!

—¿Desde cuándo? —preguntó Bárbara cogiendo la vuelta que le tendía el taxista.

—Hará cerca de año y medio —respondió Victoria sin mirarlos mientras caminaba hacia la puerta que mantenía abierta el portero. Al comprobar que no la seguían, se volvió hacia ellos—. ¿Vais a subir o no?

Al oír eso, los tres echaron a andar tras ella.

Sin apenas mirarlo, Victoria pasó frente al portero, que saludó a los recién llegados con una amable sonrisa. Tras introducir una llave en el ascensor enmoquetado, subieron hasta el décimo piso en silencio. Cuando las puertas de la cabina se abrieron y Victoria salió, los otros tres observaron con curiosidad el rellano color salmón. No tenía nada que ver con los de sus pisos, donde los sábados olía a cocido y los domingos, a chorizo frito.

Ajena al modo en que se miraban sus acompañantes, Victoria sacó una llave y abrió la única puerta del elegante rellano y, tras encender los halógenos del recibidor, tecleó en un pequeño panel a su derecha un código de seguridad.

—Joder, Vicky, ¡qué pasada! —silbó Víctor, consumidor nato de revistas de decoración—. Veo que te va el rollo minimalista.

El orden imperaba en el espacioso apartamento. Las puertas eran de vidrio templado. Las paredes estaban vestidas con tonos degradados, donde colores como el beige y el verde, unidos al blanco, creaban una sensación de armonía y serenidad.

El salón era funcional. Escasez de mobiliario, tonos verdes en los paneles japoneses y sillones de fino cuero marrón.

—Sí, Víctor. Me gusta el rollo minimalista. El orden es muy importante para mí —asintió Victoria mirándolo—. Dadme un momento. Me cambio de ropa y os enseño el piso.

—Buena idea —convino Bárbara, que en cuanto desapareció su hermana por una de las puertas murmuró—: Eh, vosotros dos, ¡os doy tres segundos para que desaparezcáis de aquí!

—Pero si Vicky ha dicho que nos quedemos —se quejó Margarita, que tenía curiosidad por seguir viendo más.

—¿Crees que es el mejor momento para conocer la casa? Mamá, ¡por Dios! Acaba de suspender su boda.

—Tienes razón, cariño. Pero nos quedaremos, le haremos compañía.

—Marga —murmuró Víctor—, creo que deberíamos dejarlas a solas. Bárbara tiene razón. Ya habrá otro momento para visitar la casa.

—Vale, vale, me rindo —asintió la mujer, que de inmediato se encaminó hacia la puerta.

—Si alguien puede gritarle a Victoria —expuso el joven—, ésa es Bárbara.

—No os peleéis, tesoro. Dale esto —dijo Margarita sacando un cenicero de su bolso. Sin embargo, al ver las caras de su hija y de Víctor, rectificó—: Tenéis razón. Mejor me lo llevo.

Tras cerrar la puerta de entrada con sigilo, Bárbara regresó al salón. En ese instante, su móvil comenzó a vibrar. Leyó el mensaje y decidió apagarlo. No le apetecía responder.

Tanto orden y tanta limpieza transmitían la sensación de poca vida, de poco uso. Mientras observaba, le llamó la atención no ver ni una sola foto o algún detalle personal de Victoria. Aquel moderno salón era frío e impersonal, aunque reinaba el diseño, la marca y la tecnología más vanguardista. Televisión Loewe de cuarenta pulgadas con reproductor de DVD y sonido envolvente. Teléfono Bang & Olufsen. Equipo de música Sony.

—¿Dónde están mamá y Víctor? —preguntó Victoria saliendo de una de las habitaciones.

—Se han marchado a casa —respondió Bárbara.

Su hermana se había desmaquillado y soltado el moño. Así estaba mucho más guapa.

—¿Quieres tomar algo?

—Una cerveza no estaría mal.

—Cruzcampo, ¿*light* o sin alcohol? —le ofreció Victoria mientras iba hacia la cocina.

—¡No jodas, Vicky! No puedo creer que no tengas una cervecita normal y corriente —espetó Bárbara y, yendo tras su hermana, exclamó mientras ésta abría la nevera de inox—: ¡Madre mía, qué pedazo de cocina! Sorpréndeme, ¿qué más tienes para ofrecerme?

—Coca-Cola Zero. Coca-Cola Light. Pepsi Diet. Nestea sin azúcar y tónica *light*.

—Pero ¿qué mierda de bebidas son ésas? —replicó Bárbara. No, las personas normales no bebían todo aquello. Decidió recordarle cómo sabía una Mahou—. Acompáñame. Buscaremos un sitio donde se pueda comprar bebida y comida decente.

Sin ganas de polemizar, Victoria cogió su bolso Tous y las llaves del piso. Bajaron a la calle y entraron en un Vips, donde prefirió callar al ver lo que compraba su hermana. ¡Todo comida basura! Tras pagar, salieron del establecimiento con dos paquetes de cerveza Mahou cinco estrellas, una bolsa de patatas fritas al punto de sal, un par de pizzas cuatro quesos congeladas y un tarro gigante de helado de chocolate.

De nuevo en el piso, Victoria se encendió un cigarrillo mientras su hermana, aún impresionada por la cocina, metía las pizzas en el horno.

—Deberías hacer sólo una —señaló Victoria—. Yo no tomo comida basura. Es alta en grasas y baja en nutrientes.

—Pero ¿y lo rica que está a pesar de sus calorías? —contraatacó Bárbara al tiempo que colocaba una Mahou fresquita ante las narices de su hermana, que la miró pero no la cogió.

—Esa mierda tiene efectos negativos para la salud. ¿No lo sabías?

—Si el efecto de no tomarla es que me voy a volver como tú, ¡horrorizada estoy!

—Tú ríete. Pero comer comida basura significa aumento de

peso, colesterol por las nubes, digestiones difíciles, adicción y alteración del gusto.

—A ti te encantaban los Whopper con queso, las patatas fritas, los aros de cebolla y los bocatas de calamares de la plaza Mayor. ¿Qué narices te ha pasado?

—Bárbara, hace tiempo decidí vivir mejor y más años comiendo sano —respondió retirando la cerveza que su hermana le había puesto delante.

—Vicky, disfrutarás más de la vida si la vives y la saboreas.

Bárbara no estaba dispuesta a dejarse convencer, así que le acercó de nuevo la cerveza.

«Me estás buscando, hermanita», pensó Victoria, pero replicó:

—No pienso gritar, ni discutir, y tampoco voy a tomarme esa cerveza.

—Yo tampoco voy a discutir —anunció Bárbara, y dio un trago—. Pero te aseguro que vas a beber de ella. Y a morro.

El momento temido por Victoria había llegado. Odiaba que su hermana pequeña supiera allanar el camino a su gusto para luego entrar a matar. Pero no, esa vez no pensaba seguirle el juego. Tenía un excelente autocontrol y no iba a permitir que se lo echara abajo con una simple cerveza.

No obstante, Bárbara lo consiguió.

—¡Muy bien, ¿a qué esperas?! —exclamó Victoria—. Estoy deseosa de escuchar alguna de tus antológicas y proletarias frasecitas. —Al ver cómo su hermana se apoyaba en la encimera con parsimonia, añadió—: Estás disfrutando, ¿verdad, Barbie? Te ha encantado ver cómo he sido humillada delante de todos. ¡Oh, Dios mío, qué bien dormirás esta noche! ¡A la pija de tu hermana por fin le han dado un buen golpe, ¿verdad?!

—Te lo dije, *peluche* —repuso Bárbara con rabia al oír que Victoria la llamaba *Barbie.*

—¡¿Qué?! —gritó su hermana con la voz rota.

—Te lo dije. Te dije que ese relamido no era bueno para ti. Que esa zorra recauchutada que cree que tiene veinticinco años era una víbora y una bruja de las peores. Que mamá se dejaría humillar por ti, y...

Pero Bárbara no pudo continuar. El dolor alojado en los ojos de su hermana hizo que se acercara y la abrazara.

Victoria, hundida, se aferró a ella y con aplomo escuchó cómo se habían enterado Víctor y Bárbara de los escarceos de Charly. Alberto, el camarero del hotel y vecino de Bárbara, había sido quien los había informado. El resto había surgido sobre la marcha.

—Gracias por estar aquí conmigo —dijo ella.

—Siempre hemos estado contigo —repuso Bárbara, pensando en Víctor y en su madre—. Pero habla con mamá. Lo necesita. Es cabezona como tú y no muestra su dolor.

—Yo también necesito hablar con ella. —En el pasado habían sido buenas amigas, a pesar de ser madre e hija—. Bárbara, perdóname por haber sido algo borde contigo en ocasiones.

—¿*Algo*? —repitió ella—. Matizando diré que tu nivel de borderío es continuo. Pero ¡lo siento, chica! Conmigo no lo practiques. ¡Paso de ti cuando te pones así!

—Eres increíble —le espetó Victoria.

—Tú me enseñaste a ser así, Vicky —respondió Bárbara. En el fondo anhelaba encontrar a aquella hermana que un día se fue—. Me enseñaste a maquillarme, a ligar, a bailar sevillanas, a montar en bicicleta. Incluso a ponerme mi primer tampón. Siempre fuiste divertida y espontánea. Pero cuando mamá...

—Lo siento —susurró Victoria avergonzada—. Eso no volverá a suceder.

—Por supuesto. No te lo voy a permitir —sentenció Bárbara—. A partir de ahora pienso controlar todos tus ligues.

—No quiero saber nada de hombres. Y como a alguno se le ocurra llamarme por algún nombre que no sea el mío, te juro que le tiro a la cabeza lo que tenga en la mano.

Bárbara rio de buena gana al oír ese último comentario. Luego miró su reloj y sugirió:

—¿Qué te parece si vamos a mi casa? Tengo que sacar a *Óscar*.

—¿Quién es *Óscar*?

—Tu sobrino y mi perro. Una auténtica preciosidad.

—Olvídalo. Los perros, los niños y yo nunca nos hemos llevado bien.

—*Óscar* es diferente, créeme. Cuando lo conozcas lo comprenderás.

Una hora después, y conduciendo su Audi TT cupé plateado, Victoria llegó con su hermana al barrio de Aluche. Aunque pasaron frente a la casa de su madre, decidieron no detenerse: regresar al barrio era como regresar al pueblo. Sólo faltaba la pancarta de «Bienvenido, mister Marshall». Si las vecinas te cogían por banda, estabas perdido con su besuqueo, más aún con su tercer grado.

—Vaya —asintió Victoria al estacionar frente al parque de Aluche—. Veo que ciertas cosas nunca cambian.

—Las fiestas del barrio son sagradas —respondió Bárbara cogiéndola del brazo—. Ven, vivo en el último piso, y ¡no hay ascensor! —Y, tras darle un cachete en el culo, murmuró—: Te vendrá bien mover ese pandero que tienes.

—¡Serás idiota!

—Si no es indiscreción, ¿qué talla usas?

—¡¿Y a ti qué te importa?! —exclamó Victoria.

Pero antes de que pudiera reaccionar, su hermana le tiró de la trabilla del pantalón para luego volver a soltarla.

—Vale, la 44 —dijo Bárbara, y comenzó a subir los escalones de dos en dos—. No es por joder, pero yo, asidua consumidora de comida basura, uso la 42.

Mientras Bárbara sacaba sus llaves del pantalón, Victoria observaba el destartalado edificio. Era parecido al de su niñez, donde los desconchones en las paredes, los viejos escalones y el olor a humedad en pleno mes de junio eran lo habitual. De pronto se apagó la luz y, al encenderla, Bárbara dijo:

—Vicky, te presento a tu sobrino *Óscar*. ¿Qué te parece?

«Qué cosa más horrorosa», pensó su hermana.

Óscar debía de ser un cruce de mastín con pastor alemán y a saber qué más. Tenía unas patas larguísimas, una cabeza peluda y un cuerpo demasiado delgado y lleno de cicatrices. Era el perro más deforme y feo que había visto en su vida.

—¡Es precioso! —mintió Victoria mientras la horrible criatura la miraba.

—Mira que eres mentirosa... ¿Cómo puedes decir eso?

—Y ¿qué se supone que debo decir?

—La verdad, en eso quedamos, ¿no?

—Muy bien. Te diré la verdad. —Y señalando al animal, que la observaba sentado delante de ella, respondió—: Es la cosa más fea que he visto en mi vida. ¡Nada en él es bonito! No tiene ningún estilo ni raza determinada. ¡Es feo, muy feo!

El animal dejó escapar entonces un gemido y se levantó.

—*Óscar* —lo llamó Bárbara. Al oír su voz, el perro la miró—. Tu tía es un poco pija pero, mi amor, tú ni caso. ¡Eres precioso! —Entonces se volvió hacia su hermana—. Anda, pasa.

El apartamento de Bárbara era pequeño; debía de tener poco más de cincuenta metros cuadrados, pero se lo veía bonito y limpio. Incluso Victoria tuvo que reconocer que la mezcla de colores y muebles, tanto de Ikea como rústicos, era perfecta.

Mientras Bárbara sacaba unas cervezas fresquitas de su pequeña cocina, ella miraba con curiosidad a su alrededor. Se detuvo ante una mesita llena de papeles y un viejo PC.

—Esas páginas sueltas son ideas para la novela que voy a comenzar sobre Escocia —explicó su hermana—. Y ese montón de ahí es la que acabo de terminar.

—¿Sigues mandándolas a las editoriales?

—Por supuesto. Además, hace un mes acabé un curso *online* de novela romántica y he aprendido mogollón.

—Me admira que no tires la toalla —asintió Victoria sin dejar de mirarla—. Si a mí me hubieran rechazado tantas veces como a ti, creo que ya me habría rendido.

—Lo dudo. Eres como yo: seguirías intentándolo. Ya sabes lo que siempre hemos pensado. No publica el que mejor lo hace, sino el que mejor suerte tiene, o el que se acuesta con el editor más forrado —aseveró Bárbara.

Algunas horas y varias cervezas después, tras haberse puesto casi al día de sus respectivas vidas, las hermanas se divertían mirando viejas fotos en el salón.

—Quiero brindar —rio Bárbara levantando su lata—. Brindo porque algún día me descubra un guapo y rico editor que, aparte de hacerme feliz en la cama, haga que mis novelas se vendan como churros.

—Brindo por tus novelas, ¡hip! —hipó Victoria—, y porque te lo pases superbién en la cama.

—Ahora tú. Te toca a ti.

—Brindo porque le den morcilla a Charly —dijo su hermana con una mirada chisposa.

—¡Perfecto! —se carcajeó Bárbara.

—¡Dios santo, qué pintas tenemos aquí! —exclamó Victoria señalando una foto, y tomó otro sorbo de cerveza (eso sí, en vaso)—. ¿Cuándo fue esto?

—En la boda de Lucía, la hija de la señora Antonia. ¿Te acuerdas?

—Ah, sí. Esa que iba de decente pero se cepillaba a medio barrio.

—Por Dios, Vicky, ¡qué memoria tienes!

—Para mi trabajo es necesaria. ¡Hip! ¿Qué sabes de Pili?

—Se quedó viuda. Manolo se mató en un accidente de tráfico.

—No me digassss... —murmuró Victoria notando la lengua un poco espesa.

—Pero ella sigue viviendo en el barrio con sus tres hijos, que, por cierto, son guapísimos.

—Bueno —comentó su hermana señalando a *Óscar*—, como tengan su misma belleza, lo dudo.

—Espera. Aunque a *Óscar* no le gusta que remueva su pasado, voy a enseñarte una cosita —dijo Bárbara levantándose para coger una carpeta gris de un viejo aparador—. Léelo y luego me dices qué opinas.

Victoria abrió la carpeta con una sonrisa.

Era de la Asociación de los Amigos de los Animales. La primera foto que vio hizo que se le borrara la sonrisa de la cara. Era *Óscar.* El informe decía que había sido encontrado en una carretera tras ser brutalmente maltratado. Llevaba el collar prácticamente incrustado en el cuello, hecho que hizo pensar que se lo habían puesto cuando aún era un cachorro y nunca se lo habían agrandado, por lo que con el paso del tiempo había ido ahogándose. Tenía una anemia brutal, estaba deshidratado, desnutrido y repleto de garrapatas. Cuando los de la asociación se acercaron a él, se meó de miedo; pensaba que iban a pegarle. Sin embargo, tras la primera palabra de aliento meneó el rabo agradecido. Su estado era grave, pero con alimento, medicación y cariño, mucho cariño, salió adelante. Posteriormente había sido adoptado por Bárbara Villacieros Zúñiga. Había perdido el miedo y era feliz con ella.

—No me lo puedo creer —murmuró Victoria con los ojos anegados en lágrimas—. Pero ¿cómo puede haberle sucedido eso?

—Bienvenida al mundo real, hermanita.

—Lo siento, *Óscar* —susurró Victoria agachándose junto a él—. ¿Sabes? Eres muy guapo. ¡Hip! Pero que muy muy muy guapo.

—Ya lo sabe —aclaró Bárbara. Al percatarse de lo borracha que estaba su hermana, se puso en pie y le tendió la mano—. Vamos, levanta, payasa.

—Oye —dijo Victoria, aún sentada en el suelo—. ¿Eso es una planta de maría?

—Sí —asintió su hermana orgullosa—. ¿Has visto qué preciosa la tengo?

—¿Te acuerdas de cuando fumábamos porros? ¡Hip!

Muerta de la risa, Bárbara se disponía a contestar cuando el teléfono la interrumpió. Saltó el contestador y la voz de un desconocido hizo que Victoria mirara a su hermana con una ceja levantada.

«Hola, bichito. Tenemos que hablar. ¿Por qué no me coges el móvil? Te echo de menos, bichito. Llámame. No seas mala. Te quiero.»

—¡Que te den morcillas, João! —gritó Bárbara tras escuchar el mensaje.

—¿Quién es João? —inquirió Victoria.

—Nadie —respondió ella, que fue arrastrada de inmediato al suelo por su hermana.

—*¡¿Bichito?!* Te ha llamado *bichito* —se mofó Victoria—. Tú te reías porque a mí me llamaban *peluche* y resulta que a ti te llaman *bichito*.

Y, tras decir eso, ambas comenzaron a reír como hacía mucho tiempo que no lo hacían.

4

Cuatro meses después, tras conseguir sobrevivir al caos de la anulación de su boda, Victoria aún lucía el glamuroso anillo de compromiso en su dedo. Esa noche no había podido dormir, por lo que se levantó decidida a darse una ducha que la desentumeciera y marcharse pronto a trabajar.

Convirtiendo sus deseos en realidad, se metió en la ducha multifuncional creada por Jochen Schmiddem para la firma Duravit, donde, sentada en una especie de tumbona, disfrutó del agua a presión y la sauna de vapor, acompañada por aromaterapia y musicoterapia.

—¡Que te den morcillas, Charly! —dijo con decisión, quitándose el exclusivo anillo de Chanel de oro blanco y brillantes.

Los días en que lucirlo era un orgullo habían quedado enterrados, así que, tras salir de la ducha y ponerse un traje oscuro de Adolfo Domínguez, Victoria metió el anillo en un sobre color hueso y lo cerró al mismo tiempo que cerraba su corazón. Estaba decidida a no volver a verlo nunca más, por lo que se lo entregaría al portero cuando saliera para la oficina.

Esa mañana, el cielo gris de Madrid parecía acompañar su humor. Los cambios sufridos habían estado a punto de derrotarla. Pero no. Victoria Villacieros Zúñiga era una mujer fuerte y no podía permitírselo.

Estaba sumida en sus pensamientos cuando sonó el teléfono. Dejó que saltara el contestador, puesto que no le apetecía hablar con nadie. Sin embargo, al oír la voz de su hermana, descolgó.

—¡Ya era hora, guapa! —suspiró Bárbara—. Anoche te llamé. ¿Por qué no lo cogiste?

—Estaba en la ducha —respondió ella secamente.

—¡Serás mentirosa...! —exclamó Bárbara, acariciando la peluda cabeza de su perro—. ¡Mejor dime que no te dio la gana de cogerlo!

—Bárbara, tengo prisa —replicó Victoria, que, tras consultar la hora en su reloj Cartier, añadió apartándose el pelo de la cara—: Te recuerdo que algunas personas trabajamos. Estaba a punto de salir hacia la oficina. ¿Qué quieres?

—¡Qué borde eres, hija! Sólo quería saber cómo estabas y charlar un rato contigo.

—Estoy bien, gracias. ¿Algo más?

Pero no era así. Victoria estaba destrozada. Destrozada y enfadada, muy enfadada. Dos de sus colaboradores habían regresado de Escocia sin el contrato firmado que necesitaba presentar en la reunión de esa mañana. Y eso la cabreaba mucho.

—¿Sabes, Vicky?

—¡¿Qué?!

—Al final tendrás razón: ¡es imposible que seamos hermanas! —se mofó Bárbara recordando su conversación noches atrás—. Creo que deberías hablar con mamá para que te desvele quién es tu padre. Porque, bonita,... yo tengo los ojos de mamá, y soy un clon de papá, por tanto, Vicky, ¡creo que deberías empezar a preocuparte!

—Bárbara, hoy no es mi mejor día para escuchar tonterías y, por favor, te agradecería que me llamaras por mi nombre, que te recuerdo es Victoria.

—¡No jodas, Vicky! —se carcajeó su hermana.

—Barbie, Barbie... —espetó ella con malicia. Sabía que Bárbara odiaba ese apelativo—. No sigas por ahí, que la vamos a tener.

—¡Serás bruja! ¿A que te llamo...?

—¡Ni se te ocurra!

—¡Peluche! ¡Peluchito! —se burló Bárbara.

—Cállate, ¡bichito! —gruñó Victoria molesta por las carcajadas de su hermana.

—¡Eres la leche, Vicky! Parece mentira que todavía no te hayas dado cuenta de que tú a mí no me mandas. Y, por mucho que te jorobe, soy tu imposible, aunque más que probable, hermana. No una de tus pobres y sumisas marionetas, que se mean de miedo cuando tú, la divina, levantas la voz. Es más, te diré que...

—¡Adiós, Bárbara! —la interrumpió Victoria, y colgó el teléfono. No la aguantaba más.

Mientras gruñía como un perro canario de presa, llegó hasta su ordenado y espacioso salón minimalista. Abrió un cajón, sacó un cigarrillo y lo encendió. Al aspirar con placer la primera calada oyó sonar de nuevo el teléfono. Era otra vez su hermana. ¡Qué pesada! Y como no tenía ganas de escuchar más tonterías, bajó el volumen del contestador y, olvidándose de ella, se encaminó hacia la cocina.

Necesitaba un café. ¡Triple!

Abrió la inteligente y enorme nevera de inox, que reaccionó con un sonido musical. La pantalla táctil indicaba la necesidad de comprar leche de soja. Victoria pensó en escribirle una nota a Miroska, su asistenta rumana. Pero tras recordar el miedo, por no decir pánico, que aquella mujer le tenía a la inofensiva nevera y su desastrosa última compra virtual, decidió encargárselo a Susana.

Al fin y al cabo, ¡era su secretaria!

Una vez se hubo acabado el café y tras consultar en su portátil algunos e-mails, salió para la oficina, dispuesta a arreglar lo que aquellos idiotas habían jorobado en el viaje a Escocia.

Desde su mesa, Susana, la secretaria de Victoria, podía oír las voces procedentes de la sala de juntas. El día no se presentaba fácil.

Nerviosa e inquieta, observaba a través de los cristales a su jefa. Su ceño fruncido y el modo en que movía las manos no indicaban nada bueno. Llevaba semanas intentando encontrar el momento propicio para hablar con ella, pero no había sido posible. Victoria nunca había sido una mujer accesible, pero tras anular la boda, y ahora, tras aquella reunión, lo sería menos.

Con el rabillo del ojo, Susana observó cómo Luis, el guaperas de la oficina, salía de la sala de juntas con el gesto contraído y se dirigía hacia ella. Él y Chema eran los responsables del fallido contrato con el escocés.

—Necesito fotocopias urgentes. La nazi está insoportable, no sé cómo la aguantas.

Ése era Luis, un rompecorazones de treinta y cuatro años con sonrisa descarada que traía de cabeza a las féminas de la oficina, a excepción de ella y su jefa, que no le bailaban el agua.

Cada mañana, cuando coincidían junto a la máquina de café, Luis ni siquiera la miraba. Susana era invisible para él. Sin embargo, cuando necesitaba algo de Victoria, se deshacía halagos.

Por todos era sabido que Beth, la amiga de Victoria, lo había acosado hasta llevárselo a la cama, cosa que lo había ayudado a llegar hasta el equipo de la jefa, que nunca lo había aceptado de buen grado.

El otro que estaba encerrado en la sala de juntas con Victoria era su compañero Chema. Era un tipo trabajador, afable y tímido de cuarenta y cinco años, calvo, con gafas, y amante de su mujer y de sus hijos. En varias ocasiones, Susana y Chema habían compartido confidencias, y en una de ellas él le había confesado que su mujer había tenido un accidente de tráfico y había quedado postrada en una silla de ruedas.

Aquel día Chema le dijo también que le debía cientos de favores a Luis, que ese guaperas tenía un corazón increíble y que, gracias a su ayuda, sus hijos y su mujer estaban consiguiendo salir adelante. Desde ese momento, Luis *el Guaperas* se había convertido para Susana en Luis el *Ledoyunaoportunidad*.

—Tranquilo, Luis. No es para tanto —susurró ella sin mucha convicción mientras cogía los papeles que había que fotocopiar.

—¡La muy puta! —siseó él enfadado mientras tomaba un vaso de agua del dispensador, sin percatarse de que la causa de su enojo se dirigía en ese instante hacia ellos.

—Chis..., calla —le indicó Susana con disimulo, pero fue inútil.

—No me extraña que su novio la plantara el día antes de la boda —siguió despotricando él—. ¡Pobre hombre! Aguantar a semejante bicho venenoso no debe de ser muy agradable. A la nazi seguro que le va el sado. ¡La muy puta! No me extrañaría que en su armario hubiera un látigo y una mordaza de cuero.

—Susana —dijo Victoria con las mejillas encendidas por la rabia—, saca tres juegos de estos documentos. —Y, volviéndose hacia Luis, agregó—: En cuanto acabe la reunión, pásate por mi despacho. Tú y yo tenemos que hablar.

Maldiciendo su enorme bocaza y sabedor de qué significaba «tenemos que hablar», Luis miró brevemente a Susana y volvió a la reunión.

Victoria, alterada, entró en su despacho y, tras cerrar la puerta, respiró hondo para contener las lágrimas. ¿Cómo podían hablar de ella de un modo tan despectivo? ¿«Puta»? ¿«Nazi»?... ¿Acaso no se daban cuenta de la importancia de aquel contrato?

Susana, que había digerido mal el encontronazo de Luis con su jefa, llamó con miedo a la puerta de su despacho una vez hubo terminado de fotocopiar los documentos. A continuación entró y cerró tras ella.

—Aquí tiene. Tres juegos de los informes que me ha pedido —dijo con los nervios a flor de piel mientras Victoria observaba la pantalla de su portátil—. La compra que me ha encargado se la llevarán a casa esta tarde. ¿Necesita algo más?

—De momento creo que no —respondió ella sin apenas mirarla—. Pero no te vayas a comer. Puede que la reunión se alargue más de lo esperado gracias a esos inútiles.

—Yo... necesitaría hablar con usted.

—¿Es importante?

—Sí.

—Si vas a pedirme un aumento de sueldo, olvídalo. No es el momento —ladró Victoria.

—No tiene nada que ver con eso —suspiró Susana, retorciéndose las manos.

—Señorita Villacieros —las interrumpió un joven bedel de la empresa abriendo la puerta de golpe—. El señor Aguirre me indica que la esperan en la sala de juntas.

—¿Es que no sabes llamar? —lo reprendió Victoria con aspereza.

—Sí, señorita —murmuró el muchacho, mirando de soslayo a Susana.

—¡Pues la próxima vez que entres aquí, hazlo, o tomaré represalias! ¿Me has entendido?

—Sí, señorita —asintió el bedel, que se esfumó de inmediato.

—Con respecto a lo mío...

—Cuando acabe la reunión, si tengo algo de tiempo hablaremos —asintió Victoria sin mirarla a la cara como de costumbre.

En la sala de juntas, la tensión entre los asociados, los clientes y los publicistas crecía por momentos. Los pésimos resultados obtenidos por Luis y Chema tras su viaje a Escocia caían como una losa sobre Victoria, que era ahora la responsable ante sus superiores. La crisis mundial comenzaba a notarse en las cuentas de RCH Publicidad. Las famosas firmas de los mejores bulevares del mundo buscaban abaratar sus costes sin menoscabo de la originalidad.

Como jefa del departamento de publicidad, Victoria contaba en su cartera de clientes con las firmas más importantes. Tras batallar con varias empresas también había conseguido la cuenta de TAG Veluer, una famosa y asentada empresa de relojes de lujo. Estaba deseosa de comenzar el rodaje para su última creación, un espectacular spot para la televisión.

—Victoria —dijo Giorgio Proxy, director de TAG Veluer y amigo suyo nada más verla aparecer. No era un hombre al que le gustara perder el tiempo, y siempre solía ir al grano—. Contábamos con resultados rápidos y satisfactorios. En nuestra primera reunión comentaste que no habría ningún problema en la contratación del castillo.

—Tienes razón, Giorgio —se disculpó ella—. Pero el motivo de no haber alquilado las dependencias del castillo de Eilean Donan para el spot no ha sido porque...

—¡Me da igual el motivo! —vociferó ahora Philippo Schirtufedo, el presidente de la costosa marca de relojes—. Quiero comenzar a preparar la campaña de verano ¡ya!

—Disculpe, señor, pero estas cosas a veces pueden retrasarse por motivos que... —intervino Chema con voz apagada, con lo que se ganó una mirada de reproche de Victoria.

—El dinero que les pago por la campaña bien vale no seguir esperando —siseó Schirtufedo. No tenía mucho más que añadir, así que se levantó abrochándose su ajustada chaqueta—. Me fié de su profesionalidad, señores.

—No dude de que la tenemos —medió un joven que había permanecido en silencio durante toda la reunión. Era Gregorio, el hermano de Beth—. Lo único que podemos hacer es disculparnos y...

—Una simple disculpa no me vale.

—Philippo —murmuró Giorgio, el director de la firma—, poniéndote así no arreglaremos nada.

—Discúlpenos, se lo ruego —intentó calmarlo otra de las asociadas presente en la reunión con una sonrisa nerviosa—. La señorita Villacieros tuvo problemas personales hace unos meses y su equipo hizo todo lo posible por localizar al propietario del castillo...

Al oírlo, Victoria la fulminó con la mirada. ¿Por qué diablos había tenido que decir eso?

—Yo no he contratado a su equipo —gruñó Philippo—. He contratado a la señorita Villacieros, y ella es la responsable.

—Discúlpeme, señor —comenzó a decir Luis al ver la mirada incrédula de su jefa. Nunca se habían apreciado, pero no podía permitir que ella cargara con las culpas—. Si fuera usted tan amable de escucharme un momento, yo le...

—¡Cállese! —vociferó el hombre, y miró a Victoria, que lo observaba con gesto impasible—. La anulación de su boda no tiene por qué interferir en mis negocios. Así pues, ¡póngase a trabajar y déjese de sensiblerías!

—¿Perdón?... —consiguió articular ella y, cuando estaba ya a punto de gritar, sintió cómo Luis la agarraba de la mano y negaba con la cabeza.

El joven intentaba ser amable, pero Victoria se zafó de un tirón.

—Philippo —intervino Giorgio. Sabía que aquello iba a acabar mal—. No creo que debas seguir hablando.

—Me callaré únicamente por el aprecio que le tengo a mi buen amigo Juan Montefinos —ladró Schirtufedo—. Sólo diré, antes de marcharme, que o me demuestra su competencia antes de dos meses o cancelaré mi cuenta con ustedes.

—No se preocupe —asintió la asociada con premura saliendo tras él—. Le prometo que recibirá pronto noticias nuestras.

Todos quedaron en silencio, esperando que alguien rompiera la tensión que permanecía flotando en la sala.

—Victoria —señaló Giorgio antes de marcharse por donde segundos antes había salido el presidente de su empresa—, intenta conseguir ese contrato cuanto antes. Para nosotros es importante rodar el spot en ese castillo.

—No te preocupes, Giorgio —respondió ella esbozando apenas una sonrisa—. Te prometo que lo lograré.

Una vez los clientes hubieron abandonado la sala de juntas, Victoria tomó asiento de nuevo. Le temblaban las piernas. Eso era lo último que esperaba: su vida personal en boca de todos.

Al verla tan nerviosa, Chema le llevó un vaso de agua, que ella cogió pero no agradeció.

—¡No podemos perder esa cuenta! —siseó Gregorio, el director de la compañía. La reunión había sido un desastre—. TAG Veluer es una empresa fuerte en el mercado, y sus campañas son millonarias. ¡Tenemos que reaccionar ya!

—Esto es increíble —señaló la asociada que había acompañado hasta la salida a los dos clientes y que acababa de entrar en la sala de juntas con gesto contrariado—. Victoria, ¿estamos locos o qué? ¿Me puedes explicar qué ha ocurrido para que el contrato del castillo de Eilean Donan no esté firmado?

—¿Puedes explicarme tú por qué has tenido que hablar de mis problemas personales en una reunión de trabajo? —le espetó ella con rabia.

—Necesitábamos salir del atolladero de alguna manera —replicó la asociada con gesto seco, por completo ajena al dolor que reflejaban los ojos de Victoria—. Estoy esperando que me digas qué ha ocurrido con el contrato.

—Que te lo expliquen Luis y Chema. Ellos son los responsables de todo este caos.

—Les aseguro que hicimos todo lo posible —indicó Luis mirando a la mujer, que sonrió ante la incredulidad de Victoria—. Nos resultó imposible hablar con el conde propietario del castillo. Desde un principio nos rechazó y se limitó a darnos esquinazo. Fue imposible.

—Nada es imposible en RCH Publicidad —aseveró Gregorio—. Es parte de nuestro lema.

—Si ese contrato no se consigue, rodarán cabezas —sentenció otro de los asociados.

—Le aseguro, señor, que lo intentamos todo —declaró Luis.

—Permíteme que lo dude —repuso Victoria.

A partir de ese momento, el cruce de acusaciones y reproches dio lugar a una gran discusión. Victoria no estaba dispuesta a cargar con las consecuencias de aquella desastrosa gestión y sus resultados, y los asociados no querían perder tiempo y dinero. Por lo que, tras más de cuatro horas de reunión, a Victoria no le quedó más remedio que anunciar en voz alta para hacerse oír por encima de las voces acaloradas:

—Iré yo. Organizaré el viaje y pasado mañana como muy tarde estaré en Escocia. Intentaré solventar este problema. A malas, tendré dos meses para convencer al propietario.

—Sabia decisión, Victoria —asintió Gregorio.

A continuación se levantó junto a los otros dos asociados y todos ellos salieron de la sala dejándola a solas con Luis y Chema.

—No trabajo con mediocres —les reprochó Victoria en cuanto desaparecieron los demás—. No os quiero en mi equipo. Estáis los dos despedidos.

—Pero... —intentó explicarse de nuevo Chema, asustado.

—No voy a volver a repetirlo.

—Por favor... —tartamudeó Chema, ahora desesperado, mientras Luis observaba fijamente a su jefa—. No puede hacerme esto. Tengo tres chiquillos que sacar adelante y necesito este trabajo. Envíeme a otro departamento. Rebájeme de categoría pero, por favor, no me despida.

—¿Tres mocosos? —rio Victoria incrédula.

—Por favor, se lo suplico.

—Tengo cosas importantes que hacer, Chema, no me molestes con tus lloriqueos —siseó ella mientras recogía todos sus papeles sin querer escucharlo.

—Por favor, señorita Villacieros —insistió el hombre—. Se lo suplico, no me deje en la calle. Este trabajo es lo único que tengo para salir adelante.

—Sea humana, ¡por Dios! —le espetó Luis, atrayendo su mirada—, y bájese de una puñetera vez en su vida de su brillante pedestal de oro.

—¿Cómo te atreves a hablarme así? —replicó ella.

—Cállate, Luis —intervino Chema.

Conocía a su compañero mejor que nadie, y sabía que bajo aquella apariencia chulesca se escondía un corazón de oro.

—¿Cómo se atreve a menospreciarnos de este modo? —saltó Luis, harto de humillaciones. Si ya estaba despedido, ¿qué más daba?—. Puedo llegar a comprender que esté decepcionada con nuestra gestión. Nosotros también lo estamos. Pero no puede decir que no hemos trabajado, ya que es mentira.

—Por descontado —asintió Victoria con sorna.

—Yo estoy despedido, de acuerdo —convino el hombre—. Estoy convencido de que, por muy malo que sea el puesto que encuentre en otra agencia, nunca será tan denigrante como trabajar para usted. Pero, por favor, escuche a Chema. Necesita este puñetero trabajo. Su familia depende de él. ¿Es que no tiene corazón?...

En los últimos meses, Victoria había oído palabras parecidas a ésas en diversas ocasiones. Su propia hermana Bárbara, en sus interminables charlas, le había preguntado varias veces si no tenía corazón.

—Asumo que me quiera lejos de usted —prosiguió Luis—. Me odia porque su amiga Beth me ayudó a conseguir este trabajo. Pero, dígame, ¿cómo lo consiguió usted?...

—¡Metiéndome en su cama, desde luego que no! —gritó Victoria.

—Yo tampoco —replicó él—. Fue ella quien se metió en la mía. Y, si lo que la ha puesto de mala leche es lo que ha oído que yo le decía antes a su secretaria..., déjeme aclararle que esas palabras son de lo más suave que podrá oír en esta oficina cuando hablan de usted. Puede dar las gracias de tener una secretaria discreta como ella, porque si le hubiera tocado cualquiera de las otras arpías, sería usted el hazmerreír de la empresa. Y, dicho esto, ahora ya me doy por despedido.

—Tengo prisa —anunció. A continuación, miró con disimulo a Chema: Parecía desesperado. Ella apretó los papeles contra su pecho y añadió antes de salir—: De momento, y hasta que yo vuelva de Escocia, continuaréis en vuestros puestos. Cuando regrese, ya hablaremos...

Una vez hubo salido de la sala de juntas, sus ojos se toparon con un enorme ramo de rosas rojas, pero dirigiendo una seca señal a Susana que significaba «¡Ahora no!», se metió en su despacho. Necesitaba paz y un cigarrillo, así que entró en su baño particular, decorado por Mariscal, y lo encendió con cuidado para que el detector de humos no la delatara.

Permaneció allí unos minutos, vacía y pensativa. Después se retocó el maquillaje y salió para sentarse en su glamuroso sillón de cuero blanco, tras lo cual se quitó los zapatos, que la estaban matando. La paz duró poco, sin embargo, unos golpes en la puerta hicieron que volviera a calzarse. Era Susana con el ramo.

—¡¿Qué pasa ahora?! Creo haberte indicado que no quería que me molestaras.

—Discúlpeme, señorita Villacieros —dijo su secretaria reprimiendo una arcada. Sabía que no era un buen momento, pero... ¿cuándo lo era para su jefa?—. Ha llamado su hermana y el señor Carlos Montefinos de Jerez. También llegó el ramo...

¿Cuándo iba a parar? Ya habían pasado cuatro meses desde lo ocurrido, y a pesar de sus continuas negativas a volver con él, Charly insistía. El corazón de Victoria albergaba sentimientos contradictorios. Unos días lo odiaba con toda su alma por el engaño, y otros deseaba volver a estar entre sus brazos. Diariamente recibía dos ramos de flores frescas con tarjeta, uno en su casa y otro en la oficina. Eso, junto a los problemas del trabajo y los reproches de Bárbara para que no volviera con el *engominado*, estaba acabando con su escasa paciencia.

—Puedes dejar el ramo ahí —le indicó finalmente. A continuación, al ver lo pálida que estaba Susana, añadió—: Y baja a la cafetería a comer algo. No tienes buen aspecto.

—¿Quiere que le traiga algo?

—No, gracias. Cuando subas tienes que buscarme un vuelo a Edimburgo y hotel. También necesito que localices el teléfono de la asistente o la secretaria del conde Colum McKenna. Necesito concertar una reunión. Así pues, no tardes mucho, y cuando vuelvas no me pases ninguna llamada. —Al ver que la muchacha se llevaba la mano a la boca, inquirió—: ¿Qué pasa ahora, Susana?

—Señorita Villacieros. Sé que no es el mejor momento, pero necesito hablar con usted...

—Tú lo has dicho —replicó ella apoyando la cabeza en su silla—. No es el mejor día para eso. ¿No puedes esperar a que regrese de Escocia?

—No, señorita Villacieros —soltó Susana a punto de desmayarse—. No puede esperar.

—Perfecto —asintió Victoria con resignación, mirándola con cara de pocos amigos—. Muy bien. ¿Qué ocurre?

—Bueno. El caso es que... yo...

—¡Tengo prisa, mi tiempo es oro, Susana!

—Estoy embarazada de cuatro meses y medio.

Decirlo en voz alta fue como una pequeña liberación. Sabía que la noticia no le caería bien a su jefa, pero no podía seguir ocultándolo. No obstante, el grito que profirió Victoria le revolvió aún más el estómago.

—¡¿Qué?! —chilló, levantándose—. ¿Estás embarazada?

—Lo siento —murmuró Susana, retorciéndose las manos.

Victoria miró incrédula a la muchacha. Apenas tenía veinticinco años y ya estaba embarazada. ¡Qué manera de arruinarse la vida!

—Señorita Villacieros, si le comento esto es porque mi contrato finaliza dentro de tres meses. Vivo sola, necesito este trabajo y...

—¿Pretendes que te renueve el contrato? Oh, no. ¡Ni lo sueñes! —vociferó Victoria viendo cómo Susana se llevaba de nuevo la mano a la boca y los ojos se le anegaban en lágrimas—. No me vengas ahora con lloriqueos sensibleros. Pero ¿qué os habéis creído todos? —añadió pensando en su hermana, en Chema y en Luis—. ¿Que me dedico a la caridad?

—Le prometo que no le fallaré ni un día, aunque tenga al bebé.

—Olvídate de seguir trabajando para mí —ladró ella con crueldad—. No me gustan los niños, y menos aún tener una secretaria que no esté al cien por cien en su trabajo. Conmigo tienes los días contados. Y ahora sal de mi despacho y cumple con tus obligaciones antes de que me arrepienta y te despida hoy mismo.

Atormentada, Susana dio media vuelta. Notaba cómo le subía el vómito... Por fortuna le dio tiempo de coger con rapidez uno de los jarrones, sacar las flores y devolver en su interior.

Atónita ante lo que acababa de contemplar y sin un ápice de piedad, Victoria la echó del despacho de malos modos y Susana cayó redonda a sus pies.

Luis y Chema se apresuraron a auxiliarla. Victoria se había quedado paralizada, pero el primero, con gesto de preocupación, cogió a Susana en brazos y la llevó a la sala de juntas mientras el segundo corría a por un vaso de agua.

Incapaz de seguirlos, Victoria volvió a su mesa. Ellos se ocuparían de la chica. Pasado un rato, a través de su puerta entreabierta vio cómo su pálida secretaria regresaba a su puesto de trabajo.

Susana no se sorprendió cuando vio a Chema aparecer con un bocadillo y una Coca-Cola, pero sí lo hizo cuando Luis le llevó un café. La joven se lo agradeció con una agradable sonrisa, y a continuación él le indicó que la llevaría a casa.

Al presenciar la camaradería que existía entre sus empleados, el duro corazón de Victoria se resintió. Nadie, a excepción de la pesada de su secretaria, se había preocupado por ella en los días posteriores a la anulación de su boda.

Incapaz de seguir observando la escena, se levantó y cerró la puerta de un manotazo.

De camino a casa de su madre, Victoria se miró en el retrovisor. Margarita la había llamado para decirle que estaba preocupada por su hermana. Algo pasaba.

Con paciencia condujo su maravilloso Audi por el largo túnel del paseo de Extremadura hasta llegar al barrio de Aluche. Una vez allí, buscó aparcamiento, y se alegró al ver que justo debajo del piso de su madre había un hueco.

—¡Bendito sea Dios! Si es nuestra Vicky —oyó que alguien decía detrás de ella mientras cerraba el coche.

—Hola, señora Antonia —saludó Victoria a una de sus vecinas de toda la vida mientras ésta le agarraba los mofletes como cuando era pequeña.

La señora Antonia era muy popular en el barrio. Echaba las cartas, leía los posos del café y las manos. Su salón rosa era uno de los más concurridos y conocidos de la zona.

—Dame dos besos, hermosa. —Y, agarrándola del brazo, añadió sin darle opción—: Tu madre está en la frutería de Goyo. Ven un rato a casa con Jesús y conmigo. Tomaremos un café con napolitanas mientras llega. ¿Cómo estás?

—Bien, bien —asintió ella contrariada. Lo último que le apetecía era visitar vecinas.

El saloncito rosa de la señora Antonia estaba igual que siempre. Los años habían pasado para todos, pero no para aquel lugar. Al entrar, los ojos de Victoria volaron directamente hacia una urna que la mujer tenía sobre una mesita. Era la urna de don Jesús, y durante años había sido objeto de curiosidad para todos, en especial para los niños. Don Jesús, el cariñoso marido de Antonia, había sido incinerado tras su muerte, pero en lugar de llevarlo a un nicho o de esparcir sus cenizas al viento, la mujer había decidido que permaneciera junto a ella.

Tras sentarse frente a la mesita marrón del salón y mientras la señora Antonia preparaba café, Victoria se dedicó a observar la estancia, que tan bien recordaba de su niñez.

—Tu madre me contó lo ocurrido con tu boda —dijo la mujer al tiempo que se acercaba a ella con una bandeja con café y napolitanas.

Al oír eso, Victoria se puso tensa. Mataría a su madre. ¿Por qué no podía estarse calladita?

—Escucha, Vicky —prosiguió la vecina sirviéndole el café—. No me alegro de lo que te ha pasado. Pero, ¡cariño, ese mindundi de tres al cuarto no te merecía! Tú vales mucho, y quien te enamore debe merecerte.

—Sí, ya —asintió Victoria tomando la taza que le ofrecía.

Después de un rato en que la señora Antonia la puso al día de los cotilleos del barrio, Victoria miró su reloj.

—Mi madre ya debe de estar en casa —comentó.

—¿Me dejas que mire tus posos del café? —preguntó la mujer, aunque ya había cogido la taza.

Victoria nunca había creído en esas cosas. Las consideraba una tontería. Además, siempre había pensado que su vecina tenía que ganarse la vida de alguna manera.

—Cariño, los posos dicen que has sufrido por amor. Veo que eres una triunfadora en tu vida laboral, pero quizá eres demasiado exigente y eso te hace perder amistades. Debes relajarte, Vicky. No sólo se vive para trabajar.

—Señora Antonia, trabajo en publicidad —respondió ella, pensando que su madre ya la tendría al corriente de todo—, y en ese campo existen pocas amistades.

—¿Tienes pensado viajar?

—No —mintió ella. ¿Cómo podía saber eso?

—Veo un viaje al pasado que cambiará tu vida. —Y, dándole un codazo, susurró—: Y también veo una relación algo inquietante con un tauro que terminará llenándote el corazón. ¿Qué signo eres tú, tesoro?

—Piscis —respondió ella con resignación.

—¡Bendito sea Dios, hija mía! —resopló la mujer—. Ese tauro se sentirá terriblemente atraído por tu energía de piscis. Y aunque intuyo difíciles comienzos, al final no podréis vivir separados. —Se acercó más a ella y bajó el tono de voz—: Tauro suele ser un hombre muy sensual. Mi Jesús, que en paz descanse, era tauro.

—Vaya, qué bien —suspiró Victoria aburrida.

—Oh... —exclamó sonriendo con picardía la vecina—. Ese tauro te hará muy feliz en la cama. ¿Conoces a alguien de la realeza?

—No, ¿por qué? —preguntó estirándose la chaqueta de su carísimo traje, incrédula ante las sandeces que estaba oyendo.

—Los posos no mienten, Vicky —contestó la señora Antonia con una media sonrisa. Luego soltó la taza y dijo al tiempo que le cogía la mano—: Déjame ver una cosita.

—Yo no creo en estas cosas y...

—Tienes unas manos cónicas muy bonitas, tesoro. —Sonrió al ver cómo ella se daba por vencida—. Las líneas de la palma revelan muchas cosas. Aunque, no te preocupes, sólo miraré lo referente al amor. Tus líneas son muy definidas. Has tenido o tendrás tres grandes amores. Esta tercera hendidura tan marcada y, por cierto, manchada con café —indicó misteriosamente haciendo que Victoria prestara atención— será tu gran pasión. Aquí está. ¡Tu tauro! Un amor profundo y duradero. ¡Oh, Vicky! Aquí tienes dos preciosas líneas que sin duda alguna serán dos preciosos retoños.

A Victoria se le heló la sangre en las venas al oír eso.

¿Retoños?

Imposible. Los niños no estaban programados en su vida. Daban problemas, ensuciaban y eran una carga. Así pues, recuperó su mano y se puso en pie sin reparar en la sonrisa de su vecina.

—Señora Antonia, gracias por el café, pero ahora debo irme. Seguro que mi madre ha llegado ya —dijo caminando hacia la puerta—. Me ha encantado verla.

—A Jesús y a mí también nos ha gustado verte a ti, Vicky —repuso la mujer con una sonrisa—. Aunque no creas en estas cosas, déjame decirte que no debes temer al futuro. Te traerá más cosas buenas de las que crees. Y por último permíteme darte un consejo: déjate querer.

—Hasta pronto —se despidió ella.

Y salió huyendo. No quería escuchar más.

Aunque le costara reconocerlo, le gustaba entrar en la casa de su niñez. Conocía todos y cada uno de los rincones de aquel lugar como la palma de su mano. Sentarse en el sillón verde, mil veces tapizado, en cierto modo le proporcionaba tranquilidad.

Tras la anulación de su boda, la relación con su familia había empezado a ser de nuevo lo que una vez fue. Las tres mujeres chocaban, pero tenían a Víctor para poner paz de por medio.

Encendiéndose un cigarrillo, Victoria observó a su madre trastear en la cocina. Apenas le había hablado sobre su próximo viaje a Escocia.

—Mamá, ¿te has cambiado de peinado?

—Sí, tesoro. Ideas de Víctor —respondió tocándose coquetamente el cabello—. Me ha cortado el pelo como Diane Lane en la película *Noches de tormenta*. ¿Te gusta?

—Sí. Incluso te hace más joven.

—Gracias, tesoro. Eso dicen.

—¿«Dicen»? —preguntó Victoria levantando una ceja.

—Oh, ya sabes, las vecinas. Goyo *el Frutero*. Mónica *la Pollera*. Por cierto, ¿has visto esa película?

—¿Cuál?

—*Noches de tormenta*. Víctor y yo fuimos a verla el domingo. Es la última de Richard Gere. ¡Oh, Dios, qué hombre! Y Diane Lane...

—No, mamá. No tengo mucho tiempo para ver películas.

—¡Es preciosa! Tienes que verla. Víctor y yo lloramos como Magdalenas. Pero el Gere y la Lane están guapísimos.

Victoria, que tenía el cigarrillo en la mano, buscó a su alrededor con la mirada.

—Mamá, ¿dónde hay un cenicero?

—Toma éste —dijo Margarita pasándole uno.

—¡Mamá! ¿Cuántos ceniceros cogiste del hotel Santo Mauro?

—Creo que cinco —contestó ella y, sonriendo, señaló—: Uno era para ti, pero Víctor y Bárbara pensaron que no era buena idea.

—Pensaron bien —convino ella mirando el cenicero.

En ese momento se abrió la puerta de la calle. Eran Bárbara, Víctor y *Óscar*. El perro entró alegremente a saludar a Marga, pero cuando quiso acercarse a Victoria, ésta lo echó de su lado. El animal la miró; casi parecía triste por el rechazo.

«¡Qué más da! —pensó ella—. Sólo es un perro.»

—¡Diane Lane, huele a tu sopa en todo el portal! —chilló Víctor, y miró a sus amigas pidiendo su opinión cuando preguntó—: ¿A que es igualita que ella?

—Oh —bromeó Bárbara dándole un beso a su madre—. Pero ¿no es usted Diane Lane?

Al oír las risas, Victoria sonrió. Los había echado de menos, y más de lo que había estado dispuesta a reconocer, pero aún le resultaba difícil llegar hasta ellos.

—Lavaos las manos, que vamos a cenar —anunció Margarita, y mirando al perrazo murmuró—: *Óscar*, ven conmigo. Te guardé el hueso del cocido del sábado.

Bárbara esbozó una sonrisa. La relación de su madre con *Óscar* era magnífica. En cambio, no podía decir lo mismo de Victoria, que seguía rehuyendo al animal.

—¿Eso que llevas —señaló Víctor de camino al baño— es de imitación o es un Adolfo Domínguez de pata negra?

—¡Qué cosas dices! —respondió Bárbara dejando su bandolera encima del sillón verde—. Pues claro que es de pata negra. No olvides que quien lo lleva es la Divina.

—Ehhh... ¿Y a ti qué te pasa? —inquirió Victoria mirando a su hermana.

—Nada.

—Nada bueno —gritó Víctor desde el baño.

—¡Cállate, bocazas!

—Si ya sabía yo que algo te pasaba a ti —replicó Margarita con los cuatro platos en la mano—. Hija mía, que soy tu madre y te he parido.

—Marga, ¿también cogiste toallas del hotel? —preguntó Víctor sacando una del baño.

Al oír eso, la mujer se sonrojó. ¡Las toallas! No les había dicho nada a sus hijas.

—Vale. Vale, de acuerdo —asintió soltando los platos para volver a la cocina—. Estaban tan nuevas que no pude resistirme.

—¡Mamá! —se quejaron ellas al unísono.

—Vamos, vamos —apremió Marga para cambiar de tema—. Sentaos, que la sopa se enfría.

Mientras la mujer servía la sopa, Víctor observó el gesto taciturno de Bárbara. Lo estaba pasando mal, y para hacerla sonreír con su habitual sentido del humor, soltó un bombazo para horror de su hermana:

—Creo que alguien muy glamuroso que se sienta aquí hoy ha visitado el saloncito rosa de la señora Antonia.

Victoria le lanzó su mirada de dóberman a punto de atacar. ¿Por qué tenía que sacar ese tema? Al ver que su madre dejaba de servir la sopa y la observaba a la espera de que contara aquello, tuvo que dar una explicación.

—De acuerdo. He sido yo. La mujer me dijo que estabas en la frutería de Goyo y que pasara a su casa hasta que llegaras.

—¿Has saludado a Jesús? —se mofó Víctor ante las risitas de Bárbara.

—¡¿Tú qué crees?! —replicó Victoria con gesto serio.

—Y ¿por qué no me lo has comentado? —le reprochó Margarita.

—Eso te lo digo yo —repuso Bárbara, a quien le encantaba chinchar a su hermana—. Porque entonces habría tenido que decirte también que va a conocer a un tauro y que vas a ser abuela de dos chiquillos.

—¡Bendito sea Dios! —gritó Marga a punto de derramar la sopa—. ¿Estás embarazada, cariño? ¡Oh, qué ilusión!

—No, mamá —negó rotundamente Victoria al tiempo que fulminaba a su hermana con la mirada—. No estoy embarazada. ¡Sólo me faltaba eso!

—Por lo visto —continuó Víctor—, los posos del café han dicho que en un viaje conocerá al amor de su vida, y quién sabe si será de la realeza.

—Sí, claro —se mofó Bárbara ante la cara de perro de su hermana—. Y será conocida en el mundo entero, como la sidra El Gaitero.

—Prefiero no decir cómo te conocerían a ti —espetó Victoria.

—Tesoro, antes me has contado que te ibas de viaje, ¿verdad?

—Sí, mamá. Pero no...

—Y también —exclamó Marga sobresaltándolos— que tienes que encontrar a un... ¿duque?

—¿Duque? —chilló Víctor al tiempo que se ponía en pie de un brinco—. ¿Tienes que contratar al Duque? ¿A nuestro Duque? ¿Al morenazo malísimo, que está buenísimo y que todos los jueves me quita el sueño?

—Oh, Diosss... —suspiró Bárbara ante la cara de incredulidad de Victoria—. Con lo bueno que está Miguel Ángel Silvestre. Dime, ¿para qué anuncio tienes que contratarlo?

—¿Cómo termina la serie? —gritó Víctor—. ¿Se casa con Catalina o se lo cepillan?

—Dime que terminan juntos —intervino Margarita al recordar «Sin tetas no hay paraíso»—. Juntos y siendo felices en un chalecito adosado con perro y niños.

—Lo dudo, Marga —señaló Víctor—. Creo que se lo quieren cepillar.

—¡Ostras, Vicky! —aplaudió Bárbara—. Tienes que traerme una foto dedicada del Duque.

Victoria maldijo para sus adentros. ¿Por qué lo entendían todo del revés?

—Vamos a ver —aclaró echándose retrepándose en su silla—. No voy a contratar al Duque. Voy a buscar a un conde.

—Da igual —rio Víctor—. Mientras esté tan bueno como el otro, me vale.

—A ver, mamá —prosiguió Victoria—, mi viaje a Escocia se debe a que tengo que encontrar a un imbécil que al parecer es conde, no duque, para que me firme un contrato que nos autorice a rodar en el castillo de Eilean Donan.

—¿Has dicho Eilean Donan? —exclamó Bárbara dejando la cuchara—. ¿El que sale en la película *Los inmortales* y en las novelas medievales que leo? Bueno, que leíamos.

—Sí.

—¿El de la película de James Bond *El mundo nunca es suficiente?* —preguntó Víctor incrédulo.

—Sí, el mismo —asintió Victoria poniendo los ojos en blanco.

—¡Madre mía, qué pasada! —añadió Bárbara—. Dime que puedo acompañarte.

—No.

—Por favor, por favor, Vicky —rogó ella.

—He dicho que no. —Sólo le faltaba tener a su hermana allí incordiando—. Voy por trabajo, no por placer.

—Eres una borde por no decir algo peor, ¿lo sabías? —gruñó Bárbara.

—Sí, mona —espetó Victoria—. Te encargas de recordármelo cada vez que me ves.

—La venita del cuello te delata, reina —señaló Víctor sonriendo.

—No empecemos —intervino Margarita. Sus hijas eran especialistas en discutir.

—Es que esta esnob me saca de mis casillas —dijo Bárbara, y señalando a su hermana añadió—: No pretendo que me pagues el viaje. ¡Tengo mi dinero! No necesito tu ayuda para poder viajar, ¡pedazo de estúpida! Ni siquiera te necesito para moverme por allí. Te recuerdo que soy tan bilingüe como tú, ¡tonta del culo!

—Bárbara —replicó Victoria muy seria—, vuelve a insultarme y te acordarás.

—Vicky, podrías tirarte el rollo —insistió Víctor—. Le vendría fenomenal para su nuevo libro.

—¡He dicho que no! No es el momento. Necesito estar concentrada al cien por cien para conseguir mi propósito —vociferó Victoria, con lo que se ganó una dura mirada de su hermana.

—Eres menos profunda que un charco —señaló Bárbara.

—Pero vamos a ver —terció Margarita—, ¿de qué castillo estáis hablando?

—Mami, ¿te acuerdas de la película *La boda de mi novia*?

—No, creo que no la he visto —contestó dubitativa Marga.

—Sí, mamá. Es esa en la que sale el doctor Derek Shepherd. El macizo de «Anatomía de Grey».

—Ah..., sí. Esa en la que él se da cuenta de que está enamorado de la morenita cuando ella va a casarse con un escocés rubio y grandote, ¿no?

—¡Exacto, Diane Lane! —exclamó Víctor haciéndola sonreír.

—Mami —insistió Bárbara—, me vendría de perlas visitar ese lugar, podría recopilar información para mi novela. Pero la idiota de tu hija no quiere que vaya con ella.

—Pero, Vicky, tesoro mío —murmuró Margarita—, si vas a ir, ¿qué te cuesta llevar a tu hermana contigo?

—Es un viaje de negocios, mamá. Ella sólo molestaría.

—¿Me estás llamando mosca cojonera? —vociferó Bárbara.

—Oh, Dios —suspiró Victoria enfadada—. Pero ¿es que no te das cuenta de que el viaje es por trabajo?

—¡Vete a la mierda! —escupió Bárbara.

—Tú delante para que no me pierda —respondió su hermana.

Tras decir eso, el silencio se instaló en el salón mientras Bárbara y Victoria se retaban con la mirada. Su madre entendía ambas posiciones, pero no quería decantarse por ninguna. Hiciera lo que hiciese, estaría mal.

—Patrick Dempsey —habló finalmente Víctor para romper el hielo—. Así se llama ese bombón del doctor Shepherd. ¡Qué ojos tiene!

—Para ojos bonitos, los de mi Paul Newman —susurró Margarita. A continuación, hizo un puchero y rompió a llorar.

—Mamá, por favor —se quejó Bárbara poniendo los ojos en blanco—. ¡Otra vez, no!

Margarita era una admiradora incondicional de Paul Newman, el actor americano con los ojos azules más enigmáticos del celuloide, y desde el día en que se había enterado de su muerte por cáncer de pulmón no había parado de llorar. De pequeñas, Victoria y Bárbara habían sido testigos de cómo su madre se desvivía por las películas de Newman. Su preferida era *La gata sobre el tejado de zinc,* en la que tenía como compañera a Elizabeth Taylor. Era tal su fascinación por el actor que encima del televisor, junto a las fotos de sus hijas, había una de Paul Newman.

—Ayyy, ¿y lo llorona que es mi Diane Lane? —exclamó Víctor levantándose para achucharla. Adoraba a Margarita.

—Por favor, mamá, no llores por tonterías —resopló Victoria dándole unas palmaditas.

—Me voy —dijo de pronto Bárbara y, antes de que ninguno pudiera decir nada, cogió su bandolera y salió por la puerta, dejando también a *Óscar* sorprendido.

—Pero ¿qué bicho le ha picado ahora a ésta? —preguntó Victoria.

—No lo está pasando bien —la informó Víctor.

—Es por João, ¿verdad? —preguntó Margarita levantándose. Al ver que Víctor asentía, abrió la puerta de la calle y salió tras su hija.

—Me dijo que habían roto hace unos meses —indicó Victoria extrañada.

En todo aquel tiempo nunca había hablado con detalle de João con su hermana, pero su última información era que el tema estaba zanjado.

—Y así era. Pero hace veinte días el muy imbécil se presentó en la puerta de su casa y bueno... imagínate.

—¿Qué es lo que tengo que imaginar?

—Le dio otra oportunidad —respondió Víctor manoteando en el aire—. Una más de todas las que hasta el momento le ha dado. Sin embargo, la semana pasada Bárbara se enteró de que João está casado y ha sido padre.

—¡¿Cómo dices?!

—Mira, Bárbara me va a matar por haberme ido de la lengua.

—Te mataré yo si no me lo cuentas.

—Joder, Vicky. Ella lo está pasando mal. Ha intentado dejarlo en cientos de ocasiones, pero no sé qué tiene ese tío que una y otra vez consigue que vuelva con él.

—Pensaba que Bárbara era más lista que eso —murmuró Victoria furiosa. Si en ese momento hubiera tenido delante al idiota de João, habría sido ella quien le habría retorcido lo que tenía entre las piernas.

—Lo es —la defendió Víctor—. Pero ese tío, con su palabrería y su sonrisa de pasta dentífrica, sabe cómo manejarla. Entre tú y yo: Bárbara necesita alejarse de ese gilipollas antes de que le arruine la vida. Y, Vicky, tú puedes hacerlo. Llévatela a Escocia. Ese imbécil no podrá localizarla allí. Será como una bocanada de aire fresco en su vida. Bárbara lo necesita.

En ese momento se abrió la puerta de la calle. Era Margarita.

—No la he visto —anunció con preocupación, acariciando la cabeza de *Óscar*—. Esa muchacha me preocupa mucho. El tal João no es buena compañía. No me gusta.

—Marga, le he contado a Vicky la verdad sobre ese tipo.

—Mamá, ¿por qué no me lo habías dicho?

—Bárbara no quería —declaró su madre sentándose junto a ella—. Decía que bastantes problemas tenías tú como para cargarte con alguno más.

—Vaya una tonta —murmuró Victoria. Adoraba a su hermana, aunque la sacara de sus casillas.

La puerta se abrió entonces de nuevo. Era Bárbara, y *Óscar* se lanzó a lamerle la cara.

—Bueno —dijo indecisa mirando a su familia—, os pido disculpas por haberme ido de esa forma, pero es que...

—Bárbara —la interrumpió Victoria sorprendiéndolos a todos—. ¿Aún te apetece acompañarme a Escocia?

5

El avión de Iberia con destino Edimburgo despegó con puntualidad a las 8.20 horas. Sentada en su cómodo butacón, Victoria maldecía el momento de debilidad que había tenido con su hermana. Desde que había subido al avión y había visto que se sentaban en *business*, Bárbara no había parado de protestar:

—¡Qué clasismo, por Dios! Y eso que es un viaje de menos de tres horas.

—Azafata —llamó Victoria. Necesitaba tomar algo. No podía con su hermana—. Tráigame un zumo o una Coca-Cola Zero.

—Si no le importa esperar un momentito... —le indicó la azafata con amabilidad—. Enseguida comenzaremos a servir las bebidas.

—Sí me importa esperar —ladró Victoria ante el asombro de su hermana—. Tráigame la bebida ¡ya!

Sin decir más, la mujer dio media vuelta y se alejó con tranquilidad en dirección a la cabina.

—¡Vicky, por Dios! —se quejó Bárbara—. La pobre sólo te ha dicho que esperaras un segundito.

—Pago un billete en clase *business* para no tener que esperar.

Dos minutos después, la azafata apareció con dos zumos de naranja y unos panchitos. Con una falsa sonrisa, se los tendió y se alejó.

—Podrías haberle dado las gracias... —dijo Bárbara.

—¿Por qué? —soltó su hermana sin dejar de mirar el periódico—. Sólo ha cumplido con su trabajo.

Durante el resto del viaje, Victoria estuvo distraída con unos papeles. Necesitaba tener claro todo lo referente al contrato antes de la reunión que milagrosamente había concertado con el conde. Aburrida, Bárbara se levantó y al ir hacia el servicio divisó en clase turista a Tomás y a Marie, los veterinarios que colaboraban como ella en varias perreras. Al verla, le pidieron que se sentara en el asiento libre que había a su lado, de modo que sólo volvió junto a su hermana cuando el avión estaba a punto de aterrizar.

Una vez hubieron recogido las maletas y el chófer las hubo cargado en la limusina, Victoria observó con gesto serio cómo Bárbara seguía hablando con aquellos mochileros. Quería marcharse del aeropuerto, pero ella no parecía tener prisa.

—¿De verdad esto era antes un aeropuerto militar? —dijo Bárbara sorprendida.

—Sí —respondió Marie, que resultó que tenía familia escocesa—. Mis abuelos aún lo llaman aeródromo de Turnhouse. Por cierto, ¿hasta cuándo os quedáis?

—No lo sé. Todo depende de cómo le vaya a mi hermana en su curro.

—Nosotros todos los años llegamos el 17 de octubre —indicó Tomás—, y regresamos a España tras pasar la Noche de Brujas.

—Mañana es San Lucas, el santo de mi abuelo —expuso Marie—. Aunque también podéis oír que lo llaman el Día de las Tortas Agrias.

—¿Por qué? —preguntó divertida Bárbara.

—Porque por lo visto en Rutherglen las tortas se comían con crema agria —explicó Tomás—. Ya sabéis, cosas de escoceses.

—Si estáis aquí para la Noche de Brujas, llamadnos —propuso Marie, apuntando su teléfono en un trozo de papel—. Es una fiesta muy divertida.

—Disculpadme —intervino Victoria, dejando de manifiesto su incomodidad—. Tengo prisa. El coche está esperando.

La diferencia entre su indumentaria y la de los otros tres era abismal. Mientras que ella iba vestida con un traje de chaqueta oscuro de Chanel, un abrigo largo de cuero Yves Saint Laurent, unas gafas Prada, botines Moschino y un moño alto, los otros llevaban vaqueros, cazadoras tipo bomber y mochila.

—¿Hacia adónde vais? —preguntó Bárbara, ganándose una mirada hosca de su hermana que no le pasó desapercibida a Tomás.

—Al parque de Holyrood. ¿Y vosotras?

—Creo que al hotel Glasshouse.

—¡El hotel boutique The Glasshouse! —silbó Marie impresionada—. ¡Vaya, qué lujazo! Ese sitio es una pasada. Está en Greenside Place.

—¿Lo conoces? —se interesó Bárbara.

—Sí. Está cerca de casa de mis abuelos.

—Oye —dijo alegremente Bárbara—, venid con nosotras. Os acercaremos.

—No es posible. Tengo prisa y no podemos andar parando por el camino —soltó Victoria, dejando a su hermana con la boca abierta. ¿Cómo podía ser tan borde?

—No te preocupes —contestó Tomás mirando al chófer, que esperaba con la puerta abierta. Y agarrando las mochilas añadió—: Cogeremos el autobús. Nos vemos pronto.

Bárbara observó cómo se marchaban sus amigos. No era justo. Su hermana no era justa.

—¿Sabes que eres una tía muy desagradable?

—¿Me lo dices o me lo cuentas? —repuso Victoria subiendo al cochazo.

—Te lo narro —contestó Bárbara enfadada.

Una vez el chófer hubo arrancado, comenzaron a discutir, y así continuaban cuando el vehículo se detuvo ante el hotel Glasshouse.

Bárbara bajó detrás de Victoria reprimiendo las ganas de estrangularla. ¡Era insoportable!

Sin embargo, se quedó sin palabras al contemplar el establecimiento. Ciento cincuenta años atrás, la fachada del Glasshouse había sido la de la iglesia de Lady Glenorchy. Su dueño había sabido combinar con elegancia la fachada antigua de la iglesia con una moderna estructura de acero y cristal, consiguiendo así un elegante y depurado conjunto contemporáneo en el que se fusionaban el pasado y el futuro de aquel lugar.

—Es impresionante, ¿verdad? —comentó Victoria al ver la cara de su hermana.

—Sí, ¡flipante! —asintió ella, mientras sentía la lluvia en la cara.

—Vayamos adentro —dijo Victoria comenzando a andar mientras el chófer, aún mareado por el viaje que le habían dado, abría la portezuela trasera. El botones cargaría las maletas—. Esta odiosa lluvia escocesa me va a estropear los botines.

—¡Dios mío! —exclamó Bárbara, deteniéndose para clavar la mirada en un tipo que reía a mandíbula batiente por lo que otro le estaba contando—. Y luego dicen que los monumentos no andan.

—¿Qué dices?

—El pelirrojo —murmuró recorriendo con la vista sin ningún pudor el cuerpo de aquel hombre algo desaliñado—. Imagínatelo vestido con una faldita de highlander sobre un caballo negro. ¡Madre del amor hermoso!

—Pero ¿de qué hablas? —preguntó Victoria mirando a dos hombretones que, a pesar del frío, andaban en polos de manga corta con la insignia del hotel—. ¿Esos horteras? Bah..., menuda vulgaridad. Son obreros. Mira qué pintas.

—De verdad, hija mía —dijo Bárbara despertando de su sueño escocés—. Cualquiera que te oyera pensaría que desciendes de los Borbones. Cuando eres una Villacieros Zúñiga, descendiente de simples pero honrados obreros. No de príncipes.

—Perdona que te diga, bonita, pero el hecho de que sea descendiente de obreros no significa que tenga que fijarme sólo en ellos —replicó Victoria, preocupada por sus botines—. Además, esos dos son horrorosos. ¡Qué pintas!

—Tienes el gusto de un calamar en adobo, hermana. —Y, señalando de nuevo a los hombres que ahora las miraban, Bárbara añadió tras hacerle ojitos al pelirrojo—: Pero ¿tú has visto qué dos monumentos?

Su hermana volvió a mirarlos de mala manera y entonces se encontró con los ojos del más alto, que, con descaro, siguió observándola fijamente mientras seguía riendo por algo divertidísimo que debía de estar contándole el otro.

—¡Paletos! —murmuró al sentirse objeto de sus risas.

En ese momento el botones del hotel, por la prisa de atenderlas, resbaló, cayó de bruces ante ellas y quedó inmóvil bajo la lluvia.

Rápidamente, el chófer y Bárbara acudieron en su auxilio, mientras Victoria corría para resguardarse de la lluvia. Segundos después, varios trabajadores del hotel se hicieron cargo del muchacho, quien parecía estar recuperando la conciencia.

—Pobrecillo —musitó Bárbara empapada al reunirse con su hermana en el vestíbulo—. Menudo castañazo se ha dado. Van a tener que darle puntos en la frente.

—Por mí como si le cosen todo el cuerpo —contestó Victoria de mal humor. Acto seguido miró a la muchacha de recepción y gritó en un perfecto inglés—: ¡Recepcionista, haga el favor de decirle a alguno de sus compañeros que salga a por nuestro equipaje! Sigue bajo la lluvia.

—Un segundo, señora —señaló la chica mientras atendía a otros clientes—. En cuanto regresen, saldrán a recogerlo.

—¿Por qué tenemos que esperar? —insistió ella dejando a Bárbara boquiabierta—. ¿Acaso no puede salir usted? Mi maleta es Versace y como se estropee voy a pedir daños y perjuicios al hotel.

—Lo siento, señora —repitió la muchacha—. No puedo abandonar la recepción en este momento. Discúlpeme.

—Vicky, no te pongas así —murmuró Bárbara avergonzada—. Yo iré a por ellas.

—¡Ni se te ocurra moverte de aquí! —gruñó su hermana con severidad.

—¿Qué ocurre, Cindy? —preguntó entonces una voz profunda a su espalda.

—La señora quiere que alguien recoja su equipaje —respondió la recepcionista asustada—, pero no hay nadie disponible en este momento.

El hombre que había preguntado con un aterciopelado acento escocés era el mismo que segundos antes había mirado fijamente a Victoria, el hombretón que reía a carcajadas junto al otro. Ambos estaban ahora allí.

—Pandilla de ineptos —bramó Victoria, y al ver en sus polos el logotipo del Glasshouse, dijo—: Ustedes son del hotel, ¿verdad?

—Podría decirse que sí —respondió el pelirrojo al tiempo que le guiñaba un ojo a Bárbara, que se sonrojó.

—Sí. Somos del hotel —asintió el más alto mesándose el pelo mojado hacia atrás mientras observaba con curiosidad a la morena con cara de enfado.

—Pues hagan el favor de salir a recoger nuestro equipaje de inmediato si no quieren tener graves problemas —ordenó Victoria con la vena del cuello a punto de explotar.

Al oírla, los dos hombres se miraron y se echaron a reír dejándola pasmada. «Serán descarados», pensó ella mientras la recepcionista pasaba por todos los colores del arcoíris.

—Discúlpenos, señora —contestó el más alto, que parecía tener prisa—, pero estamos de vacaciones y no nos reincorporamos al trabajo hasta el lunes.

—¡Esto es increíble! —vociferó Victoria cada vez más enfadada. Miró a la recepcionista y exigió—: Llame de inmediato al director del hotel. ¡Quiero hablar con él!

—Señora, él...

—Tranquila, Cindy, preciosa —volvió a decir el tipo alto con tranquilidad a la asustada muchacha—. No hace falta que lo avises. Yo mismo iré por las maletas de esta clienta tan amable.

Y, volviéndose hacia su amigo, dijo algo en gaélico que Victoria no comprendió. No obstante, sí entendió la cara de guasa del otro.

«¡Estúpidos!», se dijo.

—¡Por la cuenta que le trae —espetó entonces con rabia, retirándose un mechón de la cara—, espero que salga a por mi maleta Versace de inmediato si no quiere estar mañana en el paro!

—Vicky —la regañó Bárbara en español—. Te estás pasando tres pueblos.

—Mire, señora... —comenzó a decir el pelirrojo.

—¡Señorita! —corrigió ella con altivez.

—De acuerdo —asintió el hombre pacientemente—. Iba a decirle, señorita, que nosotros se la recogeremos encantados, aunque...

—¿Me está usted diciendo, señorita —lo interrumpió el más alto, clavando sus ojos verdes en ella—, que me va a mandar al paro por no recoger su maleta, cuando ni siquiera estoy en mi horario de trabajo?

—Soy amiga íntima del conde Colum McKenna —mintió Victoria, acercándose de manera intimidante a él con las manos en las caderas. Y, clavando sus rasgados ojos negros en los suyos, sentenció—: Puedo asegurarle que, en el momento en que le cuente lo ocurrido, usted y su amiguito saldrán de aquí en menos que canta un gallo, ¡estúpido!

—Robert —dijo entonces él volviéndose hacia su compañero—, si no queremos tener problemas, será mejor que vayas a por la maleta de la señorita.

—De acuerdo —asintió su amigo. No obstante, cuando parecía que iba a salir, se volvió de nuevo—: Pero ¿por qué no me acompañas tú?

—Estoy empapado, tío —se excusó el alto, dejando boquiabierta a Victoria.

—Yo también —contestó el otro, que intentó no reír al ver la cara de diversión de Bárbara—. Y sabes que me resfrío con facilidad.

—Es verdad —convino el alto rascándose la cabeza—. Pero la maleta de la señorita es Versace.

—¿Y la mochila? —preguntó con guasa el pelirrojo mientras salían.

—La mochila es del mercadillo de mi barrio —respondió Bárbara, con lo que se ganó una nueva mirada reprobatoria de Victoria.

Aquellos dos eran muy graciosos, pensó. ¿Cómo era que su hermana no parecía darse cuenta?

—¡Esos tíos son unos anormales! —murmuró Victoria a punto de estallar.

—Calma, Vicky —la tranquilizó Bárbara y, señalándole el cuello, añadió—: La vena te va a explotar.

Sin dar crédito a lo que sucedía, Victoria los observó salir del hotel. En ese instante, su móvil vibró en el bolso.

Era Charly.

¡El que faltaba!

Maldiciendo, cortó la llamada mientras miraba cómo aquellos estúpidos escoceses llegaban hasta el equipaje con una parsimonia que le corroía las entrañas y comenzaban a discutir bajo el aguacero. Al parecer, ambos querían llevar la pequeña mochila de Bárbara, no el maletón Versace.

—No te enfades, Vicky, pero si son muy graciosos —dijo su hermana.

—¡Son gilipollas, eso es lo que son! —bufó ella cortando otra llamada de Charly.

Los escoceses regresaron entonces al vestíbulo como recién salidos de la ducha.

—Su mochila —le indicó con gesto amable a Bárbara el pelirrojo, que al parecer se llamaba Robert.

—Gracias —respondió ella con una sonrisa.

—Aquí tiene, *señorita*, su maleta Versace —dijo el alto soltándola ante Victoria. Luego se dirigió a la recepcionista para preguntarle en tono cariñoso—: Cindy, preciosa, ¿las señoritas han hecho ya el *check-in*?

—No, todavía no.

—Por favor —indicó cómicamente el alto, que se llamaba Niall—, ¿serían tan amables de verificar su reserva?

—Por supuesto —siseó Victoria, y dando un manotazo que lo tiró hacia atrás, le gritó—: Tú debes de ser el bufón del hotel, ¿verdad?

—Acertada apreciación, señorita —le espetó él con desprecio. A continuación la barrió de arriba abajo con la mirada y pensó: «¡Qué mujer tan desagradable!».

—¡Quítate de en medio, estúpido! —bufó ella harta de oírlo decir la palabra «señorita» de aquella forma—. Mañana estarás despedido.

Bárbara estaba ya al límite. ¿Acaso su hermana no se daba cuenta de que aquel comportamiento lo estaba provocando ella? Decidida a decirle algo, le habló en español para que ellos no la entendieran:

—Pero, Vicky, ¿cómo que mañana estará despedido? No puedes hacer eso. La gente necesita trabajar para comer. ¿No te das cuenta de cómo tratas a todo el mundo? Este hombre sólo te está respondiendo en los mismos términos que tú le hablas. Incluso con más educación. De momento no te ha insultado. Tú a él, sí.

—Cuando dices «hombre», ¿te refieres a esto? —replicó ella señalando a Niall, que estaba calado hasta los huesos—. ¿Sabes, Bárbara? Para decir esas chorradas, mejor mantén la boca cerrada, o te aseguro que al final terminaremos discutiendo tú y yo.

—Eres una amargada y una auténtica bruja. Te encanta pisotear a la gente por el simple hecho de creerte más que nadie. Cuando no eres más que una... una...

—Como te diga yo lo que eres tú, la vamos a tener... —repuso Victoria sonriendo con malicia.

—¡Uyyy! ¡Qué miedo! Dímelo si tienes narices —contestó su hermana sacando su chulería de barrio.

Robert, Niall y Cindy las observaban incrédulos.

¿Qué había pasado? ¿Por qué discutían entre ellas?

Hastiada por los modales de su hermana, Bárbara terminó explotando y por su boca salieron sapos y culebras. ¿Acaso aquella pija se creía la reina del mundo?

Para Victoria, el día iba de mal en peor. La tensión del viaje, las continuas llamadas de Charly, las quejas de su hermana y el teatro de aquellos trogloditas habían acabado con su escasísima paciencia.

—Pero ¿qué les ocurre a estas dos? —preguntó Robert acercándose a Niall.

—No lo sé —respondió su amigo con sinceridad, sin comprender nada de nada—. Pero por su manera de mover las manos parecen italianas o españolas.

—La del pelo más claro parece amable —indicó Robert mientras observaba a Bárbara levantar los brazos hacia el cielo—, y desde luego es valiente para enfrentarse a la otra. Pero la morena, ufff, la morena...

—La morena es insoportable —espetó con desprecio Niall, que veía cómo Victoria manoteaba como una histérica frente a su hermana—. Es la mujer más maleducada, prepotente y estúpida con la que me he cruzado en mi vida. Alimañas como ésa son las que te sacan hasta la sangre y te dejan sin nada.

De pronto, tras un grito de Victoria, Bárbara calló. Durante unos segundos, las hermanas se retaron con la mirada, hasta que Bárbara, muy enfadada, se agachó, cogió su mochila y salió del hotel sin mirar atrás.

Al comprobar el arranque de su hermana y verla parada bajo la lluvia, Victoria caminó hasta ella para tratar de hacerla recapacitar. ¿Qué estaba haciendo? ¿Por qué siempre se comportaba así con las personas que la querían?

—Bárbara, espera.

—Vete a la mierda. Te recuerdo que tus botines Moschino se están mojando.

—Bárbara, por favor.

—Eres la persona... —escupió ella con rabia volviéndose hacia su hermana— la persona más insensible, egoísta y estúpida que he conocido en mi vida. Jamás, y repito ¡jamás!, sería capaz de decirte las cosas tan dolorosas que tú me dices a mí. Aunque podría hacerlo, y lo sabes, pero no tengo ni tu maldad ni tu verborrea para dañar. ¿Acaso crees que la vida es fácil para mí, estúpida insensible? ¿Acaso crees que ser la hermana perdedora de

Victoria Villacieros Zúñiga es sencillo? —Con la lluvia corriéndole por la cara, Bárbara rompió entonces a llorar y añadió—: Tienes razón, ¡maldita sea! Tú, mamá y Víctor tenéis razón. Soy la jodida amante de João. Una mujer que vive de la mentira y que recoge las migajas que ese innombrable le da. ¿Acaso crees que eso me hace feliz?

—No. No te hace feliz —respondió Victoria sintiéndose la peor hermana del mundo. ¿Cómo había podido decirle aquello?

—Lo quiero y lo odio al mismo tiempo —sollozó Bárbara sintiendo que el corazón se le partía en dos—. Y, aunque no me creas, he intentado romper con él cientos de veces. Pero yo... yo...

No pudo proseguir, pues el llanto se apoderó de ella y, al ver los brazos abiertos de su hermana, no lo dudó y corrió a cobijarse en ellos.

—Chis, no llores —suplicó Victoria dolorida—. Por favor, perdóname.

—Sabes que estás perdonada. Pero odio tu insensibilidad y tu egoísmo. En el mundo, además de ti, existen millones de personas que luchan por salir adelante sin tener la suerte profesional que has tenido tú.

—Lo sé. Tienes razón. Sólo puedo prometer que intentaré cambiar —declaró Victoria, y añadió en un intento de hacerla sonreír—: Y te juro que ese mequetrefe de João no volverá a hacerte sufrir, o seré yo quien le retuerza eso que tanto aprecia de su hombría.

—Se llama «polla», Vicky —repuso Bárbara con una sonrisa notando cómo el agua resbalaba por su cara—. Hasta para decir algo así buscas palabras complicadas. ¡Di «polla»!

—¿Para qué lo voy a decir si ya sabes a qué me refiero?

—Porque necesito oír a mi hermana, a esa Vicky que llamaba

a las cosas por su nombre. No a la Victoria exigente que bebe y usa palabras *light*.

—Vale..., vale. —Y mirando a su hermana, sin preocuparse en absoluto porque siguieran mojándose sus botines, dijo torciendo un poco la boca—: Te prometo, Bárbara, que si el pedazo de cabrón de João vuelve a molestarte, le retorceré la polla de tal manera que ni su puta madre lo reconocerá cuando acabe con él.

—¡Ésa es mi Vicky! —se carcajeó Bárbara haciendo reír también a su hermana—. ¡Sí, sí! ¡Ésa es mi Vicky!

Como testigos de excepción, Robert y Niall las observaban a través de los cristales del hotel. Aquellas dos locas que minutos antes se chillaban ahora estaban muertas de la risa bajo un aguacero que a duras penas si les permitía respirar.

—Entremos, Vicky —murmuró Bárbara al ver que las observaban un par de curiosos—. Tengo caladas hasta las bragas. Por hoy ya hemos hecho bastante el ridículo.

—Tienes razón —convino ella y, tras mirar hacia el hotel, señaló—: Sólo espero que el bufón se quede calladito o tendré que retorcerle la... ¡polla!

Riendo de nuevo, entraron en el vestíbulo con paso seguro y se detuvieron frente al mostrador de recepción. Cindy las miró con cara de susto.

—Tengo una reserva a nombre de Victoria Villacieros Zúñiga.

—Así es —asintió la muchacha, a quien le temblaba el pulso—. Por favor, rellene este papel —indicó dándole un pequeño portafolios, y de inmediato desapareció en el interior de un despachito.

—¿Es una sensación mía o esa mujer nos rehúye? —dijo Victoria.

—No me extraña —contestó Bárbara temblando de frío—.

Con la que hemos montado... El día que nos vayamos del hotel, celebrarán la fiesta nacional.

Sonriendo, y sin querer mirar atrás, Victoria volvió a retirarse el pelo de la cara. Sentía los ojos del bufón observándola a una distancia prudencial, cosa que agradeció. No le apetecía discutir, y no quería pensar en la pinta que debía de tener en ese momento. ¡Menos mal que el maquillaje era resistente al agua!

Cuando se dispuso a coger el bolígrafo para rellenar el formulario, se dio cuenta de que era incapaz. Tenía tanto frío y estaba tan empapada que no conseguía sujetarlo durante más de dos segundos. Con el rabillo del ojo miró a Bárbara. Pensó en pedirle ayuda, pero al ver cómo temblaba, se percató de que estaban en la misma situación.

—Si me permite, yo puedo ayudarla. —Era el bufón. ¿Por qué tenía que ser él?

Sin embargo, tras mirar de nuevo a su hermana, Victoria decidió aceptar su ofrecimiento. Le pasó el bolígrafo y los papeles empapados y él comenzó a rellenarlos con los datos que ella le iba dictando.

Extrañamente atraído como un imán por aquella espantosa mujer, de pronto Niall se encontró ofreciéndole su ayuda sin saber por qué. Al ser más alto, pudo observarla sin ser observado. Ella no lo miró ni una sola vez. Sólo respondía con voz neutra y cansada. Aquella loca tenía el pelo empapado, enmarañado y pegado a la cara. Y, a pesar de parecer un pollito mojado, el encanto que vio en ella lo fascinó. No era una mujer despampanante de esas que hacían que el tráfico se detuviera o pasaban por su cama. Era diferente. Su piel le recordaba el color de los melocotones maduros. Su boca, sin llegar a ser sensual, era apetecible, morbosa. Pero su mirada desafiante y sus ojos negros lo atraían por su intensidad. Una intensidad que lo excitó. Una intensidad que le gustaría probar...

Una vez rellenado el formulario, Niall lo dejó encima del mostrador y, sin decir nada, se alejó con Robert, que lo esperaba hablando con otros trabajadores.

—Podrías haberle dado las gracias —susurró Bárbara temblando.

—No me ha dado tiempo —se disculpó Victoria, y al ver a Cindy salir del despacho, murmuró—: Por Dios, a ver si nos dan ya la habitación. Necesitamos cambiarnos de ropa urgentemente.

—Una ducha calentita, ¡por favor!

—Señorita Villacieros —comenzó a decir la chica—. No sé cómo decirle esto, pero las normas del hotel no permiten acceder a la habitación hasta las dos de la tarde.

—¡¿Cómo?! —gritaron ambas al unísono.

—Están acabando de limpiar la suite que tenían reservada —se disculpó Cindy.

—¿Me está diciendo que tenemos que esperar aquí empapadas y ateridas durante una hora y media? —vociferó Victoria, notando que la sangre comenzaba de nuevo a bombear con fuerza en la vena de su cuello.

—¡Joder! —se quejó Bárbara y, tras mirar a su alrededor, comentó—: ¿Dónde está la cámara oculta?

—Yo lo siento, pero...

—No, no lo sienta —gruñó Victoria—. ¡Arréglelo!

—¿Qué ocurre, Cindy? —preguntó de nuevo la voz de Niall.

De reojo, Victoria vio de nuevo a los hombretones tras ellas. «¡Qué pesados!»

—El que faltaba —protestó.

—Las normas indican que hasta las dos no pueden entrar en la habitación —explicó la recepcionista.

—Pero ¿es que no ven que necesitamos cambiarnos de ropa y tomar una ducha caliente? —se quejó Bárbara.

—Sí, señorita —asintió Robert—. Tiene usted toda la razón.

—Podemos ayudarlas —indicó Niall apoyado en el mostrador.

—¿Cómo? —preguntó Bárbara ante la pasividad de su hermana.

—Si la señorita española —comenzó a decir Niall, consiguiendo que Victoria lo mirase— nos pide disculpas por sus malos modales, sus insultos, y promete no contar nada de lo ocurrido al conde McKenna..., nosotros podemos hacer que ocupen esa habitación dentro de pocos minutos.

—Será gañán... —murmuró Victoria dándole la espalda.

—Vicky, controla la venita, que te veo venir...

—Esto es lo más surrealista que me ha pasado en la vida. Te lo juro, Bárbara

—No lo dudo, hija, no lo dudo —le dio la razón su hermana mirando a Niall.

—Y ahora este bufón pretende que yo le pida disculpas. Ni hablar.

—Vámonos, Robert —dijo Niall dando media vuelta—. ¡Que se congelen! La señorita prefiere esperar hasta las dos de la tarde.

—¡No! —gritó Bárbara cogiendo del brazo a Robert—. Tenemos frío y necesitamos una ducha caliente.

—¡Niall, espera! —gritó Robert comenzando a hablar en gaélico—. Deja de hacerte el duro y haz el favor de permitir que estas mujeres se duchen y se cambien de ropa. No seas cabezón. Si luego se resfrían nos sentiremos culpables.

—Esa mala bruja y su mal genio no podrán conmigo. O pide disculpas, o no muevo un dedo por ellas.

—¿Podrían hablar en inglés? —protestó Victoria. Odiaba no enterarse.

—Disculpe —se disculpó Robert dirigiéndose a ella—. ¿Lo ha pensado usted mejor?

—¡Ja! Antes muerta —contestó Victoria muy digna.

—No tengo mucha paciencia —la informó Niall con arrogancia—. ¡Mi tiempo es oro, señorita!

—¡Vicky, joder! —protestó Bárbara en español—. Bájate del burro para que podamos entrar en calor. —Y, señalando a los dos hombres que esperaban frente a ellas, agregó—: ¿No ves que estos dos sólo necesitan que alimentes sus egos de machito?

—Odio alimentar la autoestima de tipos como éstos.

—Si no les importa —se quejó ahora Niall—, ¿podrían hablar ustedes en inglés?

—De acuerdo —asintió Bárbara, y mirando a Robert con una sonrisa dijo—: Sólo hemos hecho lo que ustedes. Comunicarnos entre nosotras.

—Lo entiendo —convino él con una sonrisa bobalicona que hizo que Niall le diera un empujón para espabilarlo.

—Mire, señor —añadió Bárbara dirigiéndose a Niall mientras le castañeteaban los dientes—. Mi hermana y yo le pedimos disculpas por todo. Y no se preocupe: no le dirá nada al conde.

—Eso tiene que decirlo ella —señaló Niall taciturno. A cabezón no lo ganaba nadie.

—¡Vicky, joder! —exclamó Bárbara—. Me muero de frío.

—De acuerdo —accedió finalmente ella. Lo hacía por su hermana—. Les pido disculpas.

—Tiene que decir por qué —indicó Niall enfadado.

—Les pido disculpas por mis insultos y por mi mal carácter.

—Falta algo —intervino de nuevo Niall al ver cómo ella cerraba los puños casi a punto de explotar—. Tiene que prometernos que no le contará nada de lo ocurrido al conde McKenna. Necesitamos este trabajo.

—Les prometo que no le diré nada al conde —acabó Victoria, mirándolo con odio—. ¿Algo más?

—No, señorita española —siseó Niall, y se dio media vuelta—. Nada más. Disfrute de sus vacaciones en Escocia.

Sin quitarle los ojos de encima, Victoria observó cómo aquel cromañón desaparecía por el vestíbulo.

—Fíjate cómo anda, si parece el dueño del hotel —señaló.

Pocos segundos después, los dos hombres regresaron en compañía de un muchacho, que las saludó y cargó sus maletas en el carrito del hotel.

—Te juro que, como vuelva a dirigirse a mí, le arranco la cabeza —escupió Victoria.

—Tranquila —la tranquilizó una sonriente Bárbara—, no creo que le hayan quedado ganas.

A diferencia de la sonrisa bobalicona que Robert le dirigía a su hermana, Niall ni siquiera miró a Victoria cuando pasó por su lado. Y su indiferencia la molestó. Nadie la había tratado jamás de ese modo.

—Señoritas —las llamó entonces Cindy, que ya volvía a tener color en las mejillas—. Si son tan amables, el botones las acompañará hasta su suite.

—Gracias —respondió Bárbara y, tras intercambiar una sonrisa con Robert, fue tras su hermana.

Sin mirar atrás y con la altivez de una reina, Victoria entró en el ascensor. Era consciente de la mirada que la seguía y del reguero de agua que ambas iban dejando a su paso. ¡Qué situación tan bochornosa!

—Creo que nosotros también nos merecemos una buena ducha —se carcajeó Robert al ver el enfado de su amigo.

—¿Sabes? —repuso Niall—. Me parece que nadie le ha explicado eso de quien ríe el último ríe mejor a la señorita Versace.

Pocos minutos después, el ascensor se detuvo en el tercer piso. El botones metió su equipaje en el interior de una impresionante suite y luego se retiró.

La reunión con el conde McKenna estaba programada para las cinco de la tarde. Milagrosamente, Victoria había concertado la cita desde Madrid, y casi saltó de alegría cuando lo consiguió.

Todavía faltaba una hora y media para la entrevista. Ataviada con un elegante traje color champán Armani, Victoria revisaba unos documentos mientras Bárbara, aún con el mullido albornoz del hotel, ojeaba una revista sentada en la cama.

—Tras la ducha calentita y el sándwich de pollo tan rico que nos han subido, creo que me echaré una siesta mientras estás en la reunión.

—Me parece bien. Ojalá yo pudiera hacerlo. Me caigo de sueño.

De pronto, unos golpes en la puerta atrajeron su atención.

—¿Has pedido algo al servicio de habitaciones? —preguntó Bárbara.

—No. Yo no.

Cuando abrió la puerta, Victoria vio en el pasillo al botones que horas antes las había acompañado a la suite. El muchacho le entregó una nota y se marchó.

—¿Quién la manda? —preguntó Bárbara con curiosidad.

—¡Maldita sea! —bufó de pronto su hermana tras leer el papel.

—¿Qué pasa ahora?

—El conde ha anulado la reunión.

—No me digas. ¿Por qué?

—No lo sé, no lo dice —gruñó Victoria arrugando la nota y tirándola a la papelera—. La ha cambiado al lunes. Directamente en el castillo de Eilean Donan.

—¡Qué emoción! —gritó Bárbara—. Eilean Donan.

—Sí, vamos, ¡emocionantísimo! —refunfuñó Victoria abriendo su portátil—. Ahora tendré que buscar un chófer que nos lleve hasta allí. Aunque seguro que el hotel dispone de ese servicio.

—¿Para qué necesitamos un chófer? Sería más emocionante alquilar un coche y llegar nosotras mismas hasta allí con la ayuda de un mapa.

—Qué antigua eres —resopló Victoria, y sacó un aparato de la bolsa de su ordenador—. ¿Sabes lo que es un GPS, Bárbara?

—A ver si te crees que vivo en la prehistoria. ¡Pues claro que sé lo que es! —replicó ella, y quitándoselo de las manos agregó—: ¿Lo ves? ¿Para qué queremos un chófer, si has venido con todos tus juguetitos?

—¿Para no perdernos, por ejemplo?

—Ahora la antigua eres tú. Yo creía que los GPS servían para no perderse.

—Sí, Bárbara —asintió Victoria al tiempo que tecleaba algo en su portátil—, pero prefiero ir mirando el paisaje a conducir.

—Puedo conducir yo. Total, los coches se llevan igual en todos lados. Freno, embrague, acelerador y volante. Nada más.

—¿Tú? —la señaló Victoria—. No, guapa. Quiero llegar sana y salva.

—Mira, pedorra, si tuvimos aquel golpe tonto —replicó Bárbara recordando el incidente— fue porque el bruto de Paco te potó encima y ¡tú, al moverte, me empujaste a mí! ¿No te jode? —Al ver que su hermana sonreía, insistió—: Vamos, Vicky, anímate. Alquilemos un cochecito. Será nuestra pequeña aventura. ¿No crees que sería emocionante?

La alegría que vio en los ojos de Bárbara convenció finalmente a Victoria. Además, negarse podría ser motivo de una nueva discusión.

—Bárbara, ¿de verdad crees que tú y yo podríamos llegar sanas y salvas a Eilean Donan sin meternos en ningún problema?

—¡Ya te digo! —sonrió su hermana al ver cumplido su deseo—. Con la ayuda de este maravilloso GPS y con tiempo por delante, ¡nada es imposible!

—De acuerdo, buscaré un coche de alquiler —asintió Victoria al tiempo que Bárbara la espachurraba en un cariñoso abrazo—. Pero no pienso meterme en un utilitario cualquiera. Tenemos que dar una imagen.

—Hija, qué pija eres, por Dios.

—No se trata de ser pija —aclaró metiéndose en una página de coches de alquiler de alta gama—, sino de dar imagen de empresa.

—Vale, lo que tú digas. —Era inútil llevarle la contraria.

Una hora después, Victoria cerró su portátil. Había alquilado un vehículo a través de la página del hotel. El lunes a las siete de la mañana tendrían un coche esperándolas en la puerta.

—Tenemos un par de días para pasear por Edimburgo —comentó Bárbara, todavía impresionada por la lujosa suite. Todo era elegante, y caro, algo a lo que ella no estaba acostumbrada—. ¿Qué te parece si mañana sábado nos vamos de tiendas y a visitar el Mary King's Close?

—¿Qué es eso? —preguntó Victoria.

—Una tenebrosa y vieja ciudad situada bajo el casco antiguo que fue clausurada hace siglos, cuando la peste negra llegó a Edimburgo. Permaneció cerrada hasta que, en el año 2003, la abrieron para que la gente pudiera recorrer sus callejuelas y sus casas, e imaginar el sufrimiento y el dolor que esa pobre gente debió de sentir. Incluso dicen que hay fantasmas.

—¿Sabes, mona? —dijo Victoria perpleja por los gustos de su hermana—. Prefiero ir de *shopping*. Esta noche miramos en mi portátil qué tiendas hay por aquí.

—Seguro que encontraremos algún Zara o un H&M.

—¿Cómo? —murmuró Victoria.

—Ah, claro. Olvidaba que tú no te pones nada que no sea exclusivo.

—No lo dudes, ¡Barbiloca! —replicó su hermana con una sonrisa.

—Vale, me rindo. —Aquella chica no tenía remedio—. Será bonito estar las dos juntas.

—Bárbara —habló entonces Victoria mientras se quitaba los botines Gucci y el traje Armani—. Me parece estupendo todo eso que dices, pero debo localizar al conde y conseguir ese maldito contrato.

—¿Tan importante es?

—Sí. La empresa lo necesita —respondió Victoria tumbándose en la cama.

—Y ¿tú qué necesitas?

—Ese contrato.

—Pues yo creo que lo que necesitas es divertirte un poco.

—No. Lo que necesito es descansar —repuso Victoria acurrucándose en la cama.

—Por una vez, y sin que sirva de precedente, estoy de acuerdo contigo —comentó Bárbara al tiempo que bostezaba y se tumbó junto a ella.

El madrugón del viaje, el día lluvioso y todo lo acontecido comenzaba a pasarles factura, por lo que, acurrucándose como cuando eran niñas, se taparon con la manta de tartán del hotel y se quedaron dormidas.

Pasadas unas horas, un sonido seco y repetitivo hizo que Victoria dejara los brazos de Morfeo para volver a la realidad.

Su móvil sonaba. Era un número oculto.

—Victoria Villacieros al habla. ¿Dígame?

—¡Ya está bien! —gritó Margarita enfadada. Llevaba horas esperando a que sus hijas la llamaran—. ¿Se puede saber por qué no me habéis llamado?

—¡Ostras, mamá! —exclamó ella al tiempo que zarandeaba a su hermana, que abrió un ojo y la miró—. Tuvimos varios problemas al llegar aquí, y se nos había pasado por alto.

—Podríais pensar un poquito en mí, ¿no creéis?

—Vamos, mamá —continuó Victoria sentándose en la cama y pulsando la tecla del manos libres para que su hermana participara de la conversación—. No te pongas así.

—Hola, mami —saludó Bárbara.

—¡Me vais a matar a disgustos! Hola, hija.

—Mamá, por favor, no seas exagerada.

—¿Cómo está mi gordito? —preguntó Bárbara para cambiar de tema—. ¿Se porta bien?

—Mejor que vosotras, desde luego. —Margarita miró a *Óscar*, que corría tras una pelota por el parque de Aluche—. No te preocupes. Tu gordo está como un rey con Víctor y conmigo.

—Por cierto, mamá —dijo Victoria al darse cuenta de un detalle—, en tu llamada aparece número oculto. ¿Por qué?

—No sé, hija. No tengo ni idea —se apresuró a responder Marga—. Bueno, tesoros míos, que las conferencias son muy caras. Un beso para las dos y no olvidéis que aún existo. Adiós. —Y colgó.

Óscar llegó hasta Margarita con la pelota en la boca. Estaba exhausto, había corrido mucho. Con cariño, la mujer le acarició el cuello mientras una mano tomaba la de ella.

—¿Va todo bien, cielo? —preguntó un hombre.

—Sí, tesoro —asintió ella devolviéndole el móvil—. Todo bien.

En Edimburgo, a cientos de kilómetros de Madrid, Bárbara y Victoria se miraron tras cortarse tan repentinamente la comunicación.

—¿Es cosa mía o tú también la has notado rara? —planteó Bárbara cogiendo el teléfono de su hermana—. Por cierto, ¡qué chulada de móvil!

—Es un diseño Armani —contestó Victoria estirándose—. Lo compré porque me atrajo su función Vibetonz, además de ser un terminal compacto y ligero. Es tribanda, tiene Bluetooth, USB, cámara de veinte megapíxeles y ranura para tarjetas de memoria MicroSD.

—Me lo has vendido divinamente, pero no me he enterado de nada.

—Referente al tema mamá —prosiguió Victoria quitándole el móvil de las manos, y dirigiéndose al baño—, me parece que debería salir con sus amigas. No creo que sea bueno que esté tanto tiempo sola.

—Tienes razón. Pero ya sabes cómo es —comentó Bárbara entrando tras ella.

—¡Oye! —se quejó Victoria, que ya estaba sentada en el váter—. Podrías esperar a que yo salga para entrar.

—No me jodas, Vicky —repuso su hermana cogiendo el cepillo de dientes—. No me vengas con vergüenzas ahora, que no voy a verte nada que no conozca.

—Es una cuestión de intimidad —se defendió Victoria.

—Serás pedorra —replicó Bárbara. A continuación comenzó a cepillarse los dientes, y para hacerla rabiar, exclamó con la boca llena de dentífrico—: Pero, Vicky, ¿desde cuándo te haces la depilación brasileña? —Y, agachándose para horror de su hermana, inquirió—: ¿Qué te has dejado: triangulito o rayita?

—¡Bárbara! —protestó Victoria tapándose con pudor.

—Pero bueno —rio Bárbara al verla salir del baño precipitadamente—. Ven aquí, tonta, que quiero verlo.

El tiempo lluvioso escocés invitaba a permanecer bajo cobijo. La tarde no había mejorado respecto a la mañana, y la incansable lluvia continuaba golpeando los cristales sin parar. Tras vestirse ambas con vaqueros —eso sí, los de Victoria Dolce & Gabbana—, decidieron picotear algo en el hotel.

—Podríamos tomar una copita en algún pub cercano —sugirió Bárbara—. Así comprobaríamos qué ambiente hay en Escocia por la noche.

—Ni lo sueñes. No conocemos el lugar.

—Podríamos preguntar en recepción. Seguro que ellos saben de algún sitio.

—Hoy es viernes, Bárbara —indicó Victoria, tensándose al reconocer la figura del hombre que estaba sentado en el bar hablando con otros dos. El bufón y su payaso. Por suerte, no las habían visto—. Piensa que, vayamos a donde vayamos, habrá horteras como esos dos —añadió con desprecio al tiempo que los señalaba con la cabeza.

—Vicky, no seas mala —repuso Bárbara mirando justo en el momento en que Robert volvía la cabeza—. ¿Horteras, dices? Por favor, si están para chuparles hasta la talla de la camisa.

—¡Qué ordinariez!

¿Qué le ocurría a su hermana?, pensó Bárbara. ¿Por qué consideraba que todo el mundo era inferior a ella?

Con disimulo, volvió a mirar a los dos hombres de espaldas anchas. Se habían cambiado de ropa, y afeitado también. Estaban guapísimos. Definitivamente Victoria, además de ciega, tenía el gusto en el culo.

En el bar del hotel, Niall y Robert tomaban un whisky mientras charlaban en compañía de un tercero. Al rato, sin prestarles la menor atención, los tres hombres se marcharon.

Victoria respiró aliviada al ver desaparecer al hombretón.

Cuando terminaron de cenar, Bárbara no se dejó convencer y arrastró a su hermana hasta la recepción. La asustadiza Cindy no estaba, y en su lugar había un chico que les recomendó un pub cercano llamado Maclean.

En la oscuridad de la noche, Edimburgo ofrecía un ambiente tenebroso, aunque el pub en cuestión no estaba muy lejos. Nada más abrir la puerta verde del Maclean quedaron ensordecidas unas voces atronadoras. Bárbara, sonriente, sorteó la multitud hasta encontrar un hueco en la barra, mientras que su hermana, horrorizada, arrugaba la nariz intentando no rozarse con nadie.

—¿Qué quieres tomar?

—Una Coca-Cola Zero —respondió Victoria.

—Tú te pinchas —bromeó Bárbara y, mirando al camarero, pidió—: Dos pintas de Belhaven.

—¿Por qué me pides cerveza?

—Vicky, por Dios. ¿Tú has visto dónde estamos?

—Sí —asintió ella mirando su alrededor—. En un lugar horrible.

—Anda, princesita —bromeó Bárbara tendiéndole una enorme jarra—. Toma, calla y sígueme.

Victoria cogió la jarra espantada. ¿Cuántas calorías tendría? No obstante, sin decir nada, siguió a su sonriente hermana, que parecía encontrarse como pez en el agua.

El Maclean era un local más bien pequeño que olía a rancio y a cebada, y en dos de sus esquinas había unas pantallas de televisión. Estaban dando un partido de fútbol. «¡Qué horror! Vaya pandilla de bestias», pensó Victoria mirando cómo los parroquianos vociferaban y se empujaban a cada pase de balón. En cambio, su hermana parecía disfrutar del griterío.

—Vaya, esta mañana parecíais dos pollitos empapados, pero veo que en realidad sois dos preciosas señoritas —comentó un hombre acercándose a Bárbara.

A pesar de la escasa iluminación del local, ella lo reconoció de inmediato.

—Gracias a ti y a tu amigo —replicó Victoria sin importarle el gesto de contrariedad de su hermana.

—Me llamo Robert —se presentó él tendiéndole la mano.

—Encantada de conocerte, Robert —dijo ella y, acercándose más a él para no tener que gritar, añadió—: Yo soy Bárbara. Y la que nos mira con cara de mosqueo es mi hermana Victoria. Pero tranquilo, no muerde.

—Encantado, Victoria —sonrió él divertido por el comentario, y le tendió una mano que ella no aceptó—. Me llamo Robert y soy el...

—Eres el amigo del bufón —lo interrumpió Victoria.

—Prefiere que lo llamen Niall —aclaró él retirando la mano.

En ese momento, la clientela del local estalló en vítores. Uno de los equipos había marcado un gol. De pronto se levantó una marea de empujones y abrazos. Sonriendo, Bárbara brindó junto a los hinchas, mientras que su hermana, horrorizada por cómo la abrazaban aquellos tipos sudorosos, comenzó a repartir manotazos a diestro y siniestro hasta que finalmente consiguió que la dejaran en paz. Sin embargo, justo cuando creía haberse librado de aquellos plastas, alguien la empujó y derramó la pinta de cerveza encima de ella.

—¡Por Dios, qué asco! —gritó al sentir cómo la cerveza le calaba hasta el sujetador.

—¡Vaya, pero si es la señorita española! —dijo una voz a su espalda con un marcado acento escocés.

—¡Maldita sea! —vociferó Victoria, volviéndose para confirmar sus sospechas. Era el bufón—. ¿Es que estás ciego o qué? Mira cómo me has puesto la camiseta de Custo.

—¿Yo? —exclamó Niall mostrando su pinta entera en la jarra—. Creo que te equivocas, guapa. Valoro mucho mi cerveza como para tirarla.

—Toma estas servilletas —se apresuró Bárbara—. Sécate con ellas.

—Pero ¿tú has visto cómo me han puesto estos energúmenos? —chilló Victoria asqueada por la peste a cebada que llevaba encima—. Me voy al hotel.

—En este momento está diluviando —la informó Niall—. Te ahogarías antes de llegar.

—¿Acaso te estoy hablando a ti? —le escupió ella.

—Por mí como si les hablas a las farolas —repuso Niall molesto.

—¡Cállate, bocazas! —le espetó ella, con lo que se ganó la mirada de varios hinchas.

—Oye, tengo una duda —inquirió entonces Niall—. ¿Todas las españolas tenéis el mismo genio, o es que yo te caigo mal?

—Directamente, no me caes —contestó Victoria, apartándose el pelo de la cara—. Por tanto, ¡no me hables! ¡Ni me roces! —Y al ver la expresión de guasa del escocés y cómo la recorría con la mirada, chilló—: ¡Eh, mi trasero no está en el menú!

—Gracias al cielo. Sería indigesto —respondió Niall divertido.

—¡Cállate, palurdo! No quiero oírte.

—Ya veo que te encanta dar órdenes —comentó él.

Sin embargo, ardía en deseos de tumbarla en sus rodillas y darle unos cuantos azotes. ¿Qué le pasaba a esa mujer?

—Vicky —la regañó su hermana—. Sólo está intentando ser amable contigo.

—Pues yo con él, no, ¿acaso no lo ves?

En ese momento marcaron otro gol en el partido. La avalancha humana volvió a engullirlas, pero esta vez, con el escudo protector del cuerpo de Niall, nadie tocó a Victoria. No obstante, no pudo evitar que la pinta de otro hincha cayera sobre ella.

—¡Maldita sea otra vez! —rugió y, cerrando los ojos para no ver la sonrisa del bufón, notó cómo el líquido volvía a recorrer su cuerpo, está vez erizándole hasta los pezones.

—Toma —ofreció Niall quitándose una sobrecamisa militar y dejando al descubierto sus brazos fibrosos—. Ve al baño. Quítate tu camiseta y ponte ésta.

—Antes muerta que ponerme eso —replicó Victoria mirándolo con desprecio.

—Esta mujer es bastante desagradable —siseó en gaélico Niall a su amigo.

—Vicky —terció Bárbara en español, acercándose a su hermana—. ¿Qué miras? ¿La marca de la camisa? Por muy mal que te caiga este tío, no tiene la culpa de que las cervezas cayeran sobre ti. Sólo está intentando ayudarte. Haz el favor de coger la maldita camisa y dejar de comportarte como una idiota malcriada.

Victoria, impregnada en cerveza, no pudo negarse. Sabía que aquello que hacía estaba mal, pero la sonrisa Profident de aquel tipo la ponía enferma. Cogió la camisa de malos modos y, sin mirarlo, se alejó en dirección a los aseos. Allí, tras medio discutir con su hermana, se puso la prenda y salió.

—No hace falta que me lo agradezcas —bromeó Niall al verla reaparecer.

—Te crees muy gracioso, ¿verdad? —repuso Victoria, y antes de que él pudiera responder nada, agregó—: Cuando llegue al hotel la mandaré lavar. Mañana tendrás tu camisa intacta.

—No es necesario. Yo no te lo he pedido.

—Sé muy bien lo que tengo que hacer.

—Lo dudo, señorita —replicó Niall. A continuación le clavó sus impresionantes ojos verdes y añadió—: Ni sé ni me importa si en tu extraño mundo elitista eres feliz, pero aquí, en Escocia, las personas intentamos agradecer los detalles.

En ese momento apareció Robert con cuatro pintas en la mano que dejó sobre una pequeña mesita circular que había ante ellos.

—Gracias —dijo Bárbara.

—No hay de qué —respondió él, y se volvió hacia su amigo—. Niall, te presentaré a las señoritas.

—No hace falta —gruñó Victoria, aún molesta por lo último que había oído de boca del bufón. Estaba que trinaba; sólo le faltaba echar espumarajos por la boca.

—Yo me llamo Bárbara —se presentó su hermana sin dejar de lanzarle miradas furtivas—. Y la que te mira como un dóberman es Victoria.

—¡Bárbara! —protestó ella al oírla.

—Pero tranquilo —agregó Robert en gaélico—, creo que no muerde.

—Encantado de no conocerte, lady Dóberman —saludó Niall con una sonrisa sardónica.

Al ver su expresión de incredulidad, el escocés prorrumpió en una sonora carcajada. No podía evitarlo: aquella señorita española era tan ridícula que en el fondo le hacía gracia. Sin embargo, su diversión acabó tan rápido como empezó. Victoria, humillada y furiosa, cogió una enorme pinta de cerveza de la mesa y, antes de que su hermana pudiera detenerla, se la arrojó a la cara al escocés, que quedó tan empapado como lo había estado ella momentos antes.

—¡Vicky, por Dios! —gritó Bárbara al ver a Robert interponerse entre Niall y su hermana.

El duelo estaba servido.

—¿Por qué no te ríes ahora, tío listo? —lo increpó Victoria—. Llámame otra vez por ese estúpido nombre y te juro que te arruino la vida.

—Tranquilo, Niall —advirtió Robert al ver cómo su amigo miraba a aquella bruja.

—Quítate de en medio —murmuró el otro empapado de cerveza.

—¡Sí! —vociferó Victoria sin ser consciente de que todo el mundo en el pub los miraba. Aquello había pasado a ser más divertido que el fútbol—. Quítate de en medio. No necesito que me protejan mentecatos como tú. Sé hacerlo sola.

—Vicky —protestó Bárbara de nuevo en español. Eran el centro de atención—. Haz el favor de dejar de hacer el tonto, que aquí tenemos las de perder. —Pero al ver que su hermana ni siquiera la miraba, murmuró—: Mamá se disgustará mucho cuando nos vea en el telediario. Porque me temo que de aquí no salimos vivas.

Robert se hizo entonces a un lado. Conocía a Niall y sabía que nunca le haría daño a una mujer. El problema era que no conocía a la española ni hasta adónde podía llegar.

—Oye —dijo Robert en un susurro dirigiéndose a Bárbara—. ¿Tu hermana está loca?

—No te pases ni un pelo, amigo —le advirtió ella señalándolo con el dedo.

—Tranquilo, Robert —terció Niall—. A mí esta clase de bichos ridículos no me dan ningún miedo.

Victoria seguía retándolo con gesto furioso. Nunca se había dejado apabullar por nadie, y aquel idiota no iba a ser el primero.

—Si vuelves a llamarme por cualquier otro nombre que no sea el mío —amenazó a Niall al tiempo que cogía una nueva pinta de la mesa—, te juro que...

—¿Sabes, princesita? —la interrumpió él, aceptando el reto—. Eres la menos indicada para decir eso. Me has llamado «bufón», «estúpido», y un sinfín de cosas más que no me apetece recordar, y...

Sin embargo, no pudo terminar la frase. Victoria, rabiosa, derramó una nueva cerveza sobre él, lo que hizo que el pub entero prorrumpiera en carcajadas.

—Se acabaron las contemplaciones —bufó Niall y, cargándosela al hombro a pesar de los gritos de ella, que comenzó a golpearlo sin piedad, salió del pub entre aplausos y vítores, seguido por Bárbara y Robert.

Una vez en la calle, la dejó en el suelo bajo la lluvia torrencial. Victoria aprovechó el momento para propinarle un puntapié en la espinilla que lo hizo maldecir de dolor.

—Te mereces eso y más —gritó al ver su gesto dolorido—. No vuelvas a poner tus sucias manos sobre mí o te juro que...

—O me juras ¿qué? —vociferó él ante los ojos incrédulos de su amigo.

Robert nunca lo había visto comportarse así con una mujer. En circunstancias normales, ante la primera provocación la habría ignorado. Si algo le sobraba a Niall eran mujeres.

—¡Que te mato! —escupió Victoria colérica al verlo sonreír.

Al oír eso, sin saber muy bien por qué, el escocés se acercó a ella de dos zancadas y, bajo la incrédula mirada de Robert y Bárbara, posó su mano en la nuca de Victoria, la atrajo hacia sí y devoró aquellos insolentes labios con más pasión de la que en un principio pretendía demostrar.

—Si no lo veo, no lo creo... —murmuró Bárbara.

—Perdona, pero es que Niall... es mucho Niall —aclaró Robert.

Ajena a los comentarios, Victoria luchó por librarse de aquel bruto, pero poco a poco fue tranquilizándose hasta que se quedó muy quieta. Nunca la habían besado de aquella manera. Y lo peor de todo era que le gustaba.

De pronto Niall la soltó con la misma fuerza con que la había tomado y clavó sus insolentes ojos en ella. Pero Victoria, que nunca se rendía, levantó entonces con fuerza una rodilla y le propinó un fuerte golpe en la entrepierna que lo hizo doblarse de dolor.

—¡Te lo advertí, maldito escocés! —gritó triunfante.

Y, tras mirar a su hermana, que por una vez no dijo nada, se marcharon hacia el hotel.

Todavía sorprendido por lo ocurrido, Robert ayudó a su dolorido amigo a incorporarse. Aquello había sido un golpe bajo. Muy muy bajo.

—Maldita mujer. ¿Estás bien?

—No te preocupes —masculló Niall con un gesto de dolor. Y, mientras observaba cómo aquella bruja española se alejaba bajo la lluvia, musitó—: Vuelvo a repetir que quien ríe el último ríe mejor.

6

Cuando Bárbara y Victoria despertaron la mañana del sábado se sorprendieron al comprobar que hacía un precioso día azul. Parecía mentira que hubiera diluviado el día anterior. Decidieron tomar un exquisito desayuno continental en la habitación. Después, Bárbara fue a ducharse mientras su hermana abría su portátil y echaba un vistazo a los periódicos digitales.

Dos horas más tarde, sobre las diez, ambas salían del hotel dispuestas a visitar la ciudad. Cogieron un taxi que las llevó a Princess Street, la calle turística más visitada de Edimburgo. Allí, cientos de establecimientos y centros comerciales abrían sus puertas de lunes a sábado, desde las nueve de la mañana hasta las cinco y media de la tarde.

Bárbara disfrutó como una loca entrando y revolviendo en pequeñas tiendas, donde encontró verdaderos chollos. Victoria, horrorizada, se negó a probarse todo lo que su hermana sugería: aquello eran baratijas; ella ya compraría más tarde.

Lo hizo cuando entraron en Jenners, el almacén más antiguo de Escocia, inaugurado en 1838. Nada más entrar en él su cara cambió. Aquel curioso lugar irradiaba distinción y glamour.

Al ver disfrutar tantísimo a Victoria, Bárbara sonrió. ¡Su hermana no tenía remedio!

Más tarde, agotadas y con los pies doloridos, decidieron sentarse en una pequeña cafetería. Al entrar, el camarero, les sonrió con amabilidad.

—Menuda cara de bobo que tiene el pobre —escupió Victoria al verlo—. No sé ni cómo está trabajando aquí.

—Lo que se perdieron los de «Aquí hay tomate» al no contratarte... Joder, Vicky, tienes palabras desagradables para todo el mundo.

—Y tú eres una malhablada. De cuatro palabras, tres son tacos.

—Siempre ha habido clases, bonita —sentenció Bárbara mirándola sonriendo.

—Y yo digo lo que creo que es verdad.

—Tú lo has dicho: *crees*. Pero eso no te otorga la verdad —replicó Bárbara y, mirándola a los ojos, añadió—: Igual que lo de anoche. Creo que te pasaste tres pueblos y alguno más con Niall.

—¿El bufón? —dijo Victoria levantando una ceja.

—Prefiere que lo llamen Niall —le recordó su hermana—. Te lo dijo Robert. Y, sí, creo que lo que hiciste estuvo mal. Muy mal.

—Se lo merecía —asintió ella colocándose sus caras gafas Prada—. Ese tío es el ser más desagradable con el que me he cruzado en la vida.

—Pues, chica, por tu modo de responderle cuando te besó, te juro que no lo parecía.

—No digas tonterías —repuso Victoria. Sabía que era cierto, pero no estaba dispuesta a reconocerlo ni muerta—. Me pilló desprevenida, sólo eso. Y, si no te importa, prefiero finiquitar este tema aquí. No quiero oír hablar de ese tipo nunca más. Es repugnante.

Bárbara decidió no añadir nada más. Su hermana tenía una visión diferente de lo ocurrido la noche anterior, y sabía que, por mucho que se empeñara en hablar con ella, no la iba a cambiar.

Cuando terminaron sus bebidas, tomaron de nuevo un taxi, puesto que Victoria se negaba a utilizar el transporte público. Se apearon en George Street, la zona donde estaban ubicadas las grandes firmas de moda y lugar esnob y *cool* por excelencia. Bárbara miraba boquiabierta los precios de las prendas de ropa. ¿Cómo podía la gente pagar aquel dineral por una simple falda? Pero tras intentar comentarlo con Victoria y comprobar una vez más que aquello era imposible, se limitó a seguirla y a alucinar cada vez que su hermana entregaba la Visa Oro a las dependientas.

Sobre las siete de la tarde regresaron al hotel. Se dieron una ducha y se disponían a pedir algo para comer en la habitación cuando llamaron a la puerta. Era uno de los botones, que les entregó una tarjeta firmada por el payaso y el bufón en la que las invitaban a cenar.

—¿Vas a quedar con esos horteras? —preguntó Victoria al ver a su hermana tan contenta.

—Por supuesto. Y tú deberías venir —dijo Bárbara enfundándose unos vaqueros—. Es un detalle que tras lo ocurrido anoche nos inviten a cenar.

—A veneno lo invitaba yo a ése.

—¡Vicky, por Dios! —se carcajeó su hermana.

—Vale..., vale, pero yo no voy. —Victoria no se fiaba un pelo de esos dos—. Y sigo pensando que tampoco deberías ir tú. Además, se avecina una buena tormenta.

—No me voy de excursión, y déjame decirte que creo que deberías ser un poco más humilde y aceptar sus disculpas.

—¡Antes muerta! Cuanto más lejos esté de ese bufón arrogante, mejor.

—Quizá no comenzasteis con buen pie —apuntó Bárbara dándole un beso—, pero intuyo que ese hombre no es mala gente. Vamos, tonta, ¡anímate! Lo pasaremos bien. Además, si no vienes, ¿qué voy a decirles?

—Diles que yo no ceno con los amigos del pato Donald.

—Eres una bruja con muy mala leche —le espetó Bárbara en tono de broma dirigiéndose ya hacia la puerta—. Intentaré disculparte. Si quieres algo, llámame. Llevo el móvil.

Cuando cerró la puerta tras de sí, Victoria cogió el teléfono de mala gana, encargó una ensalada y un agua sin gas y luego encendió su portátil. Tenía cosas que hacer. Además, por nada del mundo quería cenar con el hombre que estaba amargándole el viaje desde el mismo momento en que había llegado.

En la recepción del hotel, Robert esperaba a Bárbara. Nada más verlo allí, tan imponente, le temblaron las piernas. Era curioso, pero llevaba dos días sin pensar en João, y eso le gustaba.

—Me alegra mucho que hayas aceptado la invitación —admitió sonriente él.

—Y a mí haberla recibido —agregó Bárbara, que, tras mirar a su alrededor, preguntó—: ¿Estamos solos?

—Sí —asintió él señalando en dirección al bar del hotel—. Creo que Niall y tu hermana no se soportan.

—Eso no te lo voy a discutir —convino ella al pensar en el comentario del pato Donald.

Antes de salir por la puerta del hotel, Robert y Bárbara saludaron con la mano a Niall, que los despidió con un gesto de la cabeza mientras se alejaban.

Esa vez, Niall se había resistido a ceder. No estaba dispuesto a cenar con la bruja española, aunque Robert se empeñara. Sin embargo, al ver que ella no había acudido a la cita, algo en su interior se removió. Nunca una mujer lo había rechazado de esa manera y, en el fondo, eso lo estaba reconcomiendo.

Apenas había podido pegar ojo. Los ojos oscuros de la española y aquel beso lo habían tenido en vilo gran parte de la noche. ¿Qué le ocurría? ¿Es que era masoquista?

Estaba sumido en sus pensamientos cuando Mark, el recepcionista, lo saludó y a continuación le entregó una nota al camarero. En la suite de la española pedían una ensalada César y un agua sin gas. Niall sonrió y le indicó al desconcertado camarero que él se encargaría del pedido.

Treinta minutos después, mientras Victoria estaba enfrascada revisando el correo en su modernísimo portátil, llamaron a la puerta de la habitación. Se apresuró a apagar el cigarrillo que se estaba fumando en un vaso con agua y, vestida con un pijama Armani de raso negro, abrió la puerta para que pasara un camarero con la comida que ella había pedido un rato antes. No miró siquiera al hombre a la cara y cerró de nuevo de inmediato.

Tras responder varios e-mails, sus tripas le recordaron que tenía hambre, así que se dirigió hacia la pequeña mesita redonda, levantó la tapa de la bandeja y se encontró con un enorme filete empanado con patatas fritas. ¿Cómo podía ser? Ella había pedido una ensalada.

Molesta por el descuido de la cocina, cogió de nuevo el teléfono y, tras protestar sin ganas, colgó esperando que se apresuraran a subsanar el error.

Luego miró por la ventana y comprobó que estaba comenzando a diluviar y a tronar. No habían pasado ni tres segundos cuando llamaron otra vez a la puerta.

—¡Vaya! —asintió satisfecha—. Han sido rápidos.

No obstante, la alegría le duró poco. Al abrir, sus ojos se encontraron con los de la última persona que quería ver: el bufón.

—¿Qué haces tú aquí? —inquirió enfadada.

—He venido a subsanar el error, señorita —repuso él y, antes de que ella pudiera decir nada, le mostró la ensalada que traía en la mano. Lo que no dijo fue que llevaba más de veinte minutos esperando en el pasillo.

Sin responderle, Victoria se volvió, sintiendo cómo él la observaba con descaro. No obstante, no podía dejar de demostrarle que dominaba la situación, así que señaló el filete con patatas e indicó:

—Puedes llevarte eso. No es lo que he pedido.

—Tiene buena pinta —señaló Niall, que dejó la ensalada en la misma mesa que el filete—. ¿De verdad no te apetece probarlo? El cocinero sazona la carne de un modo que le da un sabor muy particular.

—No quiero probarlo, por lo que te agradecería que lo cogieras y abandonaras cuanto antes mi habitación.

—Tengo una idea —dijo entonces él, dejándola con la boca abierta. Aquel hombre no paraba de sorprenderla—. ¿Qué te parece si, ya que estoy aquí, me invitas a quedarme y compartimos cena?

«Definitivamente, a este tipo le falta un hervor», pensó Victoria incrédula. Sin embargo, era consciente de lo atractivo que estaba aquella noche, con aquel pantalón vaquero y la camisa azul.

—Pues va a ser que no —respondió indignada por su atrevimiento.

—Vaya. Ya veo que aún sigues enfadada por lo de ayer —comentó él y, acercándose hasta ella, murmuró—: Si te soy sincero, cada vez que pienso en ti me duele la entrepierna.

—Si no quieres que vuelva a dolerte —replicó Victoria, revolviéndose al sentir la intensidad con que él la miraba—, haz el favor de salir ahora mismo de mi habitación. Eres la última persona con la que me apetece estar en este momento.

—¿Estás segura? —sonrió él, consciente del magnetismo que provocaba en las mujeres, aunque aquélla se estaba resistiendo más de lo habitual. Entonces recordó un comentario de Bárbara y añadió—: Venga, vale. Esa vena tuya me indica que dices la verdad.

De inmediato, Victoria se cubrió el lado derecho del cuello con la mano. «¡Odiosa vena!» Tras dirigirse hacia la puerta, la abrió y lo conminó en un tono nada amigable:

—O sales ahora mismo de aquí o te juro que te acordarás de mí el resto de tu vida. ¡Insolente! Pero ¿quién te has creído que eres para colarte en mi habitación?

Por lo visto, la jugada le había salido mal. Niall había creído que podría compartir una velada amistosa con aquella mujer, e incluso llegar a un entendimiento, pero era imposible. Así pues, cogió el plato del filete y se encaminó hacia la puerta masticando una patata frita mientras la observaba. Estaba preciosa. Nada de maquillaje. Nada de tacones. Nada de artificialidad.

—Sólo intentaba ser amable contigo —dijo—. Creí que una buena charla entre los dos aclararía ciertas cosas. Ah, por cierto, no creas que vine para seducirte. Eres la clase de mujer que me hace correr en dirección contraria.

—¡Serás creído...! —gritó Victoria y, antes de que pudiera añadir algo más, Niall le metió una patata frita en la boca y se marchó.

De un portazo que sonó como un trueno, Victoria soltó la adrenalina contenida. ¿Cómo se atrevía aquel idiota a decirle esas cosas? Pero entonces, furiosa, abrió de nuevo y salió al pasillo, donde lo vio entrar en el ascensor. Echó a correr y, para sorpresa de él, se metió en el habitáculo antes de que las puertas se cerraran.

—Pero ¿adónde vas vestida así? —preguntó el escocés sin poder dejar de mirarla.

—A poner una queja —le aclaró ella con la barbilla alta.

Sin embargo, en ese instante se percató de que estaba en pijama y llevaba unos calcetines a modo de zapatillas. ¡Qué bochorno!

—Podrías haberla puesto por teléfono —le sugirió Niall, maravillado por su pelo negro.

—¡Ni me hables!

—Ya estamos otra vez con las órdenes...

En ese momento, los fluorescentes del ascensor se apagaron, la cabina se detuvo en seco y se encendieron las luces de emergencia.

—¿Qué ha pasado? —preguntó Victoria alarmada.

—La tormenta —contestó Niall pasando junto a ella para pulsar varios botones en el panel—. En ocasiones las tormentas causan problemas en el suministro eléctrico.

—¡Maldita sea! —protestó ella, consciente de lo cerca que estaba el escocés—. ¿Crees que tardarán mucho en darse cuenta de que estamos aquí?

—No lo creo —respondió él apoyándose en la pared del ascensor.

Cinco minutos después, Victoria estaba que echaba chispas. Y cuando llevaban ya más de media hora allí dentro, Niall comenzó a pensar en asesinarla sin piedad.

—Escúcheme —vociferó, harto de oírla lamentarse y gritar pidiendo auxilio—. No creo que tarden en sacarnos de aquí. Por tanto, tranquilícese de una vez.

—¿Ahora me llamas de usted? —murmuró ella, dándole un manotazo que hizo que él la agarrara de la muñeca.

—¿Sabes, princesita? —ladró él con tal fiereza que Victoria

enmudeció por primera vez—. O te callas o te juro que no sales viva de aquí, porquc el que te va a matar seré yo.

Sentada en el suelo del ascensor, Victoria comenzó a tiritar. Tenía frío. Su pijama de seda no abrigaba en absoluto, pero prefería morir congelada a pedirle nada a aquel cromañón, que, sentado frente a ella, la miraba con ceño.

El rugido de sus tripas la estaba matando. Avergonzada por el ruido y por el castañeteo de sus dientes, intentó concentrarse. Nunca le habían gustado los lugares cerrados, en especial los ascensores, pero tenía que controlar la situación. Así pues, se llevó las rodillas al pecho y, tras agarrárselas con las manos, apoyó la cabeza encima. Justo cuando comenzaba a relajarse, notó cómo el escocés la cogía entre sus brazos y la sentaba en su regazo.

—¿Qué estás haciendo?

—Intento darte calor —respondió Niall, suspirando al intuir de nuevo sus quejas—. Aunque si crees que estoy intentando seducirte, vuelvo a dejarte en el suelo.

Por unos segundos, ella dudó. ¿Qué debía hacer? Por un lado le gustaba la sensación de calor que él irradiaba pero, por otro, la incomodaba tenerlo tan cerca. No obstante, pasados los primeros minutos, en los que ambos guardaron silencio, Victoria comenzó a relajarse.

—Puedo oír cómo ruge la fiera que llevas dentro —se mofó él, que le acercó el plato con el filete y las patatas—. Come algo antes de que salga y me devore a mí.

Su comentario la hizo sonreír, lo que sorprendió a Niall, que esperaba un nuevo arranque de mala leche.

—Eso es una bomba de calorías —replicó ella—. ¡Paso!

—Tú misma —repuso él, que a continuación dio un bocado al filete—. Sólo tenemos esto, y no sé cuánto tardará en volver la luz.

—¿Te vas a comer el filete a bocados?

Sin embargo, al comprobar cómo la observaba él, Victoria asintió, cogió a su vez un pedazo de filete del plato y le hincó el diente. Momentos después, ante la mirada divertida del escocés, comió otro trozo y también algunas patatas.

—Está rico, ¿verdad? —dijo él.

—Mmm —asintió ella con una pequeña sonrisa.

Cuando hubieron terminado de comer, Niall cambió de postura en el suelo. Se le estaban durmiendo las piernas, pero no quería quitársela de encima. Le gustaba el olor de aquella mujer, y más ahora que estaba tranquila e incluso sonreía.

—Parece que la fiera de tu estómago se ha dormido —bromeó.

Victoria se retiró el pelo de la cara con coquetería para mirarlo.

—Eso parece —convino. Comenzaba a sentir calor—. La verdad es que me pongo bastante nerviosa cuando tengo hambre. A mi padre le sucedía lo mismo.

—Es curiosa esta vena tuya —comentó él, mirándole el cuello extasiado—. Me fijé en ella al oír que tu hermana te lo decía en varias ocasiones: «¡La vena, Vicky, la vena!».

—La dichosa vena... —se lamentó ella sonriendo abiertamente—. Es herencia de mi abuela Consuelo.

—Entonces, has heredado el hambre voraz de tu padre y la mala leche de tu abuela Consuelo —bromeó Niall al tiempo que posaba una mano en su cabeza y comenzaba a darle un suave masaje—. ¿Tienes más hermanos?

—No. Sólo somos Bárbara y yo, aunque Víctor es como un

hermano para nosotras —susurró Victoria al sentir cómo las manos de él le masajeaban el cráneo. ¡Qué gusto!

—Tu padre debe de estar contento —aventuró él al comprobar que cerraba los ojos. Y sintió deseos de besarla—. Vivir rodeado de mujeres es algo maravilloso.

—Mi padre murió hace años —contestó ella moviendo la cabeza para que se apartara.

—Lo siento —murmuró Niall. Y, sin poder resistirse al magnetismo que sentía por ella, le dio un breve pero dulce beso en los labios—. Lo siento de veras. Mis padres fallecieron también hace años, y sé que la pérdida de un ser querido es irreparable.

Victoria, conmovida, le devolvió el beso. En todos los años que habían estado juntos, Charly nunca le había dicho nada tan tierno, ni mostrado un sentimiento semejante.

De pronto, sorprendiendo a Niall como nunca había hecho ninguna mujer, se sentó a horcajadas sobre él y, agarrándole las manos para que no pudiera moverse, volvió a besarlo. Sentía cómo la pasión se apoderaba de ella. ¿Qué le sucedía? Estaba tan acostumbrada a controlar sus emociones con el frío de Charly que el hecho de sentirse completamente libre y el estar allí encerrada en el ascensor con aquel hombre que tanto la atraía comenzaba a ser peligroso.

—Pero ¿qué estoy haciendo? No puedo seguir. Yo no hago estas cosas —dijo de pronto separándose de él, aunque Niall no se lo permitió.

—Haces lo que te apetece hacer —murmuró, manteniéndola a horcajadas sobre él. Todavía incrédulo por tener a la fierecilla española en su regazo, se resistía a dar por finalizado el sensual momento.

—No suelo besar así a tipos que no conozco y... —musitó ella, consciente por primera vez de cómo estaba sentada y de qué era lo que latía duro y caliente debajo de ella.

—¿Sabes una cosa? —susurró Niall, tan excitado que iba a explotar.

—Dime.

—La primera vez que te vi, a pesar de tu actitud de bruja insolente, no pude resistirme y te besé con la mirada.

—¿Cómo?

—Cuando estabas empapada como un pollito y te ayudé a registrarte en el hotel, te besé con la mirada. Estabas preciosa.

—Estaba horrible —murmuró Victoria aceptando con una sonrisa aquellos sabrosos labios que de nuevo se acercaban a ella.

No podía resistirse. No podía decir que no. Estar allí con él era diferente, era como si...

De pronto, las luces se encendieron y las puertas del ascensor se abrieron.

—Si no lo veo, no lo creo —exclamó Robert, observando a su amigo en el suelo con aquella mujer encima.

—Perdona —se disculpó Bárbara, tan sorprendida como él—, pero Victoria es mucha Victoria. A ver qué te habías creído tú.

Al hacerse la luz, Victoria y Niall se miraron a los ojos. La magia se había roto y, tras levantarse del suelo con rapidez, ella se alejó del escocés, que le devolvió la mirada con el ceño fruncido.

—¿Qué ha pasado? —preguntó Bárbara con curiosidad.

—Bajábamos en el ascensor cuando se fue la luz —explicó Niall.

—¿En pijama? —preguntó ella.

—Iba a poner una queja —se justificó Victoria mirando a su hermana.

—¿Una queja? —sesorprendió Robert.

—Sí, una queja —convino Victoria y, volviéndose hacia Niall, volvió a marcar las diferencias entre ellos cuando añadió—: Este don nadie ha osado meterse en mi habitación y...

No sabía por qué había dicho eso, y un latigazo de confusión la hizo callar. Niall la observaba con seriedad.

—Si quiere, yo mismo la acompaño a poner la queja —se ofreció él con dureza—. Estoy seguro de que esta noche dormirá más tranquila sabiendo que un don nadie como yo está despedido.

—No. No es necesario —repuso ella volviendo a entrar en el ascensor—. Regresaré a mi habitación. Pero, por su bien, olvídese de mí, ¿entendido?

Al decir eso saltaron chispas entre ambos. Pero Niall, componiendo una sonrisa Profident, repuso:

—No lo dude, princesita.

A continuación, Bárbara se despidió de Robert y subió con su hermana a la suite.

—¡No quiero hablar de ello! Déjame dormir —le pidió Victoria.

Atormentada, esa noche no consiguió dormir, como tampoco lo hizo Niall.

El domingo pasó sin pena ni gloria. Victoria estuvo todo el día enfadada y Bárbara sólo pudo aguantar el tirón. Esta vez, Robert no la llamó.

Victoria únicamente salió en dos ocasiones de la suite, puesto que la horrorizaba la idea de encontrarse con Niall. Lo sucedido la noche anterior había sido bochornoso. Se había comportado como una cualquiera y ahora lo lamentaba. Aunque ya no había marcha atrás.

7

El lunes a las siete de la mañana, Bárbara y Victoria esperaban en recepción la llegada de su coche de alquiler cuando esta última vio a Niall en compañía de una de las camareras. Parecían estar enfrascados en una interesante conversación y, cuando pasó junto a ellas, se limitó a darles los buenos días, nada más. Ni un saludo especial. Ni una mirada diferente. Nada. En el fondo, Victoria se sintió molesta, pero al mismo tiempo también lo agradeció. En ese momento de su vida no estaba dispuesta a liarse con nadie, y menos aún con un tipo así.

—Señoritas, su coche acaba de llegar —les anunció Cindy, la recepcionista, con una amable sonrisa.

Bárbara miró en dirección a la calle y se quedó sin palabras. Afuera había un increíble deportivo color champán.

—No jodas, Vicky —dijo señalando el coche—. ¿Has alquilado ese pedazo de descapotable para circular por las Highlands?

—La imagen de la empresa es importante —contestó ella apresurándose a salir del vestíbulo. No quería volver a coincidir con Niall.

Tras dejar el portátil, los bolsos y los abrigos sobre el estrecho asiento trasero, ambas se miraron. Y aunque a Bárbara le dio por reír, Victoria no pudo dejar de maldecir. ¿Cómo no habían pensado que allí se conducía por la izquierda?

—Tú dirás, sonrisitas: ¿qué hacemos ahora? —gruñó Victoria, quien no soportaba aquella faceta risueña de su hermana.

—Pero, Vicky, ¿qué quieres que hagamos? Pues conducirlo. Tampoco será tan difícil.

—¡Maldita sea! —masculló su hermana propinándole una patada a la rueda. No obstante, se arrepintió de inmediato, pues su suave botín Gucci se estrelló contra la dura llanta y se hizo polvo los dedos.

—¡Mira que eres pánfila! —se quejó Bárbara al ver que Victoria se quejaba y saltaba peligrosamente sobre el tacón del pie bueno.

—¿Algún problema, señoritas? —preguntó entonces Niall acercándose a ellas.

Victoria se apresuró a recuperar la compostura delante de aquel maldito escocés.

—¡Sois de lo que no hay! —vociferó malhumorada—. ¿Por qué tenéis que conducir por la izquierda, cuando todo el mundo va por la derecha?

—No sabría responder a eso —contestó él—. Lo único que puedo decir en mi defensa es que no fue idea mía.

—Mira cómo me río: ¡ja y ja! —se mofó Victoria, haciéndolo sonreír. Qué malas pulgas tenía aquella mujer.

—¿Hacia adónde se dirigen? —dijo él cambiando de tema para dejar claras las diferencias que Victoria tanto se empeñaba en marcar.

—Al castillo de Eilean Donan —respondió Bárbara— y, por favor, Niall, tutéame.

—Maravilloso lugar —comentó él sonriente—. Hoy mismo salgo yo también hacia esa zona. Mi familia vive allí.

—¡Qué emoción! —ladró Victoria sin mirarlo.

—Tienen casi cuatrocientos kilómetros por delante y seguramente hoy lloverá —señaló Niall sin acercarse al coche—. Deberían coger...

—No necesitamos que nos indique nada —siseó Victoria enseñándole su moderno GPS—. Llevamos la ayuda necesaria para llegar.

—¡Vicky, por Dios...! —suspiró Bárbara. Después de tanto tiempo, seguía sin soportar la actitud de su hermana—. Niall sólo trata de ser amable.

—No te preocupes, Bárbara —la tranquilizó él guiñándole un ojo para tranquilizarla—. De todas formas, si tienen algún problema...

—No vamos a tener ningún problema —se apresuró a responder Victoria y, acto seguido, montó en el coche y arrastró a su hermana consigo—. Nos las apañaremos solas.

Niall insistió:

—Les aconsejo que echen gasolina cuanto antes. Los coches de alquiler no suelen llevar el depósito lleno.

—¿Acaso crees que somos tan ignorantes como para no saber eso? —le espetó Victoria. El escocés lograba sacarla de sus casillas con cada palabra que decía, cosa que, por otro lado, tratándose de ella no solía ser muy difícil.

—Yo no he dicho eso —se defendió él molesto.

—Entonces, guárdate tus consejos para quien te los pida —replicó ella a la vez que cerraba de un portazo.

Niall la observó introducir la llave en el contacto del Audi TT Cabrio. El coche arrancó entonces con suavidad, y Victoria, sin mirarlo siquiera de nuevo, metió primera y desapareció de su vista al doblar la esquina.

Mientras tanto, Niall abrió su móvil con una sonrisa en los labios.

—Adam, soy Niall —dijo entrando nuevamente en el hotel—. Conecta el localizador del Audi TT. No sé por qué, pero creo que lo vamos a necesitar.

Salir de Edimburgo no iba a ser tarea fácil, puesto que conducir por la izquierda era todo un reto.

Tras doblar la esquina del hotel a gran velocidad, chirriando rueda, un coche arrancó el espejo retrovisor del conductor del Audi. Victoria blasfemó pero, a pesar de todo, con paciencia y siguiendo las instrucciones del GPS, consiguieron tomar la autopista de peaje M-90 hasta Perth, donde repostaron.

Al salir de allí, Bárbara se empeñó en coger el coche y, aunque al principio Victoria comenzó a chillar como una histérica diciendo que se estaba jugando la vida, finalmente su hermana logró que se relajara mientras conducía por la autopista.

Una vez pasado Pitlochry, el cielo se encapotó con unas grandes nubes grises y la carretera se estrechó sin motivo aparente. Y, aunque Victoria estaba horrorizada, Bárbara disfrutaba como una enana. Enormes montañas comenzaron a circundarlas de tal forma que había momentos en los que parecían haberse perdido en la película *Braveheart*. Todo cuanto las rodeaba estaba plagado de tonos verdes y violetas. Los árboles y las flores de cientos de colores parecían vivir en perfecta armonía con las vacas peludas que pastaban tranquilamente en los prados. Tras recorrer un largo trecho por aquellos idílicos paisajes, se desviaron por la carretera A-889. Fue entonces cuando Bárbara leyó un cartel y exclamó:

—Ostras, Vicky, ¿has visto lo que ponía ahí?

—Pues no —respondió ella levantándose sus carísimas gafas Prada por primera vez en todo el día.

—Por aquí se va al lago Laggan. ¡Madre mía! ¡Tenemos que parar! ¡Tenemos que parar para que me hagas alguna foto!

Victoria la miró de arriba abajo antes de contestar.

—Ni lo sueñes —repuso, y consultó su reloj. Eran las once de la mañana—. La reunión es dentro de dos horas y no quiero llegar tarde. Además, ¿es que no ves que está diluviando?

El mohín de disgusto que apareció en los labios de Bárbara indicaba que le daba exactamente igual la lluvia. No obstante, siguió conduciendo, aunque no dejó de farfullar. Pero cuando se desviaron por la A-82 y vieron el indicador del lago Lochy, ya no hubo modo de que entrara en razón.

—Mira, Vicky —empezó a decir. Si no hubiera estado conduciendo, se habría puesto en jarras—. Me importa un pimiento lo que digas. No he parado en el lago Laggan por no oírte, pero pienso detenerme en el lago Lochy te pongas como te pongas. Sólo será un minuto para hacerme una foto. Una foto que será un recuerdo único para el resto de mi puñetera vida.

Sin embargo, su hermana no la estaba mirando. Llevaba unos segundos intentando identificar algo que se movía por el interior del coche. Algo que zumbaba y se desplazaba lentamente cerca de sus cabezas. Algo...

—¡Aaahhh! ¡No, no...! —gritó de pronto dando manotazos al aire—. ¡Una avispa! ¡Una avispa!

Las avispas, arañas, mosquitos, perros, gatos, camellos o dromedarios y todo el reino animal en su conjunto asustaban a Victoria. Tenía un miedo terrible a todo aquello que se considerara un insecto o un animal. Sólo toleraba las plantas, aunque no las carnívoras.

—Tranquila..., tranquila —dijo Bárbara a pesar de que ella no lo estaba—. Bajaré la capota para que salga.

Accionó el botoncito dorado y de inmediato la capota de lona color crema del Audi comenzó a retirarse. No obstante, al tiempo que la avispa desaparecía, la lluvia comenzó a entrar al instante en el vehículo.

—¡Cierra la capota! —bramó Victoria histérica al notar cómo el agua la empapaba—. Me estoy calando. Mi traje... ¡Oh, Dios mío, mi traje de Versace...!

—¡Joder, Vicky, joder! Dame tiempo —vociferó Bárbara pulsando el botón de la capota, que comenzó a cerrarse con mucha más lentitud de con la que se había abierto.

Cuando llegaron al lago Lochy estaba diluviando, pero Bárbara no estaba dispuesta a bajarse del burro. A pesar de las protestas de su hermana, se desvió de la carretera y se adentró por un tortuoso camino.

—Préstame atención —le dijo a Victoria cuando se detuvo y echó el freno de mano—. Toma mi cámara y hazme una foto. Sólo es necesario que pongas tu dedito de diseño en mi cámara sin marca y hagas clic. ¿Crees que serás capaz?

—Pero ¡¿tú estás loca?! —protestó ella—. Te vas a empapar.

—Sí —asintió Bárbara—. Me voy a empapar. Me voy a mojar. Me voy a calar. Pero no me importa, porque este recuerdo será para mí algo muy especial.

Acto seguido abrió la puerta del Audi muerta de risa, corrió en dirección al lago y, dejando a su hermana petrificada, comenzó a posar bajo el aguacero.

«Está como una regadera», pensó Victoria mientras le echaba varias fotos desde el interior del coche.

—Vamos, Cindy Crawford —chilló al cabo—. Entra en el coche de una vez. Tengo prisa.

Sonriente, Bárbara regresó al vehículo, pero cuando fue a sentarse tras el volante, Victoria decidió:

—Ahora conduciré yo.

Sin decir nada, su hermana corrió hacia la otra puerta y, una vez la hubo cerrado, Victoria metió primera y aceleró de tal manera que el coche se salió del camino y se hundió en el barro.

—¡Cojonudo! —mascculló Bárbara.

Victoria manipuló todos los botones que tenía a su alcance, pero las ruedas sólo resbalaban en el lodo.

—Esto no se mueve —protestó.

—¿Quizá sea porque la has cagado?... —sugirió su hermana secándose la cara.

A continuación trató de buscar soluciones, pero ninguna resultó.

Angustiada, Victoria veía cómo pasaban los minutos. Apenas faltaba media hora para la reunión con el conde McKenna y allí estaba ella, sin poder hacer nada, rodeada de montañas, de agua y de un grupo de vacas que cada vez estaban más cerca.

—¡Maldita sea! —exclamó de pronto—. ¿Por qué todo me tiene que ocurrir a mí?

—Lo siento de veras —le aseguró Bárbara.

—¡Y encima no tengo cobertura! —chilló como una posesa.

Su hermana la miró de soslayo.

—Vicky, piensa en tu vena y relájate. Ya se nos ocurrirá algo.

—¿Que se nos ocurrirá algo? —vociferó angustiada—. Y ¿qué demonios es ese algo?

—Mira, chata —se mofó Bárbara—, si fueras gamba, con esa cabeza que tienes, serías todo desperdicio. ¡Por Dios, qué mujer tan negativa!

—Cállate y deja de decir tonterías.

Hastiada de oír a su hermana, Bárbara bajó del coche. A pesar de que la lluvia la empapaba y el barro la salpicaba, buscó algún pedazo de madera para poner bajo las ruedas e intentar sacarlo del barrizal. Sin embargo, fue inútil, y lo único que consiguió fue pringarse de barro y que el vehículo se hundiera más aún.

—Creo que de aquí sólo nos saca la grúa —se resignó entrando de nuevo en el Audi.

—Claro, la grúa —ladró Victoria, viendo cómo las vacas peludas se acercaban cada vez más—. Y ¿cómo demonios llamamos a la grúa? Estamos incomunicadas.

—No las mires, Vicky —le indicó Bárbara sintiéndose un poco ridícula al ver cómo las vacas comenzaban a rodearlas—. No te harán nada. ¡Son sólo vacas! Inofensivas y cariñosas vacas.

—¡Dios mío, Dios mío!... Esto no puede estar ocurriéndome a mí —murmuró Victoria golpeándose la cabeza con el volante—. Necesito ese contrato. Necesito ese contrato...

Una de las vacas escocesas acercó entonces su enorme hocico peludo a la ventanilla de Victoria y, cuando ella levantó la mirada y la vio, se abalanzó sobre su hermana al tiempo que dejaba escapar un alarido de terror.

—¡Vicky, por Dios, ya basta! —se carcajeó Bárbara al verla enloquecida—. Vas a conseguir asustarme a mí también.

No obstante, la situación empeoró cuando la peluda vaca marrón comenzó a chupar la capota de lona del coche, la enganchó primero con un cuerno y luego con la boca y empezó a tirar de ella.

—¡La está rompiendo! —aulló Victoria—. ¡Ay, Dios! Se está comiendo la capota. ¡La está rompiendo! ¡Van a atacarnos!

Bárbara empezó a preocuparse también, pero no por las vacas, sino por si Victoria habría contratado un seguro adicional para el coche de alquiler.

—Joder, Vicky, te dije que no era buena idea ir con un jodido descapotable. Pero ¡no! Tus ansias de impresionar al cliente te llevaron a alquilar ¡lo mejor para andar por Escocia, ¿no es así?!

Como Victoria no respondía, Bárbara abrió la puerta del coche y salió dando palmadas para intentar alejar a las vacas, que se asustaron y se fueron a pastar a otra parte.

Cuando volvió a entrar, su hermana parecía estar más recuperada; tanto, que de nuevo comenzó a mandar.

—Toma y calla —vociferó entregándole su móvil—. Aléjate unos metros a ver si coges cobertura y podemos avisar a la policía.

Con infinita paciencia, Bárbara se apartó del coche, pero era inútil: ni su móvil, ni el de su hermana tenían cobertura allí.

Para rematar la situación, la misma vaca de antes regresó y comenzó a tirar con fuerza de la capota. De pronto se oyó ¡craaaaccccc!, la lona entera se rajó y Victoria comenzó a aullar como una posesa.

Bárbara puso los ojos en blanco y echó a correr de nuevo hacia el coche.

—¡Toca el claxon! —gritó—. ¡Toca el puñetero claxon!

Obedeciendo la orden de su hermana, Victoria empezó a tocar la bocina enloquecida. Cuando los animales se hubieron alejado un poco, Bárbara subió de nuevo al Audi empapada y tiritando.

—¡Oh, Dios mío! ¿Qué podemos hacer? —se lamentó Victoria, sentada en el coche sin capota mientras llovía a mares—. ¿Qué vamos a hacer?

—No tengo ni idea —respondió su hermana, enjugándose con la mano el agua que como un río corría por su cara.

—El conde debe de estar mosqueado —se quejó Victoria lloriqueando—. Ya es la una y media. Lleva esperando media hora. ¡Dios mío, mi traje está empapado! Y yo estoy hecha un adefesio.

—No me extraña. Con la que nos está cayendo encima es para eso y para más.

—Y todo es culpa tuya. ¡Todo!

—Sí, hombre, y el agujero de la capa de ozono también —se mofó Bárbara—. ¡Tía lista! Te recuerdo, por si lo has olvidado, que has sido tú, ¡tú!, la que has clavado el coche en el barrizal.

—Te dije que no te desviaras. Te lo dije.

—¡Que no! —replicó Bárbara harta de escucharla—. Que no me vas a culpar a mí de esto porque no me da la gana. Ha sido culpa tuya, sólo tuya. ¡Asúmelo!

—¡No...! ¡Maldita vaca, no! —gritó entonces con desesperación Victoria, aunque no se refería a su hermana, que de hecho tenía una talla menos que ella—. ¡Eso no! ¡Eso no!

Con incredulidad, Bárbara observó cómo su hermana salía del coche tan deprisa que las punteras de sus glamurosos botines Gucci se clavaron en el barro y la hicieron caer de bruces. Sin poder contenerse, soltó una risotada que Victoria no debió de oír. La vaca llevaba el maletín con el portátil en la boca, y su hermana, cubierta de barro de pies a cabeza, corría como podía tras ella.

—¡Ay, que me da algo! —exclamó Bárbara partiéndose de la risa—. ¿Quién lo iba a decir? Por tu portátil supermegaguay eres capaz de hacerle frente a esa pobre vaca.

—¡Cállate, imbécil! —chilló Victoria.

—Y tú, gilipollas, ¿no te digo?... —murmuró su hermana recostándose en el asiento.

—Vaca, ven aquí. ¡Devuélveme mi portátil! —siguió gritando Victoria rebozada en barro.

La vaca, asustada por sus alaridos, comenzó a correr pero, cansada de llevar a una loca aullándole en el culo, de pronto soltó el maletín. Con la mala suerte de que cayó en el centro de un enorme charco...

—¡No! ¡No! ¡El portátil, no!... —chilló Victoria exasperada. Entonces, en su afán de recuperar el maletín, metió un pie en el charco y, al sacarlo, salió el pie desnudo. Sin el botín...

—¡Maldita sea, Bárbara! Es mi botín Gucci. ¿Quieres hacer el favor de venir aquí y ayudarme?

—¡Aaayyy, Vicky, que me va a dar algo! —se guaseó su hermana acercándose dolorida de tanto reír—. No te enfades, pero este momento es digno de ser inmortalizado —dijo sacándole una foto con su cámara sin marca.

Aquello fue la gota que colmó el vaso y, olvidándose del botín Gucci, del portátil, de las vacas, y de todo, Victoria se abalanzó sobre su hermana y las dos cayeron al charco.

—¡Maldito sea el momento en que te dije que me acompañaras! —berreó con rabia.

—¡Vicky, para ya! No quiero currarte, pero como sigas así no me va a quedar otro remedio —gritó Bárbara inmovilizando a su hermana mientras la lluvia hacía resbalar el barro por sus cuerpos.

Finalmente, cansada y agotada, Victoria se dio por vencida. No había nada que pudiera hacer. Estaban allí, en medio de la nada, llenas de lodo de pies a cabeza, sin cobertura en el móvil, con el portátil embarrado y el GPS empapado.

A las cinco de la tarde dejó de llover, pero comenzaba a anochecer y estaban tiritando de frío. En todo el tiempo que llevaban en el camino no había pasado nadie por allí. ¿Qué podían hacer?

—Deberíamos tratar de llegar a algún pueblo —sugirió Bárbara.

—¡No me hables!

—Vicky, por Dios... Estoy tan calada como tú. Deja de hacer el idiota.

—¡Que no me hables! —volvió a gritar su hermana tocándose el pie congelado. No había sido capaz de recuperar su botín Gucci.

—Eres de lo que no hay —se quejó Bárbara—. Eres la persona más egocéntrica que he conocido en mi vida. Tú nunca te equivocas, ¿verdad? Culpas a todo el mundo, sin pensar que tal vez tú puedas tener también tu parte de culpa.

—Te dije que no pararas. Te dije que continuaras hasta nuestro destino. Pero ¡no! La señorita tenía que parar y hacerse una ridícula foto en este horrible lago.

En ese momento, un ruido captó su atención. Parecía un motor, por lo que se apresuraron a saltar moviendo los brazos al ver unas luces que se aproximaban en la lejanía. Era un vehículo azul. Su única oportunidad de salir de allí. No podía pasar de largo.

—Déjame hablar a mí —dijo Bárbara mirando a su hermana—. Con lo borde que puedes llegar a ser, nos jugamos que quien sea se marche y nos deje aquí.

—De eso, nada. Hablaré yo.

Una destartalada y vieja furgoneta azul paró entonces frente a ellas con las luces encendidas. Su salvación. Era su salvación. Cuando la puerta se abrió, Victoria se demudó. ¿Qué diablos estaba haciendo él allí?

—¡Niall! —exclamó Bárbara al reconocerlo—. Gracias a Dios que nos has encontrado.

El escocés sintió un gran alivio al verlas. Llevaba horas buscándolas, aunque eso no se lo dijo.

—Pero ¿qué hacéis aquí? ¡Madre mía! —se mofó al verlas en aquel estado—. ¿Se puede saber qué os pasa a vosotras dos? ¡Ya veo que os encanta estar todo el santo día mojadas!

—¡¿Y a ti qué te importa, paleto?! —respondió Victoria con altivez.

—Pero ¡vamos a ver, niñata caprichosa! —se enfureció su hermana—. ¡Que te calles! ¡Que cierres el pico!

—¡Por todos los santos! —murmuró Niall, que contuvo la risa al ver el estado en que se encontraba el descapotable—. ¿Qué le habéis hecho al coche?

La imagen que ofrecía el vehículo era deplorable. No tenía nada que ver con el lujoso Audi con el que habían salido del hotel esa misma mañana. Estaba sucio, medio hundido en un barrizal, sin capota e inundado de agua. ¡Increíble, y lo habían hecho en tan sólo unas horas!

—Mira —dijo Bárbara sonriente—, si te lo cuento, no te lo crees.

—Será interesante escucharlo —repuso él abriendo la portezuela trasera de la furgoneta, de donde salió un border collie al que Bárbara se apresuró a saludar con afecto.

—¡No! —gritó Victoria al ver al perro—. ¡Que no se acerque a mí! ¡No! ¡No!

—*Stoirm* —llamó Niall—, ven aquí.

El animal lo obedeció sentándose junto a él, y el escocés se percató de inmediato del miedo con que Victoria miraba al perro.

—¿Cómo nos has encontrado? —quiso saber Bárbara.

—Ha sido casualidad —explicó Niall sin querer profundizar mucho en el tema—. Cuando voy a visitar a mis abuelos suelo parar en el lago Lochy.

—Ah, es cierto... —recordó Bárbara—. Lo comentaste esta mañana.

Niall, que no apartaba la vista de Victoria, observó cómo miraba a *Stoirm* con ojos asustados.

—No le tengas miedo —señaló—. *Stoirm* es un buen perro.

—Si no te importa, preferiría que guardáramos las formas —replicó Victoria.

—¡Que me aspen! —refunfuñó él al oírla—. Perdona, señorita, pero no soy yo quien necesita ayuda. Te recuerdo que en este momento no trabajo para nadie. Así pues, ten cuidado, guapa, no vayas a quedarte aquí.

—¡Vicky —la regañó Bárbara—, cierra el pico o te juro que me piro con Niall y te dejamos aquí por borde e insoportable!

Tras un silencio incómodo por parte de todos, fue Victoria la que habló.

—¡Tengo frío! ¿Podrías llevarnos a algún lugar donde podamos llamar a una grúa y volver al hotel?

—Pues... va a ser que no —respondió Niall—. Lo siento, pero no.

—¡¿Cómo?! —exclamó ella acercándosele.

En ese momento, él se dio cuenta de que cojeaba.

—Te falta una bota —dijo a punto de carcajearse. ¿Qué le habría pasado?

—¿Qué pretendes? —gritó Victoria encarándose con él—. ¿Largarte con tu asquerosa furgoneta y dejarnos aquí tiradas?

—Mi asquerosa furgoneta es lo único que tienes para salir de aquí. Por tanto, será mejor que te calles antes de que me suba en ella y te deje aquí a merced de las inclemencias del tiempo. ¡Dame tu bota!

—Ni lo sueñes —se negó ella mirándolo con altivez—. Sólo tengo una y no pienso dártela.

Aburrido de aquella mujer, Niall se agachó, se la cargó sobre el hombro y le preguntó a Bárbara:

—¿Serías tan amable de quitarle la botita a la princesita?

Tras bajar la cremallera del botín, Bárbara se lo entregó, y a continuación él depositó a Victoria de nuevo en el suelo. No obstante, la rabia que sentía hizo que acabara con su culo en el barro.

—¡Bruto! —aulló—. Te juro que me las vas a pagar. ¡Estúpido!

Ignorándola por completo, Niall llamó entonces al perro, que, tras oler el botín, comenzó a ladrar.

—¡Busca, *Stoirm*, busca! —lo animó.

El animal empezó a olisquear y, al cabo de un par de minutos, tras meterse en un charco, apareció con el botín en la boca y lo llevó hasta su dueño, que se lo agradeció dándole palmadas en el lomo y un beso en la cabeza.

—Aquí tienes tus botines, princesita —dijo Niall tirándoselos de malos modos a Victoria.

Todavía furiosa, ella los cogió sin decir palabra.

—Vicky —murmuró su hermana—. Mamá te enseñó educación, ¿recuerdas?

—No te preocupes, Bárbara —la tranquilizó Niall al tiempo que sacaba un par de mantas de la trasera del vehículo y le tendía una a ella—. A partir de este momento, si la princesa quiere algo va a tener que ganárselo. Me tiene harto con sus tonterías y sus malos modos. ¡Eres insoportable, mujer! —añadió dirigiéndose a Victoria.

—Lo llevas claro, paleto escocés —replicó ella retándolo con la mirada—. Por mí puedes irte al diablo.

No obstante, se sintió fatal tras decir eso. Sabía que su comportamiento estaba siendo ridículo, pero a veces su propio carácter la dominaba, y ésa era una de ellas.

—Muy bien —asintió Niall dejando la otra manta atrás—. En marcha, *Stoirm.* Nos vamos a casa. Pronto comenzará de nuevo a llover.

De inmediato, el animal montó en la furgoneta de un salto. Bárbara dudó un instante, pero ante una señal de Niall subió al asiento del acompañante. La única que quedaba a la intemperie era Victoria, que los contempló desafiante.

—¿Vais a dejarme aquí?

—Eso depende de ti —respondió Niall—. Si quieres subir a mi asquerosa furgoneta, utiliza las palabras mágicas.

—¡Antes muerta! —repuso ella, lo que hizo que Bárbara maldijera en voz baja y Niall apretara el volante con las manos.

Tras unos segundos de silencio, fue él quien exclamó:

—¡Estoy esperando! Y te advierto que no voy a esperar mucho más.

Victoria los observaba en silencio. Su rostro reflejaba toda la rabia que sentía.

—Niall —dijo Bárbara en voz baja al oír cómo éste arrancaba al fin el coche—. No puedo irme y dejarla aquí sola. Mi madre me mataría, y yo no podría vivir a causa de los remordimientos.

—Tranquila —respondió él mirándola—. Si es lista, y creo que lo es, sabrá reaccionar a tiempo.

Victoria sonrió con suficiencia. Nunca la dejarían sola y desamparada. Pero al ver que la furgoneta comenzaba a moverse, su seguridad se resquebrajó. ¿Se atreverían a abandonarla allí, en un lugar repleto de vacas?

—¡Niall, para, que me bajo! —rogó Bárbara—. Mi hermana es muy cabezota. ¡Tú no la conoces!

—Chis, calla —indicó él mientras observaba el espejo retrovisor.

—¡Maldita sea! —gritó Victoria tirando un botín Gucci contra la furgoneta—. ¡Por favor, para! ¡POR FAVOR!

En ese momento, el escocés frenó en seco y Bárbara respiró.

—Menos mal, veo que aún le queda algo de cordura —comentó en voz baja.

Niall le pidió a Bárbara que se quedara allí y a continuación bajó del vehículo. Aquella española no podría con él.

—No pienso viajar con ese bicho —gruñó Victoria volviendo al ataque.

Al oír eso, Niall no supo si reír o arrancar de nuevo y marcharse. Aquella mujer era peor que un dolor de muelas. Nunca se rendía.

—*Stoirm* no bajará —sentenció clavándole la mirada—. Si quieres venir con nosotros, tienes dos cosas que hacer. La primera es volver a usar las palabras mágicas. Y la segunda, viajar junto a *Stoirm.*

Había empezado a llover de nuevo, y Victoria estaba calada hasta los huesos y helada de frío.

La mirada ceñuda del escocés la hizo estremecer. Aquellos ojos verdes y aquella boca carnosa y sinuosa la confundían. Así pues, apartando la mirada, finalmente murmuró:

—Por favor, ¿puedes llevarme?

Su tono de voz, tan distinto del que continuamente usaba, hizo que Niall se ablandara. Aquella mujer era la misma que lo había besado y casi le había abierto su corazón mientras estuvieron encerrados en el ascensor. Aquella mujer era quien le estaba quitando el sueño desde el día en que la conoció. Aquella mujer le gustaba demasiado, y eso lo inquietaba.

—Por supuesto que te llevaré —asintió él deseando abrazarla—. Puedes subir cuando quieras. *Stoirm* estará encantado de tener compañero de viaje.

—Eh, Niall. Yo me cambiaré de sitio —gritó Bárbara—. A Vicky le dan pánico los animales —señaló intentando excusar a su hermana, que seguía bajo la lluvia.

—Como quieras —accedió él, y volvió su mirada hacia Victoria—. Hazme un favor, princesita. Entra ahí y mantén tu boca cerrada si no quieres que de una patada te saque volando de mi asquerosa furgoneta.

Luego cogió el botín del suelo y se lo lanzó de nuevo a Victoria, que tuvo que contenerse para no arrojárselo a la cabeza. ¿Quién se había creído ese tipo que era?

Descalza, y con la poca dignidad que le quedaba, rodeó la furgoneta. A continuación abrió la portezuela, se sentó y cerró de un golpe. Niall le tiró entonces una manta encima, que ella cogió para abrigarse al tiempo que murmuraba un apenas audible «gracias».

Tras un corto y tortuoso viaje, en el que la furgoneta saltó más que un canguro, finalmente llegaron a una enorme pero vieja casona de tejas oscuras. Sus ventanas de madera ajadas por el viento parecían desafiar el temporal. A un lado se veía un granero destartalado y, al otro, un frondoso bosque de pinos guardaba celosamente la intimidad de dos o tres pequeñas casitas. Victoria, que al fin había entrado en calor, observaba el lugar horrorizada mientras pensaba qué diablos estaba haciendo allí.

Pasados unos segundos, la puerta de la casa se abrió y una mujer menuda de ojos claros los saludó desde el umbral.

—Esperad aquí un momento —indicó Niall con voz profunda.

Tras bajarse del vehículo con una encantadora sonrisa, caminó hasta la mujer, que se apresuró a abrazarlo con cariño.

—Dichosos los ojos que te ven, mi amor —lo saludó la anciana de rostro surcado de arrugas y mirada tierna.

—Hola, abuela —dijo Niall con efusividad.

—¿Por qué no me has avisado de que ibas a venir? —lo regañó ella apuntándolo con el dedo—. Tu abuelo dirá que podríamos haber calentado la casa antes de tu llegada, y llenar la nevera.

—No sabía que iba a venir hasta hace poco. ¿Cómo está el abuelo?

—Delicado, pero bien —contestó ella sonriente—. Ya sabes, luchando como un oso.

—Lo que me imaginaba —repuso Niall, y tomándola de las manos agregó—: Necesito hablar con vosotros. Aparte de Rous, ¿hay alguien más en la granja?

—¡Por todos los demonios, Niall! —exclamó la mujer, asustada—. No irás a darme un disgusto... Mira que no tengo ganas de sermones.

—Tranquila, Ona —se apresuró a tranquilizarla su nieto.

—En este momento sólo está Rous —anunció ella y, fijándose en la furgoneta, preguntó—: Pero, cariño, ¿quiénes son esas muchachas que esperan en tu coche? ¿Traes novia?

—De eso precisamente quería hablarte. —Sonrió al verla tan excitada—. Pero no te emociones, Ona, que nada tiene que ver con lo que estás pensando.

Niall volvió la cabeza para echar un vistazo a la furgoneta y luego entró en la casa con la mujer. Necesitaba su ayuda.

Arropada con la manta, Victoria seguía en silencio.

—Vale, está bien... Cargaré con todas las culpas que quieras —dijo Bárbara—. Si te parece, mañana llamo al conde y le cuento lo ocurrido.

—No —respondió su hermana—. Ya has hecho bastante. Así pues, ¡cállate antes de que...!

En ese preciso instante la puerta de la casa se abrió de nuevo y por ella apareció Niall, la anciana de antes y una muchacha joven.

—Bárbara —susurró Victoria—, dime que no vamos a quedarnos aquí.

Pero Niall se acercó entonces hasta ellas con una extraña sonrisa y abrió la puerta de Victoria.

—Bienvenidas a mi hogar, señoritas.

La cara de Victoria era un auténtico poema. ¿Cómo iba a quedarse allí?

Stoirm saltó entonces desde la parte trasera de la furgoneta y pasó por encima de ella, que gritó asustada.

—¡Qué lugar tan alucinante! —exclamó Bárbara mientras un rayo cruzaba el cielo. Con cuidado, bajó del vehículo y saludó a las dos mujeres, que la acompañaron amablemente al interior de la casa.

—¿Piensas dormir en la furgoneta? —preguntó Niall dirigiéndose a Victoria.

—Quiero volver al hotel —dijo ella hundiéndose en el asiento.

—Creo que eso va a ser imposible de momento —confesó él.

—Pero yo no puedo dormir ahí —se quejó ella sin poder evitar señalar la vivienda con desprecio—. No conozco a esas personas, no me gusta la casa: es vieja, y parece sucia.

—Disculpa, princesita —replicó Niall molesto—. La granja de mis abuelos es vieja pero, por tu bien, evita decir delante de mi abuela que crees que su casa está sucia, porque te aseguro que si lo haces te arrepentirás.

—No pienso moverme de aquí.

—Como quieras —convino él, y añadió mientras comenzaba a alejarse—: Que pases una buena noche. Ah..., y abrígate, con lo empapada que estás no dudo de que tendrás frío.

Victoria lo vio marcharse cargado con una pequeña maleta tipo *trolley* de color azul. Le llamó la atención que era Victorinox, una marca suiza bastante cara. Era muy parecida a una que ella le había regalado a Charly en una ocasión, aunque no le cabía la menor duda de que esa debía de ser una buena imitación de mercadillo.

Segundos después, Bárbara salió de la casa y, dando unos golpecitos en la ventanilla, le indicó que bajara el cristal.

—Vicky, ¿a qué coño estás esperando para entrar?

—No pienso entrar ahí.

—¡Dios, qué cruz! —exclamó su hermana—. Vamos a ver, estás empapada y llena de barro hasta las orejas. Tienes frío. Hambre. Y, aun así, ¿vas a quedarte aquí?

—¿Qué parte de la palabra «no» no entiendes? ¿Acaso crees que voy a entrar en esa horrorosa casa y a confraternizar con esas dos campesinas?

—Eres... eres... —suspiró Bárbara echando a andar de nuevo hacia la casa—. ¡Que te den morcillas, so pija! Congélate mientras yo estoy calentita, limpia y cenadita.

Ver desaparecer a su hermana molestó a Victoria. No obstante, conforme iban pasando los minutos, la noche caía y el motor de la furgoneta se enfriaba, comenzó a dudar. ¿Debería entrar?

En el interior de la casa, Bárbara se había duchado y cambiado de ropa. Ona, la abuela de Niall, se había desvivido por hacerle agradable su estancia allí, y Rous, la muchacha de aspecto masculino, la observaba muy callada. En dos ocasiones Ona intentó salir en busca de Victoria, pero su nieto no la dejó. Si quería entrar, debería ser ella quien llamara a la puerta.

Sobre la medianoche, el viento era frío y la lluvia, torrencial. Niall comenzó a inquietarse. ¿Cómo podía ser tan testaruda aquella mujer? Así pues, maldiciendo, salió al exterior y, tras abrir la puerta de la furgoneta, agarró a Victoria, que estaba dormida, la despertó de malos modos y la hizo andar delante de él hasta el interior de la casa.

Ella estaba tan estupefacta por aquella intromisión en su sueño que, cuando quiso reaccionar, el calor de la chimenea la envolvía y el rostro afable de Ona le sonreía al tiempo que le tendía un caldito caliente que ella aceptó sin dudar. Estaba congelada.

Al ver a su hermana allí, Bárbara se relajó visiblemente. Percatándose de inmediato de que la pobre muchacha estaba agotada, la anciana le indicó entonces que la siguiera para mostrarle dónde podía dormir. Y Bárbara fue tras ella como una sonámbula, deseosa de meterse entre sábanas calientes.

En el salón, Victoria comenzó a entrar en calor gracias al fuego que ardía en la chimenea. Con disimulo, observó cómo Rous no dejaba de mirar por la ventana y cómo Niall avivaba el hogar echando leña constantemente.

—Esta miel casera te hará bien —dijo Ona, acercándose a ella con un bote en una mano y una cuchara llena en la otra.

—No, gracias —rechazó Victoria—. No me apetece.

Y a continuación miró con gesto altivo a Niall, que con ojos graves había visto cómo su abuela dejaba la cuchara y el tarro de miel sobre la mesa.

—Deberías quitarte el barro del cuerpo —señaló la anciana volviéndose hacia ella—. Puedes ducharte si quieres.

—¿Tienen ducha? —preguntó ella incrédula.

—Claro, hija mía —respondió Ona sonriendo mientras agarraba a su nieto para que no soltara ningún improperio.

La muchacha era bonita a pesar de la costra de barro seco que cubría su cuerpo, pensó la anciana.

—Me llamo Victoria —apuntó ella en un perfecto inglés mirando a la mujer.

—Soy muy mala para los nombres, hija mía —confesó Ona—. La cabeza, ya sabes...

A sus ochenta años, y a pesar de la vitalidad que destilaba, olvidaba los nombres, y en especial los que no le interesaban. En realidad, a ella le traía sin cuidado, pero era algo que inquietaba a los que la querían.

—No te preocupes, Ona —la tranquilizó Niall dándole un cariñoso beso en la mejilla—. Yo tengo cuarenta y también los olvido. —Luego se volvió hacia Victoria—. ¿Acaso crees que todavía nos bañamos una vez al año y en el río? —le espetó, con lo que se ganó una acusadora mirada de su abuela.

—Ah... Pero ¿tú conoces el jabón? —replicó Victoria para chincharlo.

—¿Y tú? ¿Conoces la amabilidad? —siseó él.

—¡Eres un garrulo!

—Y tú, una pija insufrible.

—Ven conmigo, muchacha —le indicó Ona—. Te daré ropa limpia y podrás ducharte.

Sin mirar ni contestar a Niall, Victoria se levantó y siguió a la anciana. Tras subir por una estrecha escalera de madera, le indicó la habitación donde dormiría. Posteriormente fueron hasta un baño limpio, digno, pero sin grandes lujos.

—Este jabón es muy bueno —afirmó la anciana—. Lo trae mi Niall de Edimburgo. Aquí tienes un albornoz limpito, unos calcetines y un par de toallas. Como le he dejado un pijama a tu hermana, he cogido uno de Niall para ti.

—No se preocupe —dijo Victoria horripilada al ver lo que había encima del pijama.

—Ah..., siento tener que dejarte ropa interior mía. No es bonita, pero servirá. Rous utiliza calzoncillos, dice que está más cómoda. ¿Necesitas algo más?

—No..., gracias.

Al cerrar la puerta, en la que no había pestillo, y quedarse sola en el baño, Victoria miró a su alrededor. Todo era viejo, sin marca, y demasiado usado para su gusto. Cogió las bragas con las puntas de los dedos y las examinó con horror. ¿Acaso esa anciana creía que iba a ponerse aquellas bragas de cuello alto?

Mirando los botecitos de jabón, sonrió con malicia: eran del hotel, al igual que el albornoz.

«Te voy a aplastar, ratero», pensó.

Tras quitarse el sucio traje, y casi llorar al ver cómo había quedado, se metió con cuidado en la ducha. No quería rozarse con nada, aunque poco después tuvo que contener un suspiro de placer al notar cómo el agua caliente le corría por la piel. Poder quitarse el barro seco del pelo y del cuerpo era un auténtico placer.

De pronto notó que la puerta del baño se abría y que alguien entraba en el baño acompañado por una ráfaga de aire frío.

—¡Está ocupado! —gritó molesta.

—Lo siento —se disculpó una débil voz de hombre—. Sólo será un segundo.

Y, acto seguido, asqueada, oyó cómo alguien vomitaba.

¿Qué más podía ocurrir?

Sin embargo, al oír los jadeos de angustia de ese alguien, los recuerdos acudieron a su mente. Odiaba recordar aquello, por lo que, tras aclararse lo más deprisa que pudo el jabón del cuerpo, se puso el albornoz y, al retirar la cortina, se quedó paralizada. Sentado en el suelo, junto al retrete, había un corpulento anciano con un pijama de rayas. Respiraba con dificultad.

—No se preocupe, muchacha —jadeó el hombre—. Le prometo por san Fergus que no la miraré.

Victoria observó entonces cómo se cubría los ojos con la mano y, a pesar de lo extraño y dramático de la situación, ese gesto la hizo sonreír tímidamente. Pasados unos segundos, el coloso de barba blanca intentó levantarse, pero estaba pálido y sus grandes manos temblaban tanto que no lo consiguió. ¿Qué le ocurría?

—¿Está usted bien? —preguntó Victoria, agachándose junto a él.

—Eso pensaba —murmuró el viejo desviando la mirada—. Lo siento, muchacha. Creí que no había nadie.

Victoria observó entonces algo que le resultaba conocido en los ojos de aquel hombre. Aquellos ojos reflejaban tristeza, humillación y, si cabe, dolor. Sin pensarlo, se agachó junto a él y lo ayudó a sentarse en la taza del váter. Después, tras coger una toalla y mojarla con agua, se la pasó con cuidado por la cara, momento en que por primera vez el hombre la miró y sonrió.

—Lo siento, muchacha —volvió a repetir—. De verdad que lo siento.

—No se preocupe, por favor. —Le gustaba ese hombre. No sabía por qué, pero le gustaba—. ¿Está usted mejor? ¿Quiere que avise a alguien?

—Eres una de las españolas, ¿verdad?

—Sí —asintió Victoria—. Veo que Niall lo ha informado de que tiene invitadas. Sin embargo, como le agradecería que no me contara lo que le ha dicho de mí, yo evitaré decirle lo que opino de él.

—Es un buen muchacho —aseveró el anciano, orgulloso—. Algo testarudo, pero un hombre de provecho.

—Es su nieto, ¿verdad?

—Sí —asintió el hombre con rotundidad, y extendiendo la mano añadió—: Me llamo Tom Buttler.

—Mucho gusto, señor —dijo ella estrechándosela—. Mi nombre es Victoria Villacieros.

—¿Victoria? Grandioso nombre —señaló el anciano—. Pero no me trates de usted, que me hace mayor. Soy el marido de Fiona, y sólo te diré una cosa respecto de mi nieto: no saques conclusiones precipitadas o te equivocarás.

—Bueno, puedes estar tranquilo —lo calmó ella—: espero perderlo de vista pronto para no equivocarme.

—Me encantaría continuar esta charla contigo, pero tengo que volver a la habitación. Como Ona se entere de que he venido al baño sin avisarla, se enfadará.

—Será nuestro secreto. Te ayudaré a volver sin que tu esposa se entere.

Victoria abrió entonces con sigilo la puerta del baño, sacó su empapada cabeza y, tras comprobar que todo estaba tranquilo, agarró de la cintura al corpulento anciano y ambos se encaminaron hacia la habitación situada al fondo del pasillo con paso lento pero seguro. Una vez en la cálida estancia, ella lo ayudó a acostarse y luego observó a su alrededor con curiosidad. La cama tallada con dosel era una maravilla. ¡Era preciosa! El gran hogar encendido estaba bordeado por madera labrada de roble. A un lado se veía un gran ventanal —ahora cerrado— que estaba cubierto por una deslumbrante cortina veneciana en color burdeos. Al otro lado de la chimenea, una bonita librería, junto con un sillón orejero también burdeos, y una mesita de lectura conferían un toque de distinción a la estancia.

—Tom —dijo Victoria sorprendida—. Tienes una habitación preciosa.

—Gracias —respondió el anciano mirando a su alrededor—. Todo lo que ves lo ha hecho mi Niall para nosotros.

—¿En serio? —murmuró más que preguntó ella con incredulidad, admirando la fina talla del dosel.

—Mi nieto es un artista —añadió Tom con orgullo.

—Sí, de la cuerda floja —señaló Victoria, lo que arrancó una sonrisa al anciano.

A continuación la miró con ternura y preguntó:

—¿Qué hace una mujer como tú en tierras escocesas?

—He venido por trabajo —contestó ella sin dejar de observar la habitación.

—Si yo tuviera cuarenta años menos y fueras mi esposa, no te permitiría viajar sola. Y menos a Escocia.

—No estoy casada, Tom —aclaró ella—. Soy una mujer trabajadora, sin compromiso, y eso me da derecho a elegir adónde quiero ir.

—Y ¿cómo es posible que sigas soltera? No entiendo a los hombres de hoy en día.

—Los tiempos cambian, Tom —repuso Victoria sin querer ahondar en el tema.

—¿En España no valoran lo que es una mujer?

—No sabría responderte a eso, la verdad. En España, como en el resto del mundo, una mujer inteligente, libre e independiente asusta.

En ese momento se oyeron risas y ruido de pasos en la escalera.

—Me marcho —murmuró ella yendo ya hacia la puerta—, o acabarán descubriéndote.

—Victoria, ¿volverás para charlar conmigo?

—Nos vamos mañana. Pero te prometo que antes vendré a despedirme de ti.

Cuando se quedó solo en la habitación, el viejo sonrió. Niall no tenía un pelo de tonto. Su nieto era más listo de lo que pensaba.

De nuevo en el baño, Victoria se miró al espejo. Estaba horrorosa y, lo peor de todo, no tenía su crema antiarrugas Christian Dior con ácido ascórbico.

—¡Dios, qué orejas tengo! —murmuró ahuecándose el pelo.

Debía llamar al hospital Montepríncipe en cuanto regresara a España. El doctor Zurriniaga de Vascongrelos, el cirujano que le había hecho la liposucción, tenía que hacerle una otoplastia urgente. Odiaba sus orejas.

Hastiada y aburrida de su imagen al natural, cogió la parte de arriba del pijama y estuvo a punto de chillar al ver el dibujo.

—¡Tomates! —musitó incrédula—. ¡Me voy a poner un pijama con tomates!

Acostumbrada a utilizar maravillosos pijamas Moschino, DKNY o Armani, normalmente de seda, aquel pijama de franela sin marca, plagado de tomates rojos, era peor que ponerse una copia barata de mercadillo.

—Pensaré que son tomatitos cherry —gimió—. Eso me hará sentir mejor.

Convencida de que aquélla era su única opción, se puso la parte de arriba. Le llegaba hasta la mitad de los muslos. Sólo eso le valía de camisón. Eso sí, de tomates cherry.

—Oh, Dios mío... Oh, Dios mío. Ni mi madre lleva esto —susurró escandalizada mientras cogía con cuidado las enormes bragas blancas de algodón—. ¿Cómo voy a ponerme esto?

Sin embargo, y a pesar de que le chirriaban los dientes, finalmente se las puso. No podía andar por el mundo sin bragas. El problema era que en cuanto se las ponía, se le caían. Le iban enormes, al igual que el pantalón, por lo que, acordándose de los apaños que siempre hacía su madre, se quitó la goma del pelo que llevaba en la muñeca, hizo un gurruño —palabra oriunda del pueblo de Margarita— con la tela de las bragas y lo sujetó luego con la goma.

Con valor, y tras contar hasta cuarenta, consiguió mirarse al espejo. ¿Ésa era ella? Estaba patética. Cualquiera que la viese en ese instante pensaría que era una auténtica pueblerina en vez de la jefa del departamento de publicidad de la prestigiosa empresa RCH.

¿Cómo había acabado en esa situación?

La imagen de su hermana cruzó entonces por su mente. ¡Ella era la culpable de todo!

Necesitaba con urgencia volver a Edimburgo para conseguir ropa en condiciones y localizar al conde. ¿Qué habría pensado por el desplante? Si en la empresa se enteraban de lo ocurrido, sería el fin de su carrera.

—Princesita —dijo la voz de Niall golpeando la puerta—. ¿Te falta mucho?

—No —respondió avergonzada.

¿Cómo iba a salir así?

Tenía una pinta patética con aquel enorme y horroroso pijama de tomates, por muy cherry que fueran. Y eso por no hablar de las gigantescas bragas de cuello alto.

—Me gustaría darme una ducha antes de que amanezca. ¿Sería posible?

Aquel odioso escocés sólo quería provocarla. Y no. Esa noche no iba a conseguirlo.

—Si me metes prisa —respondió ella apoyándose en la pared—, puede que consigas ducharte para las Navidades de 2020.

—¿Ah, sí? ¡Conque ésas tenemos, ¿eh?! —siseó Niall, y sin pensarlo dos veces abrió la puerta de sopetón—. Entonces permíteme disfrutar del espectáculo hasta que llegue el año 2020. Por lo menos me divertiré con el payaso contratado para el evento.

—¡Cromañón! —espetó ella intentando no gritar para que no la oyera Tom—. ¡Sal de aquí inmediatamente! Tu abuela podría venir y pensar lo que no es.

—No te preocupes —replicó él, y cerró la puerta tras de sí—. Mi abuela me conoce, y sabe que tú no eres mi tipo.

—Déjame salir —pidió Victoria cogiendo la ropa sucia del suelo.

—¿Ahora tienes prisa? ¿O quizá tienes miedo de estar a solas conmigo como el otro día en el ascensor...?

Victoria fingió no haberlo oído.

—¿Dónde puedo guardar mi ropa? Todo es de marca y necesitará pasar por el tinte cuando volvamos a Edimburgo.

Ahora el sordo era él.

—Vaya, qué curioso... Resulta que ese pijama de tomates me suena.

Niall pensó que estaba preciosa. Sin pizca de maquillaje, y con el pelo mojado peinado hacia atrás..., una visión muy sexy.

Vista así, no parecía en absoluto la agresiva mujer que había conocido.

—Me lo ha prestado tu abuela —se defendió ella—. Y no son simples tomates, sino tomates cherry.

Aquello lo hizo sonreír. ¡Tomates cherry! Era tan pija que necesitaba catalogar la clase de tomate que llevaba el pijama para justificar su valía.

—¿Sabes? —dijo Niall dando un paso hacia ella—. Ese pijama me lo regaló Ona hace años para Navidad. Es mi deber moral informarte de que no es de marca, a pesar de que los tomates sean cherry.

—Déjame salir —insistió ella al percibir su proximidad.

—Te dejaré salir cuando pagues el alquiler del pijama.

Al oír eso, Victoria estuvo a punto de gritar. Aquel tipo era un prepotente y un engreído. Dio un paso atrás para alejarse cuanto pudiera de él, mientras Niall observaba divertido cómo su rostro cambiaba de color. Le gustaba cuando se ponía furiosa.

—Mira, cavernícola —resopló ella, deseando matarlo allí mismo—. Daría lo que fuera por no estar aquí. Daría lo que fuera por no llevar tu horroroso pijama. Daría lo que fuera incluso por un cepillo de dientes, pero...

—Yo daría lo que fuera porque te callaras y me besaras —la interrumpió él.

Completamente inmóvil, Victoria vio cómo el escocés le quitaba la ropa sucia de las manos y la atraía hacia sí. Era consciente de cómo el tacto y el sabor de los besos de aquel idiota comenzaban a hacerle perder fuerza, por lo que intentó resistirse, pero no lo consiguió. Le gustaban sus besos. No sabía por qué, pero le gustaban, y eso la asustaba.

Ajeno a los pensamientos de ella, Niall devoraba con pasión aquellos sabrosos labios. A pesar de la resistencia inicial de Victoria, fue consciente del modo en que, poco a poco, ella empezó a mover su lengua junto a la de él. Notó cómo le mordisqueaba el labio inferior y, tras soltar un gruñido de satisfacción, él se lo mordió a ella. Niall deseaba besarla desde por la mañana, cuando la había visto marcharse del hotel, y tenerla allí ahora, tan preciosa e indefensa, había vuelto irresistible ese deseo.

Inclinándose sobre ella, la agarró por debajo de los brazos, la levantó en el aire y le apoyó la espalda contra la puerta. Victoria lo miró tan extasiada que hizo que Niall ardiera de deseo. Sujetándola contra la madera, metió sus fuertes manos bajo la parte de arriba del pijama. Pronto se topó con la tela sobrante de las bragas y no pudo reprimir una sonrisa, mientras ella respondía a sus besos con verdadero ardor.

A continuación la separó de él con una expresión de lobo hambriento. Le apetecía seguir seduciéndola, pero eso sólo le ocasionaría más quebraderos de cabeza. Su propósito no era ése, por lo que, recuperando su autocontrol a pesar de tenerla ante sí como una dócil gatita, se preparó para un nuevo ataque.

—Con esto me doy por satisfecho, princesa.

Victoria abrió unos ojos como platos. «¡¿Cómo?!», estuvo a punto de gritar.

Pero al ver su sonrisa Profident, lo entendió: tan sólo pretendía humillarla. Furiosa, se apresuró a recoger su ropa del suelo, lo apuntó con el dedo y le advirtió:

—No vuelvas a hacer lo que has hecho.

—¿Por qué? Parecía que te gustaba —susurró él divertido—. Mi habitación es la segunda de la derecha. Si te apetece un rato de buen sexo, estaré encantado de hacerte un hueco en mi cama.

Rabiosa como una leona que ha perdido a sus cachorros, Victoria se disponía a responderle cuando notó cómo algo le resbalaba por las piernas hasta caerle a los pies.

«Oh, Dios mío, qué bochorno», pensó al ver la mirada divertida de Niall y las horrorosas bragas hechas un gurruño a sus pies.

—¡Vaya..., princesita! —se carcajeó él—. Nunca había estado con ninguna mujer a la que se le cayeran las bragas al suelo tan rápido ante una invitación a mi cama.

Victoria sintió cómo se ponía colorada hasta las orejas a causa de la rabia y el bochorno.

—Antes muerta que acostarme contigo —bufó avergonzada y, tras agacharse, recogió las bragas del suelo.

Se sentía como una caldera a punto de estallar, y de ese modo se dirigió hacia el dormitorio que le había indicado Ona. Por todo el camino la persiguieron las carcajadas de aquel idiota, que sólo dejó de oír cuando cerró la puerta de la habitación. Allí vio a su hermana dormida en una enorme cama. Y, sin querer pensar ni mirar a su alrededor, se puso de nuevo las bragas, se hizo el gurruño, se acostó y se durmió tapada hasta las orejas.

A la mañana siguiente, cuando Victoria abrió los ojos, se sorprendió al encontrarse sola en la habitación. ¿Dónde estaba Bárbara?

Se sentó en la cama y comenzó a restregarse los párpados mientras se despejaba. Fue entonces cuando notó que algo pastoso y húmedo chocaba con su mano. Abrió de inmediato los ojos y vio pegada a ella la cabeza peluda de *Stoirm*, el maldito perro de Niall, que al oír su grito sobresaltado, bajó al suelo de un brinco.

—¡Fuera de aquí, bestia salvaje! —volvió a gritar ella mientras el animal la observaba sentado a los pies de la cama.

—Buenos días, hermanita —la saludó Bárbara entrando por la puerta. *Stoirm* decidió entonces que estaba aburrido y aprovechó el momento para salir de la habitación—. ¿Por qué has gritado?

—Esa bestia... estaba a punto de atacarme —explicó aturullada.

—¿*Stoirm*? —se sorprendió Bárbara—. Pero si ese perro es tan tranquilo como *Óscar*. Por Dios, Vicky, si los miraras a los ojos te darías cuenta de cómo son.

No obstante, la expresión de susto y repugnancia de su hermana decía que no pasaba por su cabeza dedicarse a ver qué había en las pupilas de aquellos monstruos peludos y babosos.

—Toma —dijo Bárbara dándose por vencida—. Aquí tienes ropa limpia y seca. Vístete y baja a desayunar. Ona hace unas tostadas con mantequilla que están para chuparse los dedos.

La joven llevaba puesto un peto vaquero enorme, una camisa verde y un jersey rojo, además de unas botas de agua de color azul.

—¿De qué vas vestida? —preguntó Victoria, horrorizada por el aspecto de su hermana.

—De granjera —respondió sonriente Bárbara—. Me encanta. Estoy calentita y me encuentro bien. Por cierto, muy chulo tu pijama de tomates. ¡Es divertido!

—Son tomates cherry.

—Si tú lo dices... —se mofó ella al oírla. Su hermana no tenía remedio.

Horrorizada, Victoria miró la ropa que Bárbara había dejado encima de la cama. Tras ver que eran una falda azul de pana, un jersey verde con unos ochos estampados y unas botas de pocero, inquirió:

—¿Qué es esto?

—Ropa limpia —respondió Bárbara.

—¿De qué temporada?

—Sin duda de la Edad Media. —Su hermana le ponía los sarcasmos a huevo—. ¡Joder, Vicky! Vístete y punto.

—Pero ¿de quién es esa ropa?

—No lo sé —contestó Bárbara—. Oí algo de una difunta.

—¿Difunta? ¿Dónde está mi ropa? —gritó Victoria apretando los puños.

Si su hermana y los demás pensaban que iba a ponerse aquella horterada de mala calidad con más años que Matusalén, lo llevaban claro.

—Vicky —suspiró Bárbara—, no te quejes. Nuestra ropa está en la lavadora y Ona nos ha dejado lo que ha podido.

—¿En la lavadora? —gritó ella al pensar en su traje—. Mi traje Versace y la camisa de Carolina Herrera... ¿están en la lavadora?

—Cómo diría el Fiti de «Los Serrano», ¡mayormente!

Tras levantarse como un resorte, y sin importarle la pinta que llevaba, Victoria salió disparada escaleras abajo seguida por su hermana. No podía ser. No podía creer que la única ropa que tenía estuviera dando vueltas y más vueltas dentro de un bombo metálico.

Entró en la cocina sin dar siquiera los buenos días y, clavando su mirada en la lavadora, pudo ver cómo su traje Versace se retorcía en un mar de espuma blanca.

—Esto es una pesadilla —gimió a punto de llorar, sin percatarse de cómo la miraban todos—. Primero el coche. Luego el móvil. Más tarde el portátil. Ahora el traje. ¿Qué más puedo perder? ¿Qué más me puede pasar?

—Princesita —habló Niall conteniendo la risa—. Creo que acabas de perder las bragas otra vez.

—¿Otra vez?... —repitió Bárbara.

—¡Oh, Dios mío! —gritó Victoria horrorizada y, tras agacharse sin decir nada más, las cogió e hizo un gurruño con ellas en el puño, para que no se vieran.

Niall, que desayunaba sentado a la mesa junto a su abuelo y un par de mozos, no podía dejar de reír a carcajadas. Cuanto más desastrosa y enfadada estaba Victoria, más preciosa le parecía.

«Es obvio que hay algo en mi cabeza que no funciona bien», pensó dejando de reír y concentrándose de nuevo en su plato.

—Buenos días, Victoria —la saludó Tom tras propinar un codazo a su nieto, pero ella estaba tan furiosa que no lo oyó.

—Buenos días, hija mía —dijo Ona con cariño—. ¿Has dormido bien?

—¿Cómo se le ocurre meter mi traje en la lavadora? —bramó ella entonces—. Ese traje se lava en seco.

—¡Ay, Dios mío! No lo sabía —se disculpó la anciana.

—¿Tiene idea de cuánto cuesta? —volvió a bramar ella.

—Vicky —intervino Bárbara—, ya basta.

—Pero... pero... ¿Es que aquí todo el mundo está chalado? —chilló Victoria sin hacer caso de su hermana—. Ese traje cuesta mil quinientos euros, que en libras serán más de mil.

—¡Por todos los santos! —murmuró asustada Ona mientras apagaba la lavadora—. Hija, no lo sabía.

—Fui yo quien le dijo a Ona que lo lavara —aclaró la voz de Niall a su espalda.

Echando humo por las orejas, Victoria se volvió entonces hacia él y divisó un atisbo de diversión en sus ojos. ¿Qué le sucedía a ese hombre?

—Muchacha —intervino Tom—, estoy seguro de que mi nieto lo hizo sin maldad.

—Vicky —susurró Bárbara en español—. Controla la vena del cuello y tu lengua de víbora, que me estoy temiendo lo peor. Recuerda que esta gente nos ha dado cobijo gratis sin pedir nada a cambio...

Pero, por desgracia, esas palabras llegaron tarde, puesto que Victoria ya había comenzado a chillarle a Niall:

—¡Eres un maldito... un maldito cabronazo! Eres retorcido y prepotente. Y te juro que antes de que vuelva a España vas a pagar por todo lo que estás haciendo.

—Princesita, no jures lo que nunca cumplirás —replicó Niall con una calma pasmosa.

Ona miró a su marido, quien con gesto divertido no perdía detalle de lo que sucedía entre su nieto y la española.

—Te voy a aplastar como a un gusano —siseó Victoria.

—¡Por todos los santos! Qué genio tiene la española —murmuró Tom dirigiéndose a su nieto.

—Lady Dóberman —se mofó Niall y, señalándola, dijo—: Vigila tus movimientos si no quieres mostrarnos tu precioso trasero.

Con la poca dignidad que le quedaba, Victoria se bajó la camiseta del pijama y, alzando la barbilla con altivez, salió de la cocina, donde proseguían las carcajadas. ¡Había sido bochornoso!

A media mañana, comenzaron a temblarle las manos a causa del hambre que sentía. Victoria llevaba metida en aquella habitación casi tres horas. Se negaba a bajar, y por supuesto se negaba a utilizar la ropa que la esperaba encima de la cama. Desde la ventana del dormitorio observaba cómo Niall salía de la casa acompañado por dos hombres y por su hermana, cuando unos golpes en la puerta llamaron su atención.

—¿Se puede? —preguntó Tom.

—Sí, por supuesto.

—Te he traído un vaso de leche con galletas. ¿No tienes hambre, muchacha?

—No mucha —mintió Victoria al tiempo que se apresuraba a coger la bandeja—. Pero te lo agradezco, Tom.

—Anda, anda, come algo o enfermarás —la animó el anciano sonriendo.

—La leche... ¿es desnatada?

—No, muchacha. Es leche de vaca, concretamente de mi *Geraldine*.

—¡Oh, Dios mío! —exclamó ella soltando el vaso—. Esta leche... ¿ha pasado los controles de sanidad e higiene?

Al ver la expresión del anciano, Victoria se arrepintió de sus palabras y, tras coger de nuevo la taza, dio un trago que le supo a gloria.

—Está riquísima, Tom. Gracias.

—Oye, muchacha. Ona y yo sentimos lo del traje, pero no te preocupes: nosotros te lo pagaremos.

—¡Por favor..., no, por favor! —se alarmó ella—. No pienso consentirlo. Soy consciente de que me he comportado como una estúpida, y de hecho iba a pediros disculpas por cómo me he puesto.

—Y luego está ese nieto mío...

—¡Oh, no me lo menciones! —gruñó Victoria al recordarlo. Sin darse cuenta, dio otro trago a la leche, que le estaba resultando exquisita.

«Estáis hechos el uno para el otro», pensó Tom sonriendo. Sin embargo, se puso en pie y declaró:

—Muchacha, mis tripas me están diciendo que tengo que dejarte. Hasta luego.

—Hasta luego, Tom —le deseó ella sonriente al verlo desaparecer.

Sobre las dos de la tarde, un olor a estofado de carne comenzó a llegar hasta el dormitorio, lo que hizo que las tripas de Victoria gritaran amenazando con torturarla si no las alimentaba. Tras coger de malos modos aquella espantosa ropa, decidió vestirse. No obstante, cuando vio unos calzoncillos dentro del montón, su humillación creció y los arrojó contra la pared. De ningún modo iba a ponerse eso.

Pero el hambre iba en aumento y, rindiéndose, finalmente se quitó las enormes bragas de Ona y se colocó los calzoncillos bajo el resto de la ropa. A continuación se dirigió al baño, donde se lavó los dientes con el dedo y se cogió con la goma una coleta alta. Se miró al espejo y compuso un puchero. La piel le tiraba. Necesitaba la crema Dior reafirmante de día, el contorno de ojos y su maquillaje de Elizabeth Arden. Sin embargo, convencida de que en aquella casona no debían de conocer nada de todo eso, suspiró y se dispuso a bajar a la cocina.

—Hola, hija mía —la saludó Ona al verla entrar—. No creo que tarden mucho en llegar los hombres para comer.

Sin decir nada, Victoria se sentó. El hambre la mataba, pero no estaba dispuesta a confesarlo.

—Veo que la ropa que encontramos para ti te sienta bien. —Ona la miró entonces y preguntó—: ¿Estás más tranquila ya?

—Sí, señora —respondió ella avergonzada.

—En cuanto al traje... —confesó la anciana—, no fue Niall, sino yo. Lo vi tan sucio que...

—No se preocupe, señora. No pasa nada.

—Oh, sí... sí, pasa. Ganar mil libras cuesta mucho esfuerzo y trabajo, hija. No te preocupes. Le diré a Niall que el próximo día que vaya al pueblo saque esa cantidad de mi cuenta. Yo te lo pagaré.

Victoria se sintió mal al oír otra vez aquello. Sin conocerla de nada, la anciana le había abierto las puertas de su casa, y no se merecía que ella se lo pagara de ese modo.

—Señora...

—Llámame Ona —susurró, dándole unas palmaditas en las manos.

—Ona, antes he hablado con Tom y le he dicho que no pienso coger vuestro dinero. Sin embargo, sí necesito que tú aceptes mis disculpas por cómo te he hablado esta mañana. No tengo excusa, soy consciente de ello. Pero no sé qué pasa últimamente, que todo me sale mal.

—¿Por qué dices eso, hija? —quiso saber la mujer sentándose a su lado.

—Porque sí. Los días que pasé en Edimburgo fueron un completo desastre. —Victoria omitió contar los episodios con Niall—. Ayer tenía una reunión con el conde Colum McKenna..., ¿lo conoces?

—Sí, hija —dijo la anciana con un leve sentimiento de culpa—. Por estas tierras todos lo conocemos.

—Bueno, pues no llegué a la cita por culpa de mi hermana —prosiguió ella angustiada—. Luego, el maldito coche se hundió en el barro. Las vacas nos atacaron, y todas mis herramientas de trabajo: el móvil, el portátil, el GPS..., se perdieron.

—¿Las vacas os atacaron? —preguntó Ona sorprendida.

—Sí —asintió Victoria con un puchero—. Se comieron el techo del coche y...

—No creas nada de lo que te dice, Ona —la advirtió Niall entrando en la cocina, seguido por Rous y Tom—. Conociéndola, seguro que fue ella quien atacó primero a las pobres vacas.

Victoria se tensó de pies a cabeza al oírlo entrar. Los sentimientos que habían comenzado a aflorar durante su conversación con la anciana la habían dejado tocada y, sin poder remediarlo, dejó caer la cabeza sobre la mesa y comenzó a gimotear.

Con gesto serio, Ona regañó a su nieto. Pero la sonrisa se esfumó de un plumazo del rostro de éste, que estaba atónito por lo que veía. ¡La mujer de hierro estaba llorando! Así pues... ¿tenía corazón?

En ese momento Bárbara entró también en la cocina junto a Doug y Set, los dos mozos que estaban allí desayunando por la mañana, que se quedaron clavados en la puerta al ver la estampa.

—Vicky —exclamó Bárbara al ver a su hermana—, ¿qué ha pasado?

—No te preocupes, hija mía —la tranquilizó Ona—. La tensión de lo ocurrido ayer y de no llegar a su cita con un tal conde McKenna la ha desbordado.

Al oír ese nombre, los demás se miraron entre sí con disimulo.

—El conde es un buen jefe, y tiene un sentido del humor muy particular —se mofó Doug, que, al igual que Set, estaba al corriente del engaño.

—Y un cabezota —apuntó Tom.

—Mi hermana tenía ayer una reunión de negocios con ese tipo —aclaró Bárbara—. Pero por mi culpa no llegó.

—Hola a todo el mundo —saludó entonces Robert, entrando para sorpresa de todos en la cocina.

—Hola, Robert, corazón mío —le respondió Ona, feliz de verlo.

—¡Por san Fergus! Mi otro hombretón —exclamó Tom dándole un abrazo. Después, miró a las muchachas y añadió—: Éste es Robert, mi otro nieto.

—¿Sois hermanos? —inquirió Bárbara.

—Oh..., no —negó Tom—, pero como si lo fueran. Niall es

hijo de nuestra hija Isolda y de Colum... —Tras carraspear ante la mirada de advertencia de Niall, terminó—: Y Robert lo es de nuestra hija Isabella y de Patrick.

—Pero ¿qué ven mis ojos? —preguntó Robert para zanjar el tema—. ¿Qué estáis haciendo vosotras dos aquí?

—Chico, ya veo que estás en todas las salsas —señaló Bárbara encantada con su aparición.

—¿Os conocéis? —disimuló Tom ante los gestos de Ona.

—Sí, abuelo —respondió Robert.

Entusiasmado, el anciano le guiñó entonces un ojo a su mujer, que le ordenó callar con un gesto mientras Victoria seguía sollozando.

—Pues a mí el conde me parece una buena persona —prosiguió Set.

—Sí —asintió Doug—. Además de un rompecorazones.

—¿En serio? —se mofó Niall—. No conocía esa faceta del jefe.

—Le encantan los brownies —expuso con timidez Rous.

—¿De quién habláis? —inquirió Robert.

—Del conde McKenna —contestó Ona y, al ver su expresión, intuyó que estaba tan metido en el ajo como Niall.

—Ufff..., no me digas más —habló Robert mirando a su primo—. ¿Recuerdas la última vez que estuvimos de pesca con él?

—Sí, lo recuerdo —asintió Niall advirtiéndolo con la mirada.

Cuantas más cosas oía del tal McKenna, más se desesperaba Victoria.

—Tengo que marcharme —anunció de pronto, secándose las lágrimas con un pañuelo que Ona le había tendido—. Necesito volver al hotel. Seguro que el conde ha dejado algún aviso para mí. Tengo que conseguir hablar con él antes de que se enteren en mi empresa. —A continuación, miró a Niall—: ¿Podrías llevarme hasta el pueblo más cercano?

Él la miró a su vez. Sabía que lo mejor era perderla de vista cuanto antes, pero un extraño sentimiento lo hacía retenerla.

—No. Imposible —respondió con rotundidad, con lo que se ganó una sonrisa de su abuelo.

—Pero necesito regresar a Edimburgo —protestó ella.

—Pues ya sabes, princesita —replicó él—. Búscate la vida.

Las chispas que saltaban entre aquellos dos iban a producir un cortocircuito. Todos los miraron, pero nadie dijo nada hasta que Ona, incómoda, rompió el silencio.

—Robert, pensaba que no regresarías hasta el viernes.

—Y yo, Ona, y yo —reconoció él con una sonrisa—. Pero traigo una nota del conde.

—¿Para mí? —saltó Victoria.

—No —dijo Robert—. Para Niall.

—¿Para Niall? —exclamó Bárbara.

—Me tiemblan las piernas, muchacho —se mofó Tom mirando a Robert—. Déjame que me siente.

Victoria estaba cada vez más confusa. ¿Qué tenía que ver Niall con el conde?

Sin quitarle ojo, vio cómo éste abría la carta y, tras leer unas breves líneas, maldijo en voz alta.

—¿Qué pasa, tesoro? —preguntó Ona, reprimiendo un deseo de tirarle el cucharón a la cabeza.

—Se ha marchado de viaje de nuevo —respondió él mientras se servía un vaso de agua—. Quiere que me ocupe de todo hasta su vuelta.

—Ese conde vive como un príncipe —comentó Tom.

Sin saber de lo que hablaban, Victoria se acercó a Niall y, tras arrancarle la carta de las manos, la leyó:

Estimado Niall:

Las fábricas de plata de México reclaman mi presencia allí. Estaré fuera algún tiempo. No sé si será una semana, un mes o tres días. En todo caso, y como siempre, quedas a cargo de todo.

Un saludo,
Conde C. N. McKenna

Tras mirar a Bárbara y comprobar que estaba tan sorprendida como ella, Victoria suspiró. Aquello no podía estar ocurriendo. Aquel idiota con cara de merluzo que llevaba días amargándole la existencia era la única persona que podía convencer al conde para que firmara el contrato.

—No me lo puedo creer... —murmuró—. ¿Tú conoces al conde?

—Son íntimos —se mofó Tom, ganándose una mirada de disgusto de su mujer.

—Trabajo para él —respondió Niall alejándose, pero ella lo siguió—. Aunque, si mal no recuerdo, dijiste que tú también lo conocías, que era amigo tuyo, ¿no es así?

—Sí, así es... —asintió Victoria avergonzada. No pensaba decir la verdad.

—¿Conoces al conde McKenna, Victoria? —preguntó incrédulo Tom.

—Sí —repitió ella rascándose la cabeza—. Digamos que somos viejos amigos.

—Estos jóvenes están cada día más locos —protestó Ona alejándose.

—Pues Niall es la mano derecha del conde —señaló Robert—. Cuando él no está, mi primo es el jefe.

«Tierra, trágame», pensó Victoria.

La sonrisa de Niall y sus ojos divertidos lo confirmaron todo. Se sentía poderoso.

Mientras daban buena cuenta del delicioso guiso que Ona había preparado, Victoria trató de ser comedida en sus comentarios y reprimió las ganas de tocar el tema de las calorías y las grasas que contenía el plato. Tampoco dijo nada sobre las servilletas de papel, ni sobre la ausencia de vasos en la mesa.

Cada vez que alguno de aquellos trogloditas apoyaba la lata de cerveza sobre la mesa y daba un golpe seco para abrirla, les habría gritado y hasta asesinado. Lo hacían adrede, lo sabía. Todas las cervezas se abrían en su lado de la mesa.

«Esto me costará una úlcera», pensó.

Ajeno a las cavilaciones de Victoria, Niall parecía contento. Se reía a carcajadas ante los comentarios de su abuela, mientras Robert disfrutaba charlando con Bárbara. No la miró ni se dirigió a ella ni una sola vez. En esos momentos era él quien tenía la sartén por el mango, y estaba claro que iba a aprovecharse de la situación.

A pesar de los instintos asesinos que Victoria sentía cada vez que él hablaba en gaélico para que ella no se enterara, intentó no matarlo. Si lo asesinaba, el contrato nunca se firmaría, y eso no pensaba consentirlo.

Era una experta en conseguir los mejores tratos. Sabía cuándo tenía que reírles las gracias a los clientes para lograr lo que quería. Debía tener tacto, por lo que al acabar la comida y ver que Niall se disponía a marcharse junto a Set y Doug, lo detuvo.

—¿Podríamos hablar un segundo?

—No tengo tiempo, guapa —respondió él pasando por su lado.

—Niall —insistió cogiéndolo del brazo. Eso sí hizo que se detuviera—. Necesito hablar contigo.

—¿Niall? —repitió él extrañado.

Era la primera vez que lo llamaba por su nombre, y le gustó cómo sonaba en boca de ella. Sin embargo, su propia reacción lo sorprendió:

—Veo que me has ascendido de categoría. Ya no soy «el bufón», «el payaso» o «el cromañón». Podría seguir, pero prefiero no hacerlo, porque me están entrando ganas de meterte en la furgoneta y dejarte tirada donde te encontré.

Oír todo aquello, y sobre todo oírlo mientras todos observaban, era bastante humillante. Victoria observó cómo se desfogaba mirándola a los ojos, y no le gustó lo que sintió. Por primera vez en su vida fue consciente de su forma de hablarles a los demás, y en especial de la impotencia que les hacía sentir.

—Niall, necesitaría hablar de negocios contigo.

—Lo siento, princesita —se disculpó él malhumorado, echando a andar de nuevo—. De negocios no hablo. Tendrás que esperar al conde.

—¡De acuerdo! —gritó Victoria perdiendo la paciencia—. ¿Cuándo regresará tu jefe?

—No lo sé. —Se volvió para mirarla—. Quizá una semana..., dos o tres como mucho. Es un hombre responsable. No creo que esté mucho tiempo alejado de sus deberes.

—Lo esperaré —dijo ella dando media vuelta—. Lo esperaré y hablaré con él.

—¿Habéis terminado de copular verbalmente? —murmuró Robert, pasando por su lado.

Niall lo miró extrañado, pero al dirigir la mirada hacia ella y verla marchar furiosa de nuevo, sonrió otra vez.

¿Era masoquista? No, no lo creía. Aunque la fuerza que

aquella mujer irradiaba lo tenía tan fascinado y malhumorado a un tiempo que estaba comenzando a no saber en realidad qué quería.

El claxon de la furgoneta llamó su atención. Robert se estaba despidiendo de Bárbara y subía al vehículo con los muchachos. Niall se apresuró a reunirse con ellos. Tenían cosas que hacer.

Rous, que estaba junto a la puerta, vio acercarse a Victoria.

—Y ¿tú qué miras? —le espetó ella de malos modos.

—Nada —murmuró la muchacha, que desapareció de inmediato de su vista.

Con la vena del cuello a punto de estallar, Victoria subió los escalones de dos en dos y se encontró con Ona en el piso superior.

—¿Qué te pasa, hija mía? —preguntó la mujer al verla alterada.

—Ona, no te enfades por lo que voy a decirte, pero a veces cogería a tu nieto y lo ahogaría.

—Te entiendo —convino la mujer—. En ocasiones, yo misma me he arrepentido de no haberlo hecho cuando era un bebé.

Ambas rieron.

—¡Ona! —llamó entonces Rous desde la cocina.

—Dime, hija —respondió la anciana desde la escalera.

—¿Ha venido ya el cartero?

—No, aún no. Pero no creo que tarde.

Al oír eso, Victoria sonrió. ¡El cartero! Debía de estar alerta. Con un poco de suerte, quizá aquel hombre podría sacarlas de allí.

Una hora después, mientras charlaba con Ona y con Bárbara, sentadas en la cocina, llegó el cartero. Victoria estuvo a punto de gritar de alegría al verlo aparecer con un coche: podría alejarla de aquel mundo rural.

—Ona, ¿crees que el cartero podría llevarnos hasta el pueblo más cercano? —preguntó.

—Me imagino que sí —contestó la mujer—. Pero... ¿para qué quieres ir al pueblo?

—Necesito volver a Edimburgo. Esperaré al conde allí.

—¿No podríamos quedarnos unos días más aquí? —protestó Bárbara.

—No —bufó Victoria.

—Oh, qué pena. —Ona parecía profundamente decepcionada—. ¿Por qué quieres marcharte tan pronto?

—Es una aguafiestas y una aburrida —señaló Bárbara.

Con una fulminante mirada, Victoria ordenó callar a su hermana, que con la mano derecha le hizo una peineta.

—Creo que deberíais esperar a que Niall regresara —terció la anciana.

—Ona, no te lo tomes a mal, pero yo no tengo por qué esperar a nadie —replicó Victoria con sus habituales aires de superioridad.

—Venga, Vicky. Un par de días, mujer —gimió Bárbara.

—Mira, quédate tú. Yo necesito volver al hotel —explicó Victoria y, dirigiéndose a continuación a la anciana, añadió—: Ona, ¿te importaría preguntarle al cartero si puede llevarme?

La mujer la miró y asintió. Sabía que a Niall no le gustaría, pero no podían retener allí a las muchachas en contra de su voluntad. Así pues, se puso en pie y salió afuera.

—¡La madre que te parió! —protestó en español Bárbara—. Con lo bien que estamos aquí... No entiendo por qué narices tenemos que volver al hotel.

—¡Mírame! —gruñó Victoria—. ¿Has visto la pinta que tengo? Sí, ¿verdad? Pues perdona, hermanita, pero no estoy dispuesta a que el conde regrese y me encuentre así. Además, necesito un baño caliente, y alejarme de ese cromañón antes de que termine con mi paciencia y cometa un asesinato.

—¿Sabes, Vicky? —canturreó su hermana—. Creo que te gusta Niall...

—Oh..., sí —asintió ella incrédula—. Y a nuestra boda asistirán *Goofy* y *Pluto*.

—¡Quién sabe, hermanita! Puede que hayas encontrado a tu hombre ideal.

—No voy a hablar de algo de lo que no merece la pena hablar —replicó Victoria zanjando el tema.

Ona se acercaba.

Ni siquiera había pasado un día entero en la casa, pero cuando se despidió de Tom y de Ona, Victoria sintió que se le encogía el corazón. Habían acordado que el cartero la llevaría a ella y a Bárbara hasta el pueblo de Dornie, donde pedirían un taxi para viajar de vuelta a Edimburgo.

—Creo que a Niall no le gustará que no estés cuando él regrese —señaló Tom.

—Sinceramente —dijo Victoria después de besar al anciano—, me importa muy poco lo que le guste o deje de gustarle a tu nieto.

—Que tengáis buen viaje, tesoros —les deseó Ona.

—Adiós —se despidieron las muchachas alejándose en dirección al vehículo del cartero.

La anciana y su esposo se miraron, y cuando creyeron que las chicas ya estaban lo suficientemente lejos fue Tom quien habló:

—Esa española, con esa fuerza y ese carácter, es la mujer indicada para Niall.

—No empieces con tus planes casamenteros, viejo cascarrabias —le advirtió Ona. Aunque a continuación lo miró y preguntó con una sonrisa—: Y ¿qué te parece la otra para Robert?

—¡Ambas son estupendas! —aseveró él emocionado—. Doy gracias a Dios porque me ha dado vida para conocerlas.

—Dios te ha dado vida para eso y para mucho más —apuntó Ona al tiempo que besaba cariñosamente a su marido.

Al anochecer, Niall y Robert regresaron cansados a la casa de sus abuelos. Tras una dura tarde de trabajo, éste había conseguido convencer a su primo de que debía escuchar a la española y luego dejar que el conde tomara una decisión. Cuanto antes solucionara el problema, antes se marcharía ella. Pero al llegar y enterarse de que se habían ido, su convencimiento se disipó.

—Lo siento, chicos —se disculpó Ona—. Las muchachas querían marcharse, y yo no soy nadie para retenerlas aquí. Además —añadió señalando a Niall—, le dijiste de muy malos modos que se buscara la vida.

—Podrías habernos avisado —se lamentó Robert decepcionado. Saber que Bárbara estaba allí le había alegrado el día, aunque le había fastidiado la noche.

—Niall —dijo Tom, cogiendo la mano de su mujer—, si yo tuviera cuarenta años menos y mi amada Fiona no existiera, te aseguro que esa española no se me escapaba.

—Esa mujer es una bruja —afirmó Niall de mal humor—. Una tirana sin educación.

—Pues ¡quién lo diría, hijo! —exclamó Ona mirando a su marido—. Para ser una tirana que no tiene educación, te estás preocupando demasiado por su ausencia. De todas formas, dijo que se iba a Edimburgo hasta que el conde regresara. No tienes más que hablar con ella, cariño mío.

—¿Sabes, Ona? —habló Niall cogiendo las llaves de la furgoneta—. El problema es que yo aún no he dicho mi última palabra.

—¡Ése es mi chico! —comentó Tom viéndolo salir.

Al parecer, estaba en lo cierto: la española le gustaba.

8

Cuando el taxista se detuvo en la puerta del hotel, Victoria y Bárbara sonrieron de alegría. ¡Por fin habían llegado!

Tras pagar al taxista, se dieron una ducha y durmieron encantadas, disfrutando del lujo y el confort que el hotel les ofrecía.

Al día siguiente, tras despertarse pasadas las cuatro de la tarde, Victoria comenzó a hacer balance de todo lo perdido, mientras tomaban unas cervezas.

—Necesito con urgencia un portátil y un móvil.

—Son casi las cinco, Vicky. Creo que lo tienes crudo.

—Para eso tengo una secretaria —dijo ella marcando el número de Susana.

La muchacha se apresuró a tomar nota de todo lo que su jefa le pedía y le aseguró que se encargaría personalmente de que le llegara a Escocia al día siguiente.

—¡Qué nivel, Maribel! —se mofó Bárbara.

—Necesito reemplazar lo perdido —insistió Victoria tras colgar y coger su vaso de cerveza—. Menos mal que suelo hacer una copia de seguridad de todos mis documentos. Y, sobre todo, ¡menos mal, que la copia se quedó aquí!

—¡Ostras, Vicky!

—¿Qué pasa?

—Esta noche juega el Atlético de Madrid contra el Liverpool —recordó Bárbara.

—¡Qué emoción! —se burló su hermana.

—¡No me lo puedo creer! Pero si tú eras la mayor colchonera de la peña.

—Eso fue hace tiempo —repuso Victoria con desgana.

—No me jodas —replicó su hermana y, llevándose las manos a la cabeza, gritó—: ¡No te habrás hecho del Real Madrid, ¿verdad?!

—Eso nunca —respondió Victoria al ver su expresión de terror—. Mi vida ha podido cambiar en muchos aspectos, pero papá me enseñó a adorar al Atleti y eso es inamovible.

—Ufff..., menos mal. Por unos segundos temí lo peor. El relamido de tu ex era del Madrid, ¿no?

—Sí, pero nunca supo que yo era del Atlético.

—Y ¿qué hacías? —se mofó Bárbara—. ¿Lo sufrías en silencio, como las hemorroides?

—Más o menos —contestó entre carcajadas Victoria—. Por cierto, fue una pena que Torres se marchara al Liverpool.

—Calla..., calla..., que menudo disgusto tuvimos en la peña. ¿Cómo pudieron consentirlo?

—Poderoso caballero...

—Pues yo estoy convencida de que Torres volverá. Creo que lleva los colores del Atleti grabados en el corazón —expuso Bárbara golpeándose el pecho—. Sería genial verlo jugando con Agüero, Pernia, Forlán, Perea, Camacho... Ufff... ¡Sería la leche!

—¿Sabes, Bárbara? Yo nunca le haría eso a papá —declaró Victoria tras darle un trago a su cerveza.

Su padre había sido el mayor colchonero del mundo. El mayor indio y el mayor hincha del Atlético de Madrid.

—Hoy juegan en el Vicente Calderón. Seguro que estaría allí —comentó Bárbara mirando a su hermana—. Oye, ¿te apetece que vayamos a verlo?

—Seguro que lo echan por la tele —aseveró Victoria mientras cogía el mando, vestida aún con su elegante pijama Moschino.

—¿Por qué no vamos al pub de la otra noche? —sugirió su hermana—. Seguro que allí es más divertido. Habrá más ambiente.

—¿Tú quieres que nos linchen? El Liverpool es un equipo inglés, bonita.

—Sí. Pero estamos en Escocia, princesita —replicó Bárbara.

—¿Sabes? Llevo tiempo sin disfrutar de un partido como Dios manda —murmuró Victoria.

Durante los años que había sido novia de Charly, nunca se le había ocurrido decir que era del Atleti. Era su secreto, y más cuando el equipo bajó a segunda división.

—Pues ya es hora, ¿no crees? —la animó Bárbara—. Vamos a pasarlo bien. Y, por favor, sé una hincha rojiblanca como papá te enseñó. Olvídate de clases, marcas y categorías por unas horas y disfruta del espectáculo.

Victoria sonrió. ¡A la porra con los convencionalismos!

Era del Atlético de Madrid y pensaba disfrutar de aquel partido. Así pues, tras enfundarse sus vaqueros Dolce & Gabbana, una camiseta blanca Moschino y la sobrecamisa que días antes Niall le había dejado, ella y su hermana se dirigieron hacia el pub.

Esa noche, el ambiente en el Mclean era animado, aunque, nada más entrar, Victoria ya arrugó la nariz, pues el local olía intensamente a cebada. En un primer momento se sintieron algo intimidadas al estar rodeadas de todos aquellos tipos escoceses que miraban el partido, pero cuando el Liverpool marcó en el minuto 14 y comprobaron que la gran mayoría de los asistentes iban con el equipo español, se sintieron mucho más relajadas.

Respiraron aliviadas al observar, con el corazón en un puño, cómo el Liverpool fallaba un posible gol, y aceptaron unas pintas de Guinness a las que las invitaron dos hombres que había junto a la barra.

—No me gusta nada el ritmo del partido —se quejó Bárbara.

—Pero vamos a ver —protestó Victoria, que comenzaba a estar achispada después de haberse tomado tres cervezas—. ¿Por qué no sacan a Agüero? ¿Qué hace ahí sentado?

—Pobre Simão —suspiró Bárbara—. Por Dios, ¡no dejan de agobiarlo!

Se encontraban al borde del infarto cuando Forlán estuvo a punto de meter un gol, lo que hizo sonreír a los hombres que las habían invitado y que las observaban desde el mostrador.

—¡La madre que parió al árbitro! —gritó Bárbara—. ¿Cómo puede sacarnos tarjeta amarilla?

—Se la merecía tu jugador —respondió uno de aquellos tipos acercándose a ella—. Se la merecía por tirarse dentro del área.

—Cierra el pico, amigo —señaló Victoria molesta.

—De acuerdo, española —convino él levantando las manos—. De acuerdo.

Segundos después, él y su colega se presentaron. Eran Quentin Spike y Joseph Lindelt, dos ejecutivos de General Motors que estaban de viaje de negocios en Escocia, aunque vivían en Londres.

El primer tiempo del partido terminó con el resultado de 1 a 0 a favor del Liverpool. Victoria aprovechó entonces para ir al baño, ya que tenía la vejiga a punto de explotar y, tras mirarse al espejo y ver que parecía una salvaje, apenas sin pintar, en vaqueros y con aquella enorme sobrecamisa militar, sonrió. «¡Si me vieran ahora los del trabajo alucinarían!», se dijo.

Entonces, sin saber por qué, se acordó de Niall. Le habría gustado ver su cara en ese momento.

«Maldito prepotente», pensó, aunque sintió una pequeña punzada en el corazón al recordar que no volvería a verlo.

A su vuelta, Quentin se acercó hasta ella. Lo atraía esa española, y no pensaba desaprovechar la oportunidad.

Entonces comenzó la segunda parte del partido.

—Hombre. ¡Gracias a Dios! —aplaudió Bárbara al ver a Agüero en el terreno de juego—. Menos mal que Aguirre ha despertado.

—No tenéis nada que hacer —le aseguró Joseph a Bárbara—. Como equipo, el Liverpool es superior.

Pero antes de que ella pudiera contestarle, los ingleses marcaron de nuevo.

—¿Lo ves? No tenéis nada que hacer —asintió él, con lo que se ganó una dura mirada de las dos hermanas.

Sin embargo, segundos después, el gol se anuló, y el pub entero comenzó a saltar de alegría.

—¡Toma, por listo! —exclamó Bárbara manoteando en dirección a Joseph.

Después, los cuatro estallaron en risotadas. No importaba que no defendieran al mismo equipo: la velada estaba siendo divertida, y Victoria estaba disfrutando del partido como llevaba tiempo sin hacer.

—¿Os apetece otra pinta de Guinness? —preguntó Quentin.

—Sí —respondió Victoria—. La verdad es que estoy muerta de sed.

—Iré contigo —dijo Joseph a su amigo al tiempo que le guiñaba un ojo a Bárbara—. Así traeremos cuatro.

—Qué morbazo tienen estos ingleses —se guaseó Bárbara mientras ella y su hermana los observaban alejarse en dirección a la barra—. Y yo que pensaba que eran sosos y descafeinados...

—Son agradables y correctos —afirmó Victoria sin dejar de mirar el partido—. Una estupenda compañía masculina.

Al igual que ellas, los dos hombres estaban en Escocia en viaje de negocios. Se los veía cultos y educados. Quentin era alto, moreno y con unos impresionantes ojos color avellana, mientras que su amigo Joseph era más bajo y tenía unas pestañas que quitaban el sentido. Ninguno de los dos era especialmente guapo. Eran más bien tipos corrientes, pero tenían ese toque caballeroso que tanto gustaba a las mujeres.

—¿Has visto qué sonrisa tiene Quentin? —preguntó Victoria a su hermana.

—Sí, igualita que la de alguien que tú y yo conocemos.

—¡Ni de coña! —repuso Victoria con la lengua más suelta de lo normal—. No le llega ni a la suela del zapato. Quentin es un caballero.

—Ay, Vicky, Vicky... ¡Que tú a mí no me engañas! —replicó Bárbara sonriendo al ver cómo su hermana intentaba disimular—. Yo no he dicho a quién se parecía, pero tú me has entendido. ¿En quién estabas pensando, eh?

—¡Goooolllllll! —gritó entonces Victoria, y ambas comenzaron a chillar y a saltar, al igual que el resto de los presentes en el pub.

Sin embargo, el gol también se anuló momentos después.

—¡A ese árbitro lo han untado pero bien! —ladró Victoria sin dar crédito.

—¡Joder, joder!... —exclamó Bárbara enfadada.

Los ingleses regresaron entonces con las cervezas.

—Chicas, lo siento... —murmuró Quentin al ver sus caras de decepción.

—¡Tú! —dijo Bárbara señalando a Joseph, que rio—. Que no se te ocurra decir nada o te juro que te tragas la pinta.

Lo estaban pasando tan bien con aquellos dos, y en especial con el partido, que ni ella ni su hermana se habían percatado de que dos pares de ojos contrariados las observaban desde hacía más de veinte minutos.

Más allá, Niall y Robert no daban crédito al verlas disfrutar en compañía de aquellos dos tipos.

—¡Qué curioso! —dijo Victoria con la voz un poco gangosa—. ¿Esto es un trébol?

—En Escocia es costumbre dibujar un trébol en la espuma de la Guinness —susurró Quentin cerca de su oído—. En mi familia se dice que quien sorprende con un trébol a una mujer será bendecido con una estupenda noche de pasión.

Al notar el aliento de Quentin tan cerca, Victoria se encogió. Llevaba meses de abstinencia, sin tener sexo con nadie. A excepción de los besos de Niall. Aunque, ¡cómo besaba ese hombre...!

Creyendo que el gesto de ella confirmaba su noche de pasión, Quentin agarró entonces a Victoria por la cintura y le plantó un seco beso en el cuello que la hizo estremecer, aunque no precisamente de placer.

Bárbara miró incrédula a su hermana. Estaba borracha, y tenía claro que si pasaba la noche con aquel tipo al día siguiente lo iba a lamentar. Sin embargo, no estaba dispuesta a permitirlo, por lo que, con disimulo, gritó mirando de nuevo el televisor para desviar su atención.

—Pero ¿qué coño les pasa hoy a éstos? No hacen más que perder balones y destrozar jugadas.

—Hoy no es vuestro día, española, dad gracias a Dios porque Torres está lesionado, u os habríamos metido cinco goles —se mofó Joseph.

Bárbara era consciente del modo en que el inglés la miraba, y supuso que, al igual que su amigo, él también debía de buscar algo más.

—Danos tiempo, ¡descafeinado! —replicó haciéndolo reír—. Verás de lo que somos capaces los del Atleti. Además, voy a decirte algo: si mi Torres está en el banquillo es porque tiene lesionado el corazón. Y ¿sabes por qué?

—No, dime —dijo él acercándose a Bárbara, que no se retiró. Sabía que aquél podía ser el típico polvo de una noche, algo divertido y sin complicaciones.

—En Madrid tenemos un proverbio que dice: «De Madrid al cielo, siendo del Atlético de Madrid primero». ¡No lo olvides!

—No lo olvidaré —murmuró Joseph casi leyéndole el pensamiento.

Desde la distancia, Niall y Robert seguían sin quitarles ojo a las españolas, y cada vez estaban más disgustados al presenciar las muestras de intimidad entre ellas y los dos tipos que las acompañaban.

—¡Vamos, Forlán, vamos! —gritó entonces Victoria desbocada al ver al jugador disputar un balón por lo alto.

Y al poco llegó el momento más ansiado de la noche.

—¡GOOOOOLLLLL! —exclamaron Bárbara y Victoria, junto con el resto de los parroquianos, al ver a Simão batir a Reina en un disparo cruzado.

Pletóricas de alegría, comenzaron a saltar. El Atlético había empatado. La gente se abrazaba y se felicitaba, momento que Quentin aprovechó para coger a Victoria y besarla. No obstante, apenas si había posado los labios sobre los suyos cuando un nuevo tirón los separó.

«Qué asco de beso», pensó ella mareada, cayendo en brazos de otro hincha. Pero no pasaron ni tres segundos cuando sintió que aquellos brazos que la sujetaban no la dejaban respirar. Tras pestañear y percatarse de a quién pertenecían, no supo qué decir. Allí estaba el payaso, mirándola de nuevo con su gesto insolente.

Niall estaba consumido por los celos. Llevaba gran parte de la noche observando la chispeante alegría de Victoria y sus flirteos con el inglés, y cuando había visto que él la besaba, había sentido deseos de estrangularlo.

Ahora que la tenía desconcertada entre sus brazos, atrapó su boca y la devoró sin piedad hasta que Victoria consiguió soltarse y le propinó un empujón.

—Déjame, bruto, que me ahogas. ¿Qué estás haciendo aquí?

—Tengo que hablar contigo —bufó él molesto—. ¿Y tú?, ¿qué haces dejándote manosear por ese imbécil?

—No tengo que darte explicaciones —replicó Victoria muy digna.

—¡Eres insoportable! —murmuró Niall.

Y, sin poder contener su impulso, volvió a besarla, hasta que Victoria lo apartó de nuevo. Esa española lo estaba volviendo loco.

—No vuelvas a besarme —le ordenó ella sin mucha convicción, pues en realidad sentía que deseaba más. ¿Dónde diablos se había metido Bárbara?

Sin embargo, al poco la vio. Un par de pasos más atrás, su hermanita estaba besándose como una posesa con Robert, que, entregado a la pasión, la cogió en brazos y echó a andar en dirección a la salida.

—¿Quiénes son esos tipos? —preguntó Niall con gesto serio.

Quentin y Joseph los observaban atónitos, aunque no se acercaron. Y Niall lo agradeció, puesto que bastante tenía ya con pelear con Victoria.

—Unos amigos —respondió ella pensando que su hermana y Robert se iban a asfixiar.

—Pues despídete de tus amigos —rugió él—. ¡Nos vamos!

—Pero vamos a ver, ¿tú eres tonto o qué? —repuso Victoria, intentando zafarse de la garra que la sujetaba—. ¡Suéltame! Yo no voy a ningún sitio contigo

—Escúchame —dijo él atrayéndola hacia sí—. Vas a salir conmigo de aquí.

—Ni lo sueñes.

Niall la miró desafiante. No estaba borracha, pero sus ojos, sus mejillas y sus palabras revelaban que había tomado algunas copas de más.

—Estoy viendo el partido de fútbol con mi hermana y mis amigos —señaló ella desafiante—. Así que suéltame, ¡payaso!

—El partido ha terminado y yo no voy a marcharme de aquí sin ti.

Al oírlo decir eso, Victoria se estremeció de arriba abajo. No sabía por qué, pero la voz y la presencia de aquel hombre conseguían que no fuera dueña de su propia voluntad. Su tacto y su mirada la excitaban, la estimulaban hasta unos límites tan insospechados que incluso estaba comenzando a asustarse. Era tal la lujuria que provocaba en ella que, de no haber sido porque él abrió de nuevo la boca para hablar, se le habría arrojado al cuello para besarlo.

—O sales de aquí por tu propio pie —la amenazó con voz ronca—, o te saco yo como tú ya sabes.

Eso la despertó de pronto de su ensoñación.

¡Adiós, lujuria!

¡Hola, enojo!

Provocaciones como aquélla la hacían reaccionar. No consentía que nadie le hablara de ese modo, y menos aún aquel tipo, que ya la había humillado en varias ocasiones. ¡Ni hablar!

—De acuerdo, princesita —dijo Niall con una sonrisa triunfal.

Y, antes de que ella pudiera hacer nada, se la echó al hombro, lo que provocó una nueva tanda de aplausos en el pub. Aquello se estaba convirtiendo en un ritual. Horrorizada, Victoria cerró los ojos y no los abrió hasta que el aire fresco de la noche la golpeó en la cara.

—¡Estúpido engreído! —gritó dando un traspié cuando él la dejó en el suelo.

En ese momento Victoria se percató de lo borracha que estaba. Todo giraba a su alrededor.

—¿Estás bien? —preguntó él agarrándola, pero ella se soltó de un manotazo.

—Estaré bien el día que te pierda de vista.

Tras un incómodo silencio, Niall clavó la mirada en Victoria, mientras ella, con la boca abierta, observaba cómo su hermana y Robert seguían besándose en una esquina de la calle.

—He pensado acerca de lo que comentaste ayer —dijo entonces él.

—¿Has pensado? ¿De verdad? Pero ¿tú piensas? —se mofó ella. Aunque al poco se rindió y preguntó—: Vale, ¿qué has pensado?

—Sobre el negocio que quieres proponerle al conde.

Al oír eso, Victoria lo miró. ¡Una pequeña luz!

Sí, eso era precisamente lo que necesitaba oír, y al instante su mente comenzó a trazar estrategias. Sin embargo, había tomado demasiadas pintas de Guinness y eso le dificultaba la tarea.

—Mañana hablaré con él —prosiguió Niall sin apartar los ojos de ella—. Quizá pueda saber el tiempo que estará fuera. Cuéntame lo que quieres y yo se lo referiré.

—¿Harías eso por mí? —preguntó ella sorprendida.

—No lo hago por ti —aclaró Niall—. Simplemente cuido los intereses de mi jefe, los intereses del conde.

9

Tras pasar una noche horrible en la que todo le daba vueltas y una mañana vomitando, sobre las cinco de la tarde Victoria bajó a la cafetería del hotel, donde había quedado con Niall.

—Y ¿dices que no volverá hasta dentro de tres o cuatro semanas? —exclamó con fastidio al oír las noticias del escocés.

—Si comienzas a chillarme, me levanto y me voy —le advirtió él.

—Vale, vale...

Victoria intentó calmarse. Schirtufedo, el presidente de TAG Veluer, le había dado casi dos meses de plazo. Todavía había tiempo.

—Éste es el contrato, ¿verdad? —Niall había cogido los documentos que descansaban sobre la mesa.

Ella asintió.

—Necesito conseguir ese contrato para rodar un anuncio publicitario.

—Pues creo que no lo vas a tener nada fácil —indicó él revisando las cláusulas.

—¿Por qué? —preguntó Bárbara, que hasta el momento había permanecido taciturna sentada junto a Robert.

—Seré sincero contigo —respondió Niall dejando el contrato sobre la mesa—: la última vez que rodaron en el castillo, ocurrieron cosas.

—¿Cosas? —replicó Victoria—. ¿Qué clase de cosas?

—Hubo varios desperfectos en el edificio y la productora no quiso hacerse cargo de ellos —señaló Robert.

—Eso no supone ningún problema. Podemos incluir una cláusula que recoja la subsanación y reparación de desperfectos durante el rodaje —insistió ella, anotando aquello en un papel.

—Lo intentaré —declaró Niall sin mucho entusiasmo—. Pero te repito que no lo vas a tener fácil. El conde cree que la gente que se dedica a la publicidad, al cine, no valora las cosas genuinas de la vida. Piensa que utilizáis como si fuera de usar y tirar aquello que la gente respeta y cuida durante toda su vida, sin daros cuenta del trabajo, el esfuerzo y el tesón que hay detrás. Está empeñado en que el castillo de Eilean Donan perdure en el tiempo. Mi jefe está convencido de que sois personas superficiales y sin escrúpulos que, con tal de conseguir lo que necesitáis, sois capaces de vender vuestra alma al diablo.

—Prefiero no opinar al respecto —apuntó Victoria, consciente de la verdad que encerraban aquellas palabras.

—Entiendo que no quieras opinar —prosiguió Niall—. Tu trabajo es comerle la cabeza a la gente a través de anuncios consumistas y sexistas que luego son tan falsos como las vidas que vosotros mismos lleváis.

—Te estás pasando... —canturreó Bárbara al percatarse de la expresión de su hermana.

—Seamos sinceros, princesita —expuso Niall clavando la mirada en Victoria—. Tú deseas conseguir algo que el conde tiene, ¿verdad?

—Sí —dijo ella, sintiéndose de pronto acalorada al notar sus ojos fijos en ella.

—Entonces debes ser lista y demostrarle que sabes valorar lo que él tiene y adora. De ese modo, él podrá valorar tu empeño y tu trabajo.

Victoria se puso tensa. ¿Qué le estaba proponiendo exactamente? Porque ella no pensaba arrastrarse para conseguir ese contrato... ¿O sí?

—¿Sabes la diferencia que existe entre vosotras y nosotros? —intervino Robert.

—No. Dímelo tú —lo retó Victoria.

—Un momento —terció Bárbara—. ¿Te refieres a que nosotras vivimos en una ciudad y vosotros en el campo?

—Más o menos —contestó Niall mientras, divertido, observaba el modo en que Victoria se retiraba el pelo de la cara. Estaba preciosa, y deseaba besar de nuevo aquellos labios tentadores con la misma pasión que los había besado la noche anterior.

—La diferencia radica en las formas... —respondió Robert.

—Y en la humildad y la capacidad de adaptación a cualquier medio —terminó su primo.

Bárbara y Victoria se miraron.

—¿Qué coño están diciendo estos cromañones? —le preguntó Bárbara en español a su hermana, reprimiendo un deseo de arrojarles el vaso a la cabeza.

—Nada bueno —repuso Victoria, a quien le estaban entrando ganas de salir corriendo. Sin embargo, necesitaba el contrato. Se lo había prometido a sus clientes y a sus jefes.

—Nada de trampas, chicas —las regañó Niall al oírlas hablar en español.

—¿Acaso crees que yo no podría hacer lo que tú haces? —planteó Bárbara mirando a un esquivo Robert, quien, al verla aparecer aquella mañana, en lugar de saludarla con uno de los tórridos besos de la noche anterior, se había limitado a hacerlo con un gesto de la mano.

—Por supuesto que no —dijo él, dejando volar su imaginación.

—¿Estáis intentando decirme que vosotros dos sois capaces de hacer lo que yo hago, pero que yo no soy capaz de hacer lo que vosotros hacéis? —preguntó Victoria—. ¡Qué estupidez!

—Te lo estoy demostrando ahora mismo —señaló Niall—. No creo que mi comportamiento sea distinto del de cualquier otra persona que en este instante esté tranquilamente sentada en el hotel.

—¿Creéis que vosotras podríais comportaros igual en nuestro medio? ¿En el campo?

—Sois patéticos —gruñó Victoria.

—Opino lo mismo —convino Bárbara gesticulando.

—¿Sabes, princesita? —prosiguió Niall—. Me ha costado varios años de trabajo obtener el puesto que ahora ocupo junto al conde. Como podrás imaginar, seguramente estoy acostumbrado a tratar con personalidades más importantes que tú.

—No me hagas reír —se mofó Victoria.

—A pesar de tu trabajo como alta ejecutiva y agresivo tiburón en el mundo publicitario..., ¿serías capaz de ordeñar vacas, cuidar del ganado, sacar adelante con tus propias manos una granja o valorar una sonrisa? Tú, princesita, ¿serías capaz de eso? —le soltó Niall sin dejar de mirarla.

«No. Creo que no», pensó ella horrorizada.

—Por supuesto que sí —respondió Bárbara dándole un codazo a su hermana.

—Tampoco tiene que ser tan difícil —corroboró Victoria, consciente de que mentía como una bellaca—. Por otra parte, a ver si te crees que es fácil encontrar un eslogan para que una campaña sea líder de ventas. O ganar un premio Adwords de publicidad.

—Permíteme que me ría —se burló Robert.

—En cuanto a lo que dices —intervino Bárbara—, imagino

que hacer cualquiera de esas cosas es como todo: se aprende y punto.

—Eso es, tu hermana acaba de dar con la solución para que el conde valore tu trabajo —señaló Robert dirigiéndose a Victoria.

—¿A qué te refieres? —preguntó ella algo confusa.

—Demuéstrale al conde que, además de ser una eficiente publicista, eres capaz de hacer lo que él tanto aprecia —dijo Niall—. Demuéstrale que debe confiar en ti y firmar ese contrato.

Victoria no sabía si reír o llorar. Tras años trabajando en publicidad, había tenido que ingeniárselas de muchas maneras distintas para conseguir la firma de contratos. Como la vez que necesitaba contratar el Circuito del Jarama para un anuncio y el promotor se empeñó en que ella tenía que darse una vuelta con él en aquella pista con su potente Ferrari. Y lo hizo, aunque luego pasó una semana entera sin querer montar en ningún otro coche.

Si había conseguido sobrevivir a aquello, podría sobrevivir a esto también. Con la diferencia de que esta vez serían varias semanas. Pero mejor valía eso que volver a España y tener que presentarse ante los asociados con las manos vacías.

—¿Qué decides, princesita? —preguntó Niall al verla tan pensativa.

—Dos cosas que espero escuches bien —respondió ella retrepándose en su asiento—. La primera: no vuelvas a besarme ni a llamarme *princesita*. ¡Lo odio! Y la segunda: acepto el reto.

—¡Que Dios nos pille confesados! —murmuró Bárbara, haciendo reír a Robert.

—En cuanto a la primera cuestión que has planteado —señaló Niall disfrutando del reto—, lo siento, *princesita*, pero no estás en condiciones de exigir nada. Aunque, teniendo en cuenta que no eres la mujer de mis sueños, sino más bien de mis pesadillas, puedes estar tranquila, porque tengo a verdaderas preciosidades deseosas de besarme sin yo pedirlo. En cuanto a lo segundo, quiero que sepas que eres valiente y eso me agrada.

—No intento agradarte a ti, tío listo —replicó Victoria, consciente de lo que había aceptado y furiosa por lo que había oído—. Intento agradar al conde.

Aquella noche, Bárbara recibió en la suite una invitación de Robert para cenar.

Mientras ella saltaba de alegría, su hermana Victoria trataba de disimular su decepción. En cierto modo Niall le gustaba, aunque se resistía a que fuera así, pues estaba convencida de que trataría de incordiarla de nuevo una vez llegara a la granja.

Cuando Bárbara se marchó y se quedó a solas en la habitación, puso música en el equipo plateado que había en la suite y llamó al servicio de habitaciones para pedir una ensalada y un agua sin gas. No obstante, volvió a llamar después de unos segundos y cambió el agua sin gas por una cerveza. La necesitaba.

Pasados quince minutos llamaron a la puerta. Era la cena. Como no tenía mucha hambre, cogió la cerveza y un cigarrillo y decidió darse un baño. Eso la relajaría.

Sin embargo, no fue así. Sólo podía pensar en Niall, en sus ojos y en su impertinente sonrisa.

Una vez salió del lavabo con el albornoz del hotel puesto, abrió la tapa de la ensalada y, para su sorpresa, vio que en el plato había un bistec con patatas.

¿Volvería a estar Niall tras aquella confusión?

Levantó el auricular del teléfono con una mano mientras sujetaba una patata frita en la otra y llamó a recepción para informar del error.

Cuando colgó se miró al espejo. Su pelo no estaba mal, y tenía un aspecto sexy con el albornoz. Dos minutos después, llamaron a la puerta y sonrió. Allí estaba él.

Victoria se dispuso a abrir la puerta con una sonrisa seductora y se quedó petrificada al ver a un camarero que le pedía disculpas y le cambiaba el plato. Cuando cerró de nuevo no sabía qué le había molestado más, si el hecho de que Niall no hubiera provocado el error, o su absurdo deseo por verlo.

En ese momento sonó el teléfono de la habitación.

—¿Diga?

—Hola, peluche.

Al oír eso, la patata que tenía en la mano y que aún no se había metido en la boca cayó sobre la moqueta. Era Charly, su ex, aquel hombre al que había relegado a un rincón de su mente y al que todavía le dolía recordar.

Reponiéndose con rapidez, contestó:

—Te he dicho mil veces que no vuelvas a llamarme así. Que te olvides de mí.

—Lo sé —asintió él con voz tranquila—. Pero te echo de menos.

—Yo a ti no —repuso mientras cogía un cigarrillo. Hablar con Charly la ponía de los nervios.

—¿Cuándo vas a volver?

—No lo sé. Pero aunque lo supiera no te lo diría. —Se sentó y encendió el cigarrillo—. Sin embargo, da igual, puesto que tu zorra particular te mantendrá informado, ¿no es así?

—Victoria, cariño —susurró Charly—. No he vuelto a ver a Beth. Tienes que creerme. Lo que ocurrió en el hotel fue algo que...

—¡Basta! —gritó ella malhumorada—. ¡Basta ya! No quiero volver a oír tus patéticas explicaciones. ¿Cuándo vas a aceptar que lo nuestro se acabó, que no quiero saber nada más de ti?

—Te quiero, peluche —murmuró haciéndole daño. En todos los años que habían estado juntos, Victoria podía contar con los dedos de una mano las veces que Charly le había dicho que la quería—. No puedo remediarlo. Te echo de menos, te necesito y...

—No quiero escucharte. Adiós.

Una vez hubo colgado, sus ojos se anegaron en lágrimas. ¿Por qué no la dejaba en paz? ¿Es que no se daba cuenta del daño que le hacía?

Pero entonces volvió a sonar el teléfono. Y Victoria gritó furiosa al coger el aparato:

—¿Sabes, Charly? No quiero escucharte. No quiero oírte. Sólo quiero que te olvides de mí. Eres un malnacido. ¡Déjame en paz! Olvídate de que existo y de que...

—Eeeehhhhh, Vicky. ¡Para el carro! —exclamó una voz al otro lado de la línea—. Soy Víctor. ¿Qué ocurre, cariño?

—Hola, Víctor. —Con las lágrimas aún corriéndole por las mejillas, suspiró aliviada. Una voz amiga.

—Por lo que veo, el cretino de tu ex sigue dándote la lata.

Victoria no pudo responder. ¿Por qué lloraba? Aquello ya estaba superado. Ya no pensaba en él. Pero cuando creía estar fuerte, Charly atacaba y su lado sentimental la destrozaba.

—Vamos, Vicky. Odio encontrarte así y no poder hacer nada —se quejó Víctor, sintiéndose inútil en la distancia—. Vamos, cariño, respira. Inspira, espira... Inspira... Conmigo puedes llorar, gritar y maldecir, lo sabes, ¿verdad?

—Sí —susurró Victoria enjugándose las lágrimas.

—Ahora sé buena y dile a Víctor qué ha hecho que estés llorando como una Magdalena, cuando tú eres la mujer más fuerte que he conocido en mi vida.

—Ya lo sabes.

—Victoria Villacieros Zúñiga —insistió él—, sabes que no nado en la abundancia, pero no voy a colgar el teléfono hasta saber qué te pasa. Hace un momento he hablado con Marga y me ha contado una rocambolesca historia sobre vacas, pérdida de móviles, etcétera.

—Es verdad —murmuró. Volvía a sentir ganas de llorar—. Todo lo que mamá te ha contado es cierto. Pero mañana a primera hora me llegan dos móviles y un portátil. Por cierto, conservaremos los mismos números de teléfono, díselo a ella.

—Estoy esperando... —canturreó él.

Victoria le relató entonces punto por punto lo ocurrido desde su llegada a Escocia. Le habló de Niall y de Robert, y de su particular relación con ellos. Y estuvo tentada de colgarle el teléfono al oír sus carcajadas mientras le hablaba de las vacas que se comieron la capota, o del pijama de tomates cherry y las bragas de cuello alto.

—¡Por Dios, Vicky! —exclamó él al tiempo que se secaba las lágrimas—. Es lo más divertido que me has contado nunca. ¿Y dices que mañana os trasladaréis a la granja hasta que llegue el conde?

—No tengo otro remedio. Niall dice que, si quiero que el conde se fíe de mí, eso es lo único que puedo hacer.

—¿Bárbara está cenando ahora con Robert?

—Sí. Se pondrá furiosa cuando sepa que has llamado y no ha hablado contigo. Quería contarte un montón de cosas.

—Ya me imagino, ya —comentó sonriente—. Oye, por curiosidad, ¿cómo es el cromañón ese de Niall? ¿Es guapo?

—Psssé —contestó ella—. Nada del otro mundo.

—¡Por Dios, Vicky! Si desde aquí puedo ver cómo te crece la nariz.

Victoria sonrió y se tocó la punta de la nariz. Al igual que Bárbara, Víctor la conocía bien, por lo que decidió sincerarse con él.

—Lo que voy a contarte es *top secret*, y si alguien dice que ha salido de mi boca, lo negaré hasta la saciedad. ¿Entendido?

—¡Palabrita de Niño Jesús!

—Pues bien, Niall es el típico hombre en el que yo no me habría fijado en la vida. Es alto, corpulento y algo rudo en ocasiones. Tendrá unos cuarenta años y es la mano derecha del conde. Creo que le gusta trabajar en el campo y es muy familiar. Es fuertote, aunque no tiene pinta de ir al gimnasio. Su pelo es corto y de color castaño, con alguna canita que le otorga personalidad.

—Por Dios, Vicky..., ¡qué interesante lo pintas!

—Sus ojos son de un verde tan intenso que a veces parece que te traspasan. —Sonrió ella al recordarlo—. Tiene unos labios carnosos y suaves, y una bonita y seductora sonrisa. A todo ese cóctel de desbordante testosterona masculina añádele que es arrogante, prepotente, mandón, exigente, seguro de sí mismo, y un machote que presume de tener una enorme lista de mujeres deseosas de sus besos y sus atenciones.

—¡Caray, qué morbazo!

Cuando terminó de describir a Niall, Victoria se percató de que era todo lo opuesto a Charly, un niño bien que había crecido entre algodones y cuya mamá se lo había dado siempre todo masticado. Jamás se había preocupado por nadie excepto por sí mismo. No le importaba en absoluto gastarse dos mil euros en una camisa de marca, pero a la hora de cooperar con cualquier causa benéfica buscaba dos mil razones para no hacerlo. Le gustaban los buenos vinos, los restaurantes caros, el diseño, el lujo, presumir de coches de alta gama y vacaciones en islas paradisíacas. Definitivamente, Charly y Niall no tenían nada que ver.

—Ahora entiendo tus lágrimas —confesó Víctor—. Te has dado cuenta de que el que creías que era el hombre perfecto durante todos estos años no le llega a ese cromañón ni a la suela de los zapatos, ¿verdad? Por eso llorabas.

—Anda ya... ¿Estás loco? —le espetó Victoria.

—Joder, Vicky. ¡Qué pena que no sea gay! Yo estaría encantado de explorar esos labios carnosos y ese cuerpo musculado por el trabajo en la granja. Por cierto, ¿el cromañón de Bárbara es igual?

—Más o menos —contestó ella.

—Me has convencido. Mañana mismo cojo el primer vuelo que salga para Escocia. Seguro que yo encuentro algo igual, pero en gay.

Victoria rio y luego cambió de tema:

—¿Cómo está mamá? Antes, cuando hablé con ella, parecía tener prisa.

—Bueno —titubeó Víctor—. Nuestra Diane Lane particular está bien. Yo diría que maravillosamente bien.

—Oh, oh... Cuéntamelo todo ahora mismo, o la que se coge el primer avión de vuelta a Madrid soy yo. ¿Qué le pasa?

—Mira que eres exagerada, Vicky. Está bien, sólo que creo que está conociendo a alguien. Pero nada serio, no te preocupes.

—¿Cómo? ¿Que mamá sale con alguien?

—Creo que sí —asintió él—. Pero déjame unos días para confirmarlo. *Óscar* y yo la estamos siguiendo de cerca.

—Quiero estar al tanto de todo, Víctor —le advirtió ella muy seria—. Por favor, vigílamela, que la veo muy sola y no quiero que se junte con ningún pintas del barrio.

Víctor tuvo que hacer un esfuerzo para no carcajearse. Marga tenía un gusto excelente, y eso no iban a negárselo sus hijas cuando supieran quién era su pretendiente.

—Tranquila, Vicky. *Óscar* y yo la cuidamos muy bien. Por cierto, dile a Bárbara que *Óscar* la echa de menos. Y yo os echo de menos a las dos.

—Vale, tonto, y nosotras te echamos mucho de menos a ti. Un beso y hasta pronto.

Cuando hubo colgado el teléfono, se quitó el albornoz del hotel, se puso su pijama de seda Armani y se sentó frente a la ensalada. Sin embargo, ya no tenía hambre, así que, cansada, se acostó en la enorme cama *queen size* pensando en las torturas que le traería el nuevo día.

10

Al día siguiente por la mañana, Victoria le habló a su hermana de su conversación con Víctor. Horas después, aún recordaba la cara de guasa de Bárbara cuando le contó lo que su amigo había insinuado sobre su madre, aunque omitió decirle nada acerca de la llamada de Charly. No le apetecía hablar de aquello.

El móvil y el portátil le habían llegado ya desde España por mensajería urgente. Volvía a estar informatizada, y eso la hacía sentirse mejor.

Cuando Robert y Niall aparcaron frente al hotel para recogerlas y llevarlas a casa de Ona, por unos instantes Victoria estuvo a punto de salir huyendo. ¿Qué iba a hacer ella en una granja? Sin embargo, al final, tras suspirar y pensar en el contrato, se encaminó hacia la furgoneta con paso seguro mientras tiraba de su *trolley* Versace.

—Buenos días —saludó Niall con gesto taciturno.

—Buenos días —respondió ella.

Bárbara estaba ocupada meneando la lengua dentro de la boca de Robert.

Una vez en la carretera, él y su hermana se encargaron de llenar el habitáculo de la furgoneta con sus risas y sus conversaciones para relajar la tensión.

—¿Sabes, Vicky? Anoche coincidimos con Niall y una de sus amigas en un pub —comentó Bárbara.

Victoria se puso tensa de repente, aunque trató de evitar que nadie se diera cuenta. Debía recordar los motivos por los que estaba allí, y punto. El resto no importaba.

—Me alegro —contestó al ver cómo Niall la miraba a través del espejo retrovisor.

—¿Por qué os fuisteis tan pronto? Tu amiga parecía estar pasándolo bien —inquirió Bárbara.

—Teníamos cosas que hacer —dijo Niall molesto.

—No lo dudo —prosiguió ella—. Lavinia estaba como loca por meterse en la cama contigo. Vicky, habrías alucinado. No veas qué pulpo de mujer.

—Parece que hoy hará un día estupendo —señaló Robert en un intento de cambiar de tema.

—Era una azafata italiana, ¿verdad? —insistió Bárbara.

—Sí. —Qué mala leche tenía aquella mujer, pensó Niall. Igualita que la de su hermana.

—Debía de ser alguna de esas preciosidades que hacen cola para besarte, ¿no? —espetó Victoria molesta.

—No lo dudes —respondió él con gesto hosco.

La noche anterior, Niall había quedado con Lavinia, una azafata italiana que lo llamaba siempre que volaba a Escocia. Ya estaba harto de pensar constantemente en Victoria. Sin embargo, había sido peor el remedio que la enfermedad. Tras la cena, se encontraron con Robert y Bárbara en un pub, y Niall fue consciente de cómo lo observaba ella. No le preguntó, pero supo lo que pensaba con tan sólo mirarla.

Lavinia estaba especialmente cariñosa esa noche, apenas si lo dejaba respirar. Así pues, aburrido, Niall se despidió de Robert y de Bárbara y él y la italiana se marcharon al hotel de ella. Luego, tras inventarse un imprevisto de última hora, Niall salió escopeteado para el Glasshouse. Allí comprobó que la llave de Victoria no estaba en su casillero, y decidió irse a dormir. Necesitaba descansar.

El resto del camino hasta la granja transcurrió sin que nadie soltara ningún otro comentario mordaz y, nada más llegar, los ladridos de *Stoirm* y los aplausos de Ona, Rous y alguno de los jornaleros llenaron el aire.

«Dios santo, mi pesadilla ya ha comenzado», pensó Victoria.

Todos se mostraron felices de recibir a las dos españolas, en especial Tom, que las abrazó cariñosamente.

Niall subió las maletas hasta su habitación; ocuparían la misma que días antes. Cuando ya se disponía a salir, se encontró de frente con Victoria en la puerta y, tras cerrarla, se apoyó en ella para mirarla.

—¿Qué haces? —inquirió ella, dejando el portátil sobre la cama.

—Quería tener unos momentos a solas contigo.

—¡Qué emoción!

—Sólo quería decirte que me parece muy valiente lo que vas a hacer, y que no olvides que estoy aquí para cualquier cosa que necesites.

—¿Algo más?

«Insolente», pensó él.

—Tendrás que cambiarte de ropa. No creo que con esos tacones puedas moverte por la granja —dijo mirando los sexis zapatos rojos que llevaba.

—Ése será mi problema, no el tuyo. ¿No crees?

—¿Qué te pasa? —preguntó Niall dando un paso hacia ella.

—No me pasa nada.

—Mentirosa —continuó, acercándose—. Hoy no te he dicho nada como para que tengas esa cara de enfado conmigo. En ningún momento me he dirigido a ti con ningún nombre que no fuera el tuyo. Incluso cuando has sido una borde en referencia a mis amistades, he intentado no discutir. ¿Debo pensar que estás celosa?

—¿De ti? —se mofó Victoria—. Antes lo estaría de una vaca.

Niall no pudo evitar sonreír. Era tan distinta de la clase de mujer que frecuentaba... Eso era lo que lo atraía tanto.

—Mira, cromañón: me importa un bledo con quién te acuestes y con quién salgas. ¿Por qué iba a estar celosa? —exclamó levantando los brazos al ver su sonrisa Profident.

No obstante, antes de que pudiera volver a bajarlos, ya tenía a Niall poseyendo su boca como sólo él sabía y a ella le gustaba. Sin darse cuenta, bajó las manos y las posó con suavidad sobre aquel pelo sedoso y rebelde que tantas veces había deseado acariciar.

—Oye, princesita —susurró él, echándole la cabeza hacia atrás para mirarla a los ojos—. Me alegro de que no estés celosa. Porque entre tú y yo nunca habrá más que esto.

—Te he dicho mil veces que no me beses —le reprochó Victoria sin mucha convicción—. ¿Por qué te empeñas en seguir haciéndolo?

—Mmm... Estás irresistible cuando te enfadas —murmuró Niall rozándole el cuello con la punta de su cálida lengua—. Me encanta ver esta venita tuya latir con furia.

—Suéltame ahora mismo —musitó ella cerrando los ojos. Ese hombre la mataba.

—Un beso más, preciosa. Sólo uno más —rogó él.

Y, posando sus labios con delicadeza sobre los de ella, disfrutaron de un beso lento y seductor, cargado de deseo y altas dosis de pasión.

—Ejem..., ejem...

De pronto, oyeron que alguien tosía a sus espaldas e interrumpieron precipitadamente el abrazo.

Ante ellos estaban Ona, Robert, Bárbara, Rous y Tom, quienes entraron en la habitación con sonrisas divertidas pero no hicieron ningún comentario al respecto. Niall miró fugazmente a Victoria y aprovechó para salir del dormitorio.

Esa noche Ona preparó unos exquisitos filetes de pollo acompañados de verduras para cenar. A pesar de que en un principio Victoria se negó a comer más de un filete, éste estaba tan rico que al final terminó repitiendo, cosa que hizo sonreír a Niall, quien estaba encantado de verla comer con apetito.

A la mañana siguiente, temprano, Ona fue a despertar a las españolas.

—Un ratito más... —se quejó Bárbara volviendo a taparse.

La mujer sintió lástima de las chicas. No comprendía muy bien por qué Robert y Niall las habían llevado de nuevo a la granja.

—Pero si todavía es de noche... —protestó Victoria bostezando.

—Vamos, vamos, perezosas —las regañó cariñosamente—. El trabajo en una granja comienza muy temprano.

A duras penas, Victoria se levantó y se dirigió como una autómata hacia el baño. Al cabo de media hora, salió con la crema puesta, los dientes lavados y el pelo perfectamente arreglado. Su hermana aún seguía en la cama.

Después abrió el pequeño armario donde había guardado su equipaje la noche anterior y miró su ropa. Tenía dos vaqueros, uno Dolce & Gabbana y otro Moschino; un traje de chaqueta color negro Chanel; dos camisetas de manga corta, una de Custo y otra Armani; dos de manga larga de Guru en rosa y azul, y la chaqueta que se había comprado en Edimburgo de Carolina Herrera con un estampado de ochos en color beige, aparte del abrigo de cuero negro Yves Saint Laurent.

Finalmente optó por los vaqueros Moschino, la camiseta de manga corta celeste Armani y la chaqueta de Carolina Herrera. A continuación miró los zapatos: los botines oscuros Gucci; los zapatos rojos de Manolo Blahnik, y las botas de piel vuelta Versace, y se decidió por las botas.

Se recogió el pelo en una coleta alta y tomó las gafas Prada. Cuando estuvo lista trató de despertar a su hermana, que, al verla ya vestida, saltó de la cama disculpándose por su pereza.

Bárbara corrió a lavarse la cara y, cuando regresó al dormitorio, la miró extrañada.

—¿Adónde vas tan elegante?

—Esto es lo único que tengo de sport —señaló Victoria, pintándose los labios.

En ese momento se abrió la puerta. Era Rous, aquella desastrosa y masculina chica de cejas pobladas y pelos tiesos como escarpias.

—¡Qué guapa! ¿Te marchas?

—Te lo he dicho —se burló Bárbara al pasar junto a su hermana.

—Esto va a ser un desastre —gimió Victoria sentándose en la cama—. ¡Oh, Dios mío! Pero ¿qué hago yo aquí? ¿A quién quiero engañar?

—Yo te veo muy guapa —la consoló Rous, acercándose a

ella—. Pero si no quieres estropear tu ropa yo puedo dejarte algo mío, aunque no es tan bonito como lo que llevas.

«Antes muerta que con tus pintas», pensó Victoria, aunque se guardó mucho de decirlo.

Nunca había conocido a una muchacha tan dejada como Rous. Tenía los ojos claros, pero aquellas tupidas cejas a lo cepillo para limpiar zapatos eran un absoluto desastre. Su pelo estaba seco, quebradizo y mal cortado. Las uñas, o lo que quedaba de ellas, parecían las de un camionero. Y todo eso sin contar su desastrosa forma de vestir.

—¡No...! No quiero dejarte sin ropa —se apresuró a responder Victoria—. Ya me apaño con mis cosas.

Quince minutos después, bajaron a reunirse con los demás. Ona estaba trajinando en una cocina de leña, algo que Victoria tan sólo había visto en algunas películas antiguas.

Sentados a la mesa estaban desayunando Tom, Niall, Robert, Set y Doug.

—Ya era hora —se quejó Robert al verlas aparecer—. Se supone que habéis venido para ayudar en las labores de la granja, no para estar dos horas poniéndoos potingues en la cara.

Bárbara lo miró fijamente. Estaba cansada y muerta de sueño, apenas se había arreglado y aquel idiota la recibía así.

—Mira, chato —replicó apuntándolo con el dedo—. Sólo te lo diré una vez. Ten cuidado por las mañanas conmigo, si no quieres tener problemas.

—¡Por san Fergus! —exclamó Tom.

Set y Doug prorrumpieron entonces en carcajadas. Las mujeres de por allí no hablaban con ese desparpajo, por lo que Robert se levantó enfadado y se marchó sin decir palabra.

—Eso, como los burros. Sin decir ni adiós —comentó sarcásticamente Bárbara al verlo salir.

—¿Adónde vas tan elegante? —preguntó Niall, mirando a Victoria.

«Tierra, trágame», pensó ella.

Estaba claro que aquel paleto no iba a facilitarle su estancia en la granja. Así pues, tenía dos opciones: a) mandarlo a paseo, con lo cual comenzaría mal el día, o b), hacerse la tonta, con lo que se provocaría una úlcera pero seguramente la dejaría en paz. Eligió la opción b.

—Voy vestida de sport. No tengo otra cosa que ponerme —dijo, y tomando una taza de leche que Ona le daba preguntó—: ¿Es desnatada o semi?

La anciana la miró extrañada.

—Es de vaca —respondió.

—¡Vicky, por Dios! —murmuró Bárbara en español—. Coge la maldita taza y cierra el pico.

Fabricando una de sus sonrisas, Victoria hizo lo que su hermana le decía y oyó que Ona murmuraba mientra volvía a la lumbre:

—Esa ropa no volverá a ser lo que era tras un día en la granja.

Niall también la oyó.

—Seguro que Rous estará encantada de prestarte algo —propuso intentando no sonreír.

—No hace falta, tendré cuidado —replicó Victoria, mirando con recelo la leche.

—El que avisa no es traidor, princesita —murmuró Niall.

—Tómate la taza de leche, muchacha —la animó Tom—. Te dará las energías necesarias par enfrentarte a una manada de lobos.

Victoria cerró los ojos y recordó algunas técnicas de taichi. Necesitaba relajarse, o su carácter fiero prorrumpiría en la cocina de un momento a otro. Al abrir de nuevo los ojos, miró el reloj.

Eran las cinco y media de la mañana. ¿Qué diablos hacía levantada a esas horas? Sin embargo, le echó valor y se repitió: «Tres semanas, máximo cuatro, y contrato conseguido».

—Muy bien —habló Niall levantándose y mirando a las chicas—. Mañana procurad ser más puntuales, ya deberíamos estar trabajando, en vez de estar perdiendo el tiempo aquí.

Ona meneó la cabeza al ver el gesto divertido de su marido. No estaba conforme con aquello, pero poco podía hacer. Los muchachos así lo habían decidido, y ella sólo tenía que callar y observar.

—¡Vámonos! —ordenó Niall poniéndose una cazadora marrón.

—¿Adónde vamos con el frío que hace? —se quejó Victoria.

—Al campo. Debemos arreglar el cercado de los caballos y luego echar de comer a las vacas —explicó Rous calándose un gorro de lana hasta las orejas.

«Oh, Dios mío, caballos y vacas... ¡Voy a morir!», pensó Victoria a punto de desmayarse. Sin embargo, se guardó mucho de decirlo y salió tiritando al exterior.

—¿Has visto qué pinta lleva esa muchacha para trabajar en el campo? —comentó Tom.

—¡Calla! No quiero hablar de ello —protestó Ona.

—Se va a congelar —auguró Tom entre carcajadas al ver cómo huía de *Stoirm*.

—Si le pasa algo, será culpa vuestra —sentenció su mujer enfadada. Salió de la cocina y dejó al anciano a solas.

El día era desapacible. Hacía frío, comenzaba a lloviznar y amenazaba con descargar una gran tormenta. Niall, que conducía la furgoneta de una manera un tanto brusca, miraba por el espejo retrovisor a las chicas. En especial a Victoria, que guardaba absoluto silencio y tenía el mismo aspecto de quien va al patíbulo.

Cuando el vehículo se detuvo, la joven estaba pálida como la cera, a punto del desmayo. Y, a pesar de que todos se dieron cuenta, nadie dijo nada.

—Bajad de la furgoneta —ordenó Robert, que no parecía estar de muy buen humor—. No podemos perder más tiempo.

—Hoy no te has levantado con buen pie, ¿eh? —replicó Bárbara molesta.

Sin embargo, Robert no le contestó, sino que se limitó a mirarla y a guardar silencio.

Al poner un pie en el suelo, Victoria sintió cómo sus tacones se hundían en el barro, pero sin decir nada, siguió a Rous, que se movía con naturalidad por aquel lugar.

—¡Ah, un bicho! ¡Un bicho! —gritó Victoria.

—Sólo es un escarabajo —la tranquilizó Rous, y lo cogió para enseñárselo.

—¡No! ¡No! Aléjalo de mí —volvió a gritar ella como una loca.

—Deja de chillar. —Niall apenas si podía contener la risa.

—Relájate, Vicky —terció Bárbara—. Estamos en el campo y es normal que haya insectos.

—Princesita, por tu bien, familiarízate con ellos, el campo está lleno. Tomad. —Niall les tendió unos guantes—. La valla está medio rota. Tenéis que repararla. Ahí encontraréis el material y las herramientas necesarias para tensar y asegurar los alambres. Poneos los guantes y comenzad a traer aquellos palos —indicó señalando un árbol—. Yo iré a dejar a los muchachos en sus puestos y dentro de un rato volveré para ver qué tal vais.

—¿Vas a dejarnos solas... aquí? —preguntó Victoria, tiritando de frío. Su ropa era escasa, pero ya no había remedio.

—Rous y *Stoirm* se quedarán con vosotras —explicó él conteniendo la risa. Aquella muchacha era patética pero encantadora al mismo tiempo.

Acto seguido, montó en la furgoneta y arrancó, dejándola sin palabras.

—Apuesto cien libras a que antes de dos horas están llorando —dijo Doug entre carcajadas.

—Te doblo la apuesta —contestó Set dándole la mano.

—La triplico —apuntó jovial Robert, observándolas por el espejo retrovisor.

—Muchachos —intervino, también jocoso, Niall—. Doblo todas las apuestas a que esta noche quieren volver a su casa.

Una vez la furgoneta azul se hubo marchado, Rous fue la primera en hablar.

—Creo que deberíamos repartir el trabajo —indicó rascándose el cuello—. Una que vaya a por el alambre, otra que traiga las estacas y la tercera que clave con la maza. —Se tocó la barriga y señaló—: Tengo que ir un momento al baño. Vuelvo enseguida.

—¿El baño? —murmuró Victoria mirándola—. ¿Dónde está el baño?

A su alrededor había campo, bichos, árboles y bosque. Nada más. Por lo que Rous, ocultándose tras un árbol no muy lejano, se bajó el mono y, ante la mirada incrédula de Victoria, comenzó a soltar unos ruidos sospechosos y unos gemidos de esfuerzo.

—¡Por favor! —exclamó ella arrugando la nariz—. Esto es lo más asqueroso que he visto en mi vida.

—Vicky —comentó Bárbara ante la naturalidad de Rous—, cuando la cosa aprieta, ya sabes... O vacías la cañería o revientas.

—¡Bárbara! —la regañó ella horrorizada—. No seas vulgar. Y tú, perro —gritó mirando a *Stoirm*—, aléjate de mí si no quieres tener problemas.

Una vez Rous hubo terminado con lo suyo, y tras varias crisis nerviosas de Victoria a causa de los escarabajos, las tres mujeres se pusieron manos a la obra.

Pasadas dos horas, habían conseguido clavar seis estacas y poner varios trozos de alambre, el cielo se despejó y un sol espléndido las calentó.

Los vaqueros y la chaqueta de Victoria estaban hechos una pena, pero lo peor eran las botas de piel vuelta. Ona tenía razón: aquella ropa no volvería a ser lo que fue.

Sobre las nueve de la mañana aún nadie había dado señales de vida. Estaban sedientas y hambrientas, por lo que Rous se ofreció voluntaria para ir en busca del desayuno. Ella conocía las tierras, así que se puso en camino dejando solas a Victoria y Bárbara con *Stoirm*.

—No sé qué hago aquí —se quejó Victoria quitándose los guantes—. ¡Oh, Dios mío! Mira qué ampollas tengo. Mis manos necesitan crema con urgencia.

—¡Joder, Vicky! —exclamó Bárbara mirándose las suyas—. Yo no las tengo mejor que tú, pero no soy tan quejica.

—¡Fuera de aquí, chucho! —le gritó Victoria a *Stoirm*.

De pronto divisaron un vehículo que se acercaba y el perro empezó a ladrar.

—Buenos días, señoritas —las saludó un hombre de gesto afable bajando del coche—. ¿Se han perdido?

—Ojalá fuera así —murmuró Victoria.

—No —respondió Bárbara—. Estamos esperando a Rous. Trabajamos con ella.

—Vaya... —El hombre se acercó hasta las chicas—. Vosotras debéis de ser las chicas que están con Tom y Ona. Un placer. Mi nombre es Greg. Soy el médico de Dornie, Keppoch e Inverinate.

—Encantada. Mi nombre es Bárbara —saludó ella levantando la mano.

En cambio, Victoria estaba demasiado ensimismada con su drama personal como para prestarle atención.

—¿Qué te pasa? —le preguntó el médico al ver cómo se miraba la manos.

—Tengo unas horribles ampollas que me están matando —contestó suspirando, tan deprimida que el hombre sonrió.

—Eso lo soluciono yo en un periquete —dijo sacando del coche una caja de pomada—. Déjame ver dónde tienes esas ampollas. ¡Vaya! —La verdad es que no eran nada pequeñas—. Te estás destrozando las manos.

Primero echó suero en la mano para limpiar las heridas y luego aplicó con cuidado la pomada con la ayuda de una gasa. A continuación hizo lo mismo con las de Bárbara. Una vez finalizó la cura, las miró con una sonrisa.

—Guardáosla. Esta noche os la volvéis a echar y veréis cómo dentro de un par de días las ampollas habrán desaparecido.

—Mi nombre es Victoria Villacieros —se presentó sonriente—. Gracias por tu ayuda.

Al decir eso, Victoria se sorprendió. ¡Acababa de darle las gracias a alguien!

—Encantado de conocerte —respondió Greg mirándola a los ojos—. Pero vosotras no sois inglesas —señaló, claramente interesado en la chica—. ¿De dónde sois?

—Españolas —contestó ella.

—¡Vaya! Me encanta España. Sobre todo la tortilla y la paella. Son exquisitas.

—Muy típico de los guiris —comentó Bárbara al oírlo.

—Mmm. —Victoria estaba hambrienta—. No hables de comida en estos momentos, que estamos muertas de hambre.

—Es evidente que no sois mujeres de campo. ¿Qué estáis haciendo aquí? —preguntó el médico con curiosidad.

—Es una historia muy larga. —Victoria sabía que no había forma de explicarla—. Y algo complicada de contar con el hambre que tengo.

—Vaya, lo siento. —El hombre se acercó entonces más a ella y añadió—: Déjame ver cómo está tu mano.

Le tomó la mano para colocarle un apósito y, viendo lo delicada que era, se preguntó qué hacía una mujer como ella arreglando un cercado.

En ese instante se oyó el ruido de un motor. Era Niall, que regresaba con Rous, y al ver a Greg tomándole la mano a Victoria aceleró.

—Vaya —murmuró el médico al ver la furgoneta aproximarse—. Creo que os traen provisiones, se acabó el hambre.

—¡Menos mal! —Bárbara ya no sabía qué hacer con su estómago—. Estaba ya por morder un trozo de la valla.

Tras bajarse de su furgoneta con la gorra puesta, Niall se dirigió hacia ellos con una falsa sonrisa estampada en la cara.

—Hola, Greg —saludó colocándose junto a Victoria—. ¿Qué haces tú por aquí?

—Voy camino de Keppoch —respondió él sin apartarse un milímetro de donde estaba—, y como verás he tenido que hacer un par de curas de urgencia por el camino.

—Ha sido muy amable de tu parte —repuso Niall nada cortés—. Pero ya puedes seguir hacia tu destino.

—Greg ha sido muy atento con nosotras —protestó Victoria, que no entendía por qué aquellos dos se miraban de aquella forma.

—Se me hace tarde —dijo al fin el médico echando a andar hacia su coche—. Encantado de haberte conocido, Bárbara.

—Lo mismo digo, Greg. Gracias por tu amabilidad.

—Ha sido un placer, Victoria —añadió él con una sonrisa que molestó profundamente a Niall—. Quizá volvamos a vernos.

—Seguro —aseveró ella con malicia—. Conozco a pocas personas tan educadas como tú por estos lares.

—Este fin de semana un amigo organiza una fiesta para celebrar el nacimiento de su hijo —contó entonces Greg—. Sería estupendo que vinierais.

—¿No le importará que nos presentemos en su casa sin conocernos? —preguntó Victoria.

—O'Brien es como de la familia —intervino Niall entregándole su chaqueta—. Toma, póntela o cogerás frío.

—¡Será genial! —cxclamó Bárbara.

—No quiero ponérmela. Tengo calor —dijo Victoria, que no le estaba prestando la más mínima atención. Era más divertido hablar de la fiesta—. Sí, quizá vayamos.

—De acuerdo —convino Greg montando ya en el coche—. Entonces nos vemos allí. Hasta pronto.

Cuando se alejó, Bárbara estaba sonriendo. Victoria, por su parte, cogió una botella de agua para beber. Estaba sedienta.

—No iréis a esa fiesta —señaló Niall consiguiendo al fin que lo miraran.

—¿Por qué? —inquirió Victoria dejando de beber.

Había sido consciente de cómo aquellos dos se retaban con la mirada y con las palabras. Entre ellos había algo que ella desconocía, pero no pensaba preocuparse por ello.

—Porque lo digo yo, y punto —zanjó la conversación Niall.

—Buenoooo —suspiró Bárbara intuyendo lo que estaba por venir.

—Ni hablar... —repuso Victoria—. Pero ¿qué es eso de «porque lo digo yo»? ¿En qué mundo vives, cromañón?

—Vivo en el mundo real, princesita. Estás en mis tierras, bajo mi mando y mi techo. No pienso dejar que el idiota de Greg se inmiscuya en mis asuntos.

—Pero ¿de qué hablas? —bufó ella—. Ese hombre sólo nos ha invitado a una fiesta. Le he dicho que estaremos aquí varios días y ha intentado ser amable con nosotras. Y ahora me vienes tú en plan *macho man* y nos montas esta escenita.

Niall la miró levantando una ceja.

—He dicho que no, y no pienso discutir —concluyó dándoles la espalda.

—Escúchame, imbécil —le espetó Victoria propinándole un empujón para atraer su atención—. Estoy aquí para intentar agradar al conde, no para intentar agradarte a ti. ¡No te confundas!

—¿Sabes? —dijo él tirando con rabia al suelo una botella mientras montaba de nuevo en la furgoneta—. Intenta no enfadarme mucho o te juro que el conde sólo escuchará lo que yo quiera. No lo olvides.

Y, después de eso, se marchó derrapando y dejando a la joven malhumorada por algo que no entendía.

—Si mi madre estuviera aquí, seguro que diría: «Amores reñidos son siempre los más queridos» —murmuró Bárbara al tiempo que iba a sentarse en el suelo junto a Rous, que ya estaba desayunando.

—¡Vete al infierno, Bárbara! —gritó su hermana alejándose.

—Pues Ona diría: «Los que se pelean se desean» —agregó Rous.

Algunas horas después, la furgoneta regresó, aunque esta vez solamente viajaban en ella Doug y Set. Volvieron a casa de Ona para cenar, aunque Bárbara y Victoria no pudieron ni moverse una vez se tumbaron en la cama.

11

El sábado siguiente, después de comer, cuando Niall y Robert se hubieron marchado, Victoria le habló a Ona acerca de la fiesta en casa del tal O'Brien. La anciana, sorprendida por el interés que las muchachas demostraban por acudir, habló con Doug, que amablemente se ofreció a acercarlas al lugar.

Sobre las siete de la tarde, ataviadas con los mejores vaqueros que tenían, Victoria y Bárbara subieron al coche del mozo.

—Rous —preguntó entonces Bárbara al ver a la muchacha observándolas—, ¿quieres venir?

—No me han invitado.

—No me extraña —murmuró Victoria—. Con la pinta que tiene, ¿quién la va a invitar?

—¡Cállate, bruja! —la regañó Bárbara, mientras su hermana se miraba en el espejo retrovisor y se repasaba los labios con el perfilador.

Lo cierto era que Rous tenía un aspecto nefasto. Nada en ella la hacía resaltar. Su forma de vestir era desastrosa, sus modales vulgares y su apariencia siniestra. La impresión que la gente sacaba al verla era la de un animalito esquivo y asustado.

—Vemos, mujer, anímate —dijo Bárbara abriéndole la puerta del coche—. Vente. Seguro que nos divertiremos.

—Ve, tontuela —la animó Ona con una sonrisa—. Más tarde iré yo, seguro que lo pasas estupendamente.

La anciana sabía que Rous era retraída y poco comunicativa.

Pero desde que las españolas estaban allí, se había fijado en que había algo distinto en la muchacha. La había pillado un par de veces mirándose al espejo, cosa rara en ella. Y, aunque nadie se hubiese percatado del cambio, Ona había visto que incluso se peinaba mejor que antes, en un intento de dominar su pelo encrespado.

—¡Por Dios, Bárbara! —se quejó Victoria en español al ver que Rous echaba a andar en dirección al vehículo—. No me digas que al final viene con nosotras la niña de *El exorcista*.

—Vicky, ¿por qué no te bajas y te vas volando en tu escoba?

Al final arrancaron y el coche se perdió entre caminos agrestes llenos de barro.

Cuando llegaron a casa de los O'Brien, Greg, el médico, se mostró gratamente sorprendido, puesto que estaba convencido de que las chicas no aparecerían.

Encantado con su presencia, les presentó a Mary y a Jonas O'Brien, los dichosos padres de Curt, un gordito bebé de cinco meses.

—¡Qué monada! —exclamó Bárbara al verlo—. Es precioso, cuchi-cuchi...

—Y comilón —añadió Mary tomando al bebé en brazos—. No para de comer.

—Se lo ve gordito, sí —asintió Victoria sin mucha emoción.

—¿Quieres cogerlo? —le preguntó Mary.

—Oh, no. No...—se disculpó algo incómoda—. No me gusta coger a bebés tan pequeños.

—Yo sí quiero cogerlo. —A Bárbara le encantaban los niños—. ¿Puedo?

—Claro que sí —Mary se lo pasó con cuidado—. Es muy bueno, ya lo verás.

—Voy a por algo de beber —anunció Greg—. ¿Qué os traigo?

—Cerveza —pidió Bárbara embobada con el niño—. Cucutrás, cucutrás...

—Voy contigo —decidió Victoria. No soportaba a los bebés, y menos aún cuando los adultos comenzaban a canturrearles chorradas como su hermana.

Los O'Brien vivían a las afueras de Inverinate. Era una casa heredada de padres a hijos y contaba con el privilegio de estar junto al lago Duich.

—Qué lugar más bonito, ¿verdad? —comentó Greg señalando las aguas tranquilas del lago.

—Sí... —asintió Victoria—. No está mal.

—¿Puedo hacerte una pregunta?

—Por supuesto.

—¿Qué hacéis tu hermana y tú trabajando en la granja de Tom?

—Ufff...—exclamó ella—. Para acortar todo el rollo que podría contarte, digamos que lo hacemos por negocios. Pero ¿tan raro es ver gente extraña por estos alrededores? —preguntó Victoria, que se había sentido el centro de atención desde que había llegado.

—Si te soy sincero, no es normal ver a mujeres como vosotras arreglando cercados —respondió Greg cuando empezaron a sonar las primeras gaitas.

—En eso te doy la razón. No es normal, no...

Dos horas después, Bárbara y Victoria bailaban con Greg y un amigo al son de las canciones de aquellas tierras cuando de pronto Bárbara tocó el brazo de su hermana.

—Oh..., oh...—dijo señalando hacia la ventana con una sonrisa—. Creo que ha llegado la caballería.

Al seguir la mirada de su hermana, Victoria vio a Niall, a Ona y a Robert bajar de la furgoneta azul, y a Rous corriendo hacia ellos. Al verlos entrar, Jonas O'Brien les estrechó la mano con cariño a los hombres y besó a Ona en la mejilla. Pocos segundos después los ojos divertidos de Victoria se encontraron con los de Niall, que la contempló ceñudo.

—¿Niall es tu novio? —preguntó Greg al ver aquel cruce de miradas.

«Qué guapo está», había pensado ella al verlo entrar vestido con un vaquero oscuro, una camisa blanca y un tres cuartos de piel en color camel. Le gustara reconocerlo o no, aquel tipo tenía estilo, aunque esas palabras jamás saldrían de su boca.

—¡Ja! —le contestó a Greg apartando la mirada del cromañón—. Ya quisiera ese paleto.

—¿Paleto? —repitió el médico divertido.

Si algo sabía Greg era que Niall no tenía nada de paleto. Su enemistad se había originado años atrás a causa de una mujer, la esposa de Robert. Desde entonces, la rivalidad entre ambos era patente. No se soportaban, aunque intentaban respetarse, y, aun siendo familia, procuraban que sus caminos no se cruzasen. Pero el día que Greg había visitado a Tom y se había enterado de que había dos muchachas extranjeras alojadas en la granja, la curiosidad lo pudo, y a pesar de la rivalidad existente, Ona lo hizo partícipe del secreto de su nieto.

—Oh, sí... —murmuró Victoria con despecho—, es el tipo más irritante que he conocido en mi vida. Entre tú y yo: no veo el momento de perderlo de vista. Es arrogante, estúpido, y un prepotente al que le hace falta que le bajen los humos.

—Cada vez entiendo menos —comentó Greg.

—No intentes entenderlo —le aconsejó ella—. ¡Es imposible!

La pieza de música acabó, y a continuación sonó otra más rápida. Victoria y Bárbara tenían intención de descansar entonces, pero aquellos bulliciosos escoceses no se lo permitieron.

—Buenas noches, Niall —lo saludó Greg acercándose.

—¿Qué quieres? —preguntó él apretando los puños.

—Tranquilizarte..., aunque ella me ha dicho que está libre.

Al oír eso, Niall se volvió hacia el médico con cara de pocos amigos, pero Robert se interpuso entre ambos.

—¿Podemos tener la fiesta en paz? —espetó y, apuntando a Greg con el dedo, añadió—: Haz el favor de no tocar las narices, si no quieres que te las toquen a ti. ¿Vale? —Después se volvió hacia Niall—. Y tú, cambia esa cara de malas pulgas porque aquí nadie pertenece a nadie, ¿vale?

—Voy a por otra cerveza —contestó su primo alejándose.

Niall no se acercó a Victoria en ningún momento, aunque se sorprendió al ver que todos conocían el secreto que se suponía que debían guardar. Se dedicó a bromear con algunas de las muchachas que revoloteaban delante de él, mientras con disimulo observaba a Victoria, que parecía divertirse con Greg y sus cultivados amigos ingleses. Sabía que aquella quejica y malcriada muchacha no era para él. Había demasiadas cosas de su personalidad que lo desquiciaban; sin embargo, no alcanzaba a comprender por qué sentía una atracción tan fuerte por ella.

Por su parte, Victoria disfrutaba charlando con Greg, aunque había algo que la hacía buscar a Niall con la mirada más veces de las que habría deseado. Tenía que reconocer que era un hombre atractivo, e intuía que el resto de las mujeres pensaban lo mismo, más aún cuando vio que una de aquellas jóvenes se abalanzaba sobre él con gesto cariñoso, cosa que la irritó.

A medianoche, las mujeres más ancianas, Ona entre ellas, comenzaron a emparejar a los jóvenes solteros para bailar una antigua pieza celta, un rito familiar que se repetía cada vez que se celebraba el nacimiento de una nueva vida. Las mujeres observaban a las parejas bailar y, cuando la música terminaba, elegían a la que, según ellas, tendría un futuro feliz juntos. Con picardía, las ancianas comandadas por Ona emparejaron a Niall con Victoria, y a Robert con Bárbara.

—Ona, no quiero bailar con él —protestó Victoria.

—Pues tienes que hacerlo, hija mía —le contestó la anciana divertida.

—Sabes que yo no creo en estas cosas —dijo a su vez Niall, que intentaba mantenerse al margen de todo aquello.

—No me importa, tesoro —zanjó Ona—. Pero recuerda que tu abuelo y yo, sí.

Acto seguido, la música comenzó.

Niall tuvo que agarrar por la cintura a Victoria, que resopló contrariada al apoyar las manos en sus anchos hombros. Sin dirigirse la palabra ni mirarse siquiera, empezaron a moverse al compás de la canción. Poco a poco, y gracias a la dulzura de la pieza que sonaba, la rigidez de sus cuerpos fue disipándose, y se acercaron como atraídos por un imán. Sin entender por qué, Victoria subió lentamente las manos hasta rodearle el cuello, y Niall aprovechó entonces para estrecharla contra sí atrayéndola por la cintura.

En ese instante, Victoria empezó a sentir mariposas revoloteando en su estómago al notar el cálido aliento de Niall contra su cuello. Cerró los ojos relajada y apoyó la frente sobre los hombros del grandullón. Por su parte, éste, al percibir la suave respiración de ella que le hacía cosquillas a través de la camisa, sintió que todo el vello de su cuerpo se erizaba y, olvidando dónde se encontraban, comenzó a acariciarle la espalda con suavidad.

Victoria, que disfrutaba de aquel mágico momento, dejó escapar un gemido que hizo sonreír a Niall.

—Tranquila, princesa —le susurró él muy cerca de su cuello—. Nadie te ha oído.

—¿Eh?... —dijo ella confundida por aquella sensual voz—. No sé a qué te refieres.

—No importa —repuso él endureciendo el tono al tiempo que se separaba de ella—. Gracias a Dios, este maldito baile ya ha acabado.

Sin embargo, no fue así, sino que al parecer aquello tan sólo había sido el inicio de una dulce tortura. Por unanimidad, las ancianas decidieron que la mejor pareja era la formada por ellos dos, por lo que tuvieron que seguir con el ritual.

—¿Qué tengo que hacer ahora? —preguntó Victoria al oírlo.

—Abuela, no pienso continuar con esta tontería —protestó Niall.

Bárbara y Robert no pudieron evitar reír a carcajadas cuando vieron que Ona les guiñaba el ojo con una pícara sonrisa y entregaba a Niall una pequeña cajita azul.

—Escuchadme un instante, muchachos —pidió la anciana—. Ahora tú, Niall, tienes que regalarle algo en señal de tu buena voluntad, y por supuesto tú, Victoria, lo tienes que aceptar.

—¡Esto es ridículo! —masculló Victoria haciendo ademán de alejarse—. Nunca me han gustado estas chorradas.

—Vamos, Vicky —se mofó Bárbara—. Deja de gruñir y disfruta del momento.

—Así es la tradición —la animó la anciana—. Ahora id a refrescar un poco vuestras gargantas. Cuando llegue el momento, os avisaré.

—¡Vaya con la abuela! —se burló Robert al ver a su primo tan abrumado—. Nunca la había visto en su papel de bruja. —Y, acercándose a Niall, añadió en un susurro—: Debe de ser que todo se pega.

Tras sacar una cerveza del cubo con hielo, Niall la abrió con un golpe seco. Le gustara o no, debía reconocer que la fiereza que

Victoria mostraba se convertía en dulzura y sensualidad cuando estaba entre sus brazos, y que prefería ser él quien la abrazara a que lo hiciera el idiota de Greg o alguno de sus amigos.

Media hora más tarde, las ancianas reunieron a todos los presentes ante la fogata. Como marcaba la costumbre, debía cumplirse el segundo paso del ritual: Victoria y Niall, más contrariados que otra cosa, se plantaron ante todo el mundo sin saber qué decir. La situación era tan ridícula que finalmente el escocés se decidió a hablar.

—Princesita, sígueme el juego.

—¿Eh?... —murmuró Victoria confundida.

—Bueno, amigos, gracias a mi adorada abuela y a sus compinches —señaló Niall, haciendo reír a las ancianas—, voy a tener que hacer esto me guste o no. —Y, volviéndose hacia Victoria, que horrorizada no sabía adónde mirar, declaró al tiempo que le cogía la mano—: Cumpliendo una tradición familiar, te entrego este regalo en señal de mi voluntad. Ábrelo y dame lo que en su interior hay.

—¿Ahora? —preguntó ella avergonzada.

—Si quieres que esto acabe, cuanto antes lo abras, mejor —siseó él.

Tras mirar a Bárbara, que disfrutaba emocionada de aquella idiotez, Victoria abrió la pequeña cajita azul y desconcertada sacó dos anillas procedentes de sendas latas de Coca-Cola. Con cuidado, como si fuera algo muy frágil, se las entregó.

—Victoria —dijo Niall tomándole la mano—. ¿Prometes delante de todos los presentes que *nunca* —recalcó— te casarás conmigo?

«Antes muerta, creído», pensó ella enarcando las cejas mientras las ancianas, y en especial Ona, los miraban con el ceño fruncido.

—Sí, lo prometo —respondió con gesto de contrariedad.

Ahora le tocaba a ella coger la anilla que Niall con amabilidad le tendía.

—Cromañón —habló esbozando una sonrisa y cogiéndole la mano—, promete ante todos que nunca te casarás conmigo.

—Por supuesto —se carcajeó él al responder—. Lo prometo.

—¡Eso no vale! —protestó Ona molesta por la jugarreta de aquellos dos.

—Abuela —replicó Niall—, antes has dicho que yo debía regalarle algo a Victoria en prueba de mi buena voluntad y ella debía aceptarlo. ¿Qué parte del trato no hemos cumplido?

—El beso —contestó la anciana retándolo con la mirada—. Aún falta el beso. Pero no un beso cualquiera. Queremos un beso en condiciones.

—¡De tornillo! —gritó Robert aplaudiendo.

—Sí, sí..., de película —voceó a su vez Bárbara.

Con resignación, y para sorpresa de todos, Victoria cogió entonces a Niall por el cuello y, deseosa de terminar de una vez, le dio un rápido beso en los labios.

—¡Hala! —exclamó a continuación—. Ya está cumplido el rito.

No obstante, Niall miró entonces a Victoria con un brillo especial en los ojos. Sus labios mostraban una sonrisa peligrosa, que se acentuó al percatarse de que Greg no sonreía. Después la sujetó para que no se marchara y, poniéndole la carne de gallina, le susurró al oído:

—Lady Dóberman, tú me has besado como se besa en España. Ahora, si me lo permites, yo te besaré como se besa en Escocia, y como manda la tradición.

Y, atrayéndola hacia sí, la besó dulcemente en la boca sin que Victoria pudiera oponer resistencia, mientras todos a su alrededor chillaban y aplaudían.

—¡Más sabe el zorro por viejo que por zorro! —exclamó entre carcajadas Robert al ver cómo su abuela aplaudía encantada.

—¿Estás seguro de que Ona no es española? —comentó Bárbara divertida.

Tras el beso, que duró más de lo debido, la pareja se separó. Durante el resto de la velada no volvieron a dirigirse la palabra, pero ambos fueron conscientes de que aquella pieza de música celta y lo que habían sentido con ese beso sería difícil de olvidar.

12

El lunes llovía a mares, y el trabajo volvió a ser criminal. Las labores del campo, sumados a los numerosos animales y en especial a bichos, era algo para lo que Victoria no había nacido.

El miércoles tenía tan mala cara que Ona le aconsejó que se quedara en la cama. Tenía fiebre, pero Victoria no quería darle el gusto a Niall, por lo que se vistió y bajó a la cocina.

—¡Por todos los santos, muchacha! —dijo la anciana—. ¿Qué haces aquí?

—¡Vicky! —Bárbara se mostró tajante—. Te hemos dicho que te quedaras en la cama.

—Ya estoy mejor —repuso con la voz tomada—, no os preocupéis.

—Pero, por Dios, si respiras igual que Darth Vader —se mofó Robert.

—Sí, claro, y tú eres Chewbacca. —A pesar de lo mal que se sentía, Victoria tenía el cargador lleno.

—Pero, Vicky, ¡si estás ardiendo! —exclamó Bárbara al ponerle la mano en la frente.

—Qué simpáticos estáis todos hoy —replicó la enferma.

—Tómate esta leche calentita —le indicó Ona entregándole un vaso humeante—, y sube a la cama a dormir.

—Muchacha —intervino Tom—, creo que lo más acertado es que te metas en la cama y sudes. Si no te cuidas, puedes empeorar.

—Basta ya. —Victoria apenas si tenía fuerzas para imponerse—. He dicho que estoy mejor y punto.

Niall, que hasta el momento había intentado no hacer ningún comentario, opinaba lo mismo que el resto. La chica no tenía buena cara. Tenía los ojos vidriosos y, por sus ojeras, era obvio que no había pasado una buena noche.

—Victoria —la llamó.

—¡Oh, por Dios! —gritó ella volviéndose—. No irás a echarme tú también el sermón, ¿verdad?

—No. Yo directamente voy a llevarte a la cama —anunció, y sin darle tiempo a reaccionar, se la echó al hombro.

—¡Suéltame! —bramó ella enfadada—. ¡Suéltame ahora mismo!

—Muy bien, Skywalker —comentó un divertido Robert—. Lleva a la princesita a su trono.

Nada más salir de la cocina, Victoria sintió deseos de llorar. ¿Por qué todos la trataban como si fuera idiota? No obstante, humillada y sin fuerzas para luchar, se dejó llevar.

Al entrar en la habitación, Niall la depositó con cuidado en el suelo.

—¡Eres un energúmeno! —chilló ella molesta—. ¿Por qué has hecho eso?

—Porque estás enferma. Hoy llueve, y en tu estado no serías de mucha utilidad.

—¡Maldita sea!... —chilló ella de nuevo, pero el arranque de furia la hizo toser.

—Deja de hacerte la valiente y métete en la cama de una vez.

—No me da la gana —replicó caprichosa, y se plantó cruzando los brazos.

—Esa cabezonería tuya es odiosa —dijo Niall acercándose a ella—. Tienes cinco minutos para quitarte esa ropa, ponerte otra vez el pijama y meterte en la cama.

—¿O qué? —lo retó ella echando fuego por los ojos.

—Si no lo haces, me veré obligado a desnudarte yo mismo.

Al ver su mirada, y en especial su sonrisa, Victoria se quedó sin aliento.

—No lo harías, ¿verdad? —preguntó con un hilo de voz.

Niall, deseoso de tomarla en sus brazos, se acercó más a ella, y tras rozar con su calloso dedo la vena del cuello, respondió:

—Sí, princesita. Me temo que sí lo haría. —Su tono no dejaba lugar a dudas, e hizo que a Victoria se le pusiera la carne de gallina.

A continuación, con un rápido movimiento se separó de él. Debía hacerlo mientras le quedara algo de cordura. Volver a besarlo era lo que más le apetecía, pero también lo que menos le convenía.

—De verdad —dijo sacando el pijama de debajo de la almohada—, a veces me da la sensación de estar en el salvaje Oeste.

—¿Por qué?

—Por tus modales.

—Creo que no eres la más apropiada para hablar de modales —replicó el escocés acercándose de nuevo a ella.

—No sé qué pretendes, Niall —confesó Victoria dándose media vuelta para mirarlo de frente—, pero no estoy dispuesta a que sigas comportándote conmigo de este modo. Soy una mujer del siglo XXI que toma sus propias decisiones, no una virgen de principios del siglo pasado a la que tienen que cuidar como si fuera de porcelana.

—Para mí eres todo lo que tú quieras, menos una virgen, te lo aseguro.

Victoria apretó entonces los puños y cerró los ojos intentando reprimir el deseo que sentía de estamparle un derechazo en toda la cara.

Divertido al ver cómo su rostro pasaba por todos los colores del arcoíris, Niall dio un pequeño paso hacia adelante acercándose más a ella hasta quedar pegado.

—Victoria.

—¿Sí?

—Abre los ojos y mírame.

Ella obedeció. Al verlo tan cerca y notar cómo una de sus manos se deslizaba con suavidad por su espalda, soltó un suspiro.

Estaba aterrorizada por el modo en que reaccionaba su cuerpo al sentirlo tan cerca.

—¿Te asusta estar a solas conmigo?

—No —mintió mientras observaba sus carnosos labios, tan deseables.

—¿Estás segura?

—Por supuesto que sí —insistió ella. No podía permitirse perder su porte altivo—. Ahora, si eres tan amable, sal de la habitación, para que pueda desnudarme y meterme en la cama.

—Mmm —Niall se separó apenas un paso de ella—, sería una pena no presenciar ese delicioso momento. ¿Te importa si me quedo? Quiero ver si realmente eres Darth Vader.

—Pero ¡habrase visto semejante bestia! —exclamó acercándose de nuevo a él—. ¡Sal ahora mismo de la habitación, pervertido!

—No te vendría mal un poquito de sentido del humor como el de tu hermana, princesa —comentó Niall, y finalmente abrió la puerta para marcharse a trabajar—. Métete en la cama y suda ese catarro o te perderás tu fiesta el viernes.

—¿Qué fiesta?

—La Noche de Brujas —respondió él riendo—. Una bruja de pro como tú no puede perdérsela, ¿no crees?

Sin dar crédito a lo que acababa de oír, ella arrojó un cojín contra la puerta, pero el escocés esquivó el golpe al apresurarse a cerrar. Luego, sin poder contener una sonrisa, Victoria se desnudó. Todo era tan absurdo a veces que tenía que sonreír, pensó antes de quedarse profundamente dormida.

Dejar de madrugar, y sobre todo de empaparse bajo la lluvia, hizo que recobrara la salud en los dos días siguientes. Durante ese tiempo Victoria se entretuvo charlando en la granja con Tom y con Ona, quienes resultaron ser unos excelentes conversadores, y en sus ratos de soledad cogió su portátil para intentar preparar nuevos proyectos y solucionar algunos asuntos que tenía pendientes.

El viernes 31 de octubre todos se preparaban para la tradicional Noche de Brujas. En un primer momento, Victoria era reacia a participar de aquella estúpida fiesta, pero poco a poco la casa fue llenándose de gente extraña, la mayoría disfrazados, y al final no tuvo más remedio que unirse a ellos.

Con la ayuda de Ona y de Rous, Bárbara se había vestido de bruja, y formaba un trío perfecto con las otras dos. Sobre las diez de la noche, varios de los jóvenes que habían acudido a la granja encendieron un par de hogueras, mientras Ona y sus amigas sacaban la comida de la alacena y la gente comenzaba a beber y a bailar.

Sentada junto a Tom, Victoria escuchó cómo el anciano contaba que el 31 de octubre se celebraba la festividad del Samhain, el último día del viejo calendario celta, y todos debían disfrazarse como mandaba la tradición. Incrédula, oyó que los antiguos celtas tenían miedo de la oscuridad y del invierno, y esa noche del año se disfrazaban para que los fantasmas llegados del pasado los confundieran con otros fantasmas. No pudo evitar sonreír cuando oyó que, para alejar a los fantasmas de sus casas, los celtas colocaban alimentos fuera de ellas.

—Por eso Ona está poniendo toda esa comida ahí —dedujo.

—Muchacha, lo manda la tradición —explicó el anciano.

Momentos después, mientras Tom hablaba con un par de amigos, Victoria, que llevaba un ridículo gorro de bruja calado en la cabeza, observó que su hermana bailaba con un tipo disfrazado de gato negro. Era Robert; aquel cabello rojo no pasaba desapercibido.

—¿Te apetece bailar?

Al volverse se encontró con Niall, vestido de vampiro, que le tendía la mano.

—Yo no sé bailar esta música —dijo ella mirándolo.

—Yo tampoco —bromeó él, y la tomó de la mano—. Hagamos como los demás entonces: demos vueltas alrededor de la hoguera.

Sin saber por qué, Victoria accedió y durante las tres horas siguientes no paró de reír, de bailar y de bromear con el escocés, que se reveló como un excelente bailarín y una buena compañía.

—¿Te diviertes en el Samhain? —preguntó él tras dar un trago a su cerveza.

—Sí. Aunque es la primera vez que asisto a una fiesta de disfraces, la verdad.

—¿En tu glamurosa vida nunca has ido a ninguna?

—Nunca —respondió ella—. No me gustan.

—Pues tu disfraz de bruja es de lo más genuino —señaló él con malicia—. Tus ojos oscuros y ese pelo negro son de lo más demoníaco.

—No pienso enfadarme por nada de lo que me digas hoy, ¡Drácula!

—Mmm..., me encanta cuando late esa venita tuya del cuello —comentó Niall haciéndola reír.

En ese momento un chico se acercó a ellos.

—¿Quieres bailar? —preguntó mirando a Victoria.

—No, muchacho —contestó Niall—. No quiere.

—Pues claro que quiero bailar —intervino Victoria, y antes de que Niall pudiera decir nada, salió junto a las fogatas y comenzó a girar y a reír con el chico.

Apoyado en el tronco de un árbol, Niall la observó. Verla reír era algo a lo que estaba poco acostumbrado, pero cuando la pieza de música acabó y vio que otro muchacho la cogía del brazo y empezaba de nuevo a bailar con ella, no le gustó un pelo. Sin embargo, guardó la compostura y esperó a que la pieza acabara para acudir junto a ella y recuperarla.

—Ufff —suspiró Victoria—. ¡Estoy agotada!

—¿Quieres que vaya a por una cerveza? —se ofreció él.

—No, déjalo —respondió ella cogiendo la suya—. Si me das un poco de la tuya, me vale.

Con el rostro perlado de sudor, Victoria bebió de la cerveza. Estaba tan sexy que Niall no podía apartar los ojos de ella.

—Por cierto —dijo ella entonces—, te recuerdo que puedo bailar con quien yo quiera. No soy tu novia ni la de nadie.

—¿Quién es nadie? —replicó él y, deseando probar algo, le entregó la botella de nuevo—. Sujétame la cerveza un minuto, princesita, enseguida vuelvo.

Con una sonrisa, Victoria la cogió, pero cuando vio que una muchacha de unos veintipocos años caminaba hacia él, lo besaba en la mejilla y ambos se ponían a bailar, sintió deseos de estamparle la cerveza en la coronilla.

«Pero bueno... Tendrá morro», pensó molesta, y de un trago se bebió lo que quedaba en la botella.

—¿Estás escaneando al escocés con la mirada? —preguntó Bárbara acercándose a ella.

—Pues no va el cretino y me dice que le sujete la cerveza y se va a bailar con esa tipa... —bufó ella molesta.

—Hace tan sólo unos segundos, tú estabas bailando con otro.

—Ven, vayamos a mover el esqueleto —propuso Victoria a su hermana, que ya estaba harta de ver sonreír a Niall mientras bailaba con aquella chica.

Se acercaron a un par de muchachos y éstos las invitaron rápidamente a entrar en el corro.

Victoria respiraba con dificultad a causa del ritmo acelerado de la canción, pero intentó sonreír a su acompañante hasta que por fin la música terminó.

—¡Qué fuerte, hermanita! —exclamó Bárbara acercándosele.

—¿El qué? —preguntó ella agotada.

—La mirada laxante que te ha echado tu highlander.

—*¿Laxante?* —repitió Victoria divertida.

—Sí, chica, *laxante*, porque cuando te mira de ese modo te cagas encima. ¡Dios! Porque no lo has visto, si no, te habrías dado cuenta de lo furioso que estaba.

—¿Bailas conmigo, preciosa bruja? —dijo Robert entonces cogiendo a Bárbara de la mano.

—Anda, ve a bailar con Chewbacca —la animó Victoria, lo que hizo sonreír a su hermana.

A continuación se dirigió hacia el cubo de las bebidas y, tras meter la mano entre los hielos, sacó una cerveza fresquita. Mientras paseaba la mirada por la mesa buscando un abridor, de pronto notó que le quitaban la botella de la mano. Era Niall, que la abrió dando un golpe seco contra la mesa.

—Gracias, Drácula.

—De nada, bruja —respondió él, y tomándola por el brazo echó a andar con ella hacia la oscuridad.

—¿Adónde me llevas?

—A ningún sitio.

Pero, cuando ya estaban lo suficientemente lejos de las miradas indiscretas, la apoyó contra el tronco de un árbol, le tomó la cara entre las manos y la besó.

En un principio, Victoria se quedó tan sorprendida que no supo cómo reaccionar, pero la cercanía de Niall y su olor a hombre tardaron poco en volverla loca. Tras soltar la cerveza, que se derramó en el suelo, levantó las manos y se apretó contra él. Comenzó a jugar con su lengua y sintió cómo todo su cuerpo se estremecía de placer.

Victoria lo besó con tanta pasión que Niall notó que casi le robaba el aliento, la voluntad y el juicio. Así que, antes de hacer una locura, tras darle un suave y último beso en los labios, se apartó de ella.

—¿Por qué has hecho eso? —preguntó Victoria respirando con dificultad.

—Necesitaba besarte. —No podía dejar de mirarla.

—Me creas una tensión enorme, Niall. ¿Por qué no te limitas a alejarte de mí y no volver a acercar tu boca ni tus manos a mi persona? ¡Dios, qué tensión!...

—¿Sabes una cosa, princesita? —replicó él furioso alejándose de ella—. Lo mejor para acabar con la tensión es un buen revolcón. Aunque me temo que una bruja como tú no necesita uno, sino varios.

Victoria estaba perpleja.

—¿Sabes, cromañón? Follar es como jugar al mus: si no tienes una buena pareja, ruega a Dios que por lo menos te dé una buena mano.

La miró sorprendido por su rapidez para buscar una respuesta hiriente y, tras observarla unos segundos más en silencio, dio media vuelta y se alejó.

La fiesta había terminado para él.

13

El 2 de noviembre celebraban en Escocia el Día de Difuntos, una tradición muy parecida a la española.

Después de comer, Victoria miraba con tristeza por la ventana mientras recordaba a su padre. Qué diferente habría sido todo si él no hubiera enfermado. No obstante, después de un rato, se enjugó las lágrimas y decidió dejar de pensar en el pasado.

En ese momento, la realidad de su vida era que se encontraba en Escocia, en medio del campo, rodeada de bichos, viviendo como una humilde granjera mientras esperaba el regreso de un conde, sintiendo algo que no debía por un tipo cachas que muy bien podría haber protagonizado un anuncio de Coca-Cola Light.

Tras su encontronazo con Niall la Noche de Brujas, no habían vuelto a dirigirse la palabra; aun así, sus miradas coincidían con frecuencia. Ona los observaba en silencio, feliz, puesto que estaba segura de que su nieto había encontrado su media naranja.

El día 4 de noviembre, mientras regresaban del trabajo para comer, Robert, Doug y Set no paraban de hablar en la furgoneta.

—¿Vendréis hoy a Inverate a ver el partido? —preguntó Doug.

—Yo paso. —A Robert no le gustaba el fútbol.

—¿A qué hora empieza? —quiso saber Set.

—A las ocho menos cuarto —indicó Doug mirando a las mujeres—. Hoy juega un equipo español en Andfield.

—¡Ostras! —exclamó Bárbara llevándose las manos a la cabeza—. Pues claro, hoy juega de nuevo el Atlético de Madrid.

—Sí —asintió Victoria comedida, ya que no quería mostrar sus emociones delante de Niall—. El partido de vuelta.

—Nosotros iremos a verlo a un pub de Inverate con unos amigos.

—¿Podemos acompañaros? —pidió Bárbara.

—Eh... ¿Adónde vas tú sin mi? —saltó Robert al oírla.

—Vamos a ver... —Bárbara no estaba dispuesta a dejar pasar ni un comentario machista—. El hecho de que yo vaya a ver un partido con mi hermana y unos amigos no tiene que...

—Os llevaremos nosotros —anunció Niall.

A las siete y cuarto de la tarde entraban en el Chester, un pub de la localidad. Allí, Doug y Set se encargaron de presentarlas al numeroso grupo de amigos, todos ellos hombres, mientras Niall y Robert pedían las bebidas en la barra y observaban a las chicas relacionarse con los demás.

—¿Qué hacemos tú y yo aquí si no nos gusta el fútbol? —preguntó sonriente Robert.

—Dímelo tú, porque yo me lo estoy preguntando aún —respondió su primo mientras miraba a Victoria.

El pub estaba a reventar. La mayoría de los parroquianos animaban al Atleti, mientras que un número mucho más reducido eran hinchas del Liverpool. En los diez primeros minutos, el equipo inglés monopolizó casi por completo el control del balón.

—¡Córner! —gritó Bárbara mientras Victoria bebía de su cerveza, y acto seguido comenzó a corear como todo el pub y la afición rojiblanca del televisor—: ¡Kun, Kun, Kun...!

—¡Ay, Dios, que no quiero verlo! —bramó Victoria viendo correr al jugador del Liverpool Robbie Keane.

—¡Fuera! —abucheó Set al ver cómo, tras meter Leo Franco la mano, despejaba el balón de la banda.

—Pero ¿es que este árbitro está ciego? —chilló Victoria. Nadie que la viera en ese momento pensaría que era una alta ejecutiva de una empresa de publicidad.

—¡Joder! ¡Joder! —Bárbara estaba nerviosa—. Qué peligro tiene el Liverpool.

Pero, tras un par de minutos, el local entero estalló:

—¡GOOOOOOOLLLLLLLLL!

Y la marea humana estalló de nuevo, como días atrás en el pub de Edimburgo, aunque esta vez Victoria se lo tomó con mucho mejor humor. Al verla desde la barra, Niall no pudo evitar sonreír.

—¡Gol! El Atlético de Madrid ha metido un ¡GOL! —vociferó Bárbara mientras Robert le hacía la señal de la victoria desde la distancia.

—A tu zanahorio no le va mucho esto del fútbol, ¿verdad? —señaló Victoria al ver cómo aquellos dos hablaban de sus cosas sin mirar el televisor.

—Creo que a tu highlander tampoco.

Y, tapándose la boca, ambas sonrieron y comenzaron a brindar con sus cervezas junto al resto de los forofos.

—No puedo entenderlo —comentó Robert.

Su primo y él las observaban con una mezcla se asombro y diversión. Nunca había conocido a dos mujeres que se lo pasaran tan bien viendo jugar a su equipo.

—Son españolas, Robert —puntualizó Niall—. ¿Qué esperabas?

Al término del primer tiempo, Victoria y Bárbara se acercaron a ellos dando saltitos como dos niñas pequeñas.

—¡Oé, oé, oé, oé, oé...! —cantaban al unísono.

—¿Has visto, Robert? —señaló Bárbara, abrazándolo—. ¿Has visto qué equipo más bueno tenemos?

—Anda, ven aquí y bésame —repuso él tomándola por la cintura.

—¿No te gusta el fútbol, Niall? —le preguntó Victoria.

—Prefiero otras cosas —respondió él sin dejar de mirarla.

—¿Como qué?

—Como acabar con la tensión.

Al oír eso, Victoria no supo si debía reír o no. Aún recordaba la ordinariez que le había soltado sobre el mus la Noche de Brujas. Se disponía a contestarle, pero Bárbara la cogió de la mano y se la llevó. Comenzaba el segundo tiempo del partido.

—¡Madre mía! ¡Madre mía! —gritó ésta—. Esos ingleses atacan como cosacos.

Victoria apenas si le prestó atención a la segunda parte del partido. No podía quitarse de la cabeza las palabras de Niall, y su mirada desde el otro lado del pub la estaba poniendo a cien.

Incapaz de seguir mirando el televisor, se acercó al escocés y, para su sorpresa, lo agarró de la mano, lo alejó un poco de Robert y, sin decir nada, se abalanzó sobre él y empezó a devorarle la boca con pasión.

—¿Qué estás haciendo? —inquirió Niall separándola ligeramente.

—Lo que me apetece —susurró ella.

—¿Por qué?

—Porque me fío de ti.

—Pero yo de ti no, princesita —murmuró él, que ardía en deseos de sentirse entre sus piernas.

—Bien, bien... Así me gusta —ronroneó Victoria pasándole la lengua por los labios—. Que no te fíes de mí.

El escocés no entendía nada.

—¿Cuánto tiempo llevas sin disfrutar del sexo? —le preguntó con una sonrisa.

—Demasiado —contestó ella suspirando ella mientras le mordisqueaba el labio inferior.

—Entonces habrá que ponerle remedio, ¿no crees?

—Sí. Lo creo.

Niall se dejó llevar por la pasión del momento y besó con ansia sus labios tentadores. Amparada por la semioscuridad del pub, Victoria se atrevió a bajar la mano hasta hallar su entrepierna, que al sentir su tacto se endureció aún más.

—No me hagas esto —le suplicó Niall apretándola contra sí—. Si no quieres pagar aquí y ahora el calentón que llevo desde hace días.

De pronto, se oyó «¡GOOOOOOLLLLLLLL!», y dos segundos después Bárbara llegó hasta ellos muy enfadada.

—¡Mierda, Vicky! El partido ha acabado y esos malditos ingleses han empatado. ¡Qué vergüenza, por Dios!

Al ver con qué cara la miraban aquellos dos, la joven se percató de su indiscreción y compuso una sonrisa tonta.

—Bueno, yo como siempre interrumpiendo en el mejor momento... —dijo antes de marcharse—. Adiós.

—Niall —llamó Doug entonces—. ¡Niall!

—¡Joder! ¿No podrían olvidarse de nosotros durante un rato? —murmuró Victoria harta de tanta interrupción.

Él sonrió. Tener a Victoria a su merced de pronto, sin esperárselo, había sido la mejor de las sorpresas, por lo que sin hacer caso a Doug, siguió besándola. La noche pintaba muy muy bien.

—¡Niall, tío! —insistió Doug acercándose hasta ellos—. Ha llegado Claire.

—¿Claire? —repitió él, apartándose un segundo de Victoria—. ¿Quién es Claire?

—¡Niall! —gritó a su vez Set mientras llegaba hasta ellos—. Acaba de venir la estríper de la despedida de soltero de William. Ha preguntado por ti. ¡Dios, qué buena está!

—¡Vaya, qué emoción! —murmuró Victoria molesta intentando separarse del escocés, cosa que él no le permitió.

—Eh... Eso ocurrió antes de conocerte —explicó Niall muy serio mirándola a los ojos.

—¡Primo! Joder... joder... —exclamó Robert acercándose a ellos también—. Cuando te diga quién ha venido...

—Bueno. ¡Ya basta! —gritó Victoria.

—¿Por qué te enfadas? —preguntó Niall mirándola mientras sus tres amigos se alejaban.

—¡Joder! —chilló apartándose de él—. No estoy dispuesta a que media Escocia se entere de que tú y yo..., bueno, intimamos. ¿Entiendes ahora por qué me enfado?

—Pero ¿qué dices? —repuso él incrédulo.

—Mira, lo mejor que podemos hacer es olvidar lo que ha estado a punto de ocurrir aquí y santas pascuas. —Lo empujó para liberarse de su abrazo—. Quédate aquí con esa tal Claire, que ya me ocuparé yo de que alguien me lleve hasta la granja.

Niall echaba chispas por los ojos.

—Señorita española —bufó—, eres mi problema. Yo te traje aquí y yo te llevaré de vuelta a casa.

—Como quieras, pero no deseo ser el motivo de que pierdas una estupenda noche con esa estríper —expuso muy digna antes de echar a andar.

Con la mirada fija en ella, Niall observó cómo, tras despedirse de los amigos que le habían presentado esa noche, salía del pub sin mirar atrás. Caliente como un horno, él la siguió, consciente de la mala noche que iba a pasar.

14

Una semana después, Victoria fantaseaba con regresar a Madrid para poder dormir un mes seguido sin que nadie la molestara. Le dolía todo, hasta las raíces del pelo. Tenía las manos destrozadas, a veces incluso le dolían tanto que no podía teclear en el ordenador cuando llegaba a la granja.

Pero lo que realmente la mataba era el dolor de espalda, tan agudo que incluso le impedía dormir. Sin embargo, no se lo contó a nadie. Aquel trabajo para conseguir el dichoso contrato la estaba matando, pero no pensaba darse por vencida, y menos aún ante el machito de Niall, que desde la noche del partido se había vuelto más desconsiderado y huraño con ella.

Muchas de aquellas madrugadas, cuando bajaba dolorida a la cocina para tomarse un ibuprofeno, se encontraba allí con Tom, que apenas dormía. Y durante las muchas horas de charla, se creó entre ellos una amistad especial.

El anciano le contó lo aburrido que estaba desde que le había dado un infarto y le diagnosticaron una insuficiencia cardíaca. Su corazón no bombeaba bien, y eso le provocaba cansancio y dificultades respiratorias. Así pues, había tenido que cambiar su estilo de vida en todos los sentidos. Ona y sus nietos no lo dejaban trabajar en la granja, por lo que había pasado de ser una persona activa a un viejo inútil.

En un arranque de sinceridad, Victoria le contó lo estresante que era su empleo y lo ocurrido con Charly, cosa que dejó sin palabras a Tom. Le habló de su trabajo como publicista, de cómo se preparaban las campañas, cómo se elegían los eslóganes y por qué necesitaba conseguir el contrato de Eilean Donan. No obstante, omitió hablar de su familia. Todavía le dolía pensar cómo los había rechazado y tratado durante años. Aquello era algo con lo que tendría que cargar durante toda su vida, y aún no estaba preparada para contarlo.

En esos días, Tom se interesó por el portátil de Victoria, y ella le enseñó encantada a manejarlo. En poco tiempo aprendió a guardar documentos de Word y también a jugar. Aquello era algo que Tom podía hacer sin cansarse, y aunque en la granja no había ADSL ni ningún tipo de conexión a internet, el hombre disfrutaba jugando al Buscaminas y al Solitario.

Por otra parte, Victoria tenía que morderse la lengua a diario para no discutir con el quisquilloso de Niall: repasaba a conciencia cualquier cosa que ella hiciera en busca del más mínimo fallo. Día tras día, escuchaba sus desagradables comentarios respecto a su trabajo, pues, por mucho que se esforzara en hacerlo bien, llegaba él y la criticaba con su aplomo de superhombre.

Sin embargo, lo peor era que siempre aparecía en el momento más inoportuno y bochornoso para Victoria. Un día, por ejemplo, cayó rodando como una albóndiga por una ladera mientras huía de una vaca, pero lo que realmente la sacó de sus casillas fue ver a Niall desternillándose de risa.

Otro infortunado día para Victoria fue cuando *Stoirm,* en un arranque de cariño, le saltó encima y la asustó, con tan mala pata que perdió el equilibrio y, al caer, clavó su trasero en una enorme boñiga. Rous y Bárbara la ayudaron a levantarse casi al borde de las lágrimas por la risa contenida, mientras Niall la miraba y se reía junto a sus secuaces.

Todos los días ocurría algo absurdo e inesperado y, por azar del destino, siempre, le ocurría a ella.

Una madrugada, el dolor de riñones la despertó. Miró su reloj: las cuatro menos veinte. A punto de gritar, lo volvió a mirar. ¡Dios, necesitaba dormir! A ese paso regresaría a España con más arrugas que un shar pei. Se dio la vuelta en la cama e intentó dormir, pero en ese momento la puerta del cuarto se abrió muy despacio y Victoria vio que entraba Rous.

Inmóvil, observó que la chica, tras comprobar que dormían, se dirigía hacia el pequeño armario ropero. Sin hacer ruido, tocó con cuidado los jerséis y los pantalones que colgaban en su interior. Luego se agachó para coger los zapatos rojos de Victoria y, tras sentarse en una vieja butaca, se los probó.

Ajena a los ojos que la miraban, Rous se puso en pie tratando de mantener el equilibrio. Quería saber cómo era andar con unos zapatos como aquéllos. Sin embargo, su inexperiencia hizo que el tobillo se le torciera y, sin poder evitarlo, cayó al suelo con un ruido atroz.

—¿Qué estás haciendo? —gritó Victoria enfadada, saltando de la cama.

—Oh... Yo... lo siento, pero... —tartamudeó la muchacha con gesto de dolor.

—¿Qué pasa? —preguntó Bárbara frotándose los ojos.

—Que nos lo explique ella —repuso Victoria—. Se ha metido aquí como una vulgar ladrona. ¿Qué pretendías?, ¿robarnos?

—No..., no, de verdad, yo sólo... —balbuceó una avergonzada Rous, que no podía hilar más de dos palabras seguidas.

—¡Mira, niñata! —le espetó Victoria al verla aún en el suelo—. Esos zapatos que llevas son de Manolo Blahnik, y valen más dinero del que seguramente podrás ganar tú en toda tu vida. Como los hayas roto, te juro que...

—Vicky —la interrumpió Bárbara al ver el miedo en los ojos de Rous—. No te pases, pobrecilla...

—*¿Pobrecilla?* —repitió incrédula la aludida—. Pobrecillos mis *manolos*.

Con manos temblorosas, Rous se quitó los zapatos. Lo último que quería era romperlos. Tras arrancárselos de las manos, Victoria los examinó detenidamente para comprobar que no les había pasado nada.

—¿Estás bien? —murmuró Bárbara, y Rous asintió.

—Te prohíbo que vuelvas a tocar mis cosas —chilló Victoria. Los zapatos estaban intactos, pero aun así debía asegurarse—. ¿Me has comprendido? No quiero que vuelvas a poner tus sucias manos en mi ropa.

—Sí..., sí... —murmuró la muchacha levantándose, con los ojos anegados en lágrimas. A continuación, se calzó sus botas de agua y, a pesar de que le dolía el tobillo, salió a toda prisa de la habitación.

—Vicky, ¿por qué te has puesto así? ¿Es que no te da pena?

—Esa idiota casi se carga mis *manolos* —replicó devolviendo los zapatos al armario—. ¿Cómo me va a dar pena?, ¡por Dios!

Sin decir nada más, Bárbara se vistió. Su hermana a veces era peor que Cruella de Vil. En ningún momento había pensado en el miedo que sentía Rous, sino tan sólo en sus malditos *manolos*.

Poco después, sobre las cuatro y media de la madrugada, Victoria también se vistió y ambas bajaron a la cocina, donde encontraron a Ona en compañía de Rous.

—Hola, muchachas —las saludó la anciana—. Debéis de tener un hambre atroz.

—Has acertado —asintió Victoria cruzando una mirada con Rous, que al verla bajó los ojos.

—¿Cómo ha pasado la noche Tom? —quiso saber Bárbara.

—Muy bien. Hoy ha dormido del tirón.

—Eso es magnífico. —Victoria estaba al corriente de sus dificultades para dormir.

—Vamos, vamos —las animó la anciana—. Sentaos y comer. Tenéis que rellenar esos cuerpos tan huesudos.

—¿Huesudos? —exclamó Victoria mirando a Rous, que las observaba—. Creo que mi cuerpo puede ser cualquier cosa menos huesudo.

Durante toda su vida había pensado que estaba gorda. Cuando era niña, a causa de su cara redonda y a sus mofletes, la llamaban *rolliza* en el colegio, algo que odiaba recordar.

—Sólo con oler esto —dijo aspirando el aroma del pan recién hecho—, seguro que aumento una talla.

—¡Qué exagerada eres! —repuso Bárbara. A continuación, miró a Rous y le preguntó—: ¿Estás bien?

—Se ha torcido un tobillo al bajar un escalón —respondió Ona por ella—. Tiene el pie muy inflamado. Le estoy diciendo que hoy no vaya a trabajar, pero ella se empeña en ir. ¡Es muy cabezota!

—¿En qué escalón te lo has hecho? —inquirió Victoria con malicia.

—¿Qué más dará eso? —señaló Bárbara.

—Vamos..., vamos, desayunad.

Rous, incómoda, no sabía adónde mirar. Desde el primer día que había visto a las españolas, había envidiado su forma de vestir. Verlas era como ver a las modelos de las revistas. Sus ropas eran bonitas, y tan diferentes de las que ella llevaba que sólo con mirarlas le alegraban el día.

—Cuando regrese a España tendré que hacer una dieta estricta para gastar todas las calorías que estoy comiendo aquí —murmuró Victoria cogiendo un trozo de pan.

—Vamos a ver, muchachas —habló Ona, señalando las botas de Victoria y las zapatillas de deporte de Bárbara—. Os van a salir unos sabañones terribles en los pies si vais con eso. Rous, ¿podrías subir a la buhardilla con ellas? Quizá en las cajas que hay allí encontréis ropa decente.

Al oír eso, Victoria dejó de masticar. ¿Qué era *ropa decente* para Ona? ¿Los andrajos que llevaba Rous? ¿O las horteradas que le había prestado semanas atrás, como el pijama de tomates, por ejemplo?

—Te lo agradezco, Ona —rechazó el ofrecimiento intentando no parecer horrorizada—, pero creo que puedo apañármelas con mi ropa.

—¡Ni hablar! —insistió la anciana—. Subid antes de que lleguen los hombres. Seguro que por lo menos podréis encontrar unas botas de agua. Dentro de un par de días tenemos que ir a Dornie, allí podréis comprar algo.

Sin poder negarse, Rous se levantó e, intentando no cojear, subió a la buhardilla seguida de las chicas. Una vez allí, Bárbara contempló maravillada la cantidad de trastos viejos que había amontonados por todas partes. Todo estaba sucio, polvoriento.

El lugar les trajo recuerdos a las hermanas. De pequeñas, y hasta que su padre murió, los fines de semana viajaban a Tomelloso, el pueblo de su madre. Allí, su abuela Lucía poseía un enorme caserón, cuya buhardilla, al igual que aquélla llena de polvo, era su sitio predilecto para jugar.

—¿De quién es toda esta ropa? —preguntó Bárbara revolviendo en una caja.

—De la difunta —respondió Rous, lo que hizo que Victoria la soltara horrorizada.

—¿Quién es la difunta? —susurró Bárbara.

—La mujer de Robert.

Bárbara y su hermana se miraron boquiabiertas.

—¿De qué murió? —masculló Victoria.

—No me gusta hablar de los muertos —replicó Rous con voz ronca—. Coged lo que necesitéis. No creo que a la difunta le importe.

—Oye, Rous —preguntó Bárbara, consciente de la escasez de ropa de la muchacha—, y ¿por qué no utilizas tú todos estos trajes?

—No quiero nada de la difunta. Aquí están las botas de agua.

—De acuerdo, tomaremos prestadas las botas hasta que vayamos a Dornie —convino Victoria arrugando la nariz. A saber cómo debía de ser la difunta.

Tras salir de la buhardilla, regresaron a la cocina, donde se pusieron unos calcetines gruesos que Ona les proporcionó y se calzaron las botas. Por fin sus pies entraron en calor.

—¡Qué horror de botas! —protestó Victoria justo en el momento en que se abría la puerta y entraban Niall, Robert, Set y Doug.

Al verlas allí sentadas, se sorprendieron pero, sin decir nada, saludaron a Ona y se dispusieron a desayunar. Media hora después, sin mediar palabra, las llevaron hasta un enorme granero. Al ver las vacas campar a sus anchas, Victoria estuvo a punto de gritar, aunque reprimió el impulso al comprobar que Niall la observaba en espera de alguna reacción por su parte. No estaba dispuesta a hablar con él; no tenía fuerzas. Sólo frío.

Por su parte, Bárbara aún no había reaccionado ante la noticia de que Robert había estado casado. Se aproximó a él cuando bajó del coche.

—Hoy aún no me has dirigido la palabra —señaló.

—Quizá es que no tengo nada que decir —respondió el pelirrojo ceñudo.

Sus continuos cambios de humor y la prisa que la mayoría de las tardes tenía por marcharse de la granja la desconcertaban. En un par de ocasiones, Bárbara había intentado hablar con él, pero había sido inútil. Ahora se daba cuenta de que Robert no le había contado nada acerca de su vida.

—Me gustaría hablar contigo —dijo ella a continuación. Necesitaba saber quién era la difunta.

—Si tengo tiempo, te lo haré saber —puntualizó él.

Al oír su cortante réplica, Bárbara lo miró, y dos segundos después reaccionó.

—Déjalo, guapo. Creo que ya no me apetece.

—Oye —espetó él calándose una gorra verde—, limítate a ayudar a tu hermana. Tengo demasiados problemas como para que encima tú me crees más.

Bárbara estaba sorprendida, no sabía a santo de qué venía todo aquello. Apenas si había cruzado tres palabras con él en los últimos dos días.

—¿Sabes, simpático? —le espetó con una sonrisa que lo descuadró mientras se alejaba—, a partir de este momento, ya no existes para mí.

Set y Doug, que esperaban junto a él en la furgoneta, comenzaron a desternillarse de risa, pero Robert los hizo callar con un gesto de la mano. En ese preciso instante Niall subió al vehículo, cruzó una mirada con Victoria y, sin decir nada, arrancó.

Cuando la furgoneta se alejó, las chicas se pusieron manos a la obra.

—No le hagas caso, Bárbara —murmuró Rous—. Se muere por tus huesos. Pero es tan cabezota que es incapaz de reconocerlo.

—Eres un cielo, Rous —dijo ella al tiempo que cogía un enorme cepillo—. Pero hombres como ese idiota me han dado muchos problemas. He de cambiar el chip y no volver a pensar en él.

—Harás bien —opinó Victoria, que no paraba de tiritar—. Bastante complicada es nuestra vida como para que nos marchemos dentro de unas semanas con más problemas aún.

De pronto, sin poder evitarlo, Rous comenzó a sollozar. Se sentía culpable por lo ocurrido esa mañana, y quería disculparse. Su intención no había sido robar en ningún momento.

—¡Oh, por Dios! —protestó Victoria—. Encima de que estamos aquí, en este horrible y apestoso lugar, sólo nos falta oírte berrear a ti.

—Vicky, ¡cierra el pico! —la regañó Bárbara enfadada.

—Siento lo de esta mañana —se disculpó Rous mirando al suelo—. De verdad, yo no pretendía robar nada, sólo es que...

—Mejor cállate, no vayas a estropearlo —la cortó Victoria.

Tras un incómodo silencio, fue la muchacha quien habló:

—No me vais a creer —confesó con la cara húmeda por las lágrimas—, pero es que nunca he tenido amigas.

—No me extraña —suspiró Victoria sin piedad—. Con esas pintas, es comprensible.

—¡Vicky! —gritó Bárbara para hacerla callar—. ¡Basta ya!

—¿Por qué? —respondió ella con malicia—. ¿Acaso es mentira lo que digo? ¡Mírala! Si es un híbrido entre la bruja Lola y Mowgli.

—No hagas caso de lo que dice esta idiota. —Bárbara le pasó la mano por la cabeza a Rous—. Cariño, eso no es posible. Eres una chica encantadora. No puedo creer lo que acabas de contar.

—Ella tiene razón. Vosotras no conocéis mi vida —gimoteó Rous abriendo la boca como un san bernardo.

—Ni la conozco, ni me interesa —la interrumpió Victoria, ganándose así una nueva mirada de reproche de su hermana.

Pero entonces, tan repentinamente como había comenzado a llorar, Rous dejó de hacerlo. Se secó las lágrimas y, tras separarse de Bárbara, cogió una enorme pala, entró en el granero y empezó a trabajar.

—Vicky —repuso Bárbara—, me dejas sin palabras. ¿Cómo puedes ver llorar a alguien con esa pena y no sentirlo?

—Yo también tengo problemas y no voy llorándole a nadie.

—Pobrecilla —dijo su hermana sin escucharla—. ¿Has oído lo que ha dicho?

—Mira, Bárbara —contestó Victoria mientras observaba a un grupo de vacas alejarse—. Tengo tantos problemas, y tanto frío en este preciso instante, que no puedo pensar en otra cosa que no sea yo, yo, yo, yo y yo.

—Eres una egocéntrica, te crees el ombligo del mundo —replicó Bárbara—. Si yo fuera como tú, estarías aquí solita quitando la mierda de las vacas.

—¡Aaahhh..., que viene! —gritó entonces Victoria corriendo hacia un árbol—. ¡Una vaca! ¡Una vaca!

Y, con una increíble destreza, se subió al enorme árbol.

—Yo diría que son dos —murmuró Bárbara mientras acariciaba a las tranquilas rumiantes que pasaban por su lado.

Con paciencia, Bárbara esperó hasta que Rous hubo echado a todas las vacas del cobertizo. Se la veía triste y quería hablar con ella. Pero dejar allí fuera sola a su histérica hermana no era lo más acertado, aunque a veces, como en ese momento, se lo mereciera.

—Vicky —la llamó al cabo—. Las vacas asesinas están todas pastando en el exterior. Voy a entrar en el granero.

—¡Espérame! —Victoria, que estaba pálida como la cera, dio un salto para bajar del árbol.

—Ufff —exclamó Bárbara arrugando la nariz al entrar en el cobertizo—. Qué peste.

—Oh, Dios... —suspiró Victoria echándose hacia atrás—. Yo... yo no puedo entrar ahí. ¡Me muero de asco!

—A ver si te crees que a mí me encanta, ¡no te jode! —espetó Bárbara y, entregándole una de las palas, añadió—: Lo siento, princesita, pero si yo quito mierda, tú lo harás también.

—No puedo —gimoteó su hermana—. Te juro que soy incapaz, no puedo...

—Oh, sí, sí que puedes —la empujó Bárbara sin darse por vencida—. ¡Arreando, que tenemos mucho que hacer!

Nada más entrar, se oyó un «¡chooofff!».

—Dime que no he sido yo... —lloriqueó Victoria.

Pero sí, sí había sido ella quien había pisado una enorme boñiga, en la que le había quedado media bota sumergida.

—¡Ayyy, que me da algo! —se desternilló Bárbara—. Piensa en positivo. ¡Ese pie lo tendrás más calentito que el otro!

—¡Vete a la porra! —chilló su hermana mirando su pie recubierto por toda aquella plasta marrón—. Esto no puede estar ocurriéndome a mí. ¡Quiero despertar, por favor! ¡Quiero despertar de una vez!

El olor a animal, heces y orín era terrible. Sin embargo, Rous estaba acostumbrada y no notaba el hedor.

—Tenemos que airear el granero —dijo—. Cambiar el lecho sucio y húmedo por aquel de allí y...

—¡Qué más da! —gritó Victoria tapándose la boca con la mano. El tufo era realmente nauseabundo—. ¡Son vacas! A ellas les dará igual que se lo cambiemos o no.

—Lo siento, pero no. —Rous abrió la portezuela del fondo—. Si no cambiamos el lecho todos los días, los animales pueden sufrir putrefacción en las pezuñas, y coger cientos de enfermedades.

—Pobrecillas —susurró Bárbara.

—¡Creo que voy a vomitar! —dijo Victoria sintiendo arcadas.

—Ni se te ocurra —le ordenó su hermana—. Bastante tenemos ya con quitar la mierda de las vacas como para tener que limpiar tus vómitos también.

—¡Eres inhumana! —gritó Victoria.

—Y tú, una pija insensible. —Bárbara no podía dejar de reír al ver el patetismo de su hermana.

Media hora después, Victoria, con más asco que arte, metía kilos de lecho húmedo en enormes bolsas de basura grises. De nada había servido intentar escaquearse: Bárbara no se lo había permitido.

A media mañana, tras dar un manguerazo al suelo, llegó Set con el almuerzo. Al verlo, Rous cambió el gesto, lo que no pasó desapercibido a las dos hermanas. Pocos minutos después, sin mirarlas ni mediar palabra, el mozo se marchó. Volvía con los hombres.

En silencio, Rous abrió la bolsa que Set había dejado para ellas. Cogió un pedazo de pan con un poco de queso y comenzó a comer.

—Necesito lavarme las manos —comentó Victoria mirando a Rous, que comía tranquilamente sentada encima de una caja—. ¿Dónde te las has lavado?

—Ahí, con la manguera —señaló la muchacha.

—Pero ¡si ésa es la manguera de las vacas! —exclamó—. No pienso lavarme las manos con la misma manguera con la que has limpiado el granero. ¡Qué asco!

—Pues no hay otra manguera —replicó la muchacha—. El agua que sale de ella es limpia.

—Vicky —intervino Bárbara cogiéndola del brazo y acercándola a la manguera—. Yo la sostendré mientras tú te lavas las manos.

—Pero... ¡está congelada! —protestó su hermana retirando las manos al sentir el frío.

—Hoy me estás tocando los ovarios de una forma que ni te

imaginas —siseó Bárbara—. Lávate las jodidas manos de una puñetera vez para que yo también pueda hacerlo.

Cansada y dolorida, Victoria obedeció y, antes de que pudiera decir nada, Rous le tendió una servilleta de papel para que se las secara.

Durante el almuerzo no hablaron, sino que comieron en silencio, cada una pensando en sus propios problemas.

—¡Maldita sea! —protestó Victoria de pronto—. He olvidado el tabaco.

—Mala suerte —murmuró Bárbara sin mirarla.

—Pero quiero un cigarro —se quejó ella—. Necesito un cigarro.

—¡Vicky! —chilló Bárbara sobresaltando a Rous. Ya no podía más—. ¡No hay tabaco! Da igual que te quejes durante media hora, una hora o siete horas. Rous y yo no tenemos tabaco. Y las vacas dudo que fumen. Por tanto, o te callas o coges hierba del suelo, te la lías en una servilleta y te la fumas.

Tras ese arranque de furia, Bárbara se levantó malhumorada y se alejó. Necesitaba dar una vuelta y despejarse. Las frías palabras de Robert la estaban martirizando, y ya no podía soportar más las continuas quejas de su hermana.

—Set tiene tabaco —la informó Rous cuando se quedaron a solas—. Si quieres puedo ir hasta donde están ellos y pedirle algún cigarrillo.

—¿Están cerca de aquí? —preguntó Victoria esperanzada.

—Más o menos —respondió la muchacha—. A unos tres kilómetros.

Victoria se quedó perpleja.

—Rous, ¿me estás diciendo que andarías tres kilómetros de ida y otros tres de vuelta, con el tobillo dolorido, sólo por traerme un cigarrillo a mí?

—Sí —asintió ella limpiándose la boca con la manga tras beber de la botella—. Si para ti es importante, lo haría. ¿Quieres que vaya?

De pronto, a Victoria le entraron ganas de echarse a llorar. Aquella muchacha, a la que había tratado con tanto desprecio, estaba dispuesta a hacer eso por ella.

—No, Rous —negó con una sonrisa—. No hace falta.

—Siento que Bárbara y tú estéis enfadadas.

—Ah..., no te preocupes —repuso mirando cómo su hermana comenzaba a echar lecho seco en el granero—. Nuestros enfados son continuos. No pasa nada.

—Es bonito tener hermanos —aseveró Rous.

—Oye —preguntó Victoria sentándose junto a ella con una sonrisa—, ¿qué haces tú en la granja con Ona y Tom?

—Vivir en paz.

Victoria estaba preparada para oír cualquier cosa, pero no eso.

—No quiero aburrirte con mi vida —dijo la muchacha sin mirarla.

Sus palabras, junto con el detalle anterior, llegaron sin saber por qué hasta el duro corazón de Victoria. De pronto se sintió mala, y desagradable. No se estaba portando bien con aquella chica, y tenía que reconocerlo.

—Rous —le habló apoyando la mano en su hombro—, quiero disculparme por mi manera de comportarme contigo. Sé que a veces puedo ser una auténtica bruja...

—Yo no te veo así —murmuró la muchacha.

—Me parece que eres demasiado inocente y también demasiado frágil, Rous.

—No creas todo lo que ves —señaló la joven.

—¿Me perdonas, entonces?

—Por supuesto que sí.

—Oye, me encantaría saber de tu vida, de verdad.

—¿En serio? —dijo Rous mirándola.

—Por supuesto que sí —respondió Victoria haciéndola sonreír.

—Bue... bueno... —comenzó ella—. Viví en Glaswood hasta que mi madre murió. En aquel entonces yo tenía diez años y mi hermano Johnny, ocho. Aún recuerdo cómo mamá nos llevaba al cuarto y nos prohibía salir de allí cuando mi padre regresaba a casa. Ahora soy consciente de que nos encerraba para que él no nos pegara. Pero cuando ella murió todo cambió. Tuve que crecer de pronto, abandonar el colegio y, con diez años, hacerme cargo de la casa, de mi hermano y de mi padre. Una noche mi padre llegó borracho. Johnny y él se pelearon y papá, furioso, lo empujó contra la pared... con tan mala fortuna que el golpe lo mató.

Victoria sintió cómo una parte de su corazón se partía al oír la terrible historia de la muchacha.

—Rous..., lo siento —susurró conmovida—. Debió de ser horrible.

—Lo fue —prosiguió ella con un hilo de voz—. Entonces cogí la escopeta de caza de mi padre y lo maté. Se lo merecía. Te juro, Victoria, que se lo merecía —sollozó tapándose los ojos—. A partir de ese momento todo el mundo se alejó de mí. Me llevaron a una casa de acogida y permanecí allí durante dos años. Nadie quería hacerse cargo de mí. Pero un día, en una excursión que hicimos al castillo de Eilean Donan, Tom y Ona me vieron y se interesaron por mí. Con la ayuda de Niall, me adoptaron. Y entonces yo comencé a ser feliz. No obstante, los rumores de lo que había sucedido en mi casa llegaron hasta aquí, y a partir de ese momento ninguna de las chicas de los alrededores quiso ser mi amiga. Sus madres decían que yo estaba loca y, a pesar de lo mucho que Ona ha luchado por mí, nunca la creyeron. Mis únicos amigos han sido siempre Robert y Niall. Ellos me han demostrado su cariño de muchas maneras. Siempre se acuerdan de mi cumpleaños, y también me hacen regalos por Navidad.

Victoria estaba sin habla. Con tan sólo diez años, Rous había tenido que vivir una experiencia terrible.

—Te prometo que yo nunca te robaría —declaró a continuación la chica mirándola a los ojos—. Si esta mañana estaba en vuestra habitación era por...

—No hace falta que sigas —la acalló Victoria tapándole la boca y sonriendo—. Y, antes de que digas nada más, déjame volver a pedirte disculpas por las cosas que te he dicho esta mañana, y ayer, y todos los días que llevo aquí. Para mí no está siendo fácil todo esto —se sinceró—. Soy una mujer de ciudad, acostumbrada a otro tipo de vida y de personas. Por favor, perdóname.

Con los ojos llenos de lágrimas, Rous asintió y, tras esbozar una sonrisa, murmuró:

—¿Sabes? Yo también me peleaba con mi hermano Johnny. Era muy guapo —recordó—. Se parecía mucho a mamá. Tenía unos ojos azules grandes y llenos de vida y una sonrisa divertida.

—Tú también eres guapa —dijo Victoria pasándole la mano por el pelo enmarañado.

—Eso no es cierto —replicó la chica con una amarga sonrisa—. Soy fea, lo sé. Aunque Tom dice todo lo contrario porque me quiere, no hace falta que tú mientas para contentarme. Sólo con mirarme al espejo cada mañana me doy cuenta de cómo soy.

—Vamos a ver, Rous —Victoria la agarró por la barbilla—. Yo no creo que seas fea, lo que ocurre es que no sabes sacarle partido a tu belleza. Tienes unos ojos azules maravillosos que pocas veces enseñas.

—Mis ojos son como los de mamá y Johnny —asintió ella.

—¡Eso es perfecto! —exclamó Victoria al sentir la calidez de la muchacha—. ¿Cuántos años tienes?

—Veinticinco, tres meses y dos días.

—Una edad ideal. —Continuó escrutando su cara—. Tu pelo necesita un buen saneado. ¿Desde cuándo no te lo cortas?

—Me lo corto yo.

—¿Sabes lo que es una mascarilla? ¿Una exfoliante corporal? ¿Crema depilatoria?...

—Algo he leído en las revistas. Pero no merece la pena gastar dinero en mí. ¿Para qué?

—Te gusta Set, ¿verdad?

—¿Cómo lo sabes? —quiso saber la chica, extrañada. Nunca se lo había contado a nadie.

—El amor es como el dinero, Rous, ¡se nota! —respondió Victoria—. No hace falta contarlo para percibirlo.

—Sí, me gusta —asintió ella ruborizándose—. Aunque él ni siquiera sabe que existo.

—Ayyy, Rous, Rous, Rous... Si me dejas ayudarte y te fías de un par de consejitos que te voy a dar, te prometo que Set no volverá a dormir por las noches.

—Entonces, ¿es por eso por lo que Niall no duerme? —preguntó Rous.

—No sé de qué hablas... —contestó Victoria desconcertada—. Pero déjame decirte que si ese cromañón no duerme, será porque no quiere o porque va de cama en cama como el buen picaflor que es.

Nada más decir eso, Victoria se percató por su tono de voz de que estaba molesta. Maldiciendo por lo bajo tuvo que reconocer que aquel bruto le importaba, aunque fuera sólo un poquito.

—Creo que te gusta Niall tanto como tú le gustas a él —declaró la muchacha, sorprendiéndola.

—Pues te aseguro que no hay nada que hacer.

—¿Estás convencida?

—Del todo —afirmó Victoria con rotundidad—. Me gustan los hombres con clase, y Niall está falto de ella.

Rous sonrió, mientras pensaba en lo que minutos antes Victoria le había dicho con respecto al amor y al dinero.

Bárbara se encaminó a reunirse con ellas y su enfado se evaporó cuando vio que Rous y su hermana estaban hablando, bromeando incluso.

—¿Me he perdido algo? —preguntó.

—No, hermanita —contestó Victoria con una sonrisa que la desconcertó aún más—. Necesitamos que nos ayudes. Set y el resto del mundo tienen que ver lo preciosa que es Rous.

Esa noche, tras cenar todos juntos, Robert desapareció como en muchas otras ocasiones. La jornada no había sido fácil y había dormido fatal la noche anterior. Eso había provocado que le hablara mal a Bárbara por la mañana y, para su desesperación, ella no lo había mirado ni le había dirigido la palabra ni una sola vez después de eso.

El cansancio de un duro día de trabajo hizo que todos se retiraran pronto a dormir, momento que aprovechó Victoria para salir al porche y fumar el último cigarrillo.

Tras encenderlo, se sentó en los escalones de la puerta de entrada. Miró a su alrededor y pensó que aún no entendía realmente cómo demonios había acabado allí. Aquel lugar era un desastre. No tenía nada que ver con su glamuroso piso de Madrid.

Dando una calada, recostó la cabeza en la barandilla de madera y miró al cielo. Esa noche había luna llena y había mucha claridad. Comenzaba a tener frío, pero estaba tan cansada que cerró los ojos y, antes de que pudiera darse cuenta, se quedó dormida.

Oculto entre las sombras, Niall la observaba. Se la veía tan tranquila mirando al cielo que prefería disfrutar de la visión a comenzar a discutir con ella. Sabía que, en el momento en que cruzaran dos palabras, como siempre sucedía, acabarían tirándose los trastos a la cabeza.

Con una sonrisa observó cómo *Stoirm* se acercaba a olisquear entre sus piernas sin ella ser consciente. Al ver que no se movía, el animal subió un par de escalones y se enroscó a su espalda para echarse a dormir.

Divertido por la estampa que le ofrecían la chica y el perro, Niall echó a andar hacia ellos. La noche era demasiado fría, y si Victoria permanecía mucho tiempo allí dormida podía congelarse. Debía despertarla.

Cuando llegó a su altura, le quitó con cuidado el cigarrillo de entre los dedos y lo apagó. Verdaderamente se había quedado dormida. Se puso en cuclillas delante de ella y *Stoirm* lo saludó. Él le devolvió el saludo tocándole con cariño el lomo y la cabeza. Sin apartar sus ojos de Victoria, miró embelesado esa boca que tanto deseaba besar. Tenerla cerca le producía una desazón enorme que le devoraba las entrañas.

Aquella mujer no era para él, pero en su fuero interno la deseaba como a ninguna otra. Jamás le habían gustado las mujeres sumisas, pero tampoco se había encontrado con ninguna tan melindrosa como ella.

Viéndola allí, tan hermosa, tan etérea, deseó tocarla. Se moría por pasar sus dedos por aquella piel sedosa y enredar las manos en aquel salvaje y oscuro pelo negro. De pronto ella se movió, al tiempo que profería un leve ronquido que lo hizo sonreír. Al ladear la cabeza, observó divertido cómo una pequeña gota de saliva comenzaba a resbalar hacia la barbilla por la comisura de su boca.

—Princesa —susurró embelesado por el momento—. Si te digo que babeas, estoy seguro de que me matas.

Al oír su voz ronca, Victoria abrió los ojos de golpe. A pocos centímetros de su cara, Niall la observaba con una de sus sonrisas bobaliconas.

—¿Qué pasa? —inquirió ella tiritando—. ¿Por qué me miras así?

—Estaba observando algo curioso.

—¿El qué?

—Miraba cómo la baba te caía lentamente por aquí —dijo limpiando con su mano la comisura ya seca de su boca.

Al notar el calor de aquellos dedos sobre su piel, Victoria ni siquiera pudo protestar. Se limitó a mirarlo extasiada por aquella caricia que en esos momentos le perfilaba los labios, con una delicadeza tan exquisita que la hizo temblar.

—Tienes frío, ¿verdad? —preguntó Niall, y ella asintió.

Antes de poder hacer o decir nada más, él se quitó la cazadora de piel vuelta y se la echó a ella por encima.

—No tienes por qué hacer eso —murmuró Victoria al verlo agacharse de nuevo—. Hace demasiado frío para esta clase de galanterías. No seas tonto y póntela de nuevo.

—Tranquila —respondió él—. Yo estoy acostumbrado a estas temperaturas, tú no.

No podían dejar de mirarse; ambos eran perfectamente conscientes de lo que sucedía. La atracción que sentían el uno por el otro era cada vez más evidente. De pronto Victoria notó que algo se movía a su espalda y, al mirar y ver que era *Stoirm,* se levantó de un brinco. Sin embargo, tropezó y cayó hacia adelante, encima de Niall.

—Vaya, princesita —comentó él, jocoso al tenerla entre sus brazos—. Sabía que me deseabas, pero no que estabas deseosa de abalanzarte sobre mí.

—¡¿Tú eres tonto o qué?! —espetó ella intentando apartarse, pero el escocés no se lo permitió—. Suéltame ahora mismo, si no quieres que chille.

—¿Estás segura de que chillarías?

—Por supuesto —afirmó más tiesa que una vara al sentir aquel cuerpo duro y fuerte bajo el suyo.

—Me encantaría hacerte chillar —susurró él entonces mirándola a los ojos—, pero de placer. Desearía tenerte en mi cama desnuda, sólo para mí. Besaría todas las partes de tu cuerpo y te haría el amor tan apasionadamente que me volvería loco al oírte suplicar más.

Victoria no esperaba oír semejante declaración. Abrió la boca para protestar, pero tuvo que cerrarla de inmediato. No sabía qué decir, y menos aún cuando su imaginación y su cuerpo comenzaron a traicionarla. Le gustaba la sensación de estar entre los brazos de Niall. Pocas veces había sentido eso mismo cuando estaba con Charly. La mirada del escocés y sus carnosos labios eran lo más tentador que había visto en la vida, por no hablar de lo que acababa de decirle. Ni en sus mejores momentos Charly había sido tan sensual hablando, mirando o besando.

Atraída por él como un imán, Victoria bajó la boca hasta acercarla a la de él y, tras sacar la punta de la lengua, se la pasó lentamente por los labios. Ahora era Niall el sorprendido. No obstante, después de un segundo, soltó un gruñido de satisfacción, enredó las manos en el sedoso pelo de Victoria y la besó con fervor.

El frío dejó de existir. El mundo se detuvo. El deseo que sentían el uno por el otro era capaz incluso de deshelar el Polo Norte.

Dejándose llevar por la pasión, Victoria se incorporó levemente para respirar, y en ese momento Niall la agarró con fuerza por las caderas y le dejó sentir el epicentro de su deseo. Ella se excitó al notar lo duro que estaba. Llevaba meses sin sexo y aquel hombre le gustaba.

—Me encantaría seguir con esto, pero creo que no es el lugar idóneo para ello —murmuró entonces él, consciente de cómo la joven tiritaba.

—Tienes razón —contestó Victoria nerviosa—. Si me sueltas, me levanto.

—No me lo puedo creer —exclamó él—. ¿Acabas de decir «tienes razón»?

—Sí —asintió ella sonriendo—. Pero también he dicho que si me sueltas me levanto.

—Regálame otro beso y te soltaré —musitó él con voz ronca.

Consciente de lo atraída que se sentía por él, no lo pensó y, tras inclinarse hacia adelante, le regaló un beso dulce, suave y ligero.

Niall cumplió su palabra con la entrepierna a punto de estallarle y, tras disfrutar de los últimos segundos de aquel maravilloso contacto, retiró las manos de las caderas de Victoria. Al sentirse liberada, ella se levantó y le ofreció su mano para que él lo hiciese a su vez. Ese gesto le gustó.

—Toma —dijo entonces ella entregándole la cazadora—. Hazme caso y póntela. Hace frío.

—De acuerdo —convino él—. Pero sólo si a cambio me dejas que yo te dé calor.

—Niall... —suspiró Victoria mirándolo a los ojos—. Creo que no es buena idea que continuemos con este juego.

—Vayamos adentro. Nos vendrá bien un café.

Le cogió la mano y ambos entraron en la cocina seguidos de *Stoirm*. Una vez dentro, mientras Victoria se sentaba a la mesa y lo observaba, Niall cogió una cafetera antigua y comenzó a echar café molido en su interior, momento que el perro aprovechó para enroscarse cómodamente bajo la mesa junto a los pies de ella.

Niall sonrió al verlo y puso el café al fuego. Después abrió un mueble y sacó una caja de galletas. Sólo entonces se sentó junto a Victoria.

Durante unos segundos ambos guardaron silencio. Lo ocurrido momentos antes los tenía algo desconcertados. Finalmente fue Niall quien habló.

—Creo que somos adultos para saber qué debemos hacer con nuestras vidas —dijo y, mirándola, añadió—: A no ser que existan terceras personas a las que podamos herir.

—A ese respecto estoy tranquila. Yo no puedo herir a nadie —respondió ella rechazando una galleta—. Pero el motivo principal de mi viaje es otro.

—¿Crees que merece la pena el esfuerzo que estás haciendo por conseguir un contrato para tu empresa? —preguntó él entonces.

—Si te soy sincera, creo que no —contestó Victoria al tiempo que apoyaba la cabeza sobre las manos para mirarlo—. Pero necesito conseguir ese contrato. Debo solucionar los problemas que me han ocasionado dos inútiles.

—¿Inútiles? ¿Por qué? —inquirió él con curiosidad.

—Hace unos meses, por motivos personales —explicó Victoria pensando en Charly—, tuve que enviar a dos de mis publicistas a Escocia. Yo había firmado con el presidente de TAG Veluer un precontrato en el que mi empresa se comprometía a alquilar el castillo de Eilean Donan para la grabación de su anuncio publicitario. Pero el caso es que esos dos regresaron a Madrid sin el contrato. Por lo visto, no consiguieron contactar con tu jefe, el conde McKenna.

—¡Vaya, qué fatalidad! —comentó Niall mientras se zampaba las galletas—. Lo siento.

—Más lo siento yo —repuso ella quitándole una galleta—. Está en juego mi reputación como publicista, y el dueño de TAG Veluer amenaza con llevarse la cuenta.

—¿Qué motivos personales te impidieron venir a Escocia?

—Ufff... —exclamó ella dejando la galleta mordisqueada sobre la mesa—. Es una historia complicada y aburrida.

—Tú nunca me aburrirías —dijo él al tiempo que se metía de nuevo un trozo de galleta en la boca—. Creo que, más bien, me sorprenderías.

—Anulé mi boda a falta de veinticuatro horas para el enlace.

Niall dejó de masticar de repente. Como un autómata, se levantó, cogió la cafetera y dos tazas y volvió a la mesa.

—¿Quieres leche? —preguntó.

—No. Me gusta solo.

En silencio, Niall llenó las dos tazas. Tras tenderle una a Victoria, ella se la llevó a los labios e hizo una mueca de desagrado.

—¡Por Dios, qué cosa tan asquerosa! —se quejó—. ¿Por qué hacéis el café tan claro? Parece americano: es agua pura.

—Será la costumbre —respondió él al ver su gesto infantil y, después de dar un sorbo a su taza, añadió—: A mí me gusta así.

—Entonces déjame decirte —dijo ella señalándolo con el dedo— que no te gustaría cómo lo preparo yo.

—¿Cómo lo preparas?

—Muy cargado.

—Ahora entiendo por qué estás todo el día como una moto —bromeó él, que se ganó un puñetazo de Victoria en el brazo.

Parecía mentira que en ese instante estuvieran tan cómodos en compañía del otro y, en otros uno, sólo les faltara la pistola para matarse.

—¿Te apetece contarme qué pasó para que anularas tu boda? —preguntó Niall clavando sus ojos verdes en ella.

—¡Oh, Dios mío! —exclamó Victoria llevándose las manos a la cabeza—. No quiero hablar de eso. Lo siento, no me apetece.

—Vale..., vale —murmuró él sorprendido pero al mismo tiempo deseoso de saber más—. Le gustas a *Stoirm*, ¿lo sabías? —comentó entonces señalando al perro, que dormía plácidamente a sus pies.

—Él a mí no —replicó Victoria tras mirarlo y encoger los pies.

—*Stoirm* es muy cabezota —aseveró Niall llenando de nuevo su taza.

—Yo también.

—De eso doy fe.

—¡Mira quién fue a hablar!

—¿Cómo era el nombre? Ese con el que me llamas cuando te dan esos ataques de locura. *¿Crompinón?*

—*Cromañón* —lo corrigió ella hechizada por su sonrisa—. Lo sé, es horrible. Pero *princesita* también tiene tela.

—El cromañón y la princesita —se mofó Niall—. Buen título para una novela.

—Se lo diré a Bárbara —decidió Victoria—. Ella es la escritora.

—Voy a volver a besarte —susurró de pronto Niall.

Ella se estremeció. Su tono de voz ronco y el modo en que la miraba la hacían sentir cientos de emociones al mismo tiempo. Sin embargo, se resistía a desearlo.

—No. No quiero que lo hagas.

—¿Por qué? —preguntó él acercándose—. Tus ojos me dicen lo contrario.

Sentirlo tan cerca le aceleraba el corazón. Todo su mundo se tambaleaba al notar la virilidad que emanaba de aquel hombre. Cerró los ojos un instante y, después de pensar lo que realmente le convenía, volvió a abrirlos.

—Mira, Niall, voy a ser sincera contigo —dijo, aunque se moría por besar aquellos labios carnosos y sensuales—. Mi principal prioridad es que tu jefe me firme el contrato y después poder regresar a mi casa y a mi vida.

—¿A tu lujosa vida? —inquirió él despectivamente.

—Exacto. —Victoria notó de pronto una punzada en el corazón. Sin duda había algo en su interior que estaba cambiando—. Quiero volver a la vida que me gusta. Cada uno tiene su lugar en el mundo, y el mío no es éste.

—¿Tanto valoras el lujo y el dinero?

—Valoro vivir bien —declaró ella—. He trabajado mucho para conseguir lo que tengo y no quiero perder nada de todo ello.

—¿Me estás diciendo —replicó él molesto— que nunca abandonarías tu maravillosa vida de ejecutiva y lujos caros por...?

—No, Niall. Nunca la abandonaría —lo interrumpió Victoria. No quería escucharlo.

A continuación se hizo un silencio largo e incómodo. No eran amantes. Ni siquiera eran amigos. Pero había algo entre ellos, y eso desconcertaba a Niall, que no llegaba a entender por qué se dormía pensando en ella y se levantaba con ella en la mente otra vez. ¡Aquello era ridículo!

—Tienes razón —convino él finalmente antes de meterse

otra galleta en la boca—. Cada uno tiene que estar en su lugar. Y, ya que has sido sincera conmigo, creo que yo también debo serlo contigo.

A continuación, se puso en pie, abrió la alacena y guardó las galletas. Necesitaba recuperar su autocontrol. Escucharla le había hecho daño y eso lo molestaba. Ella sólo era una mujer más. Nunca se había dejado herir por nadie, y aquella española no iba a ser la primera.

—¿A qué te refieres? —inquirió Victoria.

—Verás —dijo él desde el otro lado de la cocina—. Tengo que reconocer que como mujer no estás mal pero, para ser sincero, lo que realmente deseo es meterte en mi cama. —Tras decir eso, Niall vio cómo la sorpresa se estampaba en su rostro—. No busco relaciones estables. No creo en el amor. Pero sí creo en el morbo y en el sexo. Y tú, mi querida princesita, eres la clase de mujer que cualquier hombre busca para eso. Sexo y diversión.

Victoria se había quedado sin palabras. ¿Qué le estaba llamando aquel energúmeno?, o ¿qué quería decirle en realidad?

—Honestamente, no eres un bellezón de mujer —prosiguió Niall sentándose junto a ella—. Pero tienes un cuerpo aceptable. Y, como hombre que soy, entenderás que no desaproveche ninguna oportunidad.

Y a continuación la besó. Fue un beso salvaje, tórrido, en absoluto parecido al dulce contacto compartido minutos antes. Todavía incrédula, Victoria lo empujó de inmediato con brusquedad, deshaciéndose así de su abrazo.

—¡Pero ¿tú qué te has creído, cromañón?! —gritó levantándose, lo que hizo que *Stoirm* se despertara—. ¿Qué es eso de que tengo «un cuerpo aceptable»? Por no decir otras cosas. Pero ¿tú quién te crees que eres? ¿Míster Universo?

—No —respondió él conteniendo la risa—. ¿Por qué te pones así? Las mujeres como tú, que lo tienen todo, suelen aprovechar estas oportunidades para pasarlo bien.

—¡No vuelvas a poner tus asquerosas manos sobre mí —lo amenazó cogiendo un cuchillo—, o te juro que te las corto!

—Mmm —suspiró Niall—. Esta faceta tuya es la que quiero ver en mi cama. Debes de ser una gata salvaje...

—No vuelvas a acercarte a mí, gilipollas, o te juro que te vas a enterar —bufó Victoria caminando hacia la puerta, pero antes de salir se volvió—. Ah..., y una cosa más. ¡A mí no se me cae la baba! Y si tan deseoso estás de retozar con una mujer en la cama, estoy segura de que cualquiera de tus amiguitas estará encantada de hacerte pasar un buen rato.

Una vez dicho esto, salió furiosa de la cocina, dejando a Niall malhumorado y solo con el perro.

—¿Sabes, *Stoirm*? —dijo Niall. El border collie levantó la cabeza—. Creo que tú y yo nos iremos unos días lejos de aquí. Esa insufrible española me está trastornando, y eso, amigo mío, no puedo permitírmelo.

15

Victoria se alegró al saber que Niall se había marchado de la granja. No obstante, ese sentimiento fue transformándose poco a poco a medida que pasaban las horas. Por extraño que pudiera parecer, lo echaba muchísimo de menos.

Por la noche, después de cenar, mientras Bárbara y Robert hablaban en la cocina con Ona, Victoria se disculpó y se retiró a su habitación. No le apetecía ver el tonteo que se traían aquellos dos.

Al pasar frente al baño, la puerta se abrió y apareció Tom.

—¿A qué viene esa cara tan triste? —preguntó el anciano.

—Estoy agotada.

—¿Te apetece un rato de charla?

—Pues lo cierto es que no me vendría mal.

Necesitaba hablar con alguien de cosas que no fueran recetas de cocina, alambres de espino y llagas en las manos y, sobre todo, necesitaba dejar de pensar en Niall.

—Preciosa bata —comentó Victoria al ver que era de Pierre Cardin.

—Me la regaló Niall para mi cumpleaños —le contó Tom—. Siempre le he dicho que era demasiado lujosa para un viejo como yo.

—Eso es una tontería —repuso ella sonriendo y colocándole bien las almohadas en la cama—. Por una vez, y sin que sirva de precedente, admitiré que tu nieto tuvo un gusto excepcional.

—Mi nieto tiene un gusto excepcional para todo. Incluidas las mujeres.

—Oh, sí... —replicó ella torciendo el gesto—. Él y su cohorte de mujeres.

—Niall siempre ha sido muy codiciado por las féminas de los alrededores, desde que era un muchacho —declaró el hombre—. Su porte y el poder de su mirada causan estragos en las fiestas.

—Eso es amor de abuelo —bromeó Victoria, lo que lo hizo sonreír—. Déjame decirte, Tom, y espero que no te ofenda, que tu nieto es el ser más prepotente, mandón y exigente que me he echado a la cara. Él y yo no tenemos buen *feeling*.

—Vaya —se mofó rascándose la oreja—. ¿Dónde habré oído eso antes?

—No me extrañaría que de su enorme bocaza —dijo Victoria acercando el butacón granate a la cama—. Él y yo no congeniamos en absoluto. Supongo que te habrás dado cuenta.

Tom sonrió. Aquella muchacha le hacía gracia. Aunque sabía que más gracia le hacía a Niall, que, a pesar de que no mostraba sus sentimientos, era incapaz de disimular la fascinación que sentía por ella cada vez que la miraba. El anciano lo había observado, y Ona se lo había confirmado. Todavía recordaba la expresión de su nieto cuando había entrado en su dormitorio para despedirse. Aunque no le contó los motivos de su marcha, a Tom no se le escapaban

Cada mañana, desde la ventana o bien cuando bajaba a la cocina, el viejo los observaba. Y sus sospechas se confirmaron al ver la fingida indiferencia que demostraba Victoria por la marcha de Niall. Sin duda había algo más entre ellos. Eso no lo podían negar.

Desde un principio, Tom se percató de la fuerte personalidad de la española. Todas las mañanas, Ona y él reían cuando la veían partir hacia el campo en la furgoneta vestida de forma inadecuada. Eso, unido al terror que sentía por los animales, los sorprendía tanto como que aguantara el ritmo que los muchachos le imponían.

—¿Qué tal el día de hoy? —preguntó el anciano.

—¡Horroroso! —respondió Victoria sentándose frente a él—. Sinceramente, Tom, no sé cómo has podido resistir este ritmo durante tantos años.

—¿Dónde te han puesto hoy los chicos? —inquirió divertido.

—A arreglar la alambrada de la zona sur —explicó ella mostrándole las palmas—. ¿Has visto qué manos tengo? ¡Son un horror! Necesitaré kilos y kilos de hidratación. ¡Qué digo hidratación! Tendré que exfoliar, revitalizar y estimular antes de hidratar.

—¡Qué graciosa eres, muchacha!

Victoria sonrió. Aquello era nuevo.

—¿Crees que soy graciosa?

—Me pareces tan diferente de todo lo que me rodea que tus comentarios me hacen sonreír —admitió él con sinceridad—. No cambies nunca. Esa frescura resulta muy atractiva, y si no te empeñaras en ser tan gruñona gustarías aún más.

—Uf, no..., no —negó ella retirándose el pelo de la cara—. No pretendo gustar. No. No.

—Niall me dijo que te dan miedo las vacas.

—Será chivato... —murmuró contrariada—. Vale, lo confieso. ¡Odio las vacas! Esos bichos malolientes sólo saben ensuciar y ensuciar, ¡puajjj!

—Creo que subestimas la inteligencia de los animales, muchacha. Las vacas son unos seres amables y en cierto modo dulces. ¿Conoces a *Geraldine*?

—No. ¿Quién es? ¿Alguna vecina?

Muerto de risa por lo que ella preguntaba, Tom respondió:

—*Geraldine* es mi vaca favorita.

—¡Por Dios, Tom! ¿Tienes una vaca favorita?

—Sí. Mi *Geraldine* tiene veinte años.

—¿Las vacas viven tanto? —exclamó Victoria incrédula.

—Pueden llegar hasta los treinta, aunque lo normal es que cuando tienen siete, tras unos cinco o seis partos, se las sacrifique. Pero, escucha, mi *Geraldine* es diferente.

—No me lo puedo creer. —¿Cómo podía ser diferente una vaca? Para ella eran todas iguales—. ¿Me estás diciendo que tienes como mascota a una vaca, como el que tiene un gato en casa?

—Ona no me deja traerla a la granja. ¡Me mataría!

—Normal. Yo te asesinaría —confesó Victoria con los pelos de punta—. Una vaca es una vaca, por mucho que te empeñes en que sea algo especial.

—Eso lo dices porque aún no has conocido a *Geraldine,* que, por cierto, está de nuevo preñada y me tiene preocupado. Falta poco para el parto.

—Estás preocupado... ¿por una vaca?

—Por *mi* vaca —aclaró Tom dándole un suave capón en la cabeza—. *Geraldine* está empeñada en ser madre, a pesar de haber estado preñada más de diez veces, y el parto podría no tener un buen fin.

Al ver que Victoria lo miraba como si estuviera loco, Tom decidió mofarse de la chica.

—Mi *Geraldine* es terca como una mula. ¡Igual que tú!

—En mi vida me habían comparado con una vaca —reconoció ella entre risas—. Me han podido decir cosas como que soy la reencarnación del demonio o que soy...

—¿Cómo han podido decirte semejante barbaridad?

—La gente, Tom..., la gente...

—Que nadie te llame nada de eso delante de mí —exclamó él levantando un dedo—, o tendrán que vérselas conmigo.

—Tranquilo —lo calmó ella—, sé defenderme sola.

—Me parece muy bien, muchacha. Pero ahora me tienes a mí.

Al oír eso, Victoria sintió una profunda emoción. Sin apenas conocerla, aquel anciano quería ejercer de caballero andante por ella. Eso la hizo sentirse bien.

—Eres un buenazo —le soltó cogiendo su mano—. Cuando regrese a mi país te voy a echar mucho de menos.

—¡España! —dijo él sorprendiéndola—. En tu honor y recuerdo, si el ternero sobrevive, lo llamaré *España.*

—¡No será verdad!... —exclamó ella divertida—. Eso es una maldad.

—Oh, sí —convino Tom—. Le pondría *Victoria*, pero conociéndote estoy seguro de que me rebanarías el pescuezo.

—¡Ja! ¡Cómo lo sabes! —En ese instante, se abrió la puerta—. Ona, ¿te puedes creer que Tom quiere ponerle de nombre *España* al ternero de *Geraldine*?

—¡Un nombre magnífico! —confesó la mujer acercándose hasta ellos—. Me encanta. Siempre nos recordará a ti.

—España eres tú: fuerza y bravura —afirmó Tom con una sonrisa.

—¿Sabéis? —señaló Victoria—. Ahora entiendo de quién ha heredado vuestro nietecito ese carácter tan quisquilloso.

Y a continuación los tres prorrumpieron en una carcajada. Llamar a un ternero *España* para recordarla era lo más rocambolesco que Victoria podría haber imaginado jamás.

16

Cuatro días de duro trabajo sin saber de Niall amenazaban con volver loca a Victoria.Tom y Ona intentaban alegrarla, pero ella notaba una profunda pesadumbre en el corazón que hacía que constantemente sintiera ganas de llorar. ¿Qué ocurría? ¿Por qué se descubría pensando en Niall como una quinceañera, cuando sólo le había dicho cosas vulgares, como que no deseaba nada más de ella aparte de sexo y diversión?

Ese día, Robert decidió quedarse con las chicas para ayudarlas a arreglar la valla del prado. No obstante, se trataba de una excusa, pues lo único que quería era estar junto a Bárbara.

Victoria se sentía muy incómoda en su compañía, y en varias ocasiones se descubrió observándolos con cierta envidia. Algo desconocido hasta entonces para ella de nombre «celos» había llamado a su puerta con brusquedad. Trató de odiar a Niall con todas sus fuerzas, pero no podía. Le gustara o no la dureza de sus palabras, éstas hicieron que Victoria comenzara a reflexionar.

¿Por qué ella no podía sonreír como Bárbara? ¿Por qué su hermana era capaz de amoldarse a todo y ella a nada? Esas preguntas martilleaban en su cabeza sin cesar. De pronto, cada sonrisa que recibía por parte de Ona, de Tom, de Rous o de cualquiera de los que allí vivían le llegaba al alma. ¿Sería cierto eso de que Escocia te cambiaba?

Sin embargo, la desesperación que sentía esa mañana estaba pudiendo con ella. Ver a su hermana reír como una tonta y a

Robert responder con guiños cómplices hizo que Victoria pagara el pato con la persona con la que más confianza tenía.

—Te has acostado con él, ¿verdad? —le espetó a Bárbara.

—Pues no. Pero no por falta de ganas —repuso ella mirándola asombrada—. ¿A qué viene ahora esa pregunta?

—¡Eres una mentirosa! —bramó Victoria.

—Oye, Vicky. ¿Qué te pasa?

—Me pasa que quiero regresar a casa —contestó ella furiosa—. ¡Eso me pasa! Tengo el pelo deshidratado y las puntas abiertas. Los poros de mi cara son tan grandes como la boca del metro. Tengo las uñas rotas, mi cuerpo necesita una sesión de spa, y como siga comiendo como lo hago aquí regresaré a Madrid como una foca. ¿Quieres que siga?

—¡Qué exagerada eres, por Dios!

—No soy exagerada —gimoteó ella, consciente de que su mentira no se sostenía—. Soy realista.

—¿Seguro que es eso lo que te pasa? —murmuró Bárbara levantando las cejas.

Ella sabía por qué su hermana estaba tan tensa. Era por causa de Niall. Sin embargo, no estaba dispuesta a decir nada hasta que aquella cabezota acudiera a ella para hablar.

—Me va a venir la regla —se excusó Victoria—. Nada más.

—Bueno, pues tranquilízate. No hace falta que te lo tomes todo tan a pecho. Relájate y disfruta de un precioso día como el de hoy.

Victoria estaba a punto de gritar. ¿Cómo se disfrutaba de un precioso día? Y, harta de las sonrisitas que en aquellos momentos Robert y Bárbara se dedicaban, chilló:

—¡Parece que te gusta sufrir: primero João y ahora este idiota! ¿Es que no te das cuenta de que te está utilizando para divertirse? ¿Cómo eres tan tonta?

Su hermana la miró furiosa.

—Eres una víbora mala, mala, mala... ¿Cómo me mencionas a João en este momento?

Al oírlas discutir y manotear, Robert se acercó hasta ellas. Cogió una botella de agua y bebió a morro.

—Mira a Chewbacca —comentó con malicia Victoria—. Se cree que está protagonizando el maldito anuncio de Coca-Cola Light.

—Siento decirte, querida hermanita, que cada vez que veo a ese al que tú llamas Chewbacca, para mí son las once y media.

—Y ¿ahora quién tiene el gusto de un calamar en adobo?

—Ya está bien, ¿no crees? —replicó Bárbara mosqueada—. Sabes muy bien a qué me refiero —prosiguió Bárbara en español, para que los demás no las entendieran—. Estás jodida porque tu cromañón se ha ido, ¿verdad?

—¡¿Cómo?! —gritó ella incapaz de ser sincera—. ¡Tú estás tonta!

—Mira, no pienso hablar de ello. Si quieres algo ya sabes dónde estoy.

—Paso —respondió Victoria cogiendo más alambre.

—Me parece muy bien que pases, pero hazme un favor: deja de poner esa cara de dóberman cada vez que ves que Robert se acerca a mí. A partir de ahora, abstente de hacer comentarios nefastos e hirientes si no quieres que yo me comporte como tú. Déjame disfrutar de mi vida mientras tú jorobas la tuya.

—¿Por qué dices eso?

—Vicky, ¡no te soporto cuando te pones así! —chilló Bárbara exasperada—. ¿Acaso crees que no me doy cuenta de que llevas días pasándolo mal? ¿Por qué coño llevas esa ropa? —dijo dándole un tirón a la sobrecamisa de Niall—. Hasta hace poco, según tú, era un trapo de limpiar. ¡Vamos, hombre, por Dios!

—Bárbara, yo sólo lo digo porque cuando volvamos a...

—Cuando volvamos a casa —sentenció Bárbara—, será mi problema, no el tuyo.

—De acuerdo. —Victoria no quería dar su brazo a torcer—. Espero no tener que consolarte y decir: «Te lo dije».

—Tranquila —ladró Bárbara consciente de que Robert estaba cerca—. Necesitaré cualquier consuelo menos el tuyo. La misma confianza que tienes tú conmigo será la que yo tendré contigo.

—¿Qué os ocurre? —preguntó entonces él.

—Que tengo ganas de darle un puñetazo a alguien —contestó Victoria.

—Eso es fácil —dijo Robert que, alzando la mano, agregó—: Aprietas tu mano así, miras al punto que quieras dar y lanzas un derechazo con todas tus fuerzas.

—Gracias por la lección, Bruce Lee —se mofó Victoria ante la seriedad de su hermana.

—Ven aquí —le pidió Bárbara, cogiendo a Robert de la mano—. Vámonos, necesito un poco de aire fresco antes de que ponga en práctica la técnica que acabas de explicar.

Aún más furiosa que momentos antes, Victoria los siguió con la mirada mientras desaparecían por la loma.

La tensión entre las dos hermanas se palpaba en el ambiente. No volvieron a mirarse ni a dirigirse la palabra durante el resto de la mañana. Cuando la furgoneta pasó a recogerlas para regresar a la casa principal, Victoria estaba de un humor de perros, y Bárbara no estaba mucho más contenta que ella.

Ese día la jornada acabó más pronto de lo habitual. El domingo era el cumpleaños de Tom, y las mujeres tenían pensado ir a Dornie de compras, algo que en cierto modo las alegró, aunque no tanto como a Rous, que estaba histérica porque Victoria le había prometido comprar varias cosas que la ayudarían en su plan para conquistar a Set.

—¿Podrías subirle este caldo a Tom? —preguntó Ona a Victoria—. Me marcharé más tranquila de compras sabiendo que tiene algo en el estómago.

—Sí. Sí, por supuesto —asintió ella, tomando el cuenco y la cuchara.

Una vez hubo salido de la cocina, subió la escalera iluminada por la luz de la tarde hasta la habitación de Tom. Los dos últimos días se sintió más cansado de lo habitual, por lo que no había bajado a la cocina para estar con los demás. Prefería permanecer a solas en la habitación, para *pensar*, como él decía.

Tras llamar con los nudillos a la puerta, Victoria entró y fue recibida por una de sus cariñosas sonrisas.

—Vengo a traerte un caldito —le anunció sonriendo ella a su vez—. Y te lo vas a tomar entero porque, si no, Ona me regañará a mí.

—Entonces, no se hable más —dijo él mesándose el cabello cano con sus envejecidas manos.

Como su pulso no era muy firme, Victoria fue dándoselo poco a poco. Nunca le había gustado cuidar a los enfermos, pero Tom era diferente.

—Muchacha, esto no se acaba nunca —protestó él, sintiendo cómo le ardía la garganta.

—Tres cucharadas más —indicó Victoria de pie—, y te prometo que se acaba.

Sin rechistar, el anciano siguió comiendo y, cuando terminó, la sonrisa de satisfacción que ella le dedicó recompensó con creces su esfuerzo.

—Muy bien. Ahora, Ona y yo estaremos felices por ti.

—Serías una estupenda enfermera.

—Ufff... Creo que te equivocas, Tom. No me gusta cuidar a los enfermos. No tengo paciencia.

—A mí no me da esa sensación.

—Sólo he cuidado a un enfermo en mi vida —añadió ella—: a mi padre.

Tom pudo ver tristeza en la mirada de Victoria, a pesar de que ella trataba de disimular.

—Intuyo que tu padre murió —expuso él palmeando el colchón para que se sentara a su lado.

Victoria obedeció. Aunque ella no se dio cuenta, en ese mismo instante se abrió la puerta de la habitación, alguien entró y se llevó el dedo índice a los labios para indicarle a Tom que no dijera nada. El anciano asintió.

—Falleció cuando yo tenía dieciséis años.

—¿De qué murió?

—Eh... —Victoria dudó incómoda.

—Entiendo —tosió Tom, intuyendo la respuesta—. Escucha, muchacha —dijo cogiéndola de la barbilla para mirarla—. No es fácil aceptar la enfermedad para el enfermo, pero cuando por desgracia te toca vivir con ello, no puedes hacer otra cosa más que intentar disfrutar de los tuyos cada segundo de vida. Y, aunque nos conocemos desde hace poco, estoy seguro de que tu padre fue feliz hasta el final.

—Sí —asintió ella sin poder decir nada más. Adoraba a su padre.

—No conozco a tu madre, pero sólo con ver las dos hijas tan maravillosas que tiene puedo hacerme una idea de cómo es.

—Te sorprendería —señaló Victoria sonriendo al pensar en ella—. Es alegre y vivaz como Bárbara, nada que ver conmigo.

—Tú eres alegre.

—No mientas —repuso ella con tristeza—. Yo soy sosa y aburrida.

—No, muchacha, no lo eres. Tu madre debe de estar muy orgullosa de vosotras, ¿no es así?

—De Bárbara, sí, pero de mí, creo que no. Aunque tampoco lo merezco, yo...

—¡Por san Fergus! ¿Cómo puedes decir eso? Los padres siempre estamos orgullosos de nuestros hijos y, aunque a veces nos decepcionen, nunca dejan de ser nuestros hijos. —Tras un momento de silencio, Tom prosiguió—: Ona y yo adorábamos a nuestras hijas, a las que por desgracia el destino nos robó demasiado pronto.

—¿Las madres de Niall y de Robert? —preguntó Victoria intrigada.

—Sí, muchacha, Isolda e Isabella —contestó el anciano, sonriendo al recordarlas.

—Isolda... —musitó Victoria—. Qué nombre tan romántico.

—Así se llamaba mi madre también —declaró Tom.

—Me parece un nombre precioso.

—Isolda era romántica, como su nombre, y se enamoró demasiado pronto de un muchacho que yo creí que no le convenía, lo que hizo que estuviéramos un tiempo enfadados. Pero cuando nació Niall, e Isolda y su esposo vinieron a casa para mostrárnoslo, todo quedó arreglado, pues nos dimos cuenta de lo mucho que nos queríamos y de que nos habíamos echado terriblemente de menos. Gracias a ello comprobé que estaba equivocado respecto al padre de Niall, que era un muchacho excelente. Un año después se casó Isabella, y la felicidad cuando nació Robert fue completa. Sin embargo, una noche de lluvia, cuando regresaban de una fiesta en Edimburgo, su coche se estrelló y los cuatro murieron en el acto.

—¡Qué horror, Tom!

—Sí, muchacha. Fue algo terrible, y más aún cuando estuvimos a punto de perder la custodia de Niall.

—¿Por qué?

El anciano cerró entonces los ojos. Se había dejado llevar por los recuerdos y había estado a punto de meter la pata, por lo que decidió centrarse en sus palabras.

—Cosas de familia que con los años se arreglaron —contestó quitándole importancia—. Pero, gracias a Dios, mis hijas nos ayudaron desde el cielo, y tanto Robert como Niall crecieron felices a nuestro lado. Al igual que sus madres, ellos han sido y son nuestra mayor alegría, y estoy seguro de que tu madre pensará lo mismo de ti.

—Tom, yo no soy la mujer que crees.

—¿Ah, no? —exclamó el anciano—. ¿Eres un espectro?

—No —repuso Victoria esbozando una sonrisa—, pero la facilidad que tengo para comunicarme contigo no la tengo con el resto del mundo. Ni siquiera con mi madre.

—No me lo creo —replicó él, y clavando sus ojos en ella, preguntó—: ¿Tus padres te enseñaron los valores de la vida?

—Sí —asintió pesarosa—, por supuesto que sí.

—¿Entonces?

La pregunta la pilló por sorpresa. ¿Cómo explicar su actitud ante su familia y el resto del mundo durante todos aquellos años...?

—Cuando papá murió, mi madre se vino abajo. Durante unos años, a pesar de mis esfuerzos, las deudas nos comían, mamá se dio a la bebida y yo no supe ayudarla.

—Lo siento, muchacha —murmuró Tom apretando su mano.

—Estaba tan harta de la miseria, de los gritos y de las borracheras de mamá, que decidí alejarme de ellas. Deje atrás a mi familia y me convertí en otra persona.

—Eso es imposible —aseveró el anciano—, nadie deja de ser como es.

—Sí, Tom. Yo lo hice —afirmó Victoria mirándolo a los ojos—. En mi empeño por borrar mi pasado, abandoné a mi hermana al cargo de una madre borracha y de cientos de deudas. Me construí una vida donde el corazón y los sentimientos sobraban. Pasé de ser Victoria, una muchacha de barrio, a Victoria Villacieros Zúñiga, jefa del departamento de publicidad en RCH. Una mujer fría y despiadada a la que todos respetan por miedo, pero a la que nadie quiere. Incluso creí encontrar una nueva familia que me llenó de lujos y de presuntos amigos, que a excepción de regalarme el oído nada me aportaban. Pero ¿sabes una cosa, Tom? Cuando creí tenerlo todo, el día antes de mi boda, descubrí que lo único verdadero que tenía, a pesar de haberla rechazado, era mi familia.

—Debes de estar orgullosa de ellos, muchacha.

—Lo estoy. Y querría que mamá supiera cuánto la quiero.

—Algo me dice que ella lo sabe. No te preocupes.

—Pero yo lo necesito —manifestó Victoria con un suspiro, aliviada de poder soltar aquella carga—. Necesito que sepa que la adoro y que estoy orgullosa de cómo es. Por nada del mundo me gustaría que ella fuera lo que durante mucho tiempo deseé.

—¿Qué deseaste?

—Deseé que mi madre no fuera... que no fuera ella, y que otra mujer, adinerada y con estilo, me hubiera parido —susurró tapándose la cara con las manos—. ¡Dios mío, Tom, soy una persona horrible! Admitir todo esto me hace ver la clase de mujer en la que me he convertido. Bárbara tiene razón: soy una víbora mala que todo lo que toca lo destruye.

—No te martirices, muchacha —le aconsejó Tom al tiempo que la abrazaba—. Bárbara te adora.

—Y yo a ella —confesó al recordar la discusión de aquella mañana—. Pero a veces me comporto de una forma tan cruel con ella que al final llegará a odiarme. Me gustaría tener su espontaneidad, ser capaz de decir lo que realmente deseo.

—Debes vencer esas barreras, Victoria, o de lo contrario nunca serás feliz.

—Lo sé —admitió ella secándose las lágrimas—. Creo que las barreras que usé durante años para que nadie me hiciera daño se han vuelto ahora contra mí.

—¿Sabes, Vicky? —oyó entonces una voz a su espalda—. Soy especialista en saltar barreras.

Era Bárbara, que, oculta entre las sombras, había escuchado la conversación con el corazón en un puño.

—Bárbara, yo... —intentó decir Victoria, pero la emoción la pudo.

—Aunque tus barreras sean más altas que la Torre Picasso, las saltaré. Y ¿sabes por qué? Porque tú eres parte de mí y, a pesar de que a veces desee estrangularte por ser una petarda esnob y gruñona..., te quiero. Y, sobre todo, porque yo no voy a poder ser feliz si tú no estás a mi lado y lo eres también. ¿Te ha quedado claro?

Turbada, Victoria asintió, y se fundió en un cariñoso abrazo con su hermana que expresaba todo lo que no era capaz de comunicar con palabras.

Por su parte, el anciano, emocionado también, se enjugó las lágrimas con la esquinita de la sábana.

—Tom —murmuró Victoria al verlo—. ¡Ay, por Dios, no llores! Eso es lo último que quiero —dijo abrazándolo con ternura.

—Pero bueno —dijo Bárbara intentando que sonriera—. ¿No se supone que los highlanders no lloran? —Y, uniéndose al abrazo, agregó—: Pues vaya chasco, Tom. Un highlander como tú llorando por memeces de mujeres.

—No estoy llorando yo, muchacha —asintió él feliz mientras las abrazaba—. Es mi corazón el que llora.

17

Con energías renovadas, Victoria conducía la furgoneta azul, feliz junto a Bárbara. Lo ocurrido en la habitación de Tom había derribado gran parte de las barreras que existían entre ellas.

Al desviarse para tomar el camino a Dornie se quedaron boquiabiertas al divisar a lo lejos el castillo de Eilean Donan. La majestuosidad de su estructura de piedra era impresionante. Prometieron volver otro día a visitarlo con tranquilidad, e incluso Victoria comentó que le vendría bien conocerlo antes de que llegara el conde. En ese momento, sin que ella se diera cuenta, Ona y Rous se miraron con complicidad.

Durante el trayecto, la mujer les fue contando curiosidades de los alrededores, y al poco llegaron a Dornie, un pintoresco pueblo de las Highlands bañado por el lago Duich. Sus casitas eran bajas y la gran mayoría blancas con tejados de pizarra negra. Al reconocer a Ona, los lugareños la saludaban con cordialidad y, en muchos casos, ella se dirigía a ellos en gaélico, la lengua que generalmente usaban los más mayores.

—Qué lugar tan bonito —comentó Bárbara mirando a su hermana—. ¡Madre mía, qué pasada! Ver el castillo de Eilean Donan desde aquí es mágico.

—Parece de cuento —asintió Victoria.

Maravillada por las sensaciones que aquel lugar le transmitía, notó de pronto que su nuevo móvil sonaba en su pantalón.

—Hombre —casi gritó, sacándolo del bolsillo—. ¡Tengo cobertura!

Los continuos pitidos del aparato le indicaron en pocos segundos que tenía quince llamadas perdidas.

—Qué solicitada estás... —comentó Bárbara—. Por cierto, aprovechemos para llamar a mamá.

—¿Te puedes creer que las quince llamadas son de Charly? —se quejó Victoria.

—Ese engominado es un plasta. ¿Cuándo te va a dejar en paz?

—No lo sé —contestó Victoria mirando a Ona, que continuaba hablando con un vecino—. Me dijo que...

—¿Quién es Charly? —inquirió Rous con curiosidad.

—Mi ex —respondió Victoria.

—¿«Te dijo»?... —exclamó Bárbara—. ¿Cómo que «te dijo»?

—¿Tienes un ex? —volvió a preguntar Rous.

—¿Cuándo «te dijo»? —exigió Bárbara.

—Por Dios, ¡basta ya! —chilló Victoria al sentirse acosada.

—Voy a saludar a Gemma —se escabulló Rous con rapidez.

Entonces, volviéndose hacia su hermana, Victoria confesó:

—La noche que volvimos a Edimburgo, cuando te fuiste de cena con Robert, me llamó al hotel.

—Y ¿cómo sabe que...?

—Bárbara —explicó Victoria—, para saber dónde estoy, Charly sólo tiene que llamar a la oficina.

—¡La madre que lo parió! —bufó su hermana.

—Me dijo lo de siempre. Que me quería, que necesitaba una nueva oportunidad, lo mismo de siempre. Pero tranquila —añadió cogiéndole las manos—. Volver con ese engominado sería lo último que haría en mi vida. Así que no te preocupes, ¿vale?

—De acuerdo —asintió Bárbara complacida—. Pero prométemelo, Vicky.

—Te lo prometo.

—Vale —dijo ella—. Ahora me quedó más tranquila.

—¿Qué te parece si llamamos a mamá?

—¡Genial! Quiero saber cómo está *Óscar*.

Victoria se dispuso a marcar el número de teléfono de su madre. Se volvería loca al oír sus voces. Sin embargo, tras esperar más de quince tonos de llamada, se dio por vencida.

—Qué raro —Bárbara miró su reloj—. Si aquí son las cuatro y diez de la tarde, en España son las cinco y diez. Es la hora de su telenovela, y ella no se la pierde por nada del mundo.

—Llamaré a Víctor.

—Conecta el manos libres —le pidió Bárbara—. Así hablamos las dos.

Victoria marcó entonces el número de su amigo, quien tras tres timbrazos lo cogió.

—Dichosos los oídos. ¿Cómo estás, guapa?

—*Estamos* —corrigió Bárbara—. ¿Cómo está mi peluquero preferido?

—Hola, Víctor —saludó Victoria—, estamos bien.

—Por Dios. Decidme que volvéis mañana mismo —gritó él deseoso de verlas—. Os echo de menos una barbaridad. Madrid sin vosotras no tiene gracia ni glamour.

—Natural —se mofó Bárbara—: la gracia se la doy yo, y el glamour, Victoria, ¿verdad?

—Azucarillo para mi niña —bromeó Víctor—. Ahora en serio. ¿Cuándo volvéis?

—Cuando el maldito conde aparezca —señaló Victoria—. Oye, ¿sabes dónde está mamá?

—Imagino... que en casa. —Víctor parecía algo incómodo—. Es la hora de su novela.

—Ya, pero no coge el teléfono.

—¡Qué raro! —repuso él, nervioso—. Pues no sé... Ni idea... Ufff. No, no sé.

—¡Mientes, bellaco! —soltó Bárbara—. Conozco ese tono de voz, y es el tono de la traición. ¿Ha pasado algo? ¿Estáis todos bien?

—Pues claro que estamos todos bien. Sólo os diré que mi Diane Lane está bien. Muy muy bien.

Las hermanas se miraron.

—¡Te lo dije! —exclamó Victoria apuntando con un dedo a su hermana.

—Entonces, ¿es cierto? —preguntó Bárbara sorprendida—. ¡¿Mamá tiene un lío?!

—Yo no lo catalogaría así —respondió Víctor—. Ah, por cierto. *Óscar* te manda saludos.

—Ayyy, mi cucuruchito —gimoteó Bárbara—. Dale besitos y dile que me acuerdo mucho de él.

—Pero mamá está bien, ¿verdad? —insistió Victoria.

—Sí, tranquila. —El tono de Víctor no dejaba lugar a dudas—. Aquí está todo perfecto. ¿Y vosotras? Cómo vais con esos highlanders.

—¡Dios mío, Víctor! —musitó Bárbara—. He conocido a un monumento andante de pelo rojo que te encantaría. Es agradable, guapo, divertido, le gusto, me gusta...

—¡Carayyy! —soltó él—. Al final vais a conseguir que me vaya con vosotras a Escocia. ¿Y tú, Vicky? ¿Qué tal? ¿Algún highlander para ti?

—No, no tengo tiempo —contestó.

—¡Mentira cochina! —la contradijo su hermana—. Di que sí. Que por aquí hay alguien que le gusta, lo que pasa es que ya sabes cómo es Vicky. Rara..., rara..., rara.

—Bueno —se despidió Victoria, al ver que Ona las miraba—.

Tenemos que dejarte. Si ves a mamá, dile que hemos llamado y que estamos bien, ¿vale?

—Dale muchos besos a mi cucuruchito —se despidió Bárbara—, y besitos para ti también.

—De acuerdo —convino Víctor—. Pasadlo bien y no hagáis nada que yo no haría.

Una vez que Ona se despidió de sus amigos, las hermanas, maravilladas por el lugar, la siguieron hasta «la tienda de Dornie», el típico establecimiento de pueblo donde se podía comprar desde una lata de judías hasta un secador de pelo.

—No encuentro nada de lo que busco —se quejó Victoria.

—Vicky, me parece que no vas a encontrar la crema de Christian Dior con liposomas activos. En todo caso, compra ésta —le indicó Bárbara enseñándole un tarro—. Quizá te sorprenda.

—¡Ni loca! Eso es de marca blanca —repuso ella cogiéndolo.

—Estamos en un pueblo de montaña, no en El Corte Inglés de la calle Serrano. ¿Tú crees que aquí la gente compra algo de marca? —inquirió Bárbara señalando a su alrededor.

Siguiendo el dedo de su hermana, Victoria observó al grupo de personas que había en la tienda. Eran gentes humildes, de campo. Seguramente nadie debía de conocer ni a Christian Dior ni El Corte Inglés.

—¿Crees que esta crema será buena? —preguntó.

—Me imagino que sí. ¿Por qué no iba a serlo? —Bárbara la destapó—. Huele muy bien y pinta de crema tiene...

Victoria no pudo por menos que sonreír.

—Tienes razón. Dejaré mis remilgos para otro momento. Pero que conste que compro la crema sin marca porque no hay otra cosa.

—Ésa es mi Vicky —dijo Bárbara esbozando una sonrisa.

Media hora de arduo trabajo dio su fruto, y a la salida de la tienda iban cargadas con crema para la cara y las manos, suavizante para el pelo, globos, guirnaldas de colores, tijeras, tiras de cera depilatoria, desodorante, sombra de ojos, rímel, un par de libros, un par de cepillos redondos, gomas para el pelo, horquillas de colores, tres pares de medias tupidas de espuma y cuatro pares de calcetines gruesos.

—¡Madre mía! —exclamó Rous nerviosa—. Habéis comprado media tienda.

—Pero si no llevamos nada... —replicó Victoria, que miró a Ona—. ¿Hay alguna otra tienda en Dornie? Necesito comprar algo de ropa.

—Ufff... —La anciana suspiró y a continuación murmuró—: Espera. Creo recordar que la nieta de Bridget se dedica a algo de ropa. ¿Quieres que le pregunte?

—Sí, por favor —le pidió Victoria, viendo el cielo abierto.

Diez minutos después estaban en casa de Rachel, la nieta de Bridget, que era mayorista de ropa y calzado. Con unos ojos como platos, Ona y Rous observaban cómo las españolas, en especial Victoria, separaban ropa con mano experta.

—Nos llevamos esto —dijo ésta una vez hubo hecho su selección con una sonrisa triunfal.

La vuelta a la granja fue tan alegre como la ida. El pueblecito de Dornie había maravillado a Victoria, en especial sus gentes, que la trataron con una amabilidad a la que no estaba acostumbrada.

Dos horas después, lo que en un principio tenía tan sorprendida a Rous se estaba convirtiendo en una auténtica pesadilla. Metida en el baño junto a las dos hermanas, hizo un par de intentos de escapar de allí, harta de sentirse como un conejillo de Indias.

—Estate quieta —le ordenó Victoria mirándola con las pinzas de depilar en la mano.

—Me haces daño —se quejó la muchacha.

—Rous —Bárbara estaba harta de sus quejas—, si dejaras de moverte habríamos acabado ya. —Y, mirando a su hermana, dijo en español—: Deberíamos haber comprado una podadora de césped. Pero ¡qué peluda es!

Victoria no pudo evitar sonreír. Rous tenía una cantidad tremenda de vello, aunque más tremendo era intentar sujetarla para que se estuviera quieta.

—No me arranquéis más pelo —rogó intentando soltarse—. ¡No quiero! Me duele.

—¡Mira, Rous! —El grito de Victoria la paralizó—. ¿Nunca has oído eso de que para presumir hay que sufrir?

—Sí —contestó la muchacha a punto de llorar—. Pero es que me duelen mucho las cejas. Me haces daño. Esto es inhumano.

—Lo que es inhumano —señaló Victoria— es que una señorita como tú, con veinticinco años, lleve las cejas como Groucho Marx.

—Rous —prosiguió Bárbara—. Ya sabemos que molesta, pero sólo es la primera vez. —Señaló el suave arco que había sobre sus ojos—. ¿Ves mis cejas o las de Vicky? ¿A que te gustan? —La muchacha asintió—. Pues lo que estamos intentando es dejarte unas cejas tan finas y bonitas como éstas y, créeme, ya queda poco. Confía en mí, ¿vale?

Sin poder decir palabra, Rous permitió que Victoria prosiguiera implacable con su tarea mientras Bárbara hablaba para distraerla.

Una vez acabada la depilación de las cejas, fue el turno de Bárbara. Años atrás había estudiado peluquería junto a Víctor, por lo que, tras consultar el corte con su hermana, cogió las tijeras nuevas y se puso manos a la obra. El pelo de Rous era duro y grueso, pero una vez terminó con ella, el resultado fue espectacular.

—¡Madre mía, Rous! —murmuró Victoria, incrédula—. Sólo con afinarte las cejas y cambiarte el peinado pareces otra.

—¿Puedo mirarme ya? —pidió la muchacha mosqueada.

—¿Qué hacemos? ¿La dejamos o no? —bromeó Bárbara.

—Todavía queda depilarte las piernas —señaló Victoria, aunque añadió con una sonrisa—: Vamos a hacer una cosa, Rous. Nosotras dejamos que te mires y, en función de si te gustas o no, tú dejas que terminemos nuestro trabajo. ¿Te parece?

—De acuerdo —gruñó ella deseosa por escapar del baño. No lo soportaba más.

—Vale —asintió Bárbara—. Vamos, ponte en pie y mírate en el espejo.

Con decisión, la muchacha se levantó de la taza del váter y, al ver su imagen, su expresión hostil fue transformándose poco a poco en una de admiración. Aquella chica que la miraba desde el espejo era ella, y estaba guapa. Sin saber qué decir, levantó las manos para tocarse el pelo. Lo notaba suave, no estaba seco y encrespado como de costumbre. Y sus ojos. ¡Dios santo, qué ojos tenía! Ahora se veían grandes y expresivos, en vez de huraños y apagados.

—Bueno, ¿qué? —preguntó Victoria disfrutando de su evidente emoción—. ¿Ha merecido la pena todo el sufrimiento?

—Oh, sí —susurró Rous apenas sin voz.

Estaba emocionadísima. Era como un sueño hecho realidad.

—Mañana, para la fiesta te quedará mejor —indicó Bárbara tocándole el pelo.

—Pero... pero... si está perfecto —murmuró la muchacha.

—Entonces, Rous —le planteó Victoria dispuesta a continuar—, ¿seguimos o no?

Sin dudarlo, la chica se sentó de nuevo en la taza del váter. Tenía un brillo tan especial en la mirada que las hermanas no pudieron evitar reír.

—Hacedme todo lo que tengáis que hacer, ¡por favor! —les pidió.

Media hora después, sin embargo, estaba profundamente arrepentida de haber dicho eso. Las bandas de cera para arrancarle el largo y espeso vello de las piernas la hacían aullar de dolor. Parecía que la estuvieran matando. En un par de ocasiones incluso, Ona y Tom, asustados por los gritos, intentaron entrar en el baño, pero Victoria y Bárbara no los dejaron. Querían sorprenderlos.

Esa noche, mientras los ancianos hablaban sentados en sus grandes butacones, Victoria y Bárbara entraron en el salón agotadas pero satisfechas.

—¡Por fin! —exclamó Ona al verlas—. Nos teníais preocupados. ¿Por qué habéis tardado tanto?

—Ufff. —Bárbara soltó un suspiro, cansada—. Ha sido un trabajo agotador.

—Más que agotador —puntualizó Victoria.

—¿Dónde está Rous? —preguntó Tom angustiado—. ¿Qué le habéis hecho a mi niña?

—Tom —le dijo Victoria tomando asiento—, creo que esta tarde tu niña se ha convertido en una mujer. —Y a continuación la llamó—: Rous, ya puedes entrar.

Con timidez y mirando al suelo, ésta entró en el salón. El cambio era espectacular: no tenía nada que ver con la muchacha salvaje y mal vestida que la noche anterior se había sentado con ellos. Su pelo, sus ojos e incluso su ropa la hacían diferente. Ante ellos, una nueva Rous se erguía nerviosa y orgullosa de su nuevo aspecto.

—¿Qué... qué os parece?

La expresión de incredulidad de Ona y de Tom al verla hizo que Bárbara y Victoria se miraran entre sí. Era como si hubieran visto un fantasma.

—Por todos los santos —murmuró Ona llevándose las manos a la boca—. ¡Estás guapísima!

—¡Que me aspen! —exclamó Tom levantándose—. ¿Realmente eres tú, Rous?

—Sí —contestó ella con timidez—. Soy yo.

—Mírame, muchacha —pidió el anciano.

Estaba estupefacto, tanto que tuvo que pasarle la mano por la mejilla para cerciorarse de que aquélla era su niña.

—Estás preciosa, tesoro —comentó abrazándola mientras Rous lloraba—. ¡Madre mía! Pero si eres una auténtica belleza, y nosotros no lo sabíamos. Casi no te reconozco.

—Yo tampoco —murmuró ella entre sollozos.

—Ona —declaró Tom al ver las lágrimas de su esposa—, ahora tendrás más trabajo. Creo que te va a tocar apartar moscones de la niña. —Y, volviendo a mirar a Rous, confesó—: Quiero que sepas que para mí siempre has sido preciosa. ¡La más bonita de todas! Aunque ahora, esa belleza también podrá ser apreciada por los demás.

—Mi niña..., mi niña... —susurró Ona abrazándola—. Creo que a partir de ahora vas a partir más de un corazón.

—Todo se lo debo a ellas —señaló Rous abrazada a aquellos dos ancianos que tanto amor y cariño le habían dado—. El mérito es suyo.

—Bueno..., bueno —dijo Victoria aclarándose la voz, puesto que no quería llorar—. Nosotras sólo hemos pulido tu belleza. Pero la materia prima para ser guapa la posees tú.

—Sois una bendición del cielo, muchachas —manifestó Tom de corazón—. Sólo puedo daros las gracias por ser como sois y agradecer a mis nietos que os trajeran aquí, a vuestra casa.

—Tom —murmuró Bárbara sonriente—, por mucho que te empeñes, no pienso llorar.

—¿Qué pasa? —preguntó el anciano—. ¿Las españolas no lloran?

—No —respondió Victoria con sorna—. Sólo los highlanders.

La complicidad que existía entre ellos hacía que las chicas se sintieran como en casa. Ona, con una enorme sonrisa, disfrutaba de la alegría general, y en especial de la vitalidad de su marido.

—Vicky, Bárbara —dijo la anciana tomándolas de las manos—. Gracias. Gracias por todo lo que hacéis. Habéis traído vida a esta casa, y eso nunca lo olvidaré.

—¡Ona! Te has acordado de nuestros nombres —murmuró Victoria emocionada.

—Sí, cariño, sí —asintió Ona con una sonrisa—. Y ten por seguro que nunca se me olvidarán.

—Vamos..., vamos —bromeó Bárbara tragándose las lágrimas—. Que veo que al final vamos a terminar todos llorando como Magdalenas.

—Yo no —repuso Tom divertido—. Los highlanders no lloran.

18

La mañana del domingo fue agitada y laboriosa. Tom cumplía años y por la tarde se iba a celebrar una gran fiesta para familiares y amigos.

Rous, que aún se sorprendía cuando se miraba al espejo, ayudaba a Ona en la cocina, mientras Victoria y Bárbara se encargaban de retirar algunos muebles del salón para que hubiera más espacio.

Tom tenía prohibido bajar al comedor y, como Bárbara le había regalado su mp3 y Victoria su portátil, se entretuvo en la cama escuchando música y jugando al Buscaminas.

Sobre las cuatro dc la tarde, las mujeres subieron a sus respectivas habitaciones a arreglarse. Al cabo de una hora llegarían los invitados. Con mimo, Victoria y Bárbara arreglaron a Rous. Querían que estuviera tan guapa que todos se quedaran sin palabras al verla.

Bárbara se ocupó de alisarle el pelo y Victoria, de maquillarla. Rous tenía unos ojos increíbles, y con el maquillaje ganaban mucho más. Al terminar de acicalarla pasaron al dormitorio, donde Rous quiso ponerse unos vaqueros nuevos, parecidos a los que ellas llevaban, una camiseta celeste y unas botas nuevas sin mucho tacón, puesto que no quería partirse la crisma. El resultado final fue espectacular.

Vestidas con unos simples vaqueros y unas camisetas de colores, Victoria y Bárbara se dispusieron entonces a recibir a los vecinos y amigos de Tom, que ya comenzaban a llegar. Todos felicitaron con cariño al anciano y, al ver a Rous, la colmaron de halagos. La muchacha estaba realmente preciosa.

Los amigos de Tom eran muy animados. La gran mayoría se conocían de toda la vida, y entre ellos existían unos lazos tan fuertes como los de una gran familia. Media hora después, muchos de los asistentes bailaban mientras otros tocaban con sus gaitas canciones típicas de la tierra que hacían que a Victoria se le pusiera la carne de gallina.

—¡No me lo puedo creer! —gritó de pronto Robert, acercándose con una grata sonrisa—. ¿Quién es esta belleza y por qué no está casada conmigo?

—No seas tonto, Robert —repuso Rous, que se ruborizó al sentirse halagada.

—Tesoro, estás... —murmuró él abrazándola con cariño—. Estás preciosa.

La muchacha se sentía en la gloria, nunca había sido tan piropeada ni tan feliz. Aun así, estaba nerviosa. No había visto a Set, y quería que la viera. Pocos segundos después, dejando a Victoria, a Bárbara y a Robert, se marchó del brazo de Tom a buscar unas bebidas.

—Muchas gracias a las dos —les agradeció Robert a las españolas—. Habéis conseguido hacerla sonreír como nunca.

—Ha sido un placer —contestó Victoria.

—Robert —preguntó entonces Bárbara—, ¿sabes si vendrá Set?

—Hemos venido juntos. Está allí.

El muchacho estaba fumando un cigarrillo mientras charlaba con Doug junto a la ventana. Se lo veía guapo, afeitado y arreglado. En un principio, cuando Rous pasó junto a él acompañada de Tom, Set no la reconoció, aunque sí la miró. Sin embargo, al oír su risa, la miró extrañado unos instantes, luego apagó de inmediato el cigarrillo y se acercó a ella sin perder un minuto. En ese momento, Rous miró a las hermanas y sonrió con complicidad.

—Ha mordido el anzuelo —exclamó Victoria—. Como un pardillo.

—La presa ha picado —añadió Bárbara al ver cómo Set miraba a Rous con unos ojos como platos.

—¿Ahora vais de casamenteras? —preguntó Robert al oírlas.

Con una sonrisa, Victoria se alejó de los tortolitos y se dispuso a ayudar a Ona a llenar la mesa de exquisita comida. Al poco, el ruido de un motor y unos ladridos llamaron su atención.

Conduciendo una potente moto, Niall llegó hasta la entrada, donde *Stoirm*, encantado de regresar, saludaba a todo el mundo con sus pegajosos lametones. Sin embargo, al ver a Victoria, que en ese preciso instante se había acercado a la puerta, se paró y se sentó.

—Hola, perro —lo saludó ella con una sonrisa.

En el tiempo que llevaba allí, los animales le habían demostrado que podía fiarse de ellos, especialmente *Stoirm*; a pesar de que aún le tenía miedo, poco a poco estaba logrando vencerlo.

—Vaya, vaya... —murmuró Bárbara acercándose a su hermana, que miraba lívida hacia el exterior—. Veo que tu cromañón ha regresado con compañía femenina. Qué mona... y, sobre todo, ¡qué jovencita!

—Por mí como si regresa con un faisán —escupió Victoria con acidez mientras su hermana le hacía una foto.

Intentar mantener el control en aquel momento no era fácil para ella. Llevaba días añorando su compañía, deseando su regreso, pero ver a la pelirroja de bote de no más de veinticinco años saludando con alegría a todo el mundo hizo que la moral se le bajara a los pies.

Segundos después, Niall estaba frente a ellas dándole un abrazo a Robert. A continuación miró a Bárbara con una socarrona sonrisa.

—Cuidado, Bárbara, tienes un bicho a tu lado —soltó y, tras mirar de arriba abajo a Victoria con el mismo gestó burlón, se alejó.

—No digas nada —bufó ésta dirigiéndose a su hermana.

—No pensaba hacerlo.

—¿Es para matarlo o no? —gruñó Victoria herida.

—¡Es para matarlo! —confirmó Bárbara—. Ven, vayamos a ahogar las penas en alcohol.

Dos horas después, la fiesta estaba en todo su apogeo. Niall y Victoria no se habían saludado aún. Sólo se miraban, o más bien se retaban con la mirada. Todos los asistentes comían, reían y bailaban, incluso Tom, en un par de ocasiones, sacó a bailar a Victoria, que aceptó encantada.

Desde donde estaba, Niall disfrutaba viendo a su abuelo y a la chica juntos. Estaba feliz, y eso lo llenaba como pocas cosas en el mundo. Niall adoraba al anciano, y sabía que él lo adoraba también, por eso no le extrañó que, en un par de ocasiones, éste se acercara a él y lo animara a hablar con Victoria. Sin embargo, Niall era demasiado cabezota como para hacer eso, y en su lugar prefirió dedicarse a bailar con todas las mujeres que se acercaban hasta él, incluida la pelirroja.

Consumida por los celos, Victoria paseó la mirada lentamente por su cuerpo. Se había cortado el pelo y estaba más guapo aún. Sus anchas espaldas y su trasero prieto y duro lo convertían en un hombre muy deseable. Era el típico macho alfa cargado de testosterona que siempre había odiado. Vestido con unos Levi's y una cazadora marrón de piel vuelta, Niall podía competir con cualquiera de los modelos con los que ella estaba acostumbrada a tratar en Madrid.

«Soy tonta, pero tonta de remate, por no poder dejar de pensar en ti, cromañón», pensó mirándolo desde la otra punta del salón mientras él parecía pasarlo en grande.

Finalmente, harta de la situación, Victoria se armó de valor y decidió ir a su encuentro, pero en ese instante lo vio brindar con la pelirroja y huyó despavorida a la cocina. Necesitaba serenarse.

—Aquí va a arder Troya —canturreó Bárbara al ver desaparecer a su hermana.

—¿Por qué? —preguntó Robert levantando su cerveza en un brindis general.

—¿Es que estás ciego? ¿Acaso crees que a mi hermana le gusta ver cómo tu primito vuelve después de varios días de ausencia con esa... con esa... guarrilla?

—¿A qué guarrilla te refieres? —se interesó Robert.

—La del pelo rojo —contestó ella—. Esa que ahora tontea con el de la camisa de cuadros. —De pronto se sobresaltó—. ¡Dios Santo! ¿Has visto lo que ha hecho, la muy lagarta?

—¿Qué ha hecho? —murmuró Robert atrayéndola hacia sí. Le encantaba Bárbara. Sus expresiones, su chispa, su ingenuidad. Toda ella era una caja de sorpresas de la que jamás se cansaba. Tenía que hablar con ella y contarle su secreto, pero nunca encontraba el momento y, cuando lo hacía, no era capaz de confesarle lo que lo carcomía por dentro.

—¡Acaba de besar al chico de la camisa de cuadros! —respondió Bárbara—. ¡Será guarra!

—Normal —asintió Robert, besándola a su vez a ella—. Es su marido. Creo que tiene derecho, ¿no te parece? —Al ver la expresión de sorpresa de la joven, rompió a reír a carcajadas—.

Esa supuesta *lagarta* es nuestra prima. Seguro que Niall se la ha encontrado por el camino y la ha traído hasta aquí.

—¡Oh, Dios mío! —murmuró Bárbara mirando a su alrededor—. Tengo que hablar con Victoria urgentemente.

Con paso decidido, Victoria llegó hasta la cocina, donde Ona y algunas otras mujeres charlaban mientras secaban platos y vasos. Sin pararse a pensar en lo que dirían, cogió un vaso, y tras echarle un par de cubitos de hielo, sacó la botella de whisky de Tom de la alacena y, dejándolas a todas con la boca abierta, la abrió, se sirvió un poco y se lo bebió de un trago.

—¡Victoria, cariño! —la llamó Ona asustada, pues nunca la había visto así—. ¿Ocurre algo?

—¡Caray! —exclamó ella al sentir cómo el whisky le quemaba la garganta—. No te preocupes. Lo necesito para serenarme, o soy capaz de matar a alguien.

De nuevo, y sin pararse a pensar, volvió a servirse otro trago, y se lo bebió también de golpe.

—¡Aaahhh, caray! —volvió a exclamar.

—¡Por todos los santos, Victoria! —la regañó Ona—. Deja esa botella de una vez.

—Sólo uno más —dijo ella con un hilo de voz.

—Pero, muchacha, ¿qué es lo...?

—¡Aaahhhh, Diossssssssss! —gritó esta vez, y tras dejar el vaso y besar a Ona, esbozó una sonrisa dirigida a todas las presentes y salió de la cocina.

—Quizá en su país beben así —señaló una de las mujeres.

—¡Por todos los santos! —señaló otra cogiendo la botella—. Si yo bebo medio vaso de este whisky, me enterráis mañana.

Extrañada, Ona siguió con la mirada a Victoria, que, tras salir de la cocina, se dirigió hacia Tom, que la agarró al ver sus ojos vidriosos. Sólo cuando la anciana vio a Niall reír junto a su sobrina, la guapa de la familia, entendió lo que sucedía y regresó con sus amigas con una sonrisa divertida pintada en la cara.

—¿Estás bien? —preguntó Tom al notar a la muchacha un poco alterada.

—Oh, sí... ¡Perfectamente! ¡Vamos a bailar!

—Vicky —los interrumpió Bárbara—. Tengo que hablar contigo.

—Muchacha, ¿qué has tomado? —inquirió Tom.

—Un poquito de whisky del que guardas en la alacena. Bueno, la verdad es que han sido tres vasitos de nada —declaró Victoria y, mirando a su hermana, inquirió—: Bárbara, ¿qué quieres?

—¿Tres vasitos? —exclamó el anciano, incrédulo de que aún se tuviese en pie—. ¡Por todos los santos, muchacha!

—Vicky, me he enterado de que... —empezó a decir Bárbara, pero de pronto un hombre la cogió de la mano y de un tirón se la llevó a bailar.

—Tranquilo, grandullón —dijo Victoria mirando a Tom—. Estoy acostumbrada a beber whisky. Aunque éste es un poquito fuerte.

—Hola, Victoria —saludó entonces una voz a su espalda al tiempo que alguien le tocaba el hombro.

Al volverse, aún agarrada a Tom, se encontró con la cara de alguien que le sonaba, aunque no lograba recordar su nombre.

—Hola —saludó ella efusivamente plantándole un par de besos—. Tu cara me suena pero, lo siento..., no me acuerdo de tu nombre.

—Es Greg —señaló Tom—, el médico.

—¡Ah..., sí! —soltó ella al reconocerlo—. Madre mía, madre mía..., el guapetón del doctor. ¿Te apetece bailar?

—Creo que le vendría bien tomar el aire —señaló Tom buscando a Niall. Su nieto debía ocuparse de ella.

—Yo la llevaré —se ofreció Greg agarrándola por la cintura—. Es tu cumpleaños y tus invitados te esperan.

Al otro lado del salón, Niall hablaba con Robert poniéndolo al día de lo acontecido durante el tiempo que había estado fuera, y al ver a Greg acercarse a Victoria y agarrarla por la cintura, sintió un enorme deseo de apartarlo de ella a golpes. No obstante, en vez de eso, y furioso por sus primitivos pensamientos, se volvió para tomar una nueva cerveza e intentó entretenerse observando a Rous y su espectacular cambio de imagen. De inmediato se contagió de la alegría que destilaba la muchacha. Era increíble lo que las hermanas habían conseguido con ella. Había pasado de ser un patito feo a un precioso cisne.

—¡No quiero tomar el aire! —protestó Victoria—. ¿Por qué no bailamos?

Divertido por la situación, Greg se detuvo unos pasos más adelante. Había pensado en visitarla en un par de ocasiones, pero la mirada de Niall el día de la fiesta de O'Brien le había indicado que la chica no estaba libre.

—Vicky... —dijo Bárbara acercándose a ella—. Pero bueno, ¿qué has bebido?

—Nada. Sólo tres vasitos del whisky de Tom.

—¿Del que guarda en la alacena? —preguntó Greg, recordando que aquel brebaje era más fuerte que el matarratas.

—¡Madre mía, Vicky! ¡Cómo vas! —exclamó Bárbara—. Si pudieras verte, te odiarías a ti misma. ¿Por qué has hecho eso?

—Porque he sentido unas ganas enormes de arrancarle los dientes a la pelirroja de bote. ¡Joder, Bárbara! Me ha hecho sentirme vieja, fea y caduca.

—¡Vicky, qué tonta eres! —la regañó su hermana con dulzura—. Esa chica es...

—Creo que es mejor que la lleve afuera —interrumpió Greg conteniendo la risa—. ¿Podrías traer un poco de agua fría?

—Por supuesto —contestó Bárbara, que de inmediato se encaminó hacia la cocina.

—Oye, Greg. ¿Sabes que eres muy mono? —le preguntó Victoria entre risas, poniéndole un dedo en la mejilla—. Pero guapo guapo, y también sexy. ¿No has pensado en ser modelo?

—No, gracias, me gusta mi vida como médico rural —repuso él con humor sacándola del salón con disimulo.

—¿Estás casado?

—No —respondió él una vez en el exterior—. Nunca me ha atraído el matrimonio.

—Haces bien. —Se sentaron en los escalones—. Yo estuve a punto de casarme, pero ¿sabes?, pillé al cabronazo de mi novio haciendo un trío con la que se suponía que era mi mejor amiga y con un amigo de él. ¿Te lo puedes creer?

—Lo siento —murmuró Greg incrédulo.

—Ufff..., no..., no lo sientas. Ha sido lo mejor que me ha podido pasar. ¡Te lo juro! —aseveró Victoria, que sonrió al sentir el aire fresco en la cara.

—¿Qué tal están tus manos? —preguntó él entonces para cambiar de tema.

—Gracias a ti, muy bien —dijo ella enseñándoselas.

En el salón, la felicidad de Rous no lograba consolar a Niall, que decidió acabar el absurdo juego con Victoria y hablar con ella. La chica no dejaba de alabarla, de decirle lo maravillosa que era y lo bien que se había portado con ella durante su ausencia.

Pero ¿dónde se había metido?

El estómago le dio un vuelco cuando, tras recorrer el salón, no la encontró, y sintió que el corazón se le aceleraba al pensar que podía estar con Greg.

Sentada en los escalones, Victoria fumaba un cigarrillo consciente de que había bebido demasiado.

—¿Te encuentras bien? —preguntó Greg divertido por los comentarios de ella.

—Ufff —exclamó Victoria soltándose el pelo—. Creo que llevaba siglos sin sentirme tan bien. Oye, ¿puedo preguntarte algo?

—Por supuesto. Dime.

—¿Te parece que soy deseable? ¿O, por el contrario, se me ve arrugada y vieja?

—Creo que eres una mujer muy atractiva y, sobre todo, deseable.

—¿Y mis pechos? ¿Y mi trasero? —dijo levantándose con torpeza—. ¿Crees que necesito pasar por el quirófano?

—Victoria —comentó él divertido—, no necesitas pasar por ningún quirófano. Tal como eres estás bien. Eres perfecta.

—Gracias..., muchas gracias —asintió ella con una sonrisa tonta—. Oír eso me sube la moral a los cielos.

A continuación se sentó de golpe en los escalones, se acercó a él y le dio un ligero beso en los labios.

—¿Te ha gustado?

—Claro que me ha gustado —afirmó Greg a pocos centímetros de su boca.

Aquella mujer lo tenía desconcertado...: primero le preguntaba si la veía deseable, luego si creía que sus pechos y su trasero estaban bien y ahora lo besaba.

—Oye, Victoria —susurró el médico—. Si sigues por ahí, no sé hasta qué punto voy a poder controlar mis apetencias. Será mejor que pares antes de que los dos lamentemos esto.

En ese preciso instante apareció Bárbara seguida por Niall; se quedaron sin habla al ver la escena.

—¿Te gustaría besarme otra vez? —preguntó Victoria sin percatarse de que no estaban solos.

—¿«Otra vez»? —exclamó su hermana, haciendo que se separaran y la miraran.

Los ojos claros de Niall observaron primero a Victoria y luego a Greg, que al sentir su mirada furiosa se apresuró a ponerse en pie.

—No es lo que parece, Niall, ella necesitaba tomar el aire y...

—¡Fuera de mi vista!

—¡Hombre! —exclamó Victoria—. Mira quién ha venido. ¡El playboy de la familia! El vividor. El nieto mimado que se va de vacaciones y deja a sus abuelos a cargo de todo. Eres un ¡EGOÍSTA! Cuando el conde regrese pienso contárselo todo.

—¡Vicky! —la regañó Bárbara.

—No veo el momento en que se lo cuentes todo al conde —se mofó Niall, mirando a un Greg fuera de juego.

—¡Ay, Dios! —murmuró Victoria agarrándose al médico—. Creo que voy a vomitar.

Y dicho y hecho. La papilla de su estómago salió irremediablemente por su boca al tiempo que Victoria sentía que el poco glamour que le quedaba se desvanecía con ella.

Bárbara se acercó hasta su hermana con un vaso de agua.

—Enjuágate un poco la boca, Vicky —misitó retirándole el pelo de la cara—. Y, por favor, cierra tu piquito de oro.

—Oh, Dios... ¡Qué asco! —susurró ella humillada.

—Anda, toma este chicle de frutas —dijo Bárbara—. Te vendrá bien.

Avergonzada, Victoria miró de reojo a Niall.

—¿Qué hace ese imbécil mirando? —gimió en español.

—No lo sé, Vicky. Pero ¿qué hacías besando a Greg?

—No lo sé —confesó ella mascando el chicle.

Niall las observaba inmóvil en su sitio. No sabía de qué hablaban, aunque sí había entendido que Victoria lo había llamado «imbécil». Si algo había aprendido en ese tiempo con ella, era la variedad de insultos que el idioma español podía ofrecer.

—Ya te encuentras mejor, ¿verdad? —preguntó el médico al ver cómo el color regresaba a sus mejillas.

—Sí, Greg —asintió ella abochornada—. Gracias.

—Princesita —ironizó Niall al verla en ese estado—. Creo que necesitas algo más que tomar el aire. —Y, con los ojos entornados, añadió mirando a Greg—: Ya no precisamos de tu ayuda, puedes marcharte.

—¡No la precisarás tú! —gritó Victoria incrédula—. ¿Qué haces aquí, que no le estás metiendo la lengua hasta la campanilla a tu jovencísima pelirroja?

—Vicky, cierra el pico —remugó Bárbara avergonzada.

—Iré adentro a por una cerveza —se disculpó Greg.

—Bárbara —pidió Niall sin dejar de mirar a su hermana—, ¿podrías dejarnos un momento a solas?

—¡Ni se te ocurra dejarme con este troglodita! —espetó Victoria con rabia—. Te juro que, como se acerque a mí, soy capaz de cualquier cosa.

—Creo que no es buena idea, Niall —señaló Bárbara.

—Sí, sí es buena idea —insistió el escocés sin darse por vencido.

—Dos minutos —indicó Bárbara—, ni un segundo más.

Una vez solos, el silencio se adueñó del momento. Al final fue Niall quien empezó.

—¿Qué se supone que estás haciendo?

—¿Qué se supone que estás haciendo tú? —replicó ella dando un paso adelante—. Me besas y luego me dices que soy la típica mujer que sólo sirve para pasar el rato...

—Aquello fue un error —reconoció acercándose a ella—. Esperaba el momento apropiado para estar a solas contigo y pedirte disculpas por mis absurdas palabras.

—Oh..., sí..., claro —asintió ella retirándose el pelo de la cara—. Por eso ahora has regresado con esa jovencita. ¿Qué es lo que pretendes?, ¿humillarme? ¿Quieres que vea cómo te lo montas con ella delante de mí? Oh..., pues mira, ¡no! Ya me humillaron una vez, y te aseguro que no pienso permitir que sean dos.

Niall estaba desconcertado. ¿Por qué iba a querer humillarla? Y, sobre todo, ¿quién la había humillado en el pasado?

—¿Estás celosa? —preguntó él, sonriendo sin poder evitarlo—. ¿Estás celosa de Lorna?

—Dios —murmuró Victoria avergonzada—. ¡Soy patética! Pero ¿qué estoy haciendo?

Y, tras dar media vuelta para evitar mirarlo a la cara, echó a andar en dirección a los árboles. Deseaba alejarse de él, ese comportamiento no era propio de ella. Pero antes de llegar al bosque notó cómo Niall la sujetaba por la cintura.

—¡Suéltame si no quieres que te golpee! —siseó rabiosa como una pantera.

—Uff... ¡Qué miedo! —se mofó él al ver cómo volvía a alejarse.

—¡Deberías tenerlo! —bramó ella.

—¿Adónde vas? Es de noche, y tu estado no es el más indicado para andar en la oscuridad. Ven, volvamos a casa.

—¿Qué casa? ¡Tu casa! —gritó lanzándole una piedra que él esquivó—. Vuelve con tu... joven pelirroja de bote y déjame en paz, ¿vale?

Victoria echó a correr entonces entre los árboles. Apenas si veía lo que tenía a un palmo de distancia y las lágrimas que le corrían por la cara dificultaban aún más la tarea, pero necesitaba huir de él.

—Victoria, ¡ven aquí!

—Déjame en paz.

—¡Maldita seas, mujer! ¿Quieres parar?

—No.

—Ven aquí, fierecilla —le ordenó él asiéndola por los brazos, pero un movimiento rápido de ella golpeó con fuerza su estómago, lo que hizo que la soltara—. ¿Estás loca? —gritó enfadado—. Ven aquí.

—¡Ni muerta!

Tomándola de nuevo por los brazos, Niall consiguió que se detuviera, pero cuando Victoria se volvió hacia él, le lanzó una patada en toda la espinilla, y los dos cayeron al suelo.

—¡Maldita sea! Eres peor que una gata —exclamó Niall. Con un movimiento ágil se sentó a horcajadas sobre ella y la agarró de las muñecas para inmovilizarla—. Basta ya, estate quieta.

—¡Acabo de tragarme el chicle! —chilló ella—. ¡Suéltame!

Sorprendido por la fuerza que mostraba la muchacha, el escocés bajó su boca hasta la de ella y la besó. Al sentir aquellos dulces labios, Victoria abrió los suyos, ofreciéndole entrar e investigar a sus anchas. Lo anhelaba. Anhelaba que le hiciera el amor. Necesitaba sentirse deseada.

—No me beses —suspiró avergonzada—. Acabo de... y debo de saber horrible.

—Adoro tu sabor —murmuró Niall mirándola—. Te he echado de menos.

—¡Ja! Permíteme que me ría —dijo Victoria con sorna, ansiosa de que él prosiguiera con aquel caliente beso—. Es por eso por lo que me has llamado bicho en cuanto me has visto y has traído a esa pelirroja, ¿verdad?

—Esa mujer es mi prima Lorna, cabezota —replicó él, y rio al ver la cara de desconcierto de ella—. Esa pelirroja a la que según tú tenía que meterle la lengua hasta la campanilla es mi prima. Y si te he llamado bicho es porque quería ver latir esa venita tuya del cuello que tanto he añorado.

«Tierra, trágame... Eso me pasa por bocazas», pensó Victoria horripilada por el ridículo tan espantoso que había hecho.

—Princesita —prosiguió Niall—, ¿no tienes nada amable que decirme?

—No me llames *princesita*. Lo odio.

—Vale —asintió él pacientemente—. ¿No tienes nada que decirme?

—¡Suéltame las manos y te lo diré!

—Jajaja —se carcajeó el escocés—. Tus ojos me dicen que eso no sería una buena idea. ¿Debo fiarme de ti?

—Inténtalo.

Con cuidado, Niall aflojó la presión que ejercía sobre sus manos hasta que las soltó por completo, aunque continuó sentado encima de ella.

—Estoy esperando —susurró a continuación rozándole los labios—. Llevo esperando mucho tiempo, cariño.

Incapaz de contener su deseo, Victoria cogió el rostro de Niall entre las manos y lo atrajo hacia sí. Entonces lo besó. Sin dejar de mirarlo, pasó su lengua húmeda y cálida alrededor de sus labios, luego la introdujo en su boca, provocándolo, y finalmente mordió con delicadeza su tentador y apetecible labio inferior.

—Yo también te he echado de menos —declaró para incredulidad de él, que, excitado por la sensualidad que le demostraba, sintió la tentación de arrancarle los pantalones y hacerle el amor allí mismo.

—¿Sabes que es lo mejor de este momento? —preguntó Niall, duro como una piedra.

—No, ¿qué? —inquirió ella extasiada, sintiéndose arder por dentro.

—Las expectativas, princesita —respondió él.

—Entonces déjame decirte que las expectativas que yo veo son magníficas —dijo Victoria antes de besarlo de nuevo.

En ese preciso instante oyeron pasos y a Bárbara y a Robert que los llamaban a voces.

—Tú y yo tenemos una conversación pendiente, no lo olvides —susurró Niall. Luego la besó con ardor y a continuación gritó—: ¡Bárbara! ¡Robert! Estamos aquí.

19

Durante los dos días siguientes, Victoria hizo todo lo posible por ocultarse de Niall. Estaba avergonzada por lo ocurrido, y nerviosa por lo que intuía que podía ocurrir. Lo deseaba tanto, y más tras sus últimas palabras, que tenía miedo de encontrárselo y abalanzarse directamente sobre él.

El escocés, molesto, necesitaba hablar con ella y aclarar de una maldita vez todo aquel juego que se estaba volviendo contra él, pero Ona se había atrincherado en la puerta de la habitación de Victoria y no le permitió entrar.

El segundo día, por la tarde, mientras los hombres ayudaban a O'Brien a arreglar su granero, aburrida y cansada del teatro de su hermana, Bárbara propuso a Ona que fueran de compras a Dornie. Seguro que los encargos que habían hecho la última vez que habían ido al pueblo ya estaban allí. Al oírlo, Rous comenzó a aplaudir emocionada, puesto que la mayoría de las cosas eran para ella. Una hora después, las cuatro mujeres iban camino del pueblo vecino en la furgoneta azul.

Al salir de la tienda de Dornie, oyeron una voz a su espalda que hizo que a Ona se le pusiera la carne de gallina:

—¡Yayita! ¡Yayita Ona!

La anciana se volvió y vio a Lexie, su pequeña bisnieta de cinco años. Las últimas semanas había echado en falta verla corretear por la granja.

—Pero, cariño mío, ¿qué haces aquí? —preguntó Ona abrazándola.

—Voy al cumple de Sarah —contestó la niña. Después se dedicó a mirar a las dos desconocidas—. ¿Quiénes son esas mujeres, yayita?

—Unas amigas —respondió Rous.

En ese instante, Lexie pareció reconocer a la muchacha.

—¡Tita Rous, qué guapa estás! —exclamó saltando a sus brazos.

No cabía la menor duda de que la pequeña pertenecía a la familia. Tenía el mismo pelo rojo que Robert y los labios carnosos de Tom.

—Hola —la saludó Bárbara—. ¿Y tú quién eres?

—Soy Lexie —dijo la niña con cautela— y ella es mi yayita —añadió señalando a Ona.

—¿Es tu nieta? —preguntó Victoria sorprendida.

—Sí —afirmó la anciana guiñándoles un ojo—. Es hija de Patrick.

Una mujer de mediana edad se unió entonces al grupo.

—Buenas tardes —saludó.

—Hola, Joana —le devolvió el saludo Ona—. Dice Lexie que vais de cumpleaños.

—Sí, así es —asintió, y a continuación se dirigió a la niña—: Vamos, Lexie, o llegaremos tarde.

—¿Cuándo puedo volver a la granja? —La pequeña no deseaba marcharse—. Quiero estar con el yayo y con los animales.

—No te preocupes, mi amor —susurró Ona besándola—. Seguro que tu padre pronto te llevará de vuelta.

—¡Qué bien! ¡Yupi! —gritó la cría y, tras darles un beso a todas, se marchó brincando de la mano de Joana.

—Qué rica es —comentó sonriendo Bárbara—. Es una monada de niña.

—¿Quién es Patrick? —quiso saber Victoria.

—Es un muchacho al que en casa todos queremos mucho —mintió Ona, lo que hizo sonreír a Rous—. Oh..., ahí está Amanda, voy a saludarla —dijo la anciana dando por zanjado el tema.

Cuando los hombres regresaron a la granja se extrañaron por no encontrar a Ona trasteando en la cocina, y decidieron subir a ver a Tom. El anciano estaba emocionado escuchando música en el mp3 que Bárbara le había regalado para su cumpleaños mientras jugaba en el portátil de Victoria.

—¡Caramba, abuelo, qué moderno! —exclamó Robert al entrar en la habitación.

—Abuelo —añadió Niall divertido—, eres todo un hombre del siglo XXI.

Tom nunca habría imaginado que con su edad le atraerían tanto las nuevas tecnologías. Pero, desde que Victoria y Bárbara habían llegado a la casa con todo su arsenal informático, el anciano había rejuvenecido diez años. Y, mientras que antes se pasaba el día entero embobado, ahora estaba siempre jugando con el portátil o con los auriculares puestos.

—Me encanta esta música española —confesó quitándose los cascos.

—Abuelo —dijo Niall pasándole con cariño la mano por el pelo—, te estás volviendo todo un experto informático.

—La pena es que no tengamos conexión de ADSL.

Su comentario los dejó a todos con la boca abierta.

—Pero ¿tú sabes lo que es eso? —inquirió Robert, divertido.

—Por lo que me ha explicado Victoria, es algo parecido al teléfono, con la diferencia de que tienes ante ti el mundo en imágenes —explicó el anciano—. Me ha dicho que con esa cosa se pueden ver películas, documentales, partidos, e incluso se puede jugar o hablar con otras personas aunque estén en Australia. ¡Qué maravilla!

—Tendré que hablar con Victoria —se mofó Niall—. Está creando un monstruo.

—Por cierto, Niall, ¿sería muy caro conseguir una de esas líneas ADSL? —preguntó el anciano.

—¡Por todos los santos, abuelo! —exclamó él—. ¿Lo dices en serio?

—Por supuesto —asintió Tom—. Quisiera poder hablar con Victoria y con Bárbara cuando regresen a España. Ellas tienen ese tipo de línea en sus casas.

—Hablando de mujeres —intervino Robert—, ¿dónde están?

—Han ido de compras a Dornie. Creo que iban a recoger un aparato parecido al horno, pero para calentar la leche.

—¿Un microondas? —aventuró Niall.

—Sí, sí, eso, y un par de cosas más.

—Me dejas de piedra —murmuró Robert mirando a su primo.

—No me lo puedo creer —reconoció Niall—. Llevo años intentando traer uno a la granja y Ona siempre me ha amenazado diciendo que ese trasto no entra en su casa, y ahora, en menos de un mes, esas españolas lo meten en su cocina.

—Cosas de mujeres, Niall —comentó su abuelo—. En eso, si no quieres salir escaldado, te aconsejo que no te metas.

En ese instante, el ruido extraño de un motor y los ladridos de *Stoirm* hicieron que Robert y Niall se asomaran a la ventana. Se acercaba un coche de color rojo.

—¿Quién es? —preguntó Tom con curiosidad.

—No lo sé.

Niall salió de la habitación seguido de Robert. Una vez en el porche, observó el vehículo que se acercaba. No le sonaba de nada, pero cuando paró el motor y de él sé bajó un tipo moreno, vestido con ropas caras y un abrigo azul hasta los pies, un extraño presentimiento lo puso en alerta.

—Hola, buenas tardes —saludó el hombre en un perfecto inglés.

—Buenas tardes —respondió Niall sin moverse—. ¿Qué se le ofrece, amigo?

—Busco la granja de los Buttler... —contestó nervioso mirando un papel mientras el perro le gruñía—. De Tom Buttler.

—*Stoirm* —llamó Niall—. Ven aquí.

Sin dejar de mirar al extraño, el animal obedeció.

—¿Para qué busca a Tom Buttler? —inquirió Robert.

—Me han dicho que tiene alojadas a dos señoritas españolas. Victoria y Bárbara Villacieros —informó el hombre.

—El caso es que me suena haber oído algo al respecto —comentó Robert mirando a su primo.

—¿Por qué busca a esas mujeres? —preguntó Niall.

—Es un tema personal. —El hombre parecía incómodo—. Pero digamos que a quien busco es a mi novia Victoria. Tenemos pendientes unos asuntos que no pueden demorarse.

Al oír eso, Niall se quedó sin habla. ¿Su novio? Creía recordar que ella le había dicho que estaba soltera y sin compromiso. Se disponía a decir algo cuando la puerta de la granja se abrió y Tom salió.

—Buenas tardes, caballero —saludó con su potente voz—. He oído que está buscando a mi buen amigo Tom Buttler. ¿Es así?

Robert y Niall se miraron para dirigir después sus ojos hacia su abuelo.

—Así es, señor.

—¿Con quién tengo el placer de hablar?

—Disculpe —dijo el hombre y, quitándose el impoluto guante de cuero, añadió—: Mi nombre es Carlos Montefinos de Jerez, aunque puede llamarme Charly.

—Charly —repitió Tom percatándose de que aquél era el patán que había jugado con los sentimientos de Victoria.

Niall y Robert lo observaban en silencio.

—Sí, señor. Charly.

—Abuelo, deberías volver a la cama —señaló Niall confuso—. Hace frío. Yo me encargaré de esto.

—Oh..., no te preocupes —lo tranquilizó sin apartar su mirada del extraño y, dándole un par de palmaditas en la espalda, afirmó—: Creo que has equivocado el camino, amigo Charly.

Niall y Robert se miraron de nuevo. ¿Qué estaba haciendo su abuelo?

—¿En serio? —expresó su extrañeza Charly cogiendo un mapa—. Me dijeron que la granja de Tom Buttler estaba por aquí.

—Pues te han informado mal. Yo soy Tom Bucker. Creo que de ahí viene el error. Mi amigo Tom Buttler se mudó hace menos de un mes y, ahora que lo pienso, dos muchachas muy bonitas se marcharon con él.

—¡Maldita sea! —gruñó Charly contrariado—. ¿Sabría decirme cómo encontrar esa granja?

—Por supuesto —convino Tom cogiéndole el mapa—. La granja de mi amigo Tom Buttler está aquí —reveló señalando en el papel.

—¿En Durham? —exclamó Charly—. Pero si eso está...

—Cuánto lo siento, muchacho —lo interrumpió Tom, dándole nuevos golpecitos en la espalda—. Pero creo que quien te ha informado te ha tomado el pelo.

La expresión de desconcierto de Charly era similar a las de Niall y Robert, que, sin despegar los labios, observaban y escuchaban el desparpajo de Tom mientras mentía como un bellaco.

—Por cierto, muchacho —añadió el anciano—. ¿Quieres pasar a tomar algo? Hoy hace frío. Tenemos whisky y café.

—No, gracias —respondió él—. Tengo prisa.

«Antes muerto que entrar en esa pocilga», pensó Charly.

—Creo que deberías parar en algún pueblo a dormir, y mañana continuar hacia Edimburgo —le advirtió Tom andando hacia sus nietos—. Parece que esta noche habrá ventisca.

El español asintió de mala gana y, tras montarse en el coche, se despidió con gesto huraño y desapareció en pocos segundos por el mismo sitio por donde había venido.

Sin poder creer aún el montón de mentiras que había soltado su abuelo, sus nietos lo siguieron hasta la cocina, donde Tom sirvió tres cafés mientras se sentaban a la mesa.

—Abuelo —confesó Robert—, eres mi ídolo. Yo de mayor quiero ser como tú.

—Has mandado a ese idiota a la otra punta de Escocia para que te busque... —dijo Niall, que no parecía tan tranquilo como su primo—. ¿Por qué?

—Para que un idiota como tú tenga tiempo de conseguir lo que un idiota como ése perdió —contestó el anciano con aplomo—. A ver si espabilamos, Niall, y esto va también por ti, Robert. ¿O acaso vais a permitir que esas preciosas mujeres se os escapen?

Y, sin añadir nada más, Tom se retiró a su habitación, volvió a colocarse los cascos y empezó a silbar al ritmo de la música.

Esa noche, cuando Ona y las chicas llegaron a la granja, encontraron a Niall y a Robert sentados en los escalones del porche.

Al verlos, Victoria maldijo en silencio. No quería hablar con Niall, antes necesitaba aclarar sus sentimientos. Así pues, pasó por su lado lo más rápido que pudo y se escabulló hasta su habitación. Una vez allí, se desvistió, se puso el calentito pijama de tomates cherry y se acostó de inmediato.

Los dos hombres ayudaron a meter las bolsas en la cocina de Ona. Luego, malhumorado, Niall cogió su moto y se marchó.

Por su parte, Robert cogió a Bárbara de la mano y, tras besarla con dulzura, la sorprendió invitándola a tomar algo en Keppoch.

20

A la mañana siguiente, a unos treinta kilómetros de la granja, en una pequeña casita del pueblo de Keppoch, Bárbara se desperezaba en la cama desnuda y satisfecha de la maravillosa noche de sexo que había compartido con Robert.

Arrebujada entre las mantas, sintió el cuerpo caliente del escocés contra el suyo. «Mmm, me encantas», pensó acariciando sus muslos con lentitud mientras él aún dormía. Tocó su miembro con curiosidad y tuvo que sonreír al sentir que, incluso dormido, aquel maravilloso juguete le prestaba atención, así que lo besó en el cuello, y Robert reaccionó abrazándola. Ella se acurrucó.

No sabía qué hora era, aunque de hecho no le importaba. Sólo sabía que estaba cansada y feliz, por lo que, dándose media vuelta, volvió a apoyar la cabeza en la almohada al tiempo que cerraba los ojos. Sin embargo, algo llamó su atención y volvió a abrirlos.

Incrédula vio que delante de ella había una niña sentada en una silla. Pero ¿de qué la conocía?

Al ver que Bárbara la miraba, la pequeña sonrió dejando al descubierto su boca mellada.

—Hola —saludó—. Soy Lexie.

Bárbara la miró contrariada.

—Hola, Lexie —respondió retirándose el pelo enmarañado de la cara.

¿Lexie?, ¿la niña que la tarde anterior habían encontrado en Dornie?, pensó frotándose los ojos.

—¿Por qué estás durmiendo con mi papi?

La mente de Bárbara tardó unos minutos en asimilar lo que había dicho la chiquilla.

—¿*Tu papi*? ¿Que estoy durmiendo con *tu papi*? —gritó Bárbara a punto del colapso, y, volviéndose hacia Robert, que seguía inconsciente, comenzó a darle manotazos hasta que él se despertó sobresaltado.

—Bárbara —murmuró adormilado—. ¿Qué te ocurre? Me estás machacando el muslo con tus golpes.

—Hola, papi —saludó la niña—. ¿Ella va a ser mi mami?

—*¿Papi?...* —murmuró Bárbara enarcando una ceja—. Esta niña te está llamando *papi*.

—Sí. —Robert se incorporó, ya por completo despierto—. Ella es Lexie, mi hija —explicó. Después se volvió hacia la niña—: Tesoro, ¿sabe Joana que estás aquí?

—Sí, papi. Como vimos tu coche, me dejó venir a despertarte.

Bárbara miraba a Robert boquiabierta. No sabía ni qué decir, ni qué hacer. Tampoco podía levantarse, puesto que estaba desnuda y no quería escandalizar a la niña.

—Lexie, cariño —dijo él al percibir la incomodidad de Bárbara—, ¿podrías esperar en tu habitación hasta que nos levantemos? Prometo que tardaré cinco minutos.

—Pero, papi —protestó la niña—, es que yo sola me aburro.

—Lexie Ann —insistió Robert endureciendo el tono—, ¿quieres salir de la habitación, por favor?

Tras suspirar con gracia, la niña bajó de la silla de un salto, pero antes de salir volvió a mirar a Bárbara.

—Eres muy guapa.

—Gracias, Lexie. Tú eres preciosa —le dijo ella al tiempo que le dedicaba una enorme sonrisa.

Después, la niña desapareció. En el acto, Bárbara saltó de la cama y, tras coger sus cosas a la velocidad del rayo, comenzó a vestirse.

—Bárbara, mírame —pidió Robert saliendo también de la cama.

—No, no voy a mirarte —repuso ella poniéndose la ropa de cualquier manera; quería salir de allí cuanto antes—. Porque, como te mire, te juro que te parto la cara.

—Escúchame, por favor —insistió él cogiéndola por los brazos—. ¿Recuerdas que anoche quería decirte algo pero con las prisas por llegar a la cama no me dejaste hablar?

—Oh..., no me vengas ahora con ésas —replicó malhumorada—. Te conozco desde hace días, y ¡nunca! —gritó Bárbara—, ni una sola vez te he oído mencionar el nombre de Lexie, ni a ti ni a nadie de tu maldita familia. Incluso ayer, en Dornie, nos encontramos con ella, y Ona y Rous disimularon. ¿Por qué? Sois todos un hatajo de mentirosos.

—Por favor, dame un segundo —le rogó Robert intentando abrazarla, pero ella lo apartó de un manotazo.

—No. No voy a darte ni un segundo. Creo que ya has tenido muchos segundos para contarme este pequeñísimo detalle, ¡mentiroso!

—Tienes razón, te debo cientos de explicaciones, pero escúchame —le ordenó inmovilizándola contra la pared—. Si no te hablé antes de Lexie era porque nunca pensé enamorarme de ti como para contarte mi vida.

—¡No quiero escucharte ahora! —gritó Bárbara— ¡Suéltame!

—Donna, la madre de Lexie, fue el mayor error de mi vida. Pero mi hija siempre ha sido una bendición —comenzó a contar

Robert—. Donna era una chica inglesa que conocí hace seis años en el festival de Edimburgo. Era alocada, pero eso era lo que me divertía de ella. Pocos meses después se trasladó a Keppoch a vivir conmigo y, a pesar de los rumores de que tonteaba con otros hombres, yo estaba tan ciego que me casé con ella cuando se quedó embarazada. Al nacer Lexie, pensé que Donna cambiaría, pero todo fue a peor. No quería saber nada de la niña y su alocada vida comenzó a ser mi peor pesadilla. Tuvo un lío con mi primo Greg, y la noche en que los descubrimos Niall y yo... ella cogió el coche de Greg para intentar huir y se estrelló contra un árbol al salirse del camino. Murió en el accidente.

—No quiero escuchar nada —siseó Bárbara.

—Desde entonces, no había vuelto a mencionar su nombre hasta hoy, y mi familia pasó a llamarla *la difunta*. Eso es todo.

Bárbara no quería escucharlo, no. Ya había cedido cientos de veces con João y siempre había sido ella quien había acabado sufriendo.

—¿Por qué me cuentas esto ahora? —le gritó.

—Porque te quiero —soltó él.

Eso la confundió más aún.

—Maldita sea, Robert. ¿Cómo has podido ocultarme que tenías una hija? ¿Qué más me ocultas?

—Nada más —aseguró él al tiempo que se sentaba en la cama derrotado.

—No te creo. —Bárbara nunca había soportado la mentira, y había tenido que enfrentarse a ella muchas veces—. Ya no te creo.

Robert la entendía. Desde un principio debería haber sido sincero respecto a Lexie, pero nunca pensó en implicarse tanto con aquella española. Ahora, sin embargo, ya era tarde, puesto que se había enamorado de ella.

—¿Cómo puedo llegar hasta la granja? —inquirió Bárbara cogiendo con rabia su bandolera.

—Si esperas diez minutos, yo mismo te acercaré.

—¡No! —gritó abriendo la puerta del dormitorio—. Prefiero ir sola.

Y salió de la habitación hecha una furia. No sabía dónde se encontraba, pero estaba segura de que lograría llegar hasta la granja. Poniéndose el gorro azul de lana, cogió su cazadora bomber y se dirigió con rapidez hacia la puerta de entrada. Pero cuando la abrió notó que alguien tiraba de su bandolera. Al volverse se quedó petrificada. Era Lexie.

—¿Por qué te vas? —preguntó la niña.

—Tengo prisa.

—Te has enfadado con mi papá por mi culpa, ¿verdad? —murmuró la niña haciendo pucheros.

—Oh, no, cariño —contestó ella cerrando de nuevo la puerta y, tras agacharse para ponerse a su altura, prosiguió—: Tú no tienes la culpa de nada. Es sólo que tu papá y yo somos adultos, y a menudo los adultos se enfadan.

—Entonces, ¿por qué te vas? —musitó la chiquilla—. ¿No quieres ser mi mamá?

—Cariño, yo... —repuso Bárbara afligida.

—Lexie —habló entonces Robert a su espalda—, Bárbara se va porque papá no se ha portado bien con ella. Hice algo que no debería haber hecho, y de lo que estoy seguro que me arrepentiré el resto de mi vida.

—Pues pídele perdón —señaló la pequeña mirándolo—. Tú siempre me dices que, cuando alguien hace algo malo, lo primero que tiene que hacer es pedir perdón.

—Lexie, ven aquí, cariño —susurró Robert.

—Bárbara —dijo la pequeña mirándola a los ojos mientras le

quitaba el gorro—. ¿Por qué no perdonas a mi papi? Es el mejor del mundo, y es muy divertido. Además, sabe jugar a las Barbies y cuenta unos cuentos muy bonitos. Y, ¿sabes lo mejor? Prepara unos desayunos muy ricos.

—Lexie, cariño, ven aquí y calla —le pidió Robert con delicadeza. Conocía los anhelos de su hija, y el principal era encontrar una madre.

—Pero, papi —protestó la niña—, siempre has dicho que cuando trajeras a casa a una chica sería porque ella era especial.

La dulzura y el abatimiento en la expresión de Robert al llamar a su hija fue lo que hizo que a Bárbara comenzara a latirle el corazón con fuerza. Aquel tipo algo desgarbado de pelo rojizo y más mentiroso que Pinocho le había robado el corazón, y ya nada volvería a ser como antes. Aquellas dos personas la necesitaban tanto como ella las necesitaba a ellas. Era inútil marcharse. No quería irse. Quería quedarse y sentir cómo la sonrisa de Robert le calentaba el corazón cada vez que la miraba, y también dejarse querer por Lexie. Así pues, se levantó y, mientras agarraba la manita de la niña, dijo mirando a Robert con una tímida sonrisa:

—¿Es cierto que preparas unos desayunos muy ricos y además sabes jugar a las Barbies?

El escocés no sabía si reír o llorar. Sólo podía mirar a aquella mujer que desde que había aparecido en su vida le había alegrado el corazón.

—Lexie —le indicó él entonces con el corazón a punto de estallar—, ve a la mesa de la cocina y pon un cubierto más. Bárbara se queda a desayunar.

—¡Bien! —gritó la chiquilla emocionada, echando a correr hacia la cocina.

Robert se acercó lentamente a Bárbara y la tomó de la mano. Al ver que sonreía, él también lo hizo.

—Tengo algo más que decirte —dijo pegando su frente a la de ella—. Te quiero con toda mi alma, señorita española, y haré todo lo que esté en mi mano para que nunca quieras separarte de mí.

Emocionada y a punto de llorar, Bárbara lo besó con amor. Él era el hombre que siempre había buscado, y ella sabía perdonar.

—Lo primero es lo primero —afirmó haciéndolo sonreír—. Demuéstrame que sabes preparar el desayuno más rico del mundo y cómo juegas con las Barbies, y después hablaremos.

21

Aquella mañana, ignorando por completo que Charly había estado el día anterior en la granja, Victoria se despertó con la cabeza como un bombo. Parecía como si un trolebús le hubiera pasado por encima. Con cuidado, se incorporó y sonrió al ver su pijama de franela de tomatitos cherry. ¡Qué calentito era!

A continuación miró la cama donde dormía su hermana y vio que estaba hecha. No creía que se hubiera levantado ya, por lo que pensó que debía de haber pasado la noche fuera.

Se acercó despacio hasta la ventana y, tras abrir la persiana, dejó entrar el sol de noviembre. Al mirar abajo vio que la moto de Niall no estaba. ¿Se habría marchado de nuevo?

Desconcertada, cerró los ojos y, llevándose la mano a los labios, recordó cómo se habían besado días atrás. «Adoro tu sabor», le había dicho él con su sensual tono de voz. Victoria se estremeció al recordarlo.

Más despejada, decidió ducharse. Apestaba a tabaco, y eso no le gustó, por lo que cogió unas toallas limpias y se metió en el baño.

Mientras disfrutaba de la ducha, oyó cómo la puerta del baño se abría. «Maldita sea, al parecer aquí no conocen el significado de la palabra "intimidad"», pensó.

—¡Está ocupado! —gritó para avisar.

—Será sólo un segundo, Victoria —señaló Rous—. Si me aguanto un poco más, me meo en los calzones.

—Rous, ¡por Dios! —la regañó ella—. Tienes que comenzar a ser un poco más refinada con tu vocabulario.

—Vale, vale... —asintió la muchacha.

—Cierra la puerta cuando salgas —le recordó ella mientras se enjabonaba el pelo tras la cortina.

—De acuerdo.

Dos minutos después, Rous salió y cerró la puerta.

Cuando terminó, Victoria abandonó con cuidado la ducha, muerta de frío. La calefacción de aquel sitio no era igual que la de su casa de Madrid, así que se envolvió con rapidez en el albornoz; a pesar de ello, comenzó a tiritar. En ese instante volvió a abrirse la puerta.

—Uyyy, perdón —murmuró Tom, cerrando de nuevo.

—¿Qué sucede, Tom? —preguntó ella.

—Necesito cambiarle el agua al canario, muchacha.

«Es imposible ducharse con tranquilidad en esta casa», pensó Victoria suspirando. Cuando salió del baño muerta de frío, encontró al anciano apoyado contra la pared, esperando.

—Anda, pasa —le indicó dejándole el baño libre—. Iré a vestirme a mi habitación.

—Gracias, muchacha —dijo él, y pasó por su lado como una flecha.

Segundos después, Victoria no pudo evitar sonreír al oír que en el baño Tom dejaba escapar un suspiro de alivio.

Después de vestirse decidió bajar a la cocina. Tarde o temprano tendría que enfrentarse a Niall. Sin embargo, se sorprendió y en cierto modo se molestó al comprobar que él no estaba allí.

Ona trajinaba como todos los días y, al verla, le sonrió.

—Buenos días, Victoria. ¿Te encuentras mejor?

—Sí, pero estoy algo avergonzada, Ona. Debería haber hablado con Niall, ¿verdad?

—Oh, cariño —respondió la anciana—. Cuando uno es joven, se hacen muchas tonterías por amor.

—¿Por amor? —se sorprendió ella—. No creo que sea eso.

—Ven aquí, tesoro —indicó la mujer, sentándose junto a ella en una vieja butaca—. Desde el primer momento que Niall me explicó por qué traía a unas chicas a casa supe que había alguien especial. Entre tú y yo —añadió haciéndola sonreír—, ese nieto mío es tan galante, cabezota y buen mozo como mi Tom. Vuestras miradas y discusiones me recuerdan a mi juventud. ¡Por todos los santos, Victoria! Soy vieja pero no tonta.

—¿Quién se atreve a decir que tú eres vieja? —preguntó Tom entrando en la cocina con el portátil bajo el brazo—. Para mí siempre serás esa mocita que se subía a los árboles para tirarme piedras cuando me veía pasar.

—¿Le tirabas piedras? —se interesó Victoria—. ¿Por qué?

—Oh... Ona siempre ha sido muy celosona —contestó jocosamente Tom, dándole un cariñoso beso en la frente a su mujer.

—Y tú siempre has sido un casanova —repuso ella con una sonrisa—. ¿Te puedes creer que este sinvergüenza les tiraba los tejos a todas las mozas menos a mí?

—Vamos a ver —se justificó Tom—. Por aquel entonces, yo tenía veintitrés años y ella, quince. Lo normal es que me gustaran las mujeres con más curvas. ¿No crees, Victoria?

—En eso, Ona —respondió ella divertida—, tengo que darle la razón. Creo que eras demasiado joven para él.

—Era tan bonita como lo es ahora —señaló el anciano.

—Eres un adulador —susurró Ona besándolo en la mejilla.

—¿Sabes, Victoria? La primera vez que la vi estaba enfadada y, tras besarla con la mirada, supe que algún día sería mi mujer.

Al oír eso, Victoria pensó en Niall y sonrió.

—Cuando cumplí dieciocho —prosiguió Ona mientras abría la caja del microondas—, recuerdo que mis padres celebraron una gran fiesta a la que invitaron a todo el mundo. Su hija pequeña ya era toda una mujer. ¡Todo un acontecimiento! Por la noche, la prima de Tom me llevó hasta los establos. Allí, varios trabajadores de mi padre celebraban su particular fiesta. Nunca olvidaré cómo Tom me miró. ¡Oh, Dios santo! —Rio al recordarlo—. Me ponía tan nerviosa ver cómo me seguía con la mirada que apenas si podía andar. Pero lo más gracioso fue cuando las ancianas me emparejaron para bailar con Jimmy O'Hara. —Al recordarlo, Victoria sonrió. Ona se refería al mismo ritual por el que los habían hecho pasar a Niall y a ella—. Pero mi Tom no lo permitió. De un empujón, apartó al pobre Jimmy, y mirándome a los ojos dijo que él bailaría conmigo aquella preciosa pieza musical.

—Hum, vaya, vaya... ¿Te pusiste celoso? —preguntó Victoria.

—Sí —asintió Tom con cara de pilluelo—. Ella era mi mujer. ¿Por qué iba a permitir que Jimmy pusiera sus manazas en mi propiedad?

—Por Dios, Tom —se quejó Victoria—. Parece que hablas de un caballo cuando dices eso de «mi propiedad».

—Antes se hablaba así, cariño —aclaró Ona—. Y ¿sabes? —confirmó abrazándolo—, este mocetón también es de mi propiedad.

—Qué historia tan bonita —exclamó Victoria con una sonrisa. Aquello que unos meses antes le habría parecido una tontería, en esos momentos, sentada en la cocina con los dos ancianos, le hizo sentir la mujer más afortunada del mundo.

Un rato después, tras haber leído las instrucciones del microondas y dejar sin palabras a Ona por la rapidez y la limpieza del aparato, ésta la abrazó agradecida por el regalo.

—Ahora, cariño, os toca a Niall y a ti. Debéis tejer una bonita historia para que el día de mañana se la contéis a vuestros nietos.

—Ufff..., lo dudo —repuso Victoria—. No creo que entre Niall y yo vaya a haber algo más que una amistad. Además, siento deciros que no me gustan los niños.

—Te gustarán —le aseguró Tom con una pícara sonrisa y, encendiendo el portátil, añadió—: Victoria, ¿podrías explicarle una vez más a este viejo tonto cómo se juega al backgammon?

—Una y todas las que quieras, guapetón —respondió ella, recordando esa palabra de su madre, mientras se sentaba encantada junto al anciano.

Victoria almorzó ese mediodía con Rous, Ona y Tom, y después salió afuera a fumar un cigarrillo. Antes de retirarse a dormir la siesta, Tom se había empeñado en que se pusiera un chaquetón suyo y, aunque le quedaba enorme, Victoria aceptó con una sonrisa.

Como hacía un día precioso, decidió dar un paseo por los alrededores.

Subió una pequeña colina y ante ella apareció un valle de ensueño salpicado de multitud de tonalidades. Las colinas lejanas se veían tapizadas por un castaño cobrizo impresionante, mientras las copas de los árboles alternaban entre el bronce y el dorado. Aquel lugar no tenía nada que ver con el bullicio de Madrid: coches, gente, atascos... Allí todo era diferente.

Victoria pensó en su madre. ¿Quién debía de ser su misterioso pretendiente?

Miró hacia la casona y se imaginó a Margarita allí, y sonrió al pensar en lo bien que se llevarían Ona y ella, y en lo mucho que se reiría Tom con las divertidas historias que contaba. Si alguna vez volvía de visita a Escocia, regresaría con ella. Estaba segura de que «en un pispás», como ella decía, prepararía una enorme paella para todos.

Abrigada con el chaquetón de Tom, se agachó sin hacer ruido para observar a un par de ardillas rojas que se afanaban acumulando alimento para pasar el frío invierno.

«Qué bonitas, son igualitas que *Chip* y *Chop*, las ardillas rescatadoras», pensó Victoria.

—Hola —la saludó Niall, que apareció de pronto—. Ona me ha dicho que estabas por aquí.

—Chis —dijo ella—. Asustarás a *Chip* y *Chop*.

El escocés llegó hasta ella. Le gustaba sentirla cerca, por lo que se agachó sin hacer ruido y se dedicó a mirar también cómo trabajaban esos animales.

—Nunca había visto ardillas de verdad, excepto cuando era pequeña, en el zoo de Madrid —explicó Victoria emocionada—. Lo más increíble de todo es que se mueven exactamente igual que *Chip* y *Chop*.

—Querrás decir que *Chip* y *Chop* se mueven como las ardillas de verdad —repuso Niall. Se moría por decirle que había conocido a Charly, y por confesarle lo que sentía por ella.

—Bueno, sí. Tienes razón —asintió Victoria sonriendo—. ¿Sabes?, mi hermana y yo teníamos un juego de *Chip* y *Chop* para la Nintendo. Era divertidísimo. Lo compré una Navidad, y Víctor, Bárbara y yo nos pasábamos las horas muertas jugando.

—¿Quién es Víctor? —preguntó él frunciendo el ceño.

—El mejor hermano del mundo.

—Pero ¿no dijisteis que sólo erais vosotras dos?

—Sí. —Victoria se levantó con cuidado de no asustar a los roedores—. Pero Bárbara, Víctor y yo somos hermanos de corazón. En casa, él es uno más, incluso ahora es quien cuida a mamá mientras nosotros estamos aquí. Estoy segura de que te caería bien si lo conocieras.

—Me encantaría conocerlo —habían echado a andar por un camino rodeado de altos robles—, al igual que me encantaría conocer más cosas de ti. Lo sabes, ¿verdad?

—Bufff —exclamó Victoria—. Soy muy aburrida, te lo aseguro.

—Déjame decirte que lo dudo —respondió él con una sonrisa.

Caminaron en silencio durante un rato. Victoria estaba tan nerviosa que apenas si podía hablar, mientras Niall la observaba con curiosidad y sonreía al ver cómo ella se sorprendía a cada paso, como si fuera la primera vez que se adentraba en la naturaleza.

—Ven —le indicó cogiéndola de la mano—. Quiero enseñarte algo.

—¿Adónde vamos? —Pero él ya la había llevado hasta el lugar donde estaba aparcada su motocicleta—. Yo en ese trasto no me subo. Me dan pánico las motos.

—Vamos a ver, señorita española —dijo él ladeando la cabeza—. ¿Te fías de mí?

—Mmm —murmuró divertida—. ¿Crees que debo fiarme?

—Creo que sí —repuso él al tiempo que le ponía ya el casco sin que ella protestara.

—¿Tú no llevas casco? —inquirió Victoria.

—Sólo tengo uno —explicó Niall abrochándose la cazadora—. Y no pienso discutir: el único que tengo es para ti.

—Discutir tú y yo, ¿cuándo? —bromeó ella.

El escocés sonrió feliz y, subiendo a la moto, la hizo encaramarse tras él. Luego arrancó el motor mientra notaba cómo Victoria se agarraba con fuerza a su cintura. Sentirla tan cerca era todo cuanto necesitaba.

Después de circular durante un rato por solitarias carreteras, finalmente Niall detuvo la motocicleta.

—Voy a enseñarte algo que sólo se ve en esta época del año.

—¿El qué?

—Ahora lo verás.

Subieron una pequeña colina cogidos de la mano, hasta que Victoria le dio un tirón.

—¿Qué es eso? —preguntó al divisar unos enormes ciervos con grandes cornamentas.

—Chis —susurró él poniéndole un dedo sobre los labios—. Antes has dicho que te fiabas de mí. Sígueme.

Temblando de miedo, ella lo siguió hasta una gran roca. Una vez allí, Niall la ayudó a subir y él se encaramó detrás de ella. Luego se ocultaron entre la vegetación.

—¿Ves los ciervos? —dijo él. Victoria asintió—. Se pelean con sus cornamentas por conseguir el amor de alguna hembra de su especie.

—Pero, bueno —protestó ella—. ¿Por qué piensas eso?

—Porque es la época de apareamiento —respondió Niall, que se moría de ganas de besarla—. Presta atención.

En silencio, escucharon el sonido de los golpes secos y devastadores de las cornamentas al chocar, mientras unos extraños bramidos llenaban el aire.

—Ooohhh..., pobrecillo —susurró Victoria apenada—. Es igualito que *Bambi* cuando ya es adulto. Míralo, está angustiado, seguro que se ha perdido.

—Jajaja... *¿Bambi? ¿Chip* y *Chop?* Mucho Disney has visto tú —se carcajeó Niall—. Discúlpame, princesita, pero no he podido evitarlo. El ruido que hace tu supuesto *Bambi* se llama «berrido». El otoño es la época de celo de los ciervos, y aunque no lo creas es su manera de decir «¡Eh, nena, que yo soy el más guapo y el más fuerte!».

—Caray... —exclamó ella arrugando la nariz al ver cómo se

peleaban los ciervos—. Ay..., ay..., ay..., ¡que se parten los cuernos!

—Tranquila. Es lo normal —afirmó Niall sin dejar de observar a los ciervos—. Sólo uno de los dos será el ganador.

—No quiero mirar. —Victoria cerró los ojos—. Me están poniendo enferma. Ay..., ay... ¡Ay..., que se sacan un ojo!

—Anda, vamos —se mofó Niall, que de un salto bajó de la piedra—. Te enseñaré cosas que ni en Madrid ni en tu mundo Disney podrás ver.

Pasearon cogidos de la mano. Victoria estaba nerviosa a pesar de su aparente calma: verse en medio del bosque, cerca de un montón de bichos y animales desconocidos, y de la mano de Niall, no era lo más tranquilizador, aunque en el fondo le gustara.

Mientras le contaba las curiosidades del lugar, él la llevó hasta lo alto de una colina, desde donde Victoria pudo observar pájaros de diversos colores, formas y tamaños. Como un entendido en la materia, él le fue señalando y hablando de los urogallos, los piquituertos, e incluso, incrédula, Victoria pudo admirar el vuelo de un par de águilas reales.

—¡Dios santo, son preciosas! —exclamó mirando sus siluetas en el cielo.

Las águilas bailaban una danza elíptica que la tenían embelesada. No obstante, Niall no las miraba. Sólo tenía ojos para Victoria.

—Me estoy enamorando de ti —dijo él de pronto—. Antes de que digas nada, sé que esto no entraba en tus planes, pero quiero que sepas que tampoco entraba en los míos.

Su declaración la había cogido tan de sorpresa que Victoria se lo quedó mirando con la boca abierta, hasta que Niall le apoyó una mano en la barbilla y se la cerró.

—Quería que lo supieras porque siento una inagotable necesidad de estar contigo a todas horas —continuó él—. Cada vez que te veo quiero besarte, y lo peor de todo es que no puedo soportar que ningún hombre que no sea yo se acerque a ti.

Como vio que ella no decía nada, el escocés decidió seguir hablando:

—Me encantaría conocerte, saber de ti y de tu vida, y que olvidaras todas las tonterías que te dije la noche de mi marcha, porque para mí no eres diversión y sexo, para mí eres algo más —susurró perdiéndose en su mirada—. Cada vez que pienso que dejaré de verte cuando regreses a España, no lo puedo soportar, y por eso, cariño, me gustaría que me dieras la oportunidad de enamorarte y de contarte quién soy, y también de pedirte perdón por...

Ya no pudo continuar. Sin poder creer que algo tan de película le estuviera sucediendo a ella, Victoria dio un paso adelante y lo besó.

El escocés sintió entonces una profunda emoción. La mujer que más deseaba en el mundo lo estaba besando. Con delicadeza, y sin dejar de besarla, subió la mano hasta su mejilla y la acarició, para después enredar sus dedos en aquel oscuro pelo y rozarle la sien.

Victoria se sentía arrastrada por la pasión, notaba que todo su cuerpo ardía de deseo y lujuria por él. Sin poder contenerse, bajó sus manos con lentitud hasta posarlas en su trasero.

«¡Dios santo, es de acero!», pensó mientras sentía cómo él hacía lo propio.

Entonces, a punto de estallar, Niall se apartó unos segundos para mirarla y declaró con voz ronca:

—Te deseo tanto que, si seguimos así, voy a hacerte el amor aquí y ahora.

Con un suspiro, ella se pasó la lengua por los labios para mostrarle su conformidad, pero de pronto, con el rabillo del ojo, notó que algo se movía a su derecha y soltó un chillido.

—¡Ah!... ¡Vacas peludas!

Sin darle tiempo a Niall a reaccionar, salió corriendo despavorida ladera abajo, pero perdió el equilibrio y comenzó a rodar como una albóndiga. Mientras corría detrás de ella por la cuesta, el escocés observaba impotente cómo Victoria rodaba y rodaba a gran velocidad, golpeándose contra todo lo que encontraba a su paso, hasta que llegó abajo. Asustado por lo que le hubiera podido ocurrir, se agachó junto a ella. Parecía mareada y magullada.

—¡Por todos los santos! —exclamó él al ver la sangre que le corría por la frente—. Pero ¿cómo se te ocurre hacer algo así?

—¡Corre! —gritó ella—. ¡Corre, que vienen las vacas!

Intentó levantarse, pero Niall la sujetó.

—Como te muevas —masculló él con gesto serio—, te juro que quien te matará seré yo.

—¡Odio las vacas escocesas! —chilló Victoria. Entonces notó que la cogía en brazos—. Pero ¿qué haces? ¡Suéltame!

—Ni lo sueñes —se negó Niall encaminándose ya hacia la moto—. Te has golpeado en la cabeza y voy a llevarte al médico ahora mismo.

—¡Oh, Dios mío! Qué ganas tengo de volver a la civilización.

—Ni que estuvieras en el Polo Norte —murmuró Niall mientras caminaba con paso firme con Victoria en brazos.

—¡Más o menos! —protestó ella levantando la cabeza para mirarlo—. Estoy harta de no tener intimidad en el baño, de estar continuamente rodeada de bichos. Quiero darme un baño largo y relajante en mi preciosa bañera con esencia de rosas. Deseo tumbarme en mi cómodo sofá, ver una película de estreno y tomarme un té Earl Grey de Starbucks.

—No te preocupes. Pronto todo esto acabará.

—¡Maldito conde! Maldito contrato y maldito castillo —gimió horrorizada al verse la sangre—. Es la primera vez en mi vida que un contrato me cuesta sangre, sudor y lágrimas.

Cuando llegaron junto a la moto, Niall la dejó en el suelo con cuidado.

—¿Te mareas?

—No —dijo ella y, retirándose el pañuelo que él le había puesto en la frente, chilló—: ¡Ay, Dios mío, cuánta sangre!

—Tranquila, preciosa —susurró el escocés al ver que temblaba—. No será nada. Ya lo verás.

—¿Por qué me llamas «preciosa»?

—Porque lo eres —respondió él con una tierna sonrisa—. Eres un encanto, y estoy loco por ti.

—¡Voy a quedar desfigurada! —gritó ella de nuevo al verse en el espejo retrovisor.

—No será para tanto —repuso Niall y, levantándole la barbilla, le dio un breve beso en los labios que la hizo callar—. Eres la mujer más preciosa que he conocido en mi vida, y un par de puntos en la frente no lo van a estropear.

—¿Tú crees? —preguntó Victoria haciendo un mohín que lo enterneció.

—Estoy seguro —aseveró él, y volvió a besarla—. Ahora voy a sentarte delante de mí en la moto y tú vas a estarte muy quietecita pegada a mi pecho para que yo pueda conducir. Antes de que te des cuenta estaremos en la consulta del médico, ¿vale?

—Vale —asintió ella. Pero antes de que él pudiera arrancar, volvió a la carga—: Niall, ¿qué horóscopo eres?

—¿Para qué quieres saber eso ahora?

—¡Dímelo! —gritó ella, sorprendiéndolo.

—Tauro —respondió el escocés arrancando el motor.

—¡Ay, Dios mío! No puede ser —murmuró Victoria al pensar en lo que la señora Antonia le había dicho en Madrid.

Cuando entraron en la consulta del médico, las dos enfermeras avisaron rápidamente a Greg, que, al verlos, se apresuró a coger a Victoria del brazo.

—Espera aquí, Niall.

—Voy a entrar con ella. —No estaba dispuesto a dejarla a solas con él.

—Si quieres que la atienda, debes esperar aquí —replicó Greg con decisión—. Éste es mi territorio, Niall, aquí mando yo.

—Pero ¿es que sois idiotas o qué? —protestó Victoria con malas pulgas—. Haced el favor de dejar de berrear como los parientes de *Bambi* y atendedme de una vez. La que está sangrando soy yo.

Tras mirar desconcertado al médico por la parrafada que acababa de soltar Victoria, Niall la soltó a regañadientes.

—Eh, escocés —lo llamó Victoria y, tras besarlo, susurró—: No te vayas sin mí, ¿vale?

—Por supuesto que no —le aseguró él—. No me moveré de aquí.

Quince minutos después, Robert y Bárbara llegaban a la clínica.

—¿Qué ha pasado? —preguntó ella con el rostro desencajado.

—Tranquila —musitó Niall—. Tu hermana está bien. Aunque creo que tendrán que darle un par de puntos en la frente.

—¿Puntos en la cara? —dijo Bárbara alarmada—. ¡Oh, Dios mío! No quiero ni imaginarme lo que debe de estar pensando.

—Ve adentro —la animó Niall—. El idiota de Greg no me ha dejado entrar, pero a ti seguro que no te lo prohíbe.

Niall estaba en lo cierto y, sin oponer resistencia, el médico la dejó pasar.

Al ver lo nervioso que estaba su primo, Robert decidió llevárselo a la calle. Lexie, que esperaba en el coche, bajó corriendo al ver a Niall y se arrojó a sus brazos.

—Hola, tío —lo saludó—. ¿Has visto a la novia de papi? ¿A que es guapa? Se llama Bárbara. Y ¿a que no sabes qué? —añadió bajando la voz.

—No, cariño, dime —le pidió él tras darle un beso.

—Esta noche ha dormido con papi y estaban desnudos en la cama.

—¡Lexie! —la regañó Robert.

—¿Qué me dices? —Niall se rio y, mirando a su primo, preguntó—: ¿La novia de papi?...

—Lexie, cariño. Espéranos en el coche, tengo que hablar con el tío.

Una vez a solas, Robert se preocupó por la sangre que su primo tenía en la camiseta.

—¿Qué ha pasado?

—Estábamos en las colinas, viendo el paisaje —comenzó a contar Niall—, y estaba a punto de revelarle nuestro secreto, cuando ha visto unas vacas acercarse y, sin darme tiempo a sujetarla, se ha lanzado colina abajo. ¡Imagínate cómo ha bajado!... No te rías o te parto la cara.

—Vale —accedió Robert intentando contenerse—. Es cierto. No tiene gracia —agregó, aunque en realidad sí la tenía.

—¡Joder! —comenzó a reír Niall sin poder evitarlo.

—Lo siento, lo siento... —Robert lloraba de la risa— Pero ¡si no me río reviento!

Después de un buen rato riendo a carcajadas, cuando consiguieron parar, Niall preguntó:

—¿Qué ha querido decir Lexie sobre Bárbara?

—Lo que has oído.

—Pero ¿es que te has vuelto loco? —dijo señalando a la niña, que esperaba en el coche—. ¿Qué vas a decirle a Lexie cuando ella decida volver a su país?

—No lo sé —respondió Robert cabizbajo—. He seguido el consejo de Tom, y sólo espero que decida quedarse aquí.

—¡No me jodas, primo! ¿Bárbara sabe la verdad? —preguntó angustiado Niall, pensando que en ese momento estaba a solas con su hermana.

—No, tío, tranquilo —negó él preocupado—. Después de ver su reacción al conocer la existencia de Lexie, he preferido contarle ese pequeño detalle en otro momento. ¿Y tú?, ¿qué me dices de ti? ¿Has pensado en lo que Tom nos dijo ayer?

—Claro que lo he pensado —admitió Niall preocupado—. Acabo de decirte que estaba a punto de contarle la verdad cuando esa loca se ha tirado colina abajo.

—Y ¿cómo crees que reaccionará esa fierecilla española cuando se entere de quién eres realmente?

—No lo sé —declaró el escocés confundido—. Temo lo que pueda llegar a hacer, la verdad.

—El juego se nos ha ido de las manos —señaló Robert—. Debemos reconocer que hemos acabado siendo los cazadores cazados.

Absortos en su conversación, no se percataron de que Bárbara, algo mareada por la visión de la sangre, salía de la consulta acompañada de una de las enfermeras y de Greg.

—Estoy bien, de verdad —les aseguró.

—Enseguida vuelvo —anunció el médico, que salió a la calle para reunirse con Robert y Niall.

Bárbara se quedó a solas en la recepción con la enfermera.

—¿Le traigo un vasito de agua? —preguntó la mujer con amabilidad.

—No... —respondió Bárbara—, no hace falta.

—¿Ha venido sola?

—No. Estoy con ellos —contestó señalando a Robert y a Niall, que en ese momento hablaban con Greg.

—¿Quiere que avise a los McKenna? Así no estará sola mientras sale su hermana.

—¿Los McKenna? —repitió Bárbara extrañada.

—Sí, ellos. Los McKenna —insistió la enfermera algo desconcertada.

—¿Ellos se apellidan McKenna?

—Señorita —reveló la mujer esbozando una sonrisa—, el hombre que ha traído a su hermana es el conde Colum Niall McKenna, el pelirrojo es el señor Robert Patrick Mckenna, y nuestro médico es Greg Anthony Wells McKenna.

Bárbara se había quedado sin palabras, mientras sentía cómo la sangre le bullía en las venas. Apenas si podía respirar. Aquellos tres sinvergüenzas les habían mentido desde el principio, y nadie les había advertido al respecto.

—Señorita —dijo la enfermera—, ¿está usted bien?

—Sí —asintió, consciente de la gravedad de lo que acababa de saber—. Ahora sí que le agradecería el vaso de agua.

—Espere aquí —le indicó—. Ahora mismo se lo traigo.

Con los ojos clavados en ellos, Bárbara observó cómo aquellos tres farsantes hablaban entre sí. ¿Qué podía hacer? Aquella noticia iba a ser como un jarro de agua fría para su hermana, ahora que comenzaba a abrirse y a confiar en las personas.

—Tome, bébala despacio. Si desea algo más, estaré ahí mismo —añadió la enfermera señalando el mostrador.

—¿Estás mejor? —preguntó Greg entrando de nuevo en la clínica.

—Sí —asintió Bárbara, a punto de tirarle el vaso a la cabeza.

Cuando se quedó sola, notó cómo el chaquetón de Tom, que antes debía de llevar su hermana, comenzaba a vibrar. ¡El móvil de Victoria! Con premura, lo sacó, y cuando vio el nombre de Charly en la pantalla, decidió atender la llamada en un arranque de mala leche.

—Sí, ¿dígame?

—¿Peluche? —dijo él.

—No, chato —respondió Bárbara malhumorada—. Soy tu víbora preferida.

—Bárbara —siseó él con amargura—. ¿Qué haces con el móvil de Victoria?

—Y ¿qué haces tú llamando al móvil de mi hermana, gilipollas?

—Oye, no tengo por qué hablar contigo. Pásame con ella.

—¡Ja! —se mofó Bárbara—. Lo llevas claro, relamido.

—¡Eres insoportablemente barriobajera!

—Mira quién fue a hablar, ¡el tonto del culo del pueblo! —soltó enfadada—. ¿Quieres hacer el favor de dejarla en paz? Ella no te necesita. —Y, en un ataque de maldad, añadió—: Además, Victoria ha conocido a alguien que le conviene mucho más que tú, así que, ¡olvídate de ella, porque ella ya se ha olvidado de ti!

—¡No puede ser! —gritó Charly enfurecido.

—Lo que has oído, soplagaitas. Y, ahora, si fueras tan amable de dejar de llamar, todos te lo agradeceríamos mucho.

—Dile que me llame —bufó enfadado—, y dile que estoy en Ed...

Bárbara había colgado ya. Odiaba a aquel hombre más de lo que él nunca podría imaginar. Con mano firme bebió el vaso de agua y, cuando lo dejó encima de una mesita baja en la recepción, vio que Robert y Niall se disponían a entrar.

—¿Qué ocurre? —preguntó éste. Aún se lo veía nervioso—. ¿Victoria está bien?

—Dígamelo usted, señor conde Colum Niall McKenna —respondió Bárbara dejándolos con la boca abierta—. O usted, señor Robert Patrick McKenna.

Era obvio que estaba muy mosqueada. Niall y Robert se miraron desconcertados y no supieron qué decir.

—Así que otra mentira más —prosiguió ella mirando a Robert—. ¿O quizá vas a decirme que no has encontrado el momento apropiado para contarme que este idiota es el conde y que tanto tú como él y como Greg sois los tres McKenna?

—Yo... —murmuró él mesándose el pelo—. Mira, cielo, te juro que...

—¡No me jures —siseó Bárbara encarándose a él—, o yo te juro que te mato!

Robert y Niall se miraron. La situación se pondría mucho peor cuando la otra fiera se enterara.

—Escucha, Bárbara. Todo es culpa mía —dijo Niall sentándose junto a ella—. Les hice prometer a Robert y a los demás que no dirían nada hasta que yo se lo contara personalmente a Victoria.

—Y ¿cómo crees que se sentirá cuando lo sepa? ¿Acaso crees que lo asumirá con facilidad? ¡Joder! —gritó levantándose—. Justo ahora que parecía que las cosas podían irle bien, vas tú y le haces esta jugada. ¡Madre mía! Esto acabará con ella —añadió exasperada—. No volverá a confiar en nadie, y todo gracias a ti y al gilipollas de Charly.

En ese momento, Robert y Niall volvieron a mirarse. ¿Debían decirle que ese gilipollas había estado en la granja?

—Escucha —prosiguió Niall intentando apaciguarla—, sé que no hice bien metiéndoos en un juego de este tipo, pero ahora ya no podemos hacer nada. Sólo te pido una cosa: déjame que sea yo quien se lo explique, por favor... Ella me importa mucho.

—¡Y un cuerno! —gritó Bárbara.

—Por favor, no grites. Si tu hermana te oye, se pondrá más nerviosa —terció Robert cogiéndola por la cintura.

—¡Tú cállate! Y aleja tus manazas de mí si no quieres que te patee los huevos —siseó acercando su cara a la de él—. Mentiroso. ¿Cuándo ibas a dejar de mentirme?

Incapaz de responder, él la miró. ¿Dónde estaba la mujer dulce que conocía? La que tenía delante era otra fiera española como la que estaba a punto de salir por la puerta de la consulta.

—Aunque no lo creas, hablábamos de eso ahora mismo —expuso Niall.

—Sí, chato. ¡Oh, perdón..., señor conde! —se mofó Bárbara—. Y voy yo y me lo creo.

—¡Te lo juro, cielo! —exclamó angustiado Robert—. Hablábamos de contaros la verdad, pero de pronto tú nos has descubierto y...

—Oh, Dios mío..., dame paciencia, porque si no me la das te juro que hoy mato a alguien —bufó ella.

—Bárbara, por favor —insistió Niall—. Deja que...

—Mira, *condesito* —dijo ella apuntándolo con un dedo—, en cuanto mi hermana salga por esa puerta y le vea la cara de susto por lo que acaban de hacerle, ¡nos largamos! —anunció andando de un lado para otro—. No pienso consentir que otro idiota como su ex la engañe. Ni por supuesto que siga sufriendo el horror de seguir aquí con vosotros, cuando sé que desea regresar a

España para descansar de este maldito viaje. ¡Joder! —pateó el suelo—, que le están dando puntos en la cara. ¡Nada menos que en la cara! Ay, Dios mío, no quiero ni pensar en cómo va a salir.

A continuación se alejó temblando de Robert. No quería ni mirarlo ni hablar con él. Había vuelto a engañarla. En ese instante se abrió la puerta y Victoria, con un gran apósito en la frente, apareció junto a Greg.

—¿Todo bien? —preguntó Bárbara.

—Perfecto —respondió el médico dándole un papel a Victoria—. Dentro de cinco días o una semana vienes a que te quite los puntos, ¿vale? Y recuerda que mañana tendrás el cuerpo como si te hubieran dado una paliza, por lo que nada de trabajos en el campo —advirtió mirando a Niall.

—No te preocupes —contestó él muy serio—. Eso se acabó.

—Por supuesto que se acabó —ratificó Bárbara.

—Muy bien —se despidió Greg—. Tengo más pacientes. Que tengáis un buen día, y ya sabes, Victoria: cualquier cosa, me llamas.

—De acuerdo. Gracias.

Cuando los cuatro se quedaron solos, Robert, martirizado por la actitud de Bárbara, volvió a acercarse a ella. Necesitaba que lo escuchara, pero ella le dio la espalda.

—Dime que estás bien, Vicky —volvió a decir Bárbara abrazando a su hermana—. ¿Te duele?

—No, no me duele. Y sí, estoy bien —aseveró ella besándola—. ¿Y a ti cómo se te ocurre entrar sabiendo que te mareas con la sangre?

—No lo sé. Fue instintivo —reconoció Bárbara muy seria.

—¿Qué te pasa?... —preguntó Victoria mirándola fijamente—. A ti te pasa algo.

Sin poder aguantar un segundo más, Robert agarró a Bárbara de la mano y se la llevó a la calle, dejando a Victoria sorprendida.

—¡Suéltame, bestia! —gritó ella.

—No —siseó enfadado—. No voy a soltarte hasta que me escuches.

—No voy a escucharte —replicó ella poniéndose en jarras—. No quiero escucharte.

Victoria los observaba y, mientras tanto, Niall la observaba a ella a su vez. ¿Cómo explicarle a la mujer que amaba que todo excepto su amor era falso? Aturdido por sus pensamientos, no se dio cuenta de que Victoria se había vuelto para mirarlo hasta que le habló:

—Niall, ¿estás más tranquilo?

—Ufff... —Suspiró él con el corazón en un puño—. Ahora que te veo y sé que estás bien, sí, estoy más tranquilo, pero escucha, Victoria, yo...

—¿Sabes? —dijo ella acercándose—, me encontraría un poco mejor si me dieras un beso aquí —indicó señalándose los labios.

Sin poder resistirse a su petición, Niall la besó. Apenas fue un roce, pero fue suficiente para que ambos volvieran a sentir la pasión.

—No vuelvas a hacer lo que has hecho hoy. —Niall la abrazó y aspiró su perfume, aquel aroma que tantas noches en vela le había provocado—. A partir de ahora tienes que prometerme que, antes de hacer algo tan imprudente, lo pensarás dos veces.

—Vale..., vale... —accedió Victoria dejándose abrazar.

Aquella sensación era nueva para ella. Charly odiaba las demostraciones de afecto, tanto en la intimidad como en público. Y debía reconocer que le gustaba sentirse abrazada a plena luz del día con tanto cariño por aquel hombretón.

—Oye, ¿qué les pasa a ésos? —preguntó al ver a su hermana y a Robert.

—Creo que están discutiendo —respondió Niall confundido.

—¿No me digas? —se mofó ella mirándolo—. No me había dado cuenta.

Separándose de él, Victoria se encaminó hacia Robert y Bárbara, que tan pronto discutían, como se besaban, como volvían a discutir.

—Vamos a ver, chicos —dijo plantándose frente a ellos—. ¿Cuál es el problema?

Bárbara guardó silencio malhumorada. No tenía valor para contarle la verdad a su hermana, y menos entonces, cuando se la veía feliz.

—Sea lo que sea —afirmó Victoria—, seguro que se puede arreglar.

—No —replicó Bárbara—. No se puede arreglar. Te aseguro que no.

—¡Joder! —masculló Robert al intuir lo que iba a hacer.

Al oírlo, Niall cerró los ojos. Los dulces momentos que habían vivido horas antes iban a desvanecerse en cuestión de segundos.

—Escucha, Victoria —le comunicó—, tengo que hablar contigo, y es urgente.

—¡Y una chorra! —protestó Bárbara empujándolo—. No quiero que hables con él.

—¡Madre mía! —gruñó Victoria nerviosa—. Me estáis asustando. ¿Qué narices pasa aquí?

En ese preciso instante, Greg salió por la puerta con su maletín en la mano y, al ver que aún estaban allí, se acercó a ellos.

—Acabo de recibir una llamada de Doug... —les comunicó con gesto apenado—. Tom...

—¡No! —susurró Niall, que corrió hacia su moto y se marchó frenético.

—¿Qué pasa? —preguntó Victoria asustada—. ¿Qué ocurre?

—Robert, tenemos que ir a la granja —indicó Greg asiéndolo por los hombros.

—Robert —murmuró Bárbara tocándole la cara—. Cariño, ¿qué pasa?

A diferencia de Niall, Robert se había quedado paralizado al oír las palabras de Greg. Aquello sólo podía significar una cosa: Tom había muerto.

22

La muerte de Tom los había cogido tan por sorpresa que a ninguno le estaba resultando fácil asimilarla.

Tras dejar a Lexie con Joana, Robert, Bárbara y Victoria llegaron a la granja, donde los sollozos de Rous y el mutismo de Ona, que se abrazaba a Niall, les destrozaron el corazón.

Tom había muerto de un infarto fulminante mientras descansaba. Había pasado del sueño de los vivos al sueño eterno sin darse cuenta, y eso fue lo único que los reconfortó.

Las horas transcurrían lentamente y el agotamiento comenzó a hacer mella. Una de las veces que Victoria salió a fumar un cigarrillo al exterior, se encontró a Niall solo, ojeroso y pensativo. Sin dudarlo, se sentó junto a él, pero no pudo hablar. Únicamente lo abrazó y lo acunó como a un niño, mientras él lloraba y compartía sus sentimientos con ella.

Tom pasó su última noche en la granja acompañado por sus familiares y amigos. Victoria y Bárbara apenas conocían a nadie, pero aquellas personas las trataron con tanto cariño que se sintieron casi como de la familia.

A pesar de su tristeza y su dolor, cuando fue consciente del vendaje en la cabeza de Victoria, Ona rápidamente se preocupó por ella. En varias ocasiones Niall intentó que ambas descansaran, pero le resultó imposible. Ambas eran tan testarudas que sólo dieron su brazo a torcer cuando Bárbara sacó su genio español, cosa que Niall y Robert le agradecieron con una sonrisa.

Acostadas las dos en la habitación de Niall, Victoria era incapaz de dormir. Le dolía horrores la cabeza, pero la pena por la pérdida de Tom no la dejaba descansar. Apenas si podía moverse, y quería que Ona durmiera. Le esperaba un día duro.

—¿Sabes, Victoria? —oyó que decía entonces ella con voz suave—. Cuando Tom y yo vinimos a esta casa, pasamos nuestra primera noche juntos en esta habitación. Recuerdo el miedo que le tenía a nuestra noche de bodas. Había oído hablar tanto a mi madre y a sus amigas de lo que ocurría, que estaba aterrada. Pero Tom fue tan atento, tan cariñoso y tan comprensivo conmigo que aquella primera noche no ocurrió nada entre nosotros. A la mañana siguiente, cuando se levantó para ir a dar de comer al ganado, me dejó una flor en la mesilla con una nota que decía: «Si sonríes, soy feliz».

—Qué bonito, Ona —susurró Victoria mientras las lágrimas corrían por sus mejillas.

—Sí, cariño —asintió la anciana volviéndose hacia ella—. Por aquel entonces, mi familia tenía dinero, a diferencia de la de Tom, que siempre había sido considerado un muchacho trabajador pero humilde. Alguien que no me convenía, vamos. Sin embargo, cuando todos se enteraron de nuestro amor, me dieron a elegir entre mi familia o mi corazón. Fue una época dura para los dos, pues yo estaba acostumbrada a ciertos lujos que, en cuanto me casara, no podríamos permitirnos. Pero Tom, una vez más, consiguió con su cariño y su amor que no echara en falta lo material y comenzara a disfrutar de cosas tan simples como una sonrisa, una caricia, un beso o una flor. Y, ¿sabes?, nunca en todos los años que hemos estado casados me he arrepentido de mi decisión. Si volviera a vivir mil veces, me casaría mil veces con Tom. Por eso quiero que aproveches tu vida —prosiguió con un hilo de voz—. No existe nada más bonito en el mundo que sentirte parte de alguien y que alguien se sienta parte de ti.

—Ona —sollozó Victoria—, ¿por qué me dices eso?

—Porque la vida es más corta de lo que parece, tesoro mío, y lo único que perdura en el tiempo es la familia, los amigos y en especial el amor —murmuró la anciana tomándole las manos—. No tengas miedo a enamorarte. Ese alguien especial puede aparecer cuando menos te lo esperas y ser quien menos imaginas.

—Te refieres a Niall, ¿no es así?

—Sí, cariño —asintió ella con una triste sonrisa—. El primer día que Tom te vio, me dijo: «Esa española es el alma gemela de Niall». —Ambas sonrieron—. Así lo creía él, y así lo creo yo también. He visto cómo os buscáis con la mirada cuando creéis que nadie os ve. He comprobado cómo vuestros cuerpos se hablan, y he sido testigo de cómo vuestros corazones latían al mismo ritmo aun estando a kilómetros de distancia.

—Qué cosas más bonitas dices, Ona —exclamó Victoria pasándole con dulzura la mano por la arrugada mejilla—. ¿Sabes? Al poco de conocerme, Niall me dijo que me había besado con la mirada. En aquel momento no lo entendí, pero ahora... ahora sí.

—Eso me confirma que mi nieto es como su abuelo —declaró la anciana—. Puede ser testarudo e incluso a veces un poco gruñón, pero tiene un corazón noble, y eso en los tiempos que corren no es fácil de encontrar, cariño. Cuando te mira, cuando te sonríe, incluso cuando discutís, lo hace con tal pasión que siento que es una pena que no os deis una oportunidad.

—No es fácil. Nos separan demasiadas cosas —se sinceró Victoria.

—Sólo quiero que sepas que tanto Niall como Robert son buenos muchachos y nunca os defraudarán, a pesar de que en algún momento así lo creáis. Están hechos de la misma pasta que su abuelo, y esa pasta, cariño, no es fácil de encontrar.

—Lo tendré en cuenta, Ona, te lo prometo —asintió Victoria tragándose el nudo de emociones que tenía en la garganta.

A continuación abrazó a la anciana, que lloraba turbada por aquella difícil cosa llamada «AMOR».

23

Dos días después del entierro de Tom, había tal quietud en la granja que a veces incluso costaba respirar. Victoria y Bárbara se convirtieron en el motor de la casa, olvidándose de condes y contratos y preocupándose tan sólo porque todos se recuperaran y retomaran sus vidas cuanto antes.

Rous volvió a ser la misma chica esquiva y huraña del principio. Ona apenas si hablaba, tan sólo trabajaba sin sentido de sol a sol, preocupándose por *Geraldine*, la vaca, e intentando no pensar en lo que había perdido. Pero ¿cómo no pensar en Tom? Todo en aquella granja era suyo. Era su casa, sus tierras, e incluso su vaca.

Robert, hundido por la pérdida de su abuelo y por el frío distanciamiento de Bárbara, llevó a Lexie a una de las pequeñas casas anexas a la granja. Necesitaba tenerla cerca y saber que estaba bien en todo momento.

Por su parte, Niall, más callado de lo habitual, se estaba volviendo loco mientras establecía en su cabeza las prioridades que debía seguir, e intentaba pensar cómo habría solucionado su abuelo el problema que se le avecinaba con la española.

Una tarde, Victoria vio que Set merodeaba por la granja. La actitud del muchacho le indicaba que buscaba a Rous, pero la muchacha estaba tan triste que no quería dejarse ver.

—¿Tú también crees que Set ha venido a por Rous? —le preguntó a Bárbara sentada junto a ella en los escalones de entrada.

—Por su manera de mirar a todos lados, yo diría que sí.

—¿Cuándo te quitarás los puntos de la frente? —añadió Bárbara cambiando de tema.

—Dentro de un par de días.

Ya no llevaba el gran apósito que Greg le había puesto al principio, sólo uno pequeño que le cubría la herida y nada más.

—Y ¿tú cuándo me vas a contar lo que ha pasado con Robert?

—De ese tema prefiero no hablar —respondió Bárbara.

Más allá, no muy lejos de ellas, Ona estaba charlando con Robert y Niall.

—Es por su hija, ¿verdad? —dijo Victoria mirando a la niña correr junto a *Stoirm*.

—En parte, sí.

—Lo más curioso es lo bien que han guardado todos el secreto, ¿no crees?

«Si tú supieras...», pensó Bárbara, resignada a que pronto aquello se aclararía.

—Sí, Vicky —convino—. Aquí saben guardar muy bien los secretos...

—Oye, no soy quién para decirte esto —señaló Victoria—, pero intuyo que Robert es un tipo excelente. —Su hermana la miró con el ceño fruncido—. Ya sé..., ya sé que nunca te he hablado bien de él, pero el tiempo que llevamos aquí ha hecho que me dé cuenta de muchas cosas, y creo que estaba equivocada con respecto a él.

—Tú tienes fiebre —se mofó Bárbara.

—No, tonta. En serio —insistió Victoria—, haber conocido a estas personas me ha dado que pensar. Creo que he estado equivocada muchos más años de los que yo pensaba.

—No lo dudo —aseveró Bárbara, consciente de la ceguera de su hermana.

—¿Sabes? Creo que este lugar y, en especial, sus gentes son lo más auténtico que conoceremos nunca.

—¡Oh, Dios mío! —exclamó Bárbara a punto de estallar—. Lo siento, pero no puedo estar de acuerdo contigo. Creo que este lugar es más falso que un bolso Prada comprado en el mercadillo de Majadahonda.

—¿Por qué dices eso? —preguntó su hermana extrañada mientras apagaba el cigarrillo que estaba fumándose.

—Vamos a ver, Vicky... —Bárbara hacía todo lo posible por morderse la lengua—. ¿Realmente conocemos a estas personas? ¿Acaso te has parado a pensar qué sé yo de Robert o tú de Niall?

—Vale, ya lo pillo. Entiendo que Robert ha sido un gran mentiroso por ocultarte cosas tan importantes como su viudedad y la existencia de Lexie. Pero también creo que tienes que mirar el fondo de la persona, y el fondo de Robert, aunque me ha costado encontrarlo, es excelente.

—Es un angelito recién caído del cielo... —se burló Bárbara con amargura.

—No entiendo qué ha pasado entre vosotros, pero sea lo que sea, seguro que se puede solucionar. No puede ser tan horrible —afirmó ella mirando a su hermana. Entonces se percató de que tenía los ojos vidriosos—. A ver, tontuela, ¿por qué lloras?

—Porque me da rabia que todas las cosas malas te pasen a ti.

—Quizá mi suerte comience a cambiar.

—Lo dudo —señaló Bárbara al ver cómo Ona se llevaba las manos a la cabeza.

—¿De qué estarán hablando ésos? —inquirió Victoria—. Ona parece enfadada.

—Ufff, Vicky... —murmuró Bárbara—, no lo sé, pero creo que no tardaremos en saberlo.

Cansada de correr con *Stoirm*, Lexie se acercó a las chicas y, sin dudarlo, se echó a los brazos de Bárbara, que la acogió con una sonrisa.

—Oye —preguntó la niña—, ¿vendrás está noche a cenar a la cabañita?

—No, cariño —respondió Bárbara con tristeza—. No puedo.

—Estás enfadada con papi, ¿verdad?

—Un poquito —admitió ella incómoda al ver cómo las observaba Victoria.

—Papi me contó que habíais discutido y que él ya te había perdonado. ¿Por qué no lo perdonas tú?

—Esto es el colmo. —Bárbara se levantó de un salto—. Tú padre es... es... —Y, mirando a la niña, le ordenó—: Lexie, quédate aquí sentada, voy a hablar con el idiota de tu padre.

Echando humo por las orejas, Bárbara llegó hasta donde estaba Robert y, sin importarle la presencia de los otros dos, comenzó a discutir con él. Al ver la situación, Ona y Niall decidieron irse con la música a otra parte.

Victoria observaba incrédula a su hermana. ¿Qué le pasaba? ¿Por qué discutía con Robert? Desde hacía días intuía que algo había ocurrido, pero se le escapaba qué. La situación le resultaba incómoda, y más aún cuando vio que Lexie estaba llorando y ella no supo qué hacer. ¿Debía abrazarla, hablar con ella tal vez? Victoria estaba acostumbrada a dirigirse a cientos de personas influyentes en reuniones de trabajo pero, en esos momentos, en cambio, no sabía qué decirle a una niña de cinco años.

—Me encanta tu camiseta rosa —dijo por fin, viendo que llevaba un dibujo de *Hello Kitty*.

«Perfecto», pensó de inmediato, pues si de algo sabía era de la dichosa gatita. Cinco años atrás había sido la encargada de crear una de las mayores campañas publicitarias del personaje infantil, y para ello había tenido que conocer a Kitty como si fuera su propia hermana.

No obstante, la niña no contestó, de hecho, ni siquiera la miró.

—¿Sabes? —insistió Victoria mientras *Stoirm* se sentaba junto a Lexie—. Por mi trabajo conozco muchas cosas de *Kitty*. ¿Sabías que su creadora es una japonesa llamada Ikuko Shimizu? La diseñó para la firma Sanrio. —La cría seguía sin prestarle atención, pero ella continuó—: Aunque la que la lanzó a la fama fue Yuko Yamaguchi, una mujer muy lista que decidió que Kitty no debía ser ni sensual ni violenta. Pues bien, *Hello Kitty* se convirtió en un símbolo de la cultura Kawaii en Japón y en el resto de Asia, y en el año 1983 Estados Unidos la nombró embajadora de Unicef. En 2004, la delegación de la Unión Europea en Japón la eligió como protagonista para promocionar el euro. Por cierto, su licencia está valorada en un billón de dólares. ¡Qué barbaridad, por Dios! —exclamó Victoria mirando a la niña, que ahora sí había dejado de llorar, aunque la miraba sin entender nada—. ¿Sabes? *Kitty* tiene una hermanita gemela que se llama *Mimmy*.

—*Mimmy* es muy guapa —afirmó la pequeña extrañada.

«Por fin», pensó Victoria respirando.

—¿Sabes quién es *Tippy*? —preguntó Lexie.

—Claro que sí —asintió ella—. *Tippy* es un osito cariñoso con un corazón enorme que está enamorado de *Kitty* y se muere por ser su novio.

—También me gusta mucho *Tiny Chum* —indicó Lexie señalándose su camiseta.

—Oh, sí, ahí está —dijo Victoria—. Ese osito es un buen amigo de *Kitty* y de *Mimmy*, ¿verdad?

—Sí —sonrió la niña—, y le gusta que lo traten como si fuera su hermano pequeño.

—Y *Tracy*. ¿Conoces a Tracy? —preguntó Victoria al ver que la llevaba en los coleteros.

—Sí —volvió a asentir la pequeña tocándose las coletas—. Tracy es la mejor amiga de todos. Le encanta bromear y hacer que sus amigos se rían.

—Vaya..., Lexie —comentó Victoria—. Ya veo que eres toda una entendida en el mundo de *Kitty*.

—Papi y el tío Niall me compran los cuentos —respondió ella moviendo el trasero para acercarse a Victoria—. Y luego por las noches, antes de dormir, papi me los lee.

—Eso es magnífico. —Suspiró al ver que de pronto la cría se levantaba y amenazaba con sentarse encima de ella.

—Tengo frío. ¿Puedo sentarme encima de ti? —preguntó sin dejar de observarla con sus enormes ojos azules.

«NO», pensó Victoria.

—Bueno —murmuró contrariada—. Si no hay más remedio, siéntate.

Sin detectar su incomodidad, Lexie se sentó sobre sus piernas y, dejando caer el cuerpo contra el de ella, se acurrucó contra su cuello. Aquella sensación era algo nuevo para Victoria. Desde hacía más de veinte años no había vuelto a tocar a un niño menor de dieciocho, y a pesar de su inicial desagrado, la ternura que el cuerpecito de Lexie le estaba proporcionando comenzó a gustarle, por lo que se abrió el enorme chaquetón heredado de Tom y la tapó con él.

Con cautela, *Stoirm* se acercó entonces a Victoria y, al ver que ella no lo ahuyentaba, se enroscó a sus pies.

«Increíble pero cierto», se dijo ella con una sonrisa.

Un buen rato después, cuando Robert y Bárbara regresaron, Lexie y Victoria charlaban de forma alegre y fluida. Sin dar crédito a medida que se acercaba, Bárbara observó que la niña estaba acurrucada encima de su hermana, algo que jamás en la vida habría imaginado.

—Si me pinchan, no me sale sangre —murmuró al ver la estampa.

—¿Por qué? —inquirió Robert algo más tranquilo tras haber aclarado las cosas con Bárbara.

Aunque le había costado hacerla entrar en razón, finalmente lo había conseguido, y ahora caminaba de la mano de ella dispuesto a no soltarla jamás.

—Hasta hace poco, mi hermana, los niños y los perros eran algo incompatible.

—Has utilizado la palabra justa: ¡«eran»! —afirmó él besándola en la frente

—Hola, papi —la saludó Lexie sacando la manita a través del abrigo—. ¿Sabes? Vicky conoce a todos los amigos de *Kitty*.

—¿En serio? —preguntó Robert—. ¿Estás segura de ello?

—Sí, papi —asintió la niña dejando los brazos de Victoria para ir a los de su padre—. Y ¿a que no sabes lo más alucinante?

—Dime —la invitó él divertido.

—Que *Kitty* está haciendo ganar una millonada de dinero a su creadora. ¿No es fantástico?

—¿En serio? —exclamó sorprendido Robert.

—Ah..., si lo dice Vicky —comentó Bárbara al tiempo que le guiñaba el ojo a su hermana—, no lo dudes ni por un segundo.

Al día siguiente, a la hora de la comida, mientras Lexie y Victoria hablaban con Ona y Rous en la cocina sobre sus conocimientos del mundo de *Hello Kitty*, la puerta se abrió y aparecieron Set y Doug.

—Buenas tardes, chicos —los saludó la mujer.

—Buenas tardes, Ona —respondieron los dos mozos al unísono.

—Hola, Rous —saludó Set dirigiéndose a la muchacha, que bajó la mirada al suelo y salió a toda prisa de la cocina.

—Ona —informó entonces Doug a la anciana—, acabo de visitar a *Geraldine* y he visto que tiene el abdomen en forma de pera. A mi juicio, está en fase prodrómica.

—¿Qué quiere decir eso? —preguntó Victoria con curiosidad.

—Que nuestra *Geraldine* va a tener a su ternero en cuestión de horas —explicó Ona mientras observaba con tristeza cómo se marchaba Rous.

Victoria no quería ver más dolor en los ojos de la anciana, así que salió de la cocina y alcanzó a la muchacha en la escalera.

—¿Qué pasa? ¿Por qué te vas?

Como Rous no la miraba, ella le levantó la barbilla.

—Contéstame, por favor. ¿Qué te pasa?

—Me siento mal —murmuró con los ojos llenos de lágrimas—. No quiero que...

—Si es por la pérdida de Tom —la interrumpió Victoria—, todos nos sentimos mal.

—Ya lo sé —asintió limpiándose las lágrimas.

—Tú mejor que nadie deberías saber lo que Tom pensaría si viera lo que estás haciendo. Estoy segura de que diría: «Rous, la vida se vive sólo una vez, aférrate a ella».

—Victoria, no quiero que Ona se quede sola —dijo rompiendo a llorar—. He estado siempre con Tom y con ella. Me han tratado como a una hija y creo que sería horrible que en estos momentos en los que me necesita yo comenzara a salir con Set. ¿No lo entiendes?

—Claro que lo entiendo —respondió Victoria—. Y estoy segura de que, si Ona te oyera, se enfadaría muchísimo. ¡Por Dios,

Rous! Ella nunca estará sola, porque siempre tendrá tu amor y el de todos los que la queremos.

—Sí, pero...

—No hay peros que valgan —dijo Victoria—. Ella quiere verte feliz, no llorosa y amargada. Rous, las personas que amamos, y eso lo sabes tú mejor que nadie, por desgracia mueren, y aunque en un principio creas que todo se paraliza, lo único que se paraliza es tu vida. El mundo sigue girando. Por tanto, haznos el favor a todos, incluidos Ona y Tom, de subir a tu habitación, ponerte guapa y bajar a la cocina antes de que Set se marche.

—¿Por qué? —susurró la muchacha aún llorosa.

—Primero porque te lo estoy pidiendo yo —indicó Victoria muy seria—. Segundo, porque Ona está esperando que le des nietecitos a los que malcriar. Y tercero, porque Set está como loco porque lo mires y le des una mínima esperanza.

—¿Crees que Ona no se sentirá mal?

—Por supuesto que no. Estoy convencida de ello, Rous.

—Vale —asintió la chica, que corrió escaleras arriba—. No tardaré.

—Oye, ponte mi chaqueta azul Versace, esa que tanto te gusta —la animó ella—. Y tranquila: no permitiré que Set se vaya antes de que vuelvas.

A continuación, Victoria dejó escapar un suspiro y se volvió para bajar la escalera. De pronto, Ona apareció de entre las sombras con una radiante sonrisa.

—Gracias —dijo la anciana acogiéndola en sus brazos—. Gracias, cariño mío, por ser como eres y por querernos como nos quieres.

Ambas permanecieron abrazadas durante unos segundos en silencio, hasta que oyeron el motor de un coche.

—Victoria —expuso entonces Ona, separándose de ella—,

me haría muy feliz malcriar a más nietecillos aparte de los de Rous.

Con una sonrisa, Victoria miró a través del cristal de la puerta y vio besarse a Robert y a Bárbara.

—¿Sabes, Ona? Si mi hermana y Robert no se matan antes, creo que te llenarán la casa de nietecillos —declaró, lo que hizo reír a la anciana.

En ese momento Niall entró en la casa tan guapo como siempre y, tras acercarse a ellas, besó a su abuela en la mejilla. Después tomó la mano de Victoria y la miró de aquella forma que la hacía levitar.

—Coge algo de abrigo y ven conmigo.

—¿Adónde? —preguntó ella poniéndose el chaquetón de Tom.

—Ya lo verás.

—Niall, tesoro —dijo Ona con una sonrisa—, Doug acaba de decirme que *Geraldine* ha comenzado la primera fase del parto.

—No te preocupes, abuela —la tranquilizó él con una sonrisa—. Llevo el *walkie*, y en cuanto me llaméis estaré aquí.

Sin decir nada más salieron al exterior, donde *Stoirm* correteó a su alrededor al verlos.

—¿De quién es ese coche? —preguntó Victoria al ver un todoterreno negro.

—Sube y espérame dentro —le indicó Niall—. Prometo responder a todas tus preguntas.

Con una sonrisa, Victoria montó en el vehículo y observó cómo Niall hablaba con Robert y con Bárbara. Debía de estar dándoles indicaciones sobre *Geraldine*. Cuando por fin subió al coche y arrancó el motor, Victoria se despidió con la mano de su hermana, que le guiñó un ojo y sonrió.

Tras unos minutos circulando por la carretera apareció ante ellos el castillo de Eilean Donan, iluminado con las suaves luces del atardecer.

Niall detuvo el vehículo en el arcén. El paisaje merecía unos segundos de disfrute.

—Es increíble —murmuró Victoria—. No me extraña que mi cliente quiera que su anuncio se grabe aquí.

—¿Por qué piensas ahora en el trabajo? —preguntó él ceñudo.

—No lo sé. Quizá porque este castillo y, en especial, su maldito conde son los responsables de que yo esté aquí.

—Te llevo justamente allí —le anunció él—. Vamos a ver de cerca eso que tu cliente necesita.

—¡Genial...! ¡Fantástico! —exclamó haciendo reír a Niall.

Pocos minutos después, tras saludar a un empleado en la entrada, Niall dejó el todoterreno en el aparcamiento del castillo.

—Madre mía —soltó Victoria mientras cruzaban andando el puente de piedra—. La cantidad de veces que he visto este puente y este castillo en las películas. Nunca pensé que algún día yo estaría aquí.

—El primer asentamiento que hubo aquí fue en el siglo VI —indicó con orgullo Niall—. Se cree que su nombre proviene de un obispo irlandés llamado Donan que llegó a Escocia alrededor del año 580 de nuestra era.

—¡Qué fuerte! —murmuró Victoria mirando la espectacular mole de piedra y años.

—En 1220, por orden de Alejandro II de Escocia, se construyó un castillo sobre las ruinas del antiguo fuerte de los pictos. Con el paso de los siglos, ese castillo fue adoptando diferentes formas hasta llegar a ser lo que es hoy.

Victoria escuchaba boquiabierta lo que Niall le contaba, hasta que llegaron frente al castillo.

—Es majestuoso —musitó tocando su oscura y fría piedra.

—Espera un segundo aquí —le indicó él.

Eran las cinco y cinco, y los empleados del castillo se marchaban a casa. Niall regresó a su lado tras hablar con ellos.

—¿Qué ocurre? —preguntó ella al ver cómo la miraban sonriendo. Se había sentido observada por ellos desde que la habían visto entrar.

—El horario de visitas ha terminado —explicó Niall cogiéndole la mano y, tras guiñarle un ojo, sonrió—. Pero para algo soy la mano derecha del conde, ¿no te parece?

—No te meterás en ningún lío, ¿verdad?

—Tranquila —dijo él besándola—. Aquí, el conde y yo somos la misma persona.

Tras pasar por su puerta ojival, donde un escudo encastrado en la piedra presidía la entrada, Victoria preguntó:

—¿Cuál es el horario de visitas?

—Por norma, de diez de la mañana a las cinco de la tarde, excepto en julio y agosto, que es de nueve a seis. Pero en este instante, princesa —añadió él al tiempo que hacía una reverencia—, tienes el castillo entero a tu disposición.

—¡Genial! —clamó Victoria—. Ahora sólo falta que aparezca el conde.

—Tranquila, aparecerá —aseguró él con una sonrisa.

Una vez llegaron a la primera sala, Victoria contempló con curiosidad una exposición sobre la historia del castillo, para pasar después a otra estancia de decoración recargada con unas grandes ventanas góticas y unas mesas y unas sillas de roble espectaculares.

Durante un buen rato estuvieron recorriendo el castillo, mientras Victoria observaba con atención y escuchaba todas las explicaciones que Niall le iba dando. Incrédula, observó cómo él le mostraba un mechón de cabello del príncipe Carlos Eduardo Estuardo, considerado por muchos un objeto casi de culto. Maravillada, examinó también las enormes librerías, las increíbles chimeneas, e incluso rio cuando Niall, acercándose a uno de los cuadros, bromeó indicando que el personaje que aparecía allí representado era antepasado suyo.

—¿Por qué crees que este buen hombre no puede ser mi tatarabuelo? —inquirió él.

—Vamos a ver —se mofó ella—. Es como si yo te dijera que mi tatarabuela fue *Minnie Mouse*. ¿Me creerías?

—Hombre, ahora que lo dices, por supuesto que sí —contestó él divertido—. Conoces a la perfección el mundo de Disney, ambas sois morenas, con los ojos grandes, mandonas y presumidas. ¿Por qué no?

—¡Anda, calla, pedazo de tonto! —le pidió ella sonriendo y golpeándolo en el brazo.

Al llegar a la cocina, Victoria se partió de la risa cuando Niall puso en marcha una grabación que reproducía los sonidos producidos por los ratones, luego pasaron a una cocina de los años treinta, y de allí, a un salón enorme de cuyas paredes colgaban unos vistosos tapices con los colores del clan McKenna.

—Qué sitio tan precioso. Todo él destila historia y, sobre todo, romanticismo —comentó Victoria sentándose en una de las sillas—. No me extraña que tu jefe lo piense dos veces antes de alquilar el castillo. Sería terrible que, poco a poco, todo esto se fuera destruyendo. Hay gente bastante incívica y, la verdad, esto tiene tanta magia que es una pena que se pierda. Si fuera mío, no permitiría que nadie entrara.

—Me alegra oír eso —asintió Niall complacido. Aquellas palabras le habían dicho mucho más de lo que ella creía—. ¿Sabías que en el año 2007 los lectores de la revista *Scotland* eligieron este castillo como uno de los iconos de Escocia?

—¿En serio? No. No lo sabía, aunque en mis notas estará —comentó Victoria interesada—. Pero oye, lo que me ha llamado la atención son los terminales informáticos que he visto por ahí.

—Son para las personas de movilidad reducida —explicó él apoyado en el quicio de la puerta—. Debido a los tramos de escaleras, algunas zonas del castillo son de difícil acceso para ellos, por eso pusimos los terminales informáticos. No queremos que nadie se quede sin ver o conocer la historia de nuestro castillo.

—Una de las noches que hablé con Tom, me dijo que en el año 1719 un destacamento español de cuarenta y seis soldados que apoyaba la causa jacobita tomó el castillo y construyeron un polvorín mientras esperaban armamento y un cañón español.

—Así es. Pero la noticia llegó a oídos de los ingleses y éstos mandaron tres fragatas que bombardearon el castillo sin éxito durante tres días, gracias a sus muros de cuatro metros y medio de grosor. Al final, el capitán de una de las naves envió a tierra a varios de sus hombres, que consiguieron derrotar a tus compatriotas.

En ese momento apareció un chico pelirrojo en la puerta que le indicó a Niall que se marchaba.

—Hasta mañana, Glen —se despidió él.

—¿Se van todos?

—Sí —asintió Niall agachándose para quedar a su altura—. A excepción de un par de guardas. No tienes nada que temer.

—¿Sabes? —Victoria estaba impresionada—, se me hace raro pensar que entre estos muros sangre española como la mía luchó con sangre escocesa como la tuya.

—Entonces, algo nos une, ¿no crees? —Niall le dio un beso fugaz—. Quién sabe si alguno de aquellos españoles no era un antepasado tuyo que no ha descansado en su tumba hasta traer de nuevo aquí más sangre española.

—Oh, Dios mío —exclamó ella—. ¿Crees en esas historias?

—Escocia está plagada de historias y leyendas fantásticas —expuso él—. Aquí tenemos mucho respeto a las leyendas. Ven, sígueme.

Sin preguntar, Victoria se dejó guiar a través de una estrecha escalera hasta que llegaron a una puerta de madera oscura. Niall sacó una llave de su bolsillo, abrió la puerta y encendió la luz.

Victoria vio entonces ante sí una maravillosa habitación, tan lujosa o más que la de un carísimo hotel. Las paredes y el suelo eran de piedra y madera como en el resto del castillo. A la derecha, un sofá en color beige con cojines marrones ocupaba un espacio ante la enorme chimenea que calentaba la estancia. Al otro lado de la habitación había una preciosa y enorme cama en hierro forjado que hizo que el pulso se le acelerase.

—¿Qué te parece? —preguntó Niall divertido.

—¿De quién es esto?

—Es uno de los aposentos privados del castillo —respondió él invitándola a entrar para cerrar la puerta a continuación—. Los turistas tienen prohibida la entrada.

—Creo que no deberíamos estar aquí —murmuró Victoria apoyándose en la puerta. Su cabeza no dejaba de discurrir, ¿qué ropa interior se había puesto esa mañana?—. Si tu jefe se entera de esto, podría despedirte. ¡Vámonos!

Con una seductora sonrisa, Niall plantó las manos en la puerta a ambos lados de su cabeza y, dejándose caer sobre ella, la besó con dulzura.

—Tranquila, cariño —susurró haciendo que el vello se le erizara—, el conde y yo nos llevamos muy bien. Estoy seguro de que no le importará que utilice esta habitación.

A Victoria todo aquello le parecía una locura, pero tenerlo tan cerca resultaba demasiado tentador como para insistir. Su tono de voz, su mirada, su cuerpo y su olor podían con ella. Era imposible resistirse a aquel hombre cargado de testosterona que la miraba con ardor.

—Estás asustada —dijo él rozando sus labios contra su sien—. Lo veo en tus ojos cada vez que te miro. ¿De qué tienes tanto miedo?

—De ti. Te temo a ti porque estás consiguiendo lo que nunca nadie ha conseguido de mí.

—Mmm..., me gusta oír eso —admitió Niall separándose de ella—, pero te he traído aquí para hablar contigo y para cumplir alguno de tus deseos.

Aturdida, y casi sin escucharlo, Victoria observó los fuertes músculos de sus brazos. «Dios... Deseo desnudarte y que me desnudes, y que me hagas el amor de una santa vez», pensó mirándolo con deseo.

Sin embargo, centrándose, se obligó a no pensar en cómo se comportaría Niall desnudo encima de ella en aquella cama enorme.

—Cumplir mis deseos... —repitió—. ¿Qué deseos?

—Proporcionarte un baño caliente me es imposible en este lugar, pero sí puedo ofrecerte ver cualquiera de estas tres películas de estreno —señaló él cogiendo unos DVD— sentada en este confortable sofá sin que nadie te moleste.

—¡Una película de estreno! —exclamó Victoria emocionada.

—Todo eso regado con... —Niall sacó algo de una pequeña nevera— Coca-Cola Zero.

Al ver el refresco, Victoria casi se abalanzó sobre él.

—¡Ay, Dios mío! —chilló al tenerlo en sus manos—. Cuánto te he echado de menos.

—También puedo ofrecerte palomitas, sándwiches de jamón y queso y...

—¿Y? —gritó emocionada como una cría.

—Una fantástica y calentita taza de té Earl Grey, recién traído desde el Starbucks más cercano.

—¡Dios mío! —exclamó incrédula—. ¿De verdad me has traído un Earl Grey?

Divertido, Niall sacó un par de termos y un par de vasos de las cafeterías Starbucks. Tras quitarse el chaquetón, ella tomó asiento emocionada y suspiró al oler el té que él le servía.

—Te cambio un riquísimo té negro con toques de esencia de bergamota de la región de Sri Lanka por uno de tus besos españoles —susurró Niall sentándose junto a ella.

Enredando los dedos en el pelo de él, Victoria le inclinó la cabeza y lo besó con pasión, lo que hizo que el escocés se excitara en cuestión de segundos.

—Si me vas a besar así siempre —dijo sonriendo—, te prometo que pongo una franquicia de Starbucks donde tú quieras.

Victoria sonrió, soltó la taza y lo cogió suavemente por los hombros para atraerlo de nuevo hacia sí. Aquel hombre le gustaba demasiado como para no perder la cordura. Ya no le importaba si llevaba puestas sus mejores bragas de La Perla o las de cuello alto de algodón de Ona. Ya no podía más. Lo deseaba, y lo deseaba ya.

—Ehhh, princesita —susurró Niall separándose de ella para su decepción—. Estamos aquí para cumplir tus deseos, no los míos.

—En estos momentos, cromañón —comentó ella rozándole los labios—, tú eres mi mayor deseo.

—Ufff... —Él soltó un suspiro al intentar contener sus salvajes apetencias—. Te aseguro que estoy echando mano de todo mi autocontrol para no lanzarme sobre ti, arrancarte la ropa y hacerte las cosas que llevo semanas deseando hacer.

—No te contengas —le sugirió Victoria al sentir su dura erección—, porque yo no voy a contener las locas apetencias que tengo de ti. Ahora ya no.

—Espera un momento —le pidió Niall al verla tan excitada—. Creo que antes deberíamos hablar. Tengo cosas que contarte que...

—¡Por todos los santos, Niall! —gruñó ella al sentir cómo la sangre se le convertía en fuego y el corazón le latía a mil revoluciones por minuto—. ¿Quieres hacer el favor de callar y hacerme el amor? Te deseo, maldita sea, y no quiero esperar más.

El escocés sintió que el pantalón le iba a explotar.

—A sus órdenes, lady Dóberman —dijo tomándola de la mano para que se pusiera en pie. A trompicones, llegó hasta la cama con Victoria colgada de su cuello.

—Siéntate —le ordenó ella, mirándolo a los ojos.

Obediente como un corderito, Niall se sentó al borde de la cama y ella montó a horcajadas sobre él. Durante unos segundos notó cómo Victoria apretaba sus muslos contra los suyos, consiguiendo que su erección se endureciera de tal manera que el simple hecho de respirar le doliera. Cada vez que ella tomaba las riendas en los momentos íntimos, el escocés se quedaba paralizado, pero la boca ardiente de Victoria rozándole el cuello lo hizo reaccionar y, sujetándole las manos, se levantó con ella en brazos y con un rápido movimiento la tumbó de espaldas sobre el colchón.

—Chis, princesita —susurró devorándola con la mirada—. He deseado este momento seguramente antes que tú, por lo que, por favor, cierra los ojos, relájate y déjame disfrutar lo que tantas veces he soñado.

«Ay, Dios, creo que voy a gritar», pensó ella dejándose llevar.

Con una sensual sonrisa, Victoria arqueó la espalda para permitir que él le quitara el jersey Moschino, que dejó caer a un lado.

«Gracias a Dios que llevo el conjuntito negro de La Perla», se congratuló en silecio al ver cómo Niall la miraba embelesado.

Con la respiración entrecortada, él bajó la boca y, tras abrir con los dientes el cierre delantero del sujetador, lo soltó de nuevo. Sus senos quedaron liberados ante él, lo que hizo que a Niall se le secara la boca.

—¡Qué maestría desabrochando sujetadores! —exclamó Victoria.

—En esta vida he aprendido de todo, pequeña —se mofó deseoso de chupar sus duros y oscuros pezones.

«Serás fanfarrón», se dijo ella y, en un arranque de rabia, se movió con rapidez para colocarse de nuevo encima de él.

—Qué maestría para tenerme a tu merced —indicó el escocés con una sonrisa.

—En esta vida he aprendido de todo, pequeño —replicó Victoria dándole donde quería.

Entre ellos saltaban chispas. Eran amantes al tiempo que rivales. Por lo que Niall, con su hombría herida, se levantó de la cama con ella en brazos y, apoyándola en el respaldo de un sillón, ella quedó sentada con las piernas alrededor de él.

—Ahora eres mía. Mía y de nadie más.

Al oír eso y sentir su fuerza, Victoria comenzó a jadear. Notar su sensual mirada, la dura erección contra ella y el deleite con que le acariciaba los pezones era lo más excitante que había sentido nunca. Sonriendo, Victoria buscó entonces su boca y le dio un beso salvaje y ávido, mientras le subía lentamente la camiseta por las costillas hasta quitársela por la cabeza.

Ambos estaban ahora desnudos de cintura para arriba. Mientras Niall bajaba la cabeza y jugueteaba con sus pezones, haciéndola estremecer, Victoria fue consciente por primera vez del brazalete tatuado en negro que él llevaba alrededor del brazo derecho.

«¡Qué sexy, por Dios!», pensó al rozarlo.

Aquello la excitó aún más, por lo que bajó las manos y desabrochó el botón de sus Levi's. Entonces, él, sujetándole las manos, subió la boca para besarla mientras presionaba su erección contra ella, lo que la hizo gemir.

Victoria no podía soportarlo más, deseaba que la penetrara de una vez, y estuvo a punto de gritar al sentir cómo él metía la mano por la delantera de su pantalón y sus dedos rozaban su sexo húmedo. A continuación, con un rápido movimiento, Niall le bajó los pantalones y la ropa interior, dejándola completamente desnuda y expuesta ante él.

—Eres más preciosa de lo que imaginaba —susurró con voz ronca por la lujuria.

—¡Suéltame las manos y bájame al suelo si no quieres que comience a gritar! —se quejó ella.

—Mientras sea de placer... —comentó él obedeciendo—. Grita cuanto quieras, cariño.

—¿Tú vas a gritar? —preguntó ella juguetona.

—Mmm, no lo sé, dímelo tú.

—Vas a gritar —sentenció Victoria al tiempo que le llevaba la mano a la entrepierna para agarrar su pene duro y grueso, notando cómo él se tensaba mientras lentamente, con la otra mano y la ayuda de los dientes, ella le bajaba el pantalón y el bóxer Calvin Klein.

Una vez ambos estuvieron desnudos y en el suelo, Victoria

recorrió con su húmeda y caliente lengua el interior de los muslos del escocés y, cuando alcanzó su miembro duro y terso, jugueteó unos segundos con él con una malévola sonrisa pintada en la cara.

—Me estás matando —murmuró Niall, que no tuvo más remedio que cogerla entre sus brazos—. ¡Ven aquí, fierecilla!

De dos zancadas la llevó hasta la preciosa cama con dosel y, tras depositarla con delicadeza en el colchón, se tumbó sobre ella. Luego, tras alargar el brazo, sacó un preservativo de su cartera. Lo abrió con los dientes y se lo puso con rapidez.

—Creo que estoy tan caliente que siento decirte que no va a durar mucho, cariño.

—¡Disculpas..., disculpas! —suspiró ella haciéndolo reír.

—Pero te prometo que las próximas cien veces serán infinitamente mejores —susurró él al tiempo que la penetraba.

—¿Sólo cien? —jadeó Victoria al sentir cómo su calor la inundaba.

Niall sonrió y, asiéndola por el trasero, de inmediato comenzó a hundirse más y más en su interior embistiendo rítmicamente, al tiempo que Victoria recibía extasiada sus deliciosas estocadas.

—Mi amor... —musitó él al oírla gemir.

Enloquecido, siguió embistiendo con pasión una y otra vez, hasta que la oyó gritar y sintió cómo sus músculos se tensaban alrededor de él al alcanzar el clímax. Al notar que ella se dejaba llevar, Niall la penetró profundamente un par de veces más hasta que, sin poder contenerse, hundió la cabeza en su cuello y fue él quien gritó.

Esa noche fue larga y placentera para ambos pues, tras esa primera vez, llegaron otras cinco, hasta que, agotados, se rindieron al sueño abrazados y felices.

24

A la mañana siguiente los despertó un ruido mecánico y continuo. Aún permanecían abrazados cuando Niall alargó el brazo para coger su *walkie-talkie*.

«¡Oh, Dios mío!, me encanta estar entre tus brazos», pensó Victoria somnolienta.

Cuando dormía con Charly, ya desde la primera vez que lo habían hecho juntos, cada uno despertaba en su lado de la cama, ambos necesitaban su espacio. Sin embargo, con Niall era diferente: le gustaba sentir su cuerpo, su calor y su cercanía, y eso la hizo sonreír.

—Cariño —dijo de pronto él saltando de la cama—. Te prometo que esto se repetirá tantas veces como quieras. Volveré a traer té de Starbucks, piratearé estrenos y compraré palomitas, pero ahora levántate, por favor —susurró mientras cogía sus pantalones—. Robert ha llamado: *Geraldine* está de parto.

Oír el nombre de la vaca hizo que Victoria se pusiera en marcha de inmediato. Era la vaca de Tom, y todos ansiaban que esa vez el ternero consiguiera sobrevivir.

Sin apenas hablar por las prisas, en menos de quince minutos estaban en el todoterreno camino de la granja. Al llegar allí se encontraron con Bárbara, que de inmediato buscó respuestas en la mirada de Niall. No obstante, enseguida intuyó que no le había contado la verdad a su hermana.

—¡Maldita sea! —murmuró al verlo pasar por su lado.

Niall se detuvo y se volvió hacia ella.

—Tranquila, cuñada —dijo dándole un beso en la mejilla—. Intenté decírselo ayer, pero vuestra pasión española no me lo permitió. —Bárbara no pudo evitar sonreír—. No te preocupes, que en cuanto resuelva el parto de *Geraldine*, te prometo que volveré a llevármela y se lo diré. De hoy no pasa.

—Te tomo la palabra —le advirtió Bárbara al verlo correr hacia el establo.

—¿De qué le tomas la palabra? —preguntó su hermana al acercarse a ella.

—Ehhh..., vaya, vaya, Vicky... —se mofó Bárbara al verla—. Hoy tienes la tez más tersa y radiante. ¿Tienes algo que contarme?

—Nada especial —contestó Victoria, que salió corriendo detrás de Niall—, sólo que soy feliz.

—Hola, tía Vicky —la saludó de pronto Lexie acercándose a ella.

«¿"Tía Vicky"?», pensó Victoria, pero como quería presenciar el parto de *Geraldine*, la saludó únicamente con una sonrisa y siguió a Niall.

Nunca había visto nada parecido en directo. Al llegar al establo se encontró con Ona, Set, Robert y Niall, que se miraban con cara de preocupación.

—¿Qué ocurre? —inquirió.

—Han llamado al veterinario —señaló Niall arremangándose—, pero viene desde Aberdeen, y está demasiado lejos.

—Y ¿vosotros no sabéis qué hay que hacer? —planteó incrédula Victoria—. Se supone que estáis acostumbrados a estas cosas.

—Sí, tesoro —asintió Ona con gesto de preocupación—. Lo que ocurre es que nos acabamos de dar cuenta de que el ternero viene de costado.

—Ona, vamos —le indicó Robert asiéndola por el brazo—. Ahora que Niall y Victoria están aquí, vayamos a desayunar nosotros. No hemos probado bocado desde hace horas, y creo que todos lo necesitamos.

La anciana se movió de mala gana, pero tras convencerse de que no se podía hacer nada hasta que el veterinario llegara, se marchó con Robert y Set.

Niall y Victoria permanecieron junto a *Geraldine* durante más de una hora. No podían hacer nada, pero tampoco podían marcharse y dejarla sola.

—Cliver ya está aquí —anunció Doug, que entró junto a un joven veterinario.

—Hola, Cliver —saludó Niall tendiéndole la mano—. Creo que el ternero viene con problemas.

—No te preocupes. —El chico empezó a sacar el instrumental de su maletín—. Esta vez, Tom nos ayudará y todo saldrá bien.

Fue una ardua tarea, y en muchos momentos pensaron que *Geraldine* no lo superaría. Sin embargo, de pronto, la pequeña cabeza peluda apareció detrás de las pezuñas y el parto terminó con éxito.

Con la felicidad dibujada en el rostro, Niall abrazó a Victoria, que aún estaba conmocionada por lo que acababa de presenciar. No podía apartar la vista de la ternera recién nacida.

—Aún estoy temblado —confesó cuando él la besó con dulzura.

—Yo también, pero de emoción. La pequeña *España* vivirá —dijo él con los ojos vidriosos—. Seguro que el abuelo debe de estar aplaudiendo de felicidad.

—¿De verdad vais a llamarle *España*?

—Por supuesto. El abuelo me dijo que el ternero debía llamarse *España* o *Victoria* —explicó él, que a continuación rompió a reír a carcajadas.

—Ni se te ocurra llamarla *Victoria* —protestó ella—. Sólo me faltaba ahora tener nombre de vaca.

—No, cariño —la corrigió Niall riendo aún—. En todo caso, la vaca tendría tu nombre.

—Anda..., anda, ve —dijo Victoria al ver que Ona no dejaba de mirarlos desde la casa—. Dile a tu abuela que todo ha salido bien.

Tras darle un rápido beso, él salió corriendo como un niño pequeño. Al oír la buena noticia, Ona se llevó las manos a la boca emocionada y abrazó a su nieto. A la alegría colectiva se sumaron Robert y Set, mientras Lexie y Bárbara se acercaban a ellos acompañados de *Stoirm*.

«Tom, lo has conseguido, tu pequeña *España* ya esta aquí», pensó Victoria emocionada mientras miraba a la ternera.

—Señorita —dijo entonces el veterinario dirigiéndose a ella—, ¿sería tan amable de coger este papel?

—Sí..., sí, por supuesto —accedió Victoria acercándose.

—Tome. —Le entregó varios documentos—. La copia rosa es para ustedes. Necesito que el conde McKenna firme la amarilla y me la devuelva.

—No se preocupe —repuso ella—. En cuanto el conde regrese de su viaje, se la entregaremos para que la firme y se la haremos llegar por correo.

Al oír eso, el veterinario la miró extrañado.

—¿Para qué me la van a mandar por correo si el conde está ahí? —preguntó el joven.

—No lo entiendo. —Victoria aún sonreía.

—Disculpe —insistió él—. Quizá soy yo quien no la ha entendido a usted. Creí que había dicho que el conde estaba de viaje.

—Y así es —asintió Victoria.

Ahora sí que el veterinario estaba hecho un lío.

—Pero si el conde está ahí —indicó señalando hacia el grupo que reía—. El señor Colum Niall McKenna.

De pronto Victoria sintió que la sangre se le congelaba en las venas. Sin embargo, trató de mantener la compostura delante del veterinario.

—No se preocupe —murmuró comenzando a andar hacia el porche de la casa grande, donde estaban todos—. Ahora mismo se la firmará el conde.

Mientras caminaba hacia ellos, sentía cómo el corazón le latía con fuerza. La habían vuelto a engañar como a una tonta, y ella había caído de nuevo en la trampa.

«Te odio, Niall McKenna... Por segunda vez en mi vida me han utilizado, y eso no te lo voy a perdonar», se dijo tratando de contener las lágrimas.

Tras soltarse del abrazo de Robert, Bárbara volvió la vista hacia su hermana y la sonrisa se le congeló en el acto al verla caminar hacia ellos. Su mirada fría como el hielo le indicó que lo había descubierto todo.

—¡Conde Colum Niall McKenna! —gritó Victoria parándose a escasos metros de todos ellos.

Niall cerró los ojos con fuerza al oír su voz, y tomó aire antes de volverse hacia ella.

La calidez de su mirada había desaparecido por completo y ahora sólo veía rabia y desilusión en aquellos ojos negros.

—Escúchame, Victoria, deja que...

—¡No! —chilló ella tirándole el papel amarillo—. No quiero escucharte. Firma este maldito documento para que el veterinario termine su trabajo y olvídate de mí a partir de este mismo instante, maldito hijo de puta.

—Ven, Vicky —murmuró Bárbara cogiéndola del brazo, pero su hermana también la rehuyó a ella.

—Lo habéis pasado bien, ¿verdad? —gritó mirándolos a todos—. Os habéis reído a mi costa durante estas últimas semanas. Maldita pandilla de mentirosos. Por un momento creí que os importaba y que vosotros erais lo más genuino que había conocido en mi vida.

Con gesto serio, Ona no apartaba la vista de ella. No podía decir nada, sabía que la muchacha se sentía decepcionada por todos, y ella era una más en aquella trama.

—Necesito un coche para volver a Edimburgo, ¡ya! —chilló Victoria andando hacia la casa. Al pasar junto a Niall, él se interpuso en su camino—. Quítate de en medio, conde.

—Por favor, cariño. Necesito que me escuches —intentó explicarse el escocés, desesperado por el modo en que se habían precipitado los acontecimientos—. Anoche intenté decirte la verdad en varias ocasiones, pero...

—Anoche me utilizaste —le escupió ella.

—Eso no es así, y tú lo sabes.

Victoria lo fulminó con la mirada y, sin responderle, lo rodeó para entrar en la casa. No obstante, antes de cerrar la puerta vociferó sin volverse:

—¡Quiero un coche para regresar a Edimburgo dentro de diez minutos, Niall, no pienso volver a repetirlo!

Cuando la puerta de entrada se cerró, todos se miraron confundidos. A su modo, cada uno de ellos se sentía partícipe de aquella trama, y todos cargaban su parte de culpabilidad por no haberlo aclarado y haber dejado que la mentira continuara un día tras otro.

Con el corazón en un puño, Bárbara sintió que le había fallado a su hermana, pero ya nada se podía hacer. Victoria se había enterado por un extraño, y sabía que eso le había llegado al corazón.

—Niall —lo llamó Bárbara para atraer su atención.

—¿Qué?

—Te lo dije —susurró entrando en la casa.

Cuando Bárbara entró en el dormitorio, se encontró a Victoria metiendo sus escasas pertenencias en su *trolley* Versace.

—Vicky, yo...

—¡Cállate! No quiero escucharte. Eres tan embustera como todos ellos —gritó—. ¡Eres la peor! Se supone que eres mi hermana y que al menos tú deberías haber sido sincera conmigo.

—Tienes razón —susurró ella sentándose en la cama—. Y te juro que lo intenté. Lo intenté cientos de veces, pero...

—¿Desde cuándo lo sabes?

—Me enteré la tarde que estabas en la clínica —respondió Bárbara rompiendo a llorar—. Me enfadé muchísimo cuando lo supe, y pensaba decírtelo, pero entonces ocurrió lo de Tom y me dejé llevar por mis sentimientos. Además, Niall me hizo prometer que dejaría que él te lo contara.

—Oh, sí, claro. Vas tú y le concedes a ese idiota más tiempo para que siga riéndose de mí, ¿verdad? —chilló Victoria tirando sus carísimos *manolos* rojos contra el *trolley*—. Gracias, hermanita. Gracias por nada.

—Vicky, por favor. Entiendo que estés enfadada, pero... tú misma me dijiste que aquí tu vida estaba cambiando, incluso me animaste a seguir mi relación con Robert porque su fondo te parecía excepcional.

Victoria se llevó entonces las manos a la cabeza y cerró los ojos. Su hermana tenía razón. Su corazón le había gritado que aquella gente, cuando le sonreía, lo hacía de verdad, pero ella se resistía a pensar eso, así que continuó con su equipaje.

—Creo que ya es hora de volver a la realidad —afirmó sentándose junto a su hermana, que cogió a hurtadillas el pijama de tomates cherry y lo metió en el *trolley*—. Quédate si es lo que deseas y...

En ese momento se abrió la puerta y Ona y Rous entraron en la habitación.

—¿Podemos pasar? —preguntó la anciana.

—Por supuesto —repuso Victoria endureciendo el tono—. Estás en tu casa.

Con el portátil de Tom en las manos, Ona se acercó hasta ella. En su cara se veía la pena y la tristeza por lo ocurrido, pero la rabia de Victoria le impidió reaccionar.

—Llévate esto —dijo la anciana tendiéndole el ordenador—. Aquí nadie lo va a usar, y es una pena que algo tan valioso se eche a perder.

—De acuerdo —accedió Victoria, y a continuación lo arrojó de malos modos en el *trolley*.

—Te traigo la chaqueta que me dejaste —susurró Rous—, y quería decirte que te voy a echar mucho de menos.

—Vale..., vale... —respondió ella fríamente.

Tras un silencio sepulcral, Ona y Rous decidieron marcharse, aunque la anciana aún tenía algo que decirle.

—Victoria, quiero que sepas que te entiendo —murmuró—. Entiendo que pienses que todos te hemos engañado y hemos seguido un absurdo juego que al final se ha vuelto en contra nuestra. No me gustó en un principio y mucho menos al final, pero Niall...

—No quiero oír hablar de Niall —la cortó Victoria.

—De acuerdo —convino la anciana—. Sólo permíteme decirte una cosa más. Nunca dudes de los sentimientos verdaderos y sinceros que Tom tenía hacia ti.

Al oír eso, Victoria se vino abajo.

—Ona —susurró con un hilo de voz al tiempo que echaba a andar hacia ella—. Gracias por los bonitos momentos. —Y, tras cogerlas a ella y a Rous de las manos, añadió—: Jamás os olvidaré.

Y, dicho esto, Victoria se volvió y, cuando las dos mujeres hubieron salido de la habitación, corrió a los brazos de su hermana, donde lloró amargamente durante unos largos minutos.

25

El viaje de vuelta a Edimburgo en el todoterreno de Niall fue un infierno. Victoria volvió a buscar en su interior su yo malicioso, y consiguió recuperar su gesto de superioridad y su mirada de advertencia, que no pasaron desapercibidos a nadie. Robert y Niall no abrieron la boca, sino que se limitaron a llevar a las chicas a Edimburgo. Cada uno iba pensando en sus propios problemas y, a pesar de las numerosas ocasiones en las que Victoria vio mirar a Niall por el espejo retrovisor buscando sus ojos, ella lo rehuyó una y otra vez.

Al llegar al hotel, sin esperar a que le abrieran la puerta, bajó del coche y, quitándole la maleta a Niall, echó a andar.

—¿Quieres hacer el favor de tranquilizarte y dejar que me explique? —dijo él deteniéndola.

—No vuelvas a poner tus asquerosas manos sobre mí, ¿lo has entendido?

—Victoria, por favor —le rogó Niall desesperado—. Dame la oportunidad de poder explicarte por qué lo hice.

—No me interesa.

—¡Por todos los santos! —bramó agarrándola del codo—. Te quiero. ¿Es que no te has dado cuenta todavía?

Oír eso no fue fácil para ella. Durante una fracción de segundo, el corazón comenzó a latirle con fuerza y deseó besar aquellos labios que tanto le gustaban. No obstante, bloqueando ese pensamiento, Victoria logró olvidarse de sus maravillosas palabras y se soltó de un tirón.

—Pues yo no siento nada por ti. No te quiero.

—Y una mierda —gritó él—. Mientes... Sé que mientes.

En ese momento Victoria deseó tener la agilidad mental de Bárbara para poder soltarle una palabra hiriente que lo dejara destrozado, pero de pronto alguien la llamó y sus ojos no dieron crédito al ver de quién se trataba.

—¡Victoria! —volvió a llamarla Charly, acercándose a ella.

—¿Y ese gilipollas de dónde sale ahora? —exclamó Bárbara.

Robert y Niall se dirigieron una mirada de reconocimiento, lo que no pasó en absoluto desapercibido a Bárbara.

—A vosotros dos os ponen un polígrafo y lo reventáis —les espetó.

—¿Charly? —dijo Victoria, que parecía que acabara de ver un fantasma—. ¿Qué haces aquí?

Como un pincel, el madrileño se plantó ante ellos vestido con un carísimo traje de color gris marengo de Elio Berhanyer, unos relucientes zapatos italianos y una camisa de Ralph Laurent. Al llegar junto a Victoria la abrazó, dejándola muda por sus muestras de afecto en público, mientras que Niall hacía grandes esfuerzos por reprimirse y no liarse a tortas con aquel tipo.

—Por Dios, peluche —exclamó Charly—. Qué pintas llevas.

—¿No se te ocurre nada mejor que decir? —bufó ella.

—Llevo buscándote cerca de una semana por toda Escocia, peluche. ¿Estás bien? —preguntó él, sin percatarse de que aquellos que vestían vaqueros gastados, jerséis de lana y botas de montaña sucias eran los mismos hombres que días antes lo habían enviado de vuelta a Edimburgo.

Victoria deseó gritar que no, que estaba fatal, destrozada y humillada. Sin embargo, decidió emplear sus armas de mujer, lo miró a los ojos y le dijo en voz alta para asegurarse de que Niall lo oyera:

—Ahora que tú estás aquí, me encuentro mejor. —Y, dirigiéndose luego a Bárbara, que los miraba con la boca abierta, añadió—: Decide lo que vas a hacer esta noche. Mañana a las nueve de la mañana te espero aquí. Si quieres algo, estaré en la suite de Charly.

Sin decir nada más ni dedicarle siquiera una mirada a Niall, se encaminó con paso alegre hacia los ascensores.

—¡¿Qué coño haces ahí parado?! —siseó Robert—. Haz algo antes de que se vaya.

—No —respondió él ceñudo—. Por mi parte, ya he dicho todo lo que pensaba. Hoy ya es tarde, pero mañana me vuelvo para la granja: Ona me necesita.

Se sentía furioso y desesperado, y así se dirigió hacia el fondo del vestíbulo, donde saludó a un par de empleados, abrió una puerta y desapareció.

—¡Oye, tú, revientapolígrafos! —exclamó Bárbara entonces dirigiéndose a Robert—. Quiero que me cuentes ahora mismo de qué conocéis Niall y tú a ese gilipollas engominado.

—Sólo si me prometes que mañana no te marcharás —repuso él cogiéndola por la cintura.

—Tú cuéntamelo —le indicó ella— y, según lo que me digas, yo tomaré mi decisión.

Una vez a solas con Charly en el ascensor, Victoria se lo quitó de encima con un brusco empujón. Él la miró como si estuviera loca.

—¿Qué coño estás haciendo aquí? —gruñó ella.

—¿Desde cuándo utilizas ese vocabulario tan soez, peluchito?

—Desde que no tengo nada que ver contigo —contestó al tiempo que pensaba dónde iba a pasar la noche.

—En tu oficina me dijeron dónde estabas —comentó el engominado acercándose a ella—. He intentado localizarte, pero ha sido materialmente imposible. Hace más de una semana que llegué a Escocia. Alquilé un coche y, con la ayuda del GPS, fui hasta un pueblucho llamado Dornie, lleno de gente vulgar, donde me...

—Dornie no es un pueblucho —lo interrumpió ella molesta, y volvió a empujarlo—. Y sus gentes son encantadoras, amables y muy cariñosas.

Charly le relató entonces su viaje, y sorprendió a Victoria al contarle que había estado en la granja y que allí un tal Tom Bucker, y no Buttler, le había indicado que la chica que estaba buscando se había marchado a Durham. Conteniendo la risa, escuchó las peripecias que su ex había tenido que pasar cuando pinchó una rueda y tuvo que esperar a la grúa, y que, a pesar de todo, no encontró al tal Tom Buttler.

Una vez en la suite de Charly, Victoria le dijo que necesitaba ducharse y se encerró en el baño. Desde allí, llamó a recepción con su móvil y reservó otra suite a nombre de Carlos Montefinos de Jerez. Luego se duchó, y antes de salir llamó al aeropuerto para enterarse de los horarios de los vuelos a España. Cuando terminó, salió del baño vestida.

—Creo que tenemos que hablar —dijo él entonces intentando asirla por la cintura.

—O me quitas las manos de encima o te juro que te pateo el culo —bufó ella haciendo que Charly se apartara.

—¡No me lo puedo creer! —se lamentó él—. Llevas un mes con tu hermana y ya hablas como ella. ¿Qué te ha pasado?

—Vamos a ver, Charly —respondió Victoria plantándose frente a él con los brazos en jarras y dejándolo de nuevo sorprendido—. Creo que las cosas entre tú y yo están muy claras. No va a haber reconciliación. No quiero tener nada que ver contigo. Sólo podemos ser amigos. ¿Te ha quedado claro?

Sin dar crédito al modo en que se comportaba ella, Charly se sentó en la cama. Mientras tanto Victoria, sedienta, abrió el minibar y sacó una cerveza sonriendo con satisfacción. A continuación apoyó la chapa de la botella contra el borde de la nevera y, con un certero golpe de la mano, la abrió.

—Pero... pero, peluche, ¿dónde has aprendido esas maneras de camionero?

Victoria dio un trago y se apoyó contra la pared para mirarlo. ¿Cómo podía haber estado enamorada de aquel tipo tan ridículo? Cualquier comparación con Niall era impensable. Era como comparar al bombonazo del anuncio de Coca-Cola con el payaso tonto del anuncio de Micolor, pensó ella riendo.

—Coge un vaso por lo menos —insistió Charly mirándola mientras ella se sentaba—. ¿Cómo se te ocurre beber de la botella?

—Porque me gusta —contestó dándose cuenta de que en realidad era así.

—¡Eso es ridículo! —exclamó él.

—Ahora me toca preguntar a mí, ¿vale, Charly?

—Dime.

—¿Cómo se te ocurrió a ti hacer un trío el día antes de nuestra boda a menos de diez metros de mí?

El hombre se quedó patidifuso al oír eso. Durante los años en que habían sido pareja, él siempre había llevado las riendas de la relación. Al principio porque Victoria estaba impresionada con él, y al final porque se había acostumbrado a complacerlo. Nunca había habido discusiones entre ellos. Nunca había habido pasión. Sólo conformidad, conformidad y más conformidad.

—No sabes qué decir, ¿verdad? —dijo Victoria poniéndose en pie.

Acto seguido, dejó la cerveza encima de la mesa, cogió su maleta y se dirigió hacia la puerta.

—¿Adónde vas?

—Me voy a dormir, mañana vuelvo a España. Esta conversación se acabó hace mucho tiempo, Charly y, por tu bien —indicó ella mirándole la entrepierna—, espero que nunca más la vuelvas a retomar.

Al salir por la puerta Victoria sintió una seguridad en sí misma que nunca antes la había sentido. Bajó a recepción y, tras recoger la llave de su nueva habitación, subió de nuevo, entró y se sentó frente al televisor. No podía dormir. Sólo esperar que las horas pasaran para marcharse de allí.

A las nueve menos cinco de la mañana, Victoria esperaba en el vestíbulo del hotel. Charly se las había ingeniado para estar también allí a esa hora, pues al parecer iban a regresar juntos a España.

Al ver entrar a Bárbara cogida de la mano de Robert, Victoria supo de inmediato que su hermana iba a quedarse en Escocia. Así pues, pidió a Charly que llevara su *trolley* al taxi mientras se despedía de ella.

Con gesto serio, Bárbara observó cómo su hermana se acercaba oculta tras sus enormes gafas Prada. Robert intuyó que necesitaban estar a solas, por lo que besó a su novia y se alejó de allí sin despedirse de Victoria.

—Vicky —murmuró Bárbara cogiéndole las manos—, yo...

—No tienes que decir nada, pedazo de tonta —le comentó intentando parecer feliz—. Si yo hubiera conocido a un highlander como el tuyo, quizá sería yo la que me quedaría.

—Eso no es cierto. Niall es un tipo maravilloso, aunque...

—No quiero hablar de Niall, por favor —pidió al sentir un pellizco en el corazón.

—Pero...

—No, Bárbara.

—Vale —accedió ella dejándolo por imposible—. Dile a mamá que volveré a casa dentro de algunas semanas, aunque será sólo para recoger mis cosas.

—Creo que es una idea excelente —afirmó Victoria.

—¿En serio?

—Por supuesto que sí. Escocia es un lugar mágico, y estoy segura de que aquí acabarás ese libro para el que viniste a tomar notas, ¿no crees?

—¡Dios, si no he tomado ni una sola! —comentó Bárbara.

—A partir de ahora tendrás todo el tiempo del mundo.

Su hermana no pudo responder, y se limitó a abrazarla. El dolor que sentía al ver a Victoria destrozada la estaba matando. ¿No estaría comportándose de un modo egoísta?

—Vicky —dijo separándose de ella—. Si me esperas quince minutos, me voy contigo a España.

—¿Tú estás loca? —susurró ella cogiéndole la cara entre las manos—. Mira, petardilla, aunque me vaya, no creas que te vas a librar tan fácilmente de mí. Por tanto, ya puedes ir diciéndole a Chewbacca que contrate una línea ADSL para que podamos escribirnos correos electrónicos, chatear o hablar por Skype. ¿Entendido?

—Vale —convino Bárbara.

—Y no te preocupes por mamá. En cuanto le diga que eres la novia de un tipo ricachón que, además de guapo, está loco por ti, será feliz. Eso sí, ¡chata! —añadió Victoria riendo—, prepárate, porque cuando mamá venga a visitarte seguro que prepara una enorme paella para todos estos escoceses.

—Te voy a echar de menos, pija de mierda —le dijo Bárbara con cariño.

—Yo a ti también, Barbiloca —respondió ella abrazándola—, especialmente cuando esté en algún spa, haciéndome un tratamiento de chocolaterapia para bajar todos los kilos de más que llevo de equipaje extra.

Tras decir eso, Victoria le dio un último beso a su hermana y se alejó. No podía seguir allí ni un minuto más. Tras subir al taxi con Charly, agitó la mano para despedirse de Bárbara y, cuando el vehículo arrancó, ella también arrancó a llorar.

Consciente de la angustia que sentía, extrañamente Charly no soltó ni un comentario desagradable y le pasó un brazo por los hombros para ofrecerle consuelo.

—Te voy a manchar el abrigo con el rímel —murmuró ella entre sollozos.

—No importa. Me compraré otro.

Hipando aún por la triste despedida, Bárbara regresó al interior del vestíbulo, y no se sorprendió cuando vio a Niall junto a Robert mirando a través de la cristalera.

—Necesito un teléfono —gimió—. Tengo que llamar a mi madre.

—Acompáñame, cariño —indicó Robert dejando solo su primo, que aún tenía el corazón en un puño después de ver cómo Victoria se marchaba recostada en el hombro de aquel idiota.

26

El sonido del teléfono la estaba volviendo loca. Hacía tan sólo dos días que había llegado a Madrid, pero el dichoso ruido no había cesado ni un segundo. Victoria se cubrió la cabeza con la almohada e intentó olvidarse del tormentoso pitido. Lo único que deseaba era pensar en Niall, en sus ojos, en su boca, y en su sensual sonrisa. Apenas hacía cuarenta y ocho horas que no lo veía y aún no lograba entender cómo iba a seguir viviendo sin él.

Sin poder soportar más el impertinente pitido, se levantó de la cama, se dirigió al salón y de un tirón logró arrancar el cable del teléfono de la pared. Una vez el silencio invadió su apartamento, se sintió mucho mejor. Quería dormir, necesitaba hacerlo. Regresó a su elegante habitación y, nada más apoyar la mejilla en su almohada Tempur, el ruido volvió de nuevo.

—¡Maldita sea! ¿De dónde...? —vociferó levantándose nuevamente de la cama.

Esta vez, el ruido provenía de la puerta de entrada. Furibunda, abrió sin importarle la pinta que llevaba y vio que fuera estaba su madre con Víctor y el portero.

—Por la Virgen del Tupperware —exclamó su amigo al verla—. ¿Qué llevas puesto?

—Un pijama de tomates cherry —casi gritó Victoria, momento que el portero aprovechó para escabullirse—. Y ¿a vosotros qué os pasa? ¿Es que no sois incapaces de respetar el sueño de los demás o qué?

—Son las seis y media de la tarde —contestó Víctor desganado—. Nos tenías preocupados y, al ver que no cogías el teléfono, no nos ha quedado más remedio que presentarnos aquí.

—Mamá —dijo Victoria dirigiéndose a Margarita—. Hablé contigo cuando llegué y te dije que estaba bien. Creo que me merezco un poco de paz.

—Tesoro —murmuró ella al ver el aspecto de su hija—. Estábamos preocupados por ti. Entiéndelo.

—Pues haced el favor de no preocuparos tanto por mí e intentad respetar mi intimidad —gritó ella, aún en la puerta.

—Porque te queremos mucho, si no... —replicó Víctor, que ahora parecía enfadado—. Hija, de verdad, es para mandarte a la mierda sin billete de vuelta. ¿Nos vas a invitar a pasar o piensas seguir ladrando mientras nos tienes en la puerta?

—Quiero dormir —bufó Victoria incrédula—. ¿Seríais tan amables de marcharos?

Margarita no podía decir nada. Sólo observaba las grandes manchas oscuras que su hija tenía bajo los ojos y la hinchazón de su cara. Eso, unido a los pelos de loca que llevaba y al enorme pijama de tomates —cherry, según ella—, le indicó que Victoria no estaba bien.

—Tesoro —insistió Margarita—. Bárbara nos ha llamado. Está preocupada por ti, y sólo queríamos...

—¡Mamá! Estoy bien, ¿no lo ves?

—Sí, estás fantástica —repuso Víctor—. Vámonos, Marga —añadió agarrando del brazo a la mujer, que en un principio se resistió—. Dejemos a la diva de los tomates cherry.

—¡Adiós! —chilló Victoria cerrando de un portazo.

Sin embargo, en cuanto hubo dado un par de pasos hacia el

dormitorio, sintió una opresión en el corazón que la hizo volver atrás, abrir la puerta y lanzarse llorosa a los brazos de su madre y de su amigo.

Dos horas después, Víctor había bajado al Vips en busca de comida y se había sorprendido al recibir una llamada de Victoria pidiéndole que subiera cervezas. Mientras tanto, Marga se afanaba en preparar algo de comer en la inmensa cocina de su hija.

—Yo te veo muy guapa —señaló Víctor, ya sentado junto a su amiga—. Creo que el aire de la montaña te ha sentado bien. Es más, incluso te veo más delgada.

—¡Imposible! —lo contradijo Victoria— Allí he comido como una vaca.

Al pronunciar la palabra «vaca», comenzó de nuevo a llorar.

Todo le recordaba a lo que tanto echaba de menos, así que Víctor tuvo que sacar un nuevo Kleenex de la caja azul.

—Por Dios, Vicky, te vas a deshidratar. Vamos, intenta seguir hablando sin llorar, ¿vale?

—Allí nada era *light* o bajo en calorías —explicó ella conteniendo las lágrimas—. Estoy segura de que reventaré la báscula.

Mientras les hablaba de Escocia, no podía evitar alternar los lloros con las miradas ilusionadas, lo que no pasó desapercibido ni a Víctor ni a Margarita.

—Mira, Vicky —dijo de pronto su amigo—. Te apoyaré tomes la decisión que tomes, pero creo que quizá deberías pensar un poco mejor lo que has dejado allí y lo que tienes aquí.

—Aquí lo tengo todo, Víctor. Mi trabajo, mi familia, mis amigos. Allí, de momento, aparte de una hermana enamorada, tengo poco más.

—¿Tan enamorada está nuestra Barbiloca? —preguntó Víctor al oírla.

—Como diría ella, hasta las trancas —contestó y sonrió al recordarla—. En ningún momento ha vuelto a mencionar a João; es más, creo que su zanahorio ha borrado cualquier sentimiento que aún pudiera tener por él.

—Ufff..., João, menudo sinvergüenza —comentó Marga entrando en el comedor con un caldito—. Se presentó en casa para que yo le dijera dónde estaba Bárbara.

—Te lo perdiste —le espetó Víctor—. Yo estaba allí y puedo asegurarte que ese machito se fue con el rabo entre las piernas, y nunca mejor dicho.

—Ésa fue la mía —explicó Margarita—. Me despaché a gusto con él. Le dije todo lo que pensaba, y no ha vuelto a aparecer.

—Me habría gustado estar presente —reconoció Victoria—. Yo también le habría dicho un par de cositas.

Mirando a su hija, Margarita deseó acurrucarla entre sus brazos, pero aún existía una pequeña barrera entre ambas que era incapaz de franquear. La frialdad que a veces Victoria le demostraba la hacía frenarse en muchos sentidos por temor a enfadarla o a sentir su rechazo.

—Tesoro —le dijo cogiéndole la mano—, sabes que estoy aquí para cualquier cosa que necesites, ¿verdad?

—Sí, mamá. Lo sé —asintió ella.

—Si necesitas hablar de Niall, ya sabes que...

—No, mamá —repuso Victoria al tiempo que retiraba la mano de la de su madre—. Ni quiero ni necesito hablar de esa persona. Quiero olvidarme de él y punto.

—Vicky —le reprochó Víctor dándole un empujón—, a veces eres más áspera que una piedra pómez.

«Es cierto», pensó ella.

Víctor y su madre hacían todo lo posible para ayudarla y, en cambio, ella seguía como siempre, en su línea de mala víbora.

—Mamá, gracias por tu ofrecimiento, pero sobre lo mío prefiero no hablar —se corrigió, e intentó sonreír—. En cuanto a Bárbara, te diré que está feliz, y que dentro de unos días regresará, pero con la intención de volver a Escocia. —Entonces vio que a su madre empezaba a temblarle la barbilla y se apresuró a añadir—: Pero no debes llorar, mamá, porque cuando conozcas a Robert y a la pequeña Lexie vas a ser la mujer más feliz del mundo.

—Querida —dijo Víctor—, con el dinero que tienen..., ¿cómo no nos van a gustar?

—En la vida no todo es dinero y lujo, tontuso —sentenció Margarita.

—Eso es cierto, mamá —asintió Victoria con tristeza—. Eso es muy cierto.

Sobre las diez de la noche, y tras prometer que regresarían al día siguiente, Víctor y Margarita se marcharon.

Una vez cerró la puerta, lo primero que hizo Victoria fue preparar la bañera. Al fin iba a darse su maravilloso y esperado baño relajante con aceites esenciales. Cogió una cerveza fresquita de su moderno frigorífico. Después se quitó la ropa y se miró en el espejo.

—Bien, ha llegado el temible momento —murmuró mientras sacaba la báscula de un rincón.

Y se subió a ella tras lanzar un suspiro. Luego miró al frente esperando oír la odiosa voz que por norma le indicaba que había engordado. «Ha perdido dos kilos ochocientos treinta gramos», anunció la voz de la báscula.

—No me lo puedo creer —susurró ella bajándose para volver a subir de inmediato—. Seguro que no me he pesado bien.

«Ha perdido dos kilos ochocientos treinta gramos», volvió a repetir la voz. Victoria, sorprendida, cogió la cerveza, dio un trago y sonrió.

Tras el subidón de la báscula, se metió en su moderna y lujosa bañera, donde disfrutó durante una media hora de un increíble baño. No obstante, pasado ese tiempo comenzó a sentirse rara y angustiada. Le faltaba algo y, con lágrimas en los ojos, rápidamente supo de qué se trataba.

Le faltaba el bullicio de aquella casa. La falta de intimidad. Los comentarios nada femeninos de Rous, los ladridos de *Stoirm*, las dulces palabras de Ona y..., sobre todo, le faltaba Niall.

Cerró los ojos e intentó retener las lágrimas. No quería llorar más, pero le resultaba imposible. No conseguía quitarse de la cabeza la noche que había pasado con él en el castillo. Su mente volaba una y otra vez al momento en que Niall le había mostrado las películas pirateadas, los termos con té de Starbucks... Al momento en que se habían besado por primera vez... Ah, sus besos, esos besos ardientes y con sabor a vida que tanto le gustaban y que tanto echaba de menos.

Despabilándose, se puso en pie en la bañera, se dio una ducha rápida y, tras ponerse el albornoz, se dirigió descalza hasta el salón. Una vez allí, se sentó en su cómodo sofá y encendió la tele con la intención de ver alguna película que la distrajera de sus dolorosos recuerdos.

Pero incluso la televisión le recordaba a Niall, puesto que en uno de los canales estaban dando *Braveheart*. «Oh, Dios mío..., un highlander», pensó, y se echó a llorar como una tonta al ver los paisajes escoceses.

Decidió cambiar de canal y en el siguiente vio que daban un

documental sobre animales en el que aparecían unos ciervos, con lo que volvió a llorar de nuevo. Cogió el mando y saltó hasta otro canal, donde se quedó durante unos segundos viendo a una señora que preparaba una tarta de manzana que le recordó a Ona. Cambió de nuevo e, incrédula, vio al tipo de «Bricomanía» que arreglaba el cercado de una finca.

«Esto es un complot», se dijo.

Sin embargo, cuando volvió a cambiar una última vez y vio al actor escocés Gerald Butler hablar sobre la película *Posdata: Te quiero*, Victoria se derrumbó del todo y, tras lanzar el mando contra la pared, volvió a llorar como una idiota.

Sobre la una de la madrugada, harta de dar vueltas en la cama y de que todo le recordara a Niall, se vistió y bajó al garaje. Cogió su coche y condujo hasta la casa de su madre. A las dos y diez de la madrugada, llamó al portero automático.

—Mamá, abre. Soy yo.

Margarita, asustada, bajó en camisón en busca de su hija. La encontró en el portal hecha un mar de lágrimas. La abrazó y ambas subieron al piso, donde *Óscar* las recibió cariñosamente.

Una vez pasados los primeros momentos de desconcierto, en los que le temblaban hasta las pestañas, Margarita intentó serenarse. Así pues, tras preparar café, regresó junto a su hija al comedor, donde la encontró sentada en el suelo junto a *Óscar*.

—Tesoro, ¿por qué no te sientas en el sillón? Cogerás frío.

—*Óscar* es un encanto de perro, ¿verdad? —susurró Victoria acariciándole la cabeza.

—Es un amor —convino Margarita.

—Mamá, te quiero mucho —dijo ella apenas con un hilo de

voz—, y quiero decirte que siento mucho todo lo que pasó y que... y que estoy enamorada de Niall y no sé qué voy a hacer para poder continuar mi vida sin él.

Margarita se había quedado sin habla. Su hija Victoria había acudido a ella en mitad de la noche en busca de apoyo, cariño y ayuda. Tras unos instantes en los que le costó reaccionar, se agachó junto a ella, la abrazó y dio gracias a Dios porque Victoria, su Vicky, había vuelto.

Sobre las cinco de la mañana, después de llevar horas hablando como solían hacer años atrás, Victoria parecía más tranquila. Charlar con su madre le había llenado de aquella paz de la que en su momento Tom le había hablado. Cuando Margarita la acompañó hasta la habitación de su niñez y la besó en la frente con ternura antes de apagar la luz, se sintió arropada y protegida como cuando era pequeña. Esa sensación y el cansancio acumulado la hicieron dormir plácidamente.

Margarita salió de la habitación con gesto preocupado y entró en la suya, donde el hombre que había cuidado de ella en el último mes la esperaba despierto, consciente de que no debía hacer el menor ruido. La inesperada visita de Victoria a su madre, y su charla posterior, era más importante que cualquier otra cosa.

—¿Está mejor?

—Tiene el corazón roto —susurró Margarita—, y eso sólo lo cura el tiempo.

—¿Quieres que me vaya?

—Lo lamento —dijo ella mirándolo incómoda—, pero creo que sería lo mejor.

—No te preocupes, cariño. Lo entiendo.

Con cuidado, ambos recorrieron el pasillo sin hacer ruido hasta la puerta de entrada.

—Ahora que Victoria ha vuelto —dijo Margarita—, tengo que hablar con ella. Lo último que querría en este mundo es que piense que yo también la engaño.

—Tranquila, cariño. Todo se solucionará.

Margarita se despidió de él y cerró la puerta. Entonces, sus ojos se encontraron con los de *Óscar*.

—No me mires así, bribón —señaló mientras caminaba hacia la cama—. Ya sé que tengo que hablar con ella.

A la mañana siguiente, cuando Victoria se despertó, lo primero que vio fue su Nancy azafata en la repisa que había frente a su cama. Con una sonrisa recordó lo ocurrido la noche anterior. Por fin había franqueado la barrera para llegar hasta su madre, y eso le gustó. Tapada hasta las orejas, recorrió con la mirada aquella habitación que durante años había sido su refugio. Ahora se veía anticuada, con aquellos edredones floreados a juego con las cortinas.

Durante un buen rato, y mientras escuchaba a su madre canturrear copla española por la casa, Victoria observó uno a uno todos los recuerdos de su niñez, hasta que llegó a la foto de su comunión y la de Bárbara.

«Por favor, por favor..., si parecemos la novia de Chucky», pensó mientras se tapaba la cara divertida con la sábana.

En ese momento, sus ojos detectaron algo y, sentándose en la cama, leyó incrédula el bordado de la sábana: «AC Santo Mauro».

«No puede ser», pensó.

Era imposible que, el día que había estado en el hotel, su madre se hubiera llevado también un juego de sábanas. Tras levantarse, retiró a continuación el edredón de la cama de Bárbara y a punto estuvo de soltar un chillido al comprobar que allí había otro juego igual.

—¡Mamá! —gritó sin entender mientras se sentaba en su cama.

La puerta se abrió y apareció Margarita con un delantal blanco y un plumero en la mano, seguida por *Óscar*, que al verla despierta acudió a saludarla.

—Buenos días, cariño —dijo la mujer besándola—. No me digas que he cantado demasiado alto y por eso te has despertado.

—No, mamá.

—Hija, ya sabes que me encanta Radio Olé y, cada vez que ponen a la Piquer, es que se me abren las carnes.

—Mamá... —le preguntó Victoria señalando el bordado de la sábana—, ¿cómo es que tienes sábanas del hotel Santo Mauro?

Al oír eso, a Margarita se le cayó el plumero al suelo.

—¡Por Dios, mamá! —exclamó Victoria poniéndose en pie—. No te habrá dado por robar, ¿no?

—Oh, no, hija, no es eso —dijo ella recogiendo el plumero—. Es sólo que...

—Pero, mamá —casi gritó Victoria al fijarse en ella—, si hasta en tu delantal pone «Hotel Santo Mauro».

—Y en el plumero también —añadió Margarita con gesto tonto.

—¡Mamá! —volvió a gritar Victoria—. ¿Qué está ocurriendo aquí?

Margarita se sentó en la cama porque las piernas le fallaban y dio una palmada a su lado en el colchón para que su hija hiciera lo propio.

—Tengo que hablar contigo —comenzó a decir—. Y, aunque

quería esperar un poco hasta que te encontraras mejor, creo que va a ser imposible. Por tanto, ahí va. —La miró un instante antes de continuar—: He conocido a un hombre, y él es quien me proporciona todo este material del hotel Santo Mauro.

—¡Ay, Dios mío! —susurró Victoria asustada—. Por Dios, mamá, no irás a decirme que te has enamorado de un tipo de los países del Este que está en España ilegalmente y que se dedica a robar en los hoteles, ¿verdad?

Margarita pestañeó y, sin poder remediarlo, se echó a reír.

—¡Habrase visto la imaginación que tiene mi Vicky!

—¿Imaginación? —repitió ella incrédula—. Mamá, estas sábanas son del hotel de la familia de Charly, mi ex para más señas, y ¿sabes por qué lo sé? Porque yo misma busqué la fábrica que las confecciona, y también porque he dormido allí muchas veces. Pero ¡lo que no sé —exclamó haciendo que Margarita dejara de reír— es cómo han llegado hasta aquí estos juegos de sábanas, las toallas que seguramente tienes en el baño y sabe Dios cuántas cosas más!

—De acuerdo, hija, pero relájate, porque la venita del cuello te va a explotar.

—¡A la mierda la venita, mamá! —bufó ella—. ¿Cómo ha llegado todo esto hasta aquí? No lo entiendo.

—Te lo estaba contando cuando has comenzado a alucinar con bandas del Este, robos y yo qué sé qué más —replicó la mujer con vehemencia.

—Mamá, por favor...

—Vicky, quien me regala estas maravillosas sábanas y todo lo demás no es ningún delincuente, porque yo nunca estaría con una mala persona y...

—¡Mamá, desembucha de una vez! —chilló Victoria.

—Es Juan. ¡Ea, ya lo he dicho! —Suspiró.

—¿Juan?... ¿Qué Juan? —preguntó su hija sin entender

—Juan Montefinos de Jerez Almendros Martínez.

El primer impulso de Victoria fue chillar. ¿Qué hacía su madre con su exsuegro? Pero al ver cómo la miraba ella, lo único que pudo hacer fue echarse a reír como una loca.

Por su parte, Margarita la miraba desconcertada. Esperaba gritos e incluso disgusto por parte de su hija... todo menos lo que estaba ocurriendo.

—¡Ay, mamá! —exclamó Victoria serenándose—. Entonces, ese misterioso acompañante tuyo del que Víctor no quería revelar su identidad... ¿es Juan?

—Sí, hija, es Juan —asintió ella con rotundidad—. Un hombre que me quiere por quien soy y por cómo soy. No se avergüenza de mi pasado, ni de mí, y tiene plena confianza en que aquello que ocurrió una vez no volverá a suceder.

Si la hubieran cortado con un cuchillo, Victoria no habría sangrado. En la vida se le habría ocurrido pensar en su exsuegro como futura pareja de su madre. Pero la vida era así de caprichosa y, si la vida le daba a su madre una segunda oportunidad, ¿quién era ella para criticarlo?

—Mamá, y ¿lo vuestro desde cuándo...?

—Creo que el flechazo lo sentimos cuando nos presentaste en el salón del hotel Santo Mauro —contestó Margarita—. A los dos días me llamó. Quería quedar conmigo para comer con el pretexto de hablar sobre ti, pero yo le dije que no. No quería tener nada que ver con hombres casados.

—Mamá, pero si Juan está divorciado de la madre de Charly.

—Pero yo eso no lo sabía, hija. Es más, creía que era el padre de ese cenutrio.

—Entonces, ¿qué pasó para que al final estéis juntos?

—Oh, hija. —Sonrió Margarita al recordarlo—. Uno de los

días que salía del Mercadona cargada como una burra, un coche paró a mi lado. Como imaginarás, era él. Me trajo hasta casa y en el camino me contó que estaba divorciado desde hacía más de diez años de la insoportable cuchi-cuchi de tu exsuegra. Y ahí fue cuando me enteré también de que el cenutrio de tu ex no es hijo suyo.

—Qué raro que Charly no me dijera nada en el viaje —señaló Victoria.

—Es que no saben nada ni él ni la finolis de su madre. Juan y yo queríamos contároslo primero a vosotras y luego al resto del mundo. Aunque Víctor, el muy tunante, se enteró, y aún no sé cómo.

Victoria se lo imaginó. Con seguridad había sido el amigo y vecino de su hermana quien se lo había contado.

—Juan te quiere mucho, Vicky —señaló Margarita tomándole las manos—. Y nunca entendió qué habías visto en el relamido del hijo de su mujer para que desearas casarte con él.

—Ahora que lo pienso, mamá, yo tampoco.

—Tesoro, voy a decirte una cosa y espero que no te moleste.

—Dime, mamá.

—Creo que el viaje que has hecho a Escocia te ha cambiado más de lo que tú crees. Lo veo en tus ojos y me lo grita tu corazón. Si amas a Niall y crees que es un buen hombre, debes perdonarlo porque, de lo contrario, te pasarás el resto de tu vida preguntándote qué habría pasado si hubieras elegido ese camino.

—Uf..., mamá —exclamó Victoria—. No es fácil.

—Tesoro, no creas que te lo digo porque ese muchacho sea conde, ni nada por el estilo. Sabes que a mí eso me importa un pimiento. Yo sólo quiero que seas feliz, y me destroza verte con el corazón roto.

—Mamá —expuso Victoria con tristeza—, en este momento de mi vida estoy segura de tres cosas. La primera es que soy feliz por verte a ti feliz. La segunda es que mi hermana ha encontrado un buen hombre, y la tercera es que yo no sabía lo que era el amor hasta que me han roto el corazón.

Margarita la abrazó entonces con ternura, mientras en su fuero interno le pedía a su Virgen, la Virgen de las Viñas, que intercediera por el corazón de su hija.

27

Un par de días de reflexión llevaron a Victoria al convencimiento de que el contrato de Eilean Donan estaba totalmente perdido. En su cabeza no entraba la posibilidad de llamar a Niall para negociar. Sabía que los asociados de RCH Publicidad, tras romper su compromiso con Charly y terminar mal con Beth, no la miraban con los mismos ojos que antes.

En un principio eso la molestó, aunque ahora, en ese momento, no le importaba lo más mínimo. Había decidido dejar la empresa y en su cabeza comenzaba a fraguarse la idea de montar la suya propia.

Sentada en el sillón de su amplio salón, con Michael Bublé sonando de fondo, Victoria trataba de redactar su carta de dimisión frente al portátil. No iba a permitir que la echaran, y eso era lo que harían los asociados en cuanto les informara de que no traía consigo el contrato del castillo.

De pronto se fijó que en el escritorio del portátil había dos carpetas que no conocía. En una decía «Fotos Bárbara» y en otra «Carpeta de Tom».

Al leer eso, su corazón se detuvo.

Abrió el archivo de Tom con lágrimas en los ojos y vio que, aparte de varias pruebas que debía de haber hecho en su momento, había una carta para ella. Eso la desconcertó. Se levantó para encender un cigarrillo e intentar calmarse, hasta que finalmente se armó de valor y abrió el archivo.

Hola, Victoria:

Gracias a que me has enseñado a manejar este chisme, me he animado a escribir esta carta, que aunque no lo creas es la primera que escribo en mi vida.

Espero que cuando descubras el engaño de mi nieto sepas perdonarnos y comprender que Niall lo hizo para darte una lección de humildad. Lo que no sabía mi muchacho era que la vida es muy caprichosa y que ya se había enamorado de ti, y por eso te trajo a nuestra casa. Tu casa.

Tu hermana y tú habéis sido esa corriente de aire fresco que tanto yo como mi amada Ona, mi querida hija Rous y mis queridos nietos Robert y Niall necesitábamos. En mi corazón han quedado momentos divertidos, como cuando te tomaste tres vasos de whisky por mi cumpleaños, o cuando corrías y Stoirm *te perseguía, o cómo cada mañana salías con ropa extraña para trabajar en el campo. ¡Ah..., muchacha, qué graciosa eres!*

Recuerda que debes saldar las cuentas con tu familia. La familia lo es todo en esta vida, nunca lo olvides. Y deseo de corazón que, si alguna vez Niall y tú os dais la oportunidad de ser felices, lo seáis como lo hemos sido Ona y yo.

Te quiere,
Tom

P. D.: Ojalá algún día tengáis una Isolda en vuestras vidas y yo lo vea.

Victoria rompió a llorar.

Era lo más bonito y emotivo que le habían escrito en la vida y, tras abrir la carpeta de fotos de Bárbara, rio sorbiéndose los mocos al ver las imágenes que su hermana había guardado allí. La secuencia comenzaba en la tediosa tarde en que el coche las había dejado tiradas junto a aquel lago. Había también divertidas fotos de la fiesta de cumpleaños de Tom, en las que aparecía Ona feliz en su cocina rodeada por sus amigas. Pero cuando apareció una foto de Niall en su moto, Victoria se llevó las manos a la boca y se derrumbó de nuevo.

Una hora después, mientras suspiraba por los sentimientos contradictorios que sentía, se encendió otro cigarrillo y, tras cerrar el portátil, intentó olvidar y se centró en mirar el correo acumulado durante el tiempo que había estado fuera. Además de cartas del banco, tenía doce invitaciones a cenas e inauguraciones. Muchas de ellas ya habían pasado, pero había tres que todavía no se habían celebrado.

«Necesito salir, despejarme y divertirme. Llamaré a Víctor, seguro que estará encantado de asistir a esta fiesta», pensó con una triste sonrisa al ver la invitación de la discoteca Pachá.

Lo telefoneó al instante y quedaron en que él pasaría a recogerla sobre las nueve para cenar juntos antes de ir a la fiesta.

Una vez hubo colgado, y decidida a cambiar su vida, Victoria no lo pensó dos veces y llamó a la oficina. Al otro lado oyó la voz de su secretaria.

—Hola, Susana.

—Buenos días, señorita Villacieros —saludó la muchacha, que, al reconocerla, se atragantó. Su peor pesadilla había vuelto—. ¿Cómo va su viaje?

Victoria evitó responder la pregunta y comenzó a sentirse fatal al notar la frialdad con que le hablaba.

—Necesito que convoques una reunión urgente con los asociados mañana a las 9.30.

—Ahora mismo me pongo con ello —asintió Susana—. ¿Alguna cosa más?

—¿Qué tal todo por la oficina? —preguntó sorprendiéndola.

—Bien, señorita. Ningún cambio. ¿Usted está bien?

«Estoy hecha papilla», pensó Victoria.

—Llegué hace unos de días de Escocia. Pero no digas nada, ¿de acuerdo?

—No se preocupe, señorita Villacieros.

—Bien, pues gracias, Susana —respondió ella con una sonrisa.

—Señorita, Villacieros... ¿Está usted bien? —preguntó la chica, consciente de que era la primera vez que oía a su jefa hablarle con normalidad y, sobre todo, darle las gracias.

—¿Por qué preguntas eso?

—Oh..., por nada —mintió, y al instante supo que tenía que haberse callado.

—Vale, vale —dijo Victoria al notar su nerviosismo—. No te preocupes, pero me gustaría hablar contigo mañana a primera hora, ¿de acuerdo?

—De acuerdo, señorita Villacieros —susurró la muchacha, consciente de lo que iba a decirle. Todavía recordaba la conversación que habían mantenido la última vez que habían hablado—. Hasta mañana.

Después de eso, Susana colgó, dejando a Victoria con el teléfono en la oreja. No le había gustado nada percibir el miedo con el que le hablaba la chica, y cerró su móvil contrariada.

Aquella noche, cuando un guapísimo Víctor acudió a recogerla, ella lo esperaba vestida con un vestido de Roberto Cavalli. Cogieron el coche de ella y fueron a cenar a Sparring, un restaurante de cocina creativa donde había oído que servían un exquisito salmón.

Sentados en su preciosa mesa color pistacho y con música *chill out* de fondo, Víctor miraba a su alrededor como un niño con zapatos nuevos.

—Mamá me contó lo de Juan —le soltó Victoria de pronto.

—¡Oh, Dios mío! —murmuró él, y bebió de su martini—.

Espero que supieras comportarte, contener tu lengua viperina y no ser demasiado borde con ella.

—¿Por qué dices eso? —se molestó Victoria.

—Venga, Vicky. No creo que haga falta repetir lo que imagino que debió de salir por tu preciosa boquita de diseño. Lo extraño es que Marga no me haya llamado para contarme las perlas que debiste de soltarle.

—Oye, idiota —dijo mirándolo—. Que sepas que si mamá no te ha llamado es porque no le habrá hecho falta. Además, ella es mayorcita para decidir y saber con quién quiere estar y con quién no.

—Vicky..., ¿realmente eres tú?

—Pues claro que soy yo, pero ¿por qué clase de persona me has tomado?

—¿Quieres sinceridad?

—Por supuesto.

—Ni lo sueñes —se negó Víctor—. Que luego no quiero que me montes un pollo. Nos conocemos, y sé cómo las gastas.

—Víctor, por Dios —susurró acercándose a él—. Quiero que seas sincero conmigo. No sólo quiero que me digas las cosas bonitas. Necesito que me digas también las que hago mal y no te gustan.

—¡Ay, Virgencita del Rocío! ¿Qué te han echado en la bebida?

Al oír eso, Victoria no pudo evitar reír.

—Vamos a ver, petardo. Si he dicho que no me voy a enfadar, es que no me voy a enfadar.

—Vale. Tú lo has querido —la advirtió Víctor y, tras tomarse el martini de un golpe, dijo—: Creo que eres la persona más exigente, con menos sentido del humor y más gruñona que he conocido en mi vida, aunque no sé por qué extraña razón yo te quiero a rabiar. Sin embargo, aunque me odies tengo que decirte una cosa: Marga merece ser feliz, y si su príncipe azul es tu exsuegro, que está forrado de millones, mejor que mejor. Y ahora sonríe y dime que me quieres a rabiar como yo a ti.

—Te quiero a rabiar.

Víctor se quedó con la boca abierta.

—¡Ay, Dios mío! —gritó sacando su móvil—. ¿Puedes repetir eso para que pueda grabarlo? Llevaba tantos años sin oírlo que estoy emocionado.

—Eres un payaso, ¿lo sabías? —le soltó ella muerta de risa.

Verla sonreír de esa manera hinchó el corazón de su amigo. Llevaba tanto tiempo viéndola seria y con aquel terrible gesto de superioridad, que a punto estuvo de caerse de la silla.

—¿Qué miras? —inquirió entonces Victoria.

—Por Dios, Vicky. Pero si hasta tienes muelas... Las he visto cuando te has reído.

—Joder, Víctor, pero ¿qué te pasa?

—¡Ya lo tengo! Tú no eres Vicky, eres mi Barbiloca disfrazada, ¿verdad? —Al ver que ella volvía a reír, añadió—: Ese lenguaje de camionero no es propio de una chica *¡cool!* como tú.

—Creo que me gusto más siendo así que como era hace un mes.

—No me extraña. Antes eras un auténtico muermo, con tanta clase y tanto glamour.

—¿En serio era tan muermo?

—¡Buf! Sólo te diré que cuando te movías chirriabas. Al final va a tener razón Marga con eso de que Escocia te ha cambiado.

—Pero ¿no has dicho antes que mamá no te había llamado? —preguntó ella divertida.

—Era mentira —admitió Víctor sacándole la lengua—. Pero quería decirte todo lo que te he dicho y que no te enfadaras conmigo. Y oye, ¡creo que incluso he perdido peso!

—Odio pensar en la persona en que me convertí.

—Pero ¿a ti qué te han hecho en Escocia para que hayas transformado de este modo?

—Un lifting de sentimientos —asintió ella mirándolo.

—¡Caray, qué profundo!

—Sí. Allí me he encontrado con personas tan diferentes de las que estaba acostumbrada a tratar, que me he dado cuenta de lo estúpida que he sido, y de lo que es realmente importante en la vida. Por cierto, voy a dejar RCH. Estoy pensando en montar mi propia empresa de publicidad.

—¡Eso es magnífico, Vicky! Tú vales mucho, y estoy seguro de que triunfarás.

—Me he cansado de trabajar para los demás y he decidido trabajar para mí. —Y, mirándolo, preguntó—: ¿Puedo contar contigo como peluquero y maquillador para posibles trabajos?

Víctor casi se atragantó del susto.

—¿Acabas de proponerme que trabajemos juntos?

—Sí. Quiero que seas mi socio. ¿Qué te parece?

—Pero si yo sólo soy un simple peluquero de barrio.

—Eres un estilista excepcional. Más quisieran muchos de esos vanidosos que son conocidos tener la clase que tú tienes.

—¡Ay, Dios mío! Me va a dar un vahído.

—Escucha, mi cartera de clientes es envidiable, y sé que por lo menos quince de las mejores marcas europeas estarán encantadas de trabajar conmigo, aunque sea fuera de RCH. Al fin y al cabo, lo que contratan son mis ideas y mi ingenio, no la marca.

—¡Un whisky doble! —pidió Víctor al camarero con la boca seca.

—He pensado montar una empresa pequeña en la que seamos capaces de dar al cliente el mejor trato al mejor precio. ¿Qué te parece?

—¡Por Dios, Vicky! Pero si no puedo hablar de la cagalera que me está entrando...

Emocionados, siguieron charlando de la futura empresa, hasta que Víctor preguntó:

—Y de tu highlander, ¿qué me dices? ¿No le vas a dar ninguna oportunidad?

—Oh, Niall, Niall... —murmuró Victoria al pensar en él—. Estoy tan colada por él que sería capaz de cruzar el canal de la Mancha a nado, aunque a veces sienta que su vida y la mía nunca encajarían. Sin embargo, creo que lo mejor es que cada uno continúe por su parte y nada más.

—Mira, socia —susurró Víctor acercándose a ella—. Voy a darte un consejo de amigo. Si yo hubiera encontrado al machote de la Coca-Cola Light, atractivo a rabiar, con sentido del humor, buen cuerpo, amigo de sus amigos, que está loco por ti, y que por tu sonrisa de vicio presupongo que es un excelente amante, y encima forrado, ¡no lo pensaba ni treinta segundos! Ahora tú deberías decir «¿Por qué, Víctor?».

—¿Por qué, Víctor?

—Porque, como dicen las Azúcar Moreno, sólo se vive una vez, y porque el corazón tiene razones que la razón no entiende.

Una vez acabada la cena, tomaron un taxi hasta la discoteca Pachá, donde el ambiente a las doce de la noche era chispeante y divertido. Dejaron sus abrigos en el guardarropía, fueron hasta la barra y pidieron algo de beber.

—Dos cosmopolitan, por favor —pidió Víctor. Luego observó a su amiga de arriba abajo y dijo—: Ese vestido que llevas va a causar estragos esta noche. ¡Cómo te mira el guaperas de allí!

Victoria lanzó una ojeada hacia el lugar donde le había indicado su amigo y sonrió al ver al hombre que la observaba. Era un auténtico pijo, en el sentido estricto de la palabra.

—¡Qué horror de tío, por Dios!

—Pero si es tu tipo —repuso Víctor.

—Ya no —negó ella—. Ahora me gustan los hombres hombres.

—¡Victoria! —dijo entonces una voz a su espalda.

Al volverse, se encontró con la sofisticada Beth, que iba acompañada por los dos chicos a los que ella solía referirse como *los comodines*.

—Qué horror —susurró Víctor—. ¡La garrapata recauchutada!

—Hola, Beth —la saludó Victoria.

—¿Cuándo has vuelto?

—¿No te lo ha contado Charly? —preguntó ella extrañada

—No. ¿Qué tenía que contarme?

—Fue a buscarme a Edimburgo y regresamos juntos en el avión.

—No sabía nada —contestó Beth molesta, y omitió decir que tanto Charly como muchos de sus hasta entonces amigos la habían excluido de sus fiestas y sus glamurosas agendas a raíz de ser descubierta en el hotel en aquella situación nada decorosa.

—¿Cómo es que has venido con tus «comodines», Beth? ¿No tienes a nadie más?

—¿Y tú? —contraatacó Beth rabiosa—. ¿Cómo es que vienes con ese peluquero marica?

—Vaya... ¡Ya habló la recauchutada! —comentó Víctor al oírla—. Ten cuidado, vieja chocha, que el que juega con fuego se quema.

—Víctor es un buen amigo, y yo no califico a la gente por sus inclinaciones sexuales —replicó Victoria—. Porque, si así fuera, a ti tendría que calificarte como la *asaltacunas*, la *comepollas* y la *lameconños* de las agencias publicitarias. ¿Te parece una buena calificación?

—¡Vicky! —la regañó Víctor—. Cuida tu lenguaje, corazón mío.

—¡Eres vulgar! —gritó Beth—. Tan vulgar como tu madre y tu hermana. Qué pena, todos los años que dediqué a crearte un estilo no han servido para nada. Tu cuna chabacana de barrio ha podido más que la elegancia y el saber estar.

—¡La madre que la parió! —saltó Víctor remangándose la camisa—. Apártate, Vicky, que a esta vieja le arranco yo los implantes de la boca uno a uno.

—¡Oh, no, Víctor, no te preocupes! —exclamó Victoria sujetándolo.

—¡¿Cómo que no me preocupe?!... —gritó él al ver que Beth sonreía.

—Porque los implantes se los voy a saltar yo.

Y, tras decir eso, Victoria lanzó un derechazo a la mejilla de Beth que hizo que cayera encima de sus asustados «comodines», que se apartaron dejando que aterrizara de culo en el suelo.

—Te la debía —señaló Victoria.

—¡Virgen del Perpetuo Socorro! —bramó Víctor—. Pero Vicky, ¿dónde has aprendido a hacer eso?

—¡Ostras, qué leche le he dado! —murmuró ella incrédula mientras estiraba su dolorida mano.

—¡Te voy a denunciar! —chilló Beth al ver que todos la miraban—. ¡Te voy a arruinar la vida! ¡Te lo juro!

—Mira, vieja loca —siseó Victoria acercándose a ella—. A partir de este instante, no quiero que vuelvas a acercarte a mí en lo que te queda de vida. No quiero que el nombre de mi madre o de mi hermana ocupe ni un solo centímetro de tu asquerosa boca nunca más, y si tienes huevos, denúnciame. Mi madre estará encantada de sacarse unos eurillos extras con las fotos que tenemos enmarcadas en casa.

Y, dándose media vuelta con una sonrisa, Victoria tomó a su amigo del brazo.

—¿Nos vamos, socio?

—Por supuesto, Tyson —asintió él. Y, al pasar junto a Beth, no pudo evitar soltarle—: Te lo dije, recauchutada. El que juega con fuego se quema tarde o temprano.

28

Vestida con un oscuro traje Armani, Victoria aparcó el coche en su plaza reservada. Con el maletín en una mano y el móvil en la otra, se encaminó hacia la entrada de la oficina.

—Buenos días, señorita Villacieros —la saludó el vigilante, cuadrándose al verla.

—Buenos días —respondió ella con una sonrisa mientras subía al ascensor.

El glamuroso edificio de RCH Publicidad, que tanto le gustaba en el pasado, se había convertido de pronto en un lugar cerrado, sin aire y sin sol.

Cuando las puertas del ascensor se abrieron de nuevo, ante ella apareció el pequeño pasillo que tantas veces había recorrido durante aquellos años. Lo miró y lo notó extraño. ¿Habían cambiado la moqueta?

Según se acercaba a su despacho, se cruzó con un par de empleados, que volvieron la cabeza fingiendo no verla. ¿Siempre habían hecho eso?

Cuando llegó frente a su despacho, Susana, a quien ya se le notaba bastante el embarazo, se levantó y corrió ante ella para abrirle la puerta. ¿Siempre se la abría?

—Buenos días, Susana.

—Buenos días, señorita Villacieros —saludó la muchacha, que sacó un pequeño cuaderno y comenzó a cantar como los niños de San Ildefonso—. La reunión convocada para las 9.30 ha sido retrasada a las 9.45; el motivo es porque el señor Martínez llegará un poco más tarde. A las 12.00 vendrá a visitarla la señora Clark, responsable de la revista *Elle* en España.

—Ningún problema, Susana —indicó ella sentándose en su silla.

Como una autómata, su secretaria salió del despacho y en menos de dos segundos volvió a entrar para dejarle varios documentos sobre la mesa. ¿Qué le sucedía? ¿Por qué estaba tan acelerada? Siguiéndola con la mirada, Victoria vio que salía otra vez y, a los pocos minutos, regresaba con una taza de café.

—Aquí tiene, señorita Villacieros. Solo, doble y sin azúcar.

—Susana, me gustaría hablar contigo. ¿Podrías sentarte un momento?

Al oír eso, el rostro de la chica cambió de color y, tras sentarse, metió la mano en el bolsillo trasero de su pantalón premamá y dejó encima de la mesa un papel.

—¿Qué es eso? —preguntó Victoria.

—Mi carta de despido.

—¿Carta de despido? ¿Por qué?

—Usted me dijo que podía trabajar aquí sólo hasta que regresara de Escocia. ¿No lo recuerda?

Victoria se levantó y, tras cerrar la puerta del despacho, volvió a sentarse, aunque esta vez lo hizo en la silla que estaba junto a la de su secretaria.

—Vamos a ver, Susana. Me acuerdo perfectamente de lo que te dije, por eso, lo primero que voy a hacer es romper esta absurda carta —anunció sorprendiéndola—. No voy a despedirte, y menos porque estés embarazada.

—Gracias —dijo la chica cerrando los ojos—. Gracias de todo corazón. No sabe usted el favor que me hace.

—Lo segundo que quiero hacer —prosiguió Victoria— es pedirte que me llames por mi nombre. Se acabó eso de «señorita Villacieros». A partir de ahora soy Victoria, sólo Victoria. ¿Entendido?

—Sí, señorita Villacieros.

—¿Cómo? —preguntó con una sonrisa

—Oh..., perdón, Victoria.

—Y lo tercero —dijo tomándole las manos—, pedirte disculpas por lo mal que te lo he hecho pasar con mis malos modos y mi mala actitud.

Susana estaba tan atónita que no acertaba a hablar.

—Oh..., no, no se preocupe, señorita... Victoria.

—Lamentablemente sí tengo que preocuparme —repuso ella, reparando por primera vez en la carita de muñeca de Susana—. He sido una pésima jefa, y antes de dejar de serlo quiero oír que me perdonas. Por favor.

—Por supuesto que la... que te perdono —confesó la chica.

—Susana, sólo espero que cuando deje la empresa...

—¿Dejar la empresa? —la interrumpió ella—. ¿Por qué? Eres una publicista excepcional. No creo que a RCH le interese que...

—De eso quería hablarte —señaló Victoria—. Voy a montar mi propia empresa de publicidad y me gustaría saber si tú querrías trabajar conmigo.

Susana no lo dudó un segundo.

—¡Oh, Dios! Por supuesto que sí.

—De momento, sólo puedo ofrecerte el mismo sueldo que tienes aquí, pero si la empresa marcha bien, prometo aumentártelo. Eso sí, de momento te pido discreción.

—Soy una tumba, jefa —aseguró Susana, e hizo que Victoria también lo hiciera. Ambas intuían que aquello iba a funcionar.

Aquella jovencita de apenas veinticinco años acababa de darle toda una lección a su jefa. Lo importante era el futuro, no lo debía olvidar.

Diez minutos después, Victoria llamó a Chema y a Luis, a quienes también debía una disculpa.

Nada más entrar en su despacho, Chema comenzó a sudar, nervioso, mientras que Luis, con una sonrisa altiva parecida a la de Victoria meses atrás, la retó con la mirada. No obstante, lo divertido fue ver sus caras cuando ella se levantó de la silla, les pidió perdón por su comportamiento y les hizo la misma propuesta laboral que a Susana. Ambos aceptaron con los ojos cerrados. Victoria era una jefa dura, pero intuían que su relación ya no volvería a ser lo que fue: la jefa había cambiado.

Cuando los dos hombres salieron de su despacho, Victoria alcanzó a ver que Luis le lanzaba una mirada furtiva a Susana. «Bien, bien...», pensó complacida. Al parecer, el guaperas de la oficina estaba interesado en su joven secretaria.

A las 9.40, con paso firme y segura de su decisión, Victoria entró en la sala de juntas. Ya estaban todos esperándola. Pocos minutos después, las voces resonaban por toda la planta. Los asociados montaron en cólera cuando los informó de que había vuelto de Escocia sin el contrato.

Sentada con tranquilidad en una de las sillas de cuero negro, Victoria escuchaba cómo los asociados se despachaban en cuanto a quejas y reproches, cuando Susana entró en la sala de juntas.

—Esto acaba de llegar, viene a tu atención —susurró la muchacha entregándole un sobre marrón.

—Gracias —dijo Victoria.

Mientras los asociados seguían discutiendo sobre qué hacer con el cliente, Victoria abrió el sobre y ahogó un grito al ver que en sus manos tenía el contrato de Eilean Donan: Niall lo había firmado.

Con el corazón a mil, se levantó en mitad de la reunión. Ya no quería oír más gritos.

—¿Podrían escucharme un momento? —pidió haciéndolos callar.

—¿Qué narices quieres tú ahora? —gritó uno de los asociados.

Victoria le dirigió una mirada asesina.

—Entregarles mi carta de dimisión —replicó tirándola de malos modos sobre la mesa—. Adiós, señores, espero que les vaya bien.

Y, haciendo caso omiso de las voces, volvió a su despacho. Nerviosa, sacó todos los papeles del sobre en busca de alguna nota de Niall, pero no encontró ninguna. Sólo el contrato firmado y nada más.

Cogió el teléfono y marcó el número del móvil de su hermana Bárbara. Con suerte estaría en Keppoch y, tras un par de timbrazos, Victoria oyó la voz de una niña.

—Lexie, ¿eres tú?

—Sí, soy yo.

—Hola, cariño, soy la tía Vicky. —Sonrió al oír la voz de la pequeña.

—Hola, tía Vicky. ¿Cuándo vas a venir?

—No lo sé, cariño. ¿Está Bárb...?

—Vicky, ¡oh, Dios mío! —gritó su hermana quitándole el móvil a la cría—. Vicky, ¿de verdad eres tú?

—Sí, pedorra, soy yo. ¿Cómo estás?

—¿Por qué no me has llamado antes?

—Estaba solucionando varios asuntos pendientes —dijo y, tras tomar aire, preguntó—: Bárbara, ¿cómo está mi highlander?

—Si te dijera que feo y gordo, mentiría —bromeó ella—, pero si te dijera que contento y amable, también. ¡Joder, Vicky! ¿Cómo coño quieres que esté?

—Lo quiero y no quiero vivir sin él.

—Pues ya estás moviendo el culo, cogiendo un avión y viniéndote para acá. ¡Ay, Dios mío, qué alegría más grande!

—Pero, escucha, no les digas nada ni a Niall ni a tu zanahorio. Me gustaría darle un poquito de su propia medicina a mi highlander antes de decirle lo mucho que lo quiero. Aunque necesito tu ayuda, la de Ona y la de Rous.

—Mira que eres puñetera, Vicky —replicó su hermana con una sonrisa—. ¿Aún quieres liar más las cosas?

—No te preocupes —contestó ella segura de sí misma—. Las voy a liar para siempre.

29

Quedaban tres días para finalizar el año cuando Victoria llegó a Edimburgo. El subidón de adrenalina que sintió al aterrizar estuvo a punto de hacerla gritar. Bárbara, Ona y Rous sabían que regresaba, pero nadie más. Victoria quería que Niall sintiera en sus propias carnes lo que era ser engañado y, tirando de su artillería pesada, volvió con energías renovadas.

—¡Oh, Dios! —exclamó Víctor—. Pero qué frío hace aquí.

—No seas nenaza —le soltó Victoria—. Si esto te parece frío, ¿qué va a ser de ti cuando vayamos a las Highlands?

—¡Dios mío! —susurró él—. Lo que tiene que hacer uno para encontrar novio.

—Vicky —dijo entonces Margarita—, estoy preocupada por *Óscar.*

—Tranquila, cariño —le calmó Juan—. Estoy seguro de que no tardarán en traerlo.

—Con lo bien que se porta... —se quejó Margarita—. No entiendo por qué no ha podido viajar con nosotros en la cabina. Pobrecico mío. ¿Cómo estará?

—Mamá, no te preocupes, verás cómo lo sacan enseguida.

—¡Ay, Dios mío, como nos hayan perdido a *Óscar,* tu hermana nos mata! —murmuró preocupada Marga—. Y te juro que yo los asesino.

Victoria y Juan cruzaron entonces una mirada cómplice. Su madre y él encantados el uno con el otro, y cuando Victoria les pidió que la acompañaran a Edimburgo, él no lo pensó dos veces.

—Ahí lo traen —anunció Víctor al ver a *Óscar* junto a una de las azafatas—. Míralo, qué mono, pero si hasta se lo ve guapo...

—¡Cosita preciosa! —gritó Marga corriendo hacia el animal, que al verla comenzó a saltar de alegría.

—Victoria —llamó Juan—, muchas gracias por hacerme sentir uno más de la familia al invitarme a acompañaros en este viaje.

—Para mí siempre has sido de mi familia, y quiero que sepas que, si vosotros sois felices, yo estoy ¡superfeliz! Además, quiero que Niall se dé cuenta de que yo también tengo una familia que me respalda y que es capaz de mentir tan maravillosamente bien como la suya.

—¡Mirad quién está aquí! —anunció Marga acercándose con el perro.

—Hola, mastodonte —dijo Juan acariciando al animal.

Óscar, encantado, los lamió a todos. Él también se alegraba de verlos.

—Hola, guapetón —lo saludó Victoria con cariño.

—Bueno, pues ya estamos todos, ¿no? —comentó Marga feliz.

—¡Casi todos! —indicó Victoria agarrándola del brazo—. Venga, mamá, vámonos al hotel.

Cuando llegaron al Glasshouse, la chica de recepción miró a Victoria. ¿De qué la conocía? Pero cuando vio aparecer a su hermana, la identificó de inmediato. ¡La española!

—*¡Óscar!* —gritó Bárbara corriendo hacia ellos.

—¡Qué mona! —señaló Víctor—. A los demás que nos den morcilla.

—No seas pelusón —regañó Victoria.

Con la felicidad dibujada en la cara, Victoria observó cómo su hermana abrazaba a su madre, a Juan y a Víctor, mientras *Óscar* saltaba a su lado y le daba lametones donde podía. Recibir a Juan en la familia supuso una gran tranquilidad para Bárbara. Ahora que ella no estaba tan cerca de su madre, el hecho de saber que lo tenía a su lado le dio tranquilidad.

Una vez finalizados los abrazos y besos, la chica de la recepción les entregó las llaves de sus respectivas habitaciones. Tras dejar a Juan y a Margarita a solas en la suya, Bárbara acompañó a Víctor y a Victoria a la que ellos compartirían.

—¡Por la Virgen del Tupperware! —exclamó Víctor—. Qué habitación más alucinante.

—Bárbara —susurró su hermana—, ¿estás bien?

—Oh, sí. Ahora que estáis aquí, sí —asintió ella sin mirarla mientras jugaba con *Óscar*.

Pero cuando Victoria observó que la mochila de su hermana estaba junto a su equipaje, supo que mentía. Había ocurrido algo y no quería contarlo.

—Vamos a ver —dijo agarrando a *Óscar* por el collar—. ¡Tiempo muerto! —Y, volviéndose hacia Bárbara, le preguntó—: ¿Me vas a contar lo que pasa o voy a tener que usar la fuerza bruta para sacártelo?

—¡Cuidado con Tyson! —le advirtió Víctor.

—¡Joder, Vicky! —protestó ella—. Robert y yo hemos discutido.

—Por mi culpa, ¿verdad?

—Oh, Dios mío... —Suspiró Víctor—. Ya puede mascarse la tragedia...

—Vicky —dijo Bárbara—, cuando Ona comentó en la cocina que hoy llegabas de España y que te casabas con Charly, el muy gilipollas me dio a elegir entre tú o él.

—¡Qué osado, el zanahorio! —exclamó Víctor.

—Y, por supuesto, te elegí a ti —gimoteó Bárbara—. Esta

mañana me ha despertado. Tenía preparada mi mochila y, sin dejar que me despidiera siquiera de Lexie, me ha hecho montar en su coche, me ha traído hasta aquí y ha vuelto a marcharse sin decir nada. ¡Me ha echado de su casa, el muy animal! —gritó Bárbara—. Eso no se lo voy a perdonar jamás.

—Así me gusta —señaló Víctor—, ¡dignidad ante todo!

Victoria no quería sonreír, pero anteriormente ya había vivido eso mismo con su hermana.

—Vamos a ver —susurró acercándose a ella—, ¿por qué no le dijiste la verdad? No quiero que vosotros tengáis problemas por mi culpa.

—¿Sabes? —murmuró Bárbara limpiándose las lágrimas—. Robert no tiene derecho a darme a elegir entre mi familia y él. Yo nunca le he dado a elegir entre Niall y yo, porque entiendo que Niall es su familia y a mí me encontró en la calle.

—Y nunca mejor dicho —apostilló Víctor.

—¡¿Por qué no cierras el pico?! —gritó Bárbara.

—Imposible. Ante semejantes comentarios no puedo —respondió él.

—Chicos, paz —pidió Victoria.

—Anda, Barbiloca —dijo Víctor—, dame un abrazo, que yo te quiero mucho.

—Y yo a ti también, tontuso —confesó Bárbara abrazándolo—. Por cierto, Vicky, Ona y Rous te mandan millones de besos.

—Estoy deseando verlas —comentó su hermana—. Y Niall... ¿Cómo está él?

—¡Madre mía, Vicky! —exclamó Bárbara soltando a Víctor—. Cuando oyó que Ona decía que hoy regresabas a Escocia porque al final utilizarías las instalaciones del castillo para casarte, ¡Dios!, deberías haber visto su cara: era el demonio en persona. Dio un puñetazo sobre la mesa y se largó de la casa. Luego fue cuando el estúpido de su primo discutió conmigo. ¡Es un cabezota! —se lamentó Bárbara.

—... le dijo la sartén al cazo —susurró Víctor, haciéndolas sonreír.

—No te preocupes, conocemos a Robert —señaló Victoria—. Seguro que antes de un par de horas ya está buscándote o llamándote por teléfono.

En ese momento llamaron a la puerta. Eran su madre y Juan.

—Chicos, ¿qué os parece si nos vamos a cenar? —dijo Margarita.

—Excelente idea —observó Víctor—. Tanto estrés me provoca un hambre atroz.

Diez minutos después, tras dejar a *Óscar* tranquilo en la habitación, los cinco salieron del hotel sin ser conscientes de que un ceñudo Niall los observaba a través de los cristales oscuros de su despacho. Volver a ver a Victoria había hecho que su corazón comenzara a latir con fuerza, y había tenido que usar todo su aplomo para no salir corriendo tras ella.

Llevaba varias semanas sin verla, aunque él lo había sentido como si hubiera sido una eternidad. En más de una ocasión había estado tentado de ir a buscarla a España, pero no quería presionarla; quería que ella lo perdonara por sí misma. Y ése había sido el motivo por el cual le había hecho llegar el contrato firmado de Eilean Donan. Si había algo en aquellos momentos que a Niall le importaba, era ella, única y exclusivamente ella.

No obstante, para él supuso un duro golpe enterarse de que regresaba a Escocia para casarse y, encima, de que iba a hacerlo en su propio castillo. ¿Cómo podía casarse con otro cuando sus ojos le habían gritado que lo amaba a él?

El día que Victoria se había marchado, Niall no había visto con claridad la cara de Charly, pero sí la de ella. Y la felicidad que vio en su mirada lo destrozó. Sólo la había visto tan radiante en una ocasión, y había sido la noche que habían compartido juntos en el castillo. Verla agarrada de aquel tipo, y tan feliz, lo hizo replantearse su situación. Quizá Victoria sería más feliz con el estirado de Charly. Reconocer aquello le dolía, pero amaba a aquella mujer y, por encima de todo, quería que fuera feliz. Y si en esa felicidad no entraba él, sólo podía retirarse y dejar libre el camino a quien verdaderamente pudiera ofrecérsela.

Esa noche, consumido por los recuerdos, Niall escuchaba las noticias sentado en el sillón de su despacho cuando la puerta se abrió y volvió a cerrarse rápidamente de golpe.

—¡Joder! —gritó Robert sentándose frente a él—. Maldito el día en que esa cabezota española se cruzó en mi camino. Ojalá pudiera retroceder en el tiempo para volver al momento justo en que la miré.

—Si pudieras hacerlo, ¿qué harías? —preguntó su primo apagando el televisor.

—Lo tengo muy claro: volvería a mirarla —respondió Robert desesperado.

—Entonces, ¿cuál es el problema?

—Creo que esta vez la he fastidiado, y la he fastidiado a fondo.

—¿Qué ha pasado?

—Ayer, cuando te marchaste malhumorado al conocer la noticia del regreso de Victoria —comenzó a explicar—, Bárbara me dijo que quería venir a Edimburgo para ver a su familia. Cuando regresamos a casa tuvimos una tremenda discusión y, en un momento de rabia, le di a elegir entre su familia o yo.

—¿Cómo?

—Sí, tío, soy un imbécil —admitió Robert dándose un cabezazo contra la mesa—. Anoche no podía conciliar el sueño, furioso porque ella había dicho que su familia estaba por delante de todo, me levanté, metí sus cosas en su mochila, la desperté y, sin dejar que se despidiera de Lexie, la traje a Edimburgo y me fui, dejándola sola.

—¡Maldita sea, Robert! —exclamó incrédulo Niall—. ¿Cómo se te ocurrió hacer algo así?

—No lo sé, tío, me sentí tan mal cuando vi que tú...

—Eres un completo idiota —lo sermoneó su primo al tiempo que se ponía en pie—. A pesar de lo que ocurrió en su momento, Bárbara te perdonó y nunca te dio a elegir entre ella y yo.

—Lo sé, lo sé... —murmuró Robert apoyando la cabeza entre las manos.

Niall abrió su minibar para sacar dos cervezas y, tras sendos golpes certeros, le pasó una a su primo.

—¿Qué puedo hacer? Necesito hacer algo para recuperarla.

—Lo tienes fácil: habla con ella.

—Deberías haber visto su mirada cuando la dejé: daba miedo.

—Y ¿qué esperabas? ¿Que aplaudiera? Maldita sea, Robert, ¡que la echaste de tu casa! ¿La has llamado al móvil?

—Lo tiene apagado.

Tras un incómodo silencio, Niall añadió:

—Esta noche he visto a Bárbara y a su familia cuando salían a cenar.

—¿Los has visto a todos? ¿A todos?...

—Sí, a todos —asintió mirándolo a los ojos—. Mi princesa estaba preciosa.

—¿Y?

—Acabo de hablar con Steven. Mañana me marcho a México. Salgo a las cuatro de la tarde desde Aberdeen. No quiero estar aquí cuando ella se case con otro. No podría soportarlo.

—Primo, tú nunca te rindes. ¿Por qué lo haces esta vez?

Niall dio un trago a su cerveza y, tras mirar a Robert con una triste sonrisa, respondió:

—Porque al menos uno de los dos merece ser feliz.

30

Victoria había visto la salida del sol junto a la ventana del hotel mientras se fumaba un cigarrillo. Siempre le había gustado comprar postales de amaneceres, pero en esos momentos ante ella, y gratis, tenía uno de los más bonitos que había visto en su vida.

Desde que había llegado a Edimburgo estaba nerviosa. Necesitaba ver a Niall y leer en sus ojos que la había echado tanto de menos como ella a él. Con una sonrisa observó a *Óscar*. El perro dormía plácidamente a los pies de Bárbara, que, abrazada a Víctor, dormía a su vez como un tronco. La noche anterior se habían acostado tardísimo y habían bebido demasiado.

De pronto, unos toques en la puerta llamaron su atención. Se abrochó el albornoz y fue a abrir. Y se quedó sin habla: en el pasillo estaba Robert, y tenía una pinta desastrosa.

—Hola, Victoria.

—Vaya..., mira quién está aquí...

—Vaya... —replicó él con despecho—. Si es la novia del año.

—¿Algo que objetar a mi boda, Robert?

—Por mí, como si te casas con un salmonete.

Victoria no pudo evitar sonreír.

—¿Cómo está tu primo el conde?

—Fantástico gracias a ti. ¿Y tu futuro marido?

—Estupendo y feliz.

Tras un silencio incómodo entre ambos, fue Victoria la que habló:

—¿Qué quieres?

—Ya lo sabes —respondió él intentando entrar, pero ella le cerró el paso.

—¿Adónde crees que vas?

—Tengo que hablar con tu hermana.

—Quizá ella no quiera hablar contigo.

—¿Sabes, Victoria? —bramó Robert echándosela súbitamente al hombro—. Me importa una mierda si ella quiere o no.

—¡Suéltame, idiota! —Le costó reprimir la risa—. Suéltame ya.

Una vez en la habitación, Robert se quedó sin habla al ver a Bárbara dormida entre los brazos de aquel tipo.

—¡Maldita sea! —exclamó—. ¿Quién es ese tío y por qué estás en la cama con él?

Tanto Bárbara como Víctor se despertaron sobresaltados, pero mientras que él se quedó paralizado al ver cómo aquel gigante de pelo rojo y ojos desorbitados se abalanzaba sobre la cama y lo asía por el cuello, Bárbara, muy digna, se levantó y se encerró en el baño con *Óscar*.

—Robert, por Dios —gritó Victoria tirándose encima de él—. ¡Suéltalo!

—¡Socorro! —se revolvió Víctor—. ¡Que me mata! ¡Que me mata!

El derechazo que Robert le propinó en la mejilla hizo que viera las estrellas.

—Bárbara, ¡sal inmediatamente! —ordenó Robert mientras seguía peleando con Víctor.

—¡Maldita sea, suéltalo! Pero ¿es que te has vuelto loco? —chilló Victoria dándole puñetazos que Robert parecía no sentir—. ¡Suéltalo! Pero ¿quién crees que es?

—Me da igual —bramó Robert—. Estaba abrazando a mi mujer.

—Soy gay, ¡muy gay! —confesó Víctor cogiendo aire—. Juro que soy la reina de los gays.

Victoria miró incrédula a su alrededor y, tras coger una lámpara, gritó de nuevo:

—O lo sueltas o te la estampo en la cabeza.

—¡Bárbara! —chilló Robert sin escucharla—. ¡Quiero hablar contigo!

—Ahhhhh, me ahogo —aulló Víctor cada vez más rojo.

—¡Maldita sea, Robert! —vociferó Victoria—. ¡Suelta a Víctor, que lo vas a matar!

—¿Víctor? —susurró Robert y, tras aflojar la presión, preguntó—: ¿Tú eres Víctor?

—Sí —boqueó él al borde del infarto.

—Pues claro que es Víctor, y casi lo matas, energúmeno —le reprochó Victoria ayudándolo a incorporarse.

Horrorizado por lo que acababa de hacer, Robert suspiró.

—Lo siento. Discúlpame. ¡Joder, lo siento! Por un momento creí que te habías acostado con mi mujer.

—Disculpas aceptadas —murmuró Víctor en inglés.

—No lo olvidaré, amigo —le dijo Robert avergonzado.

—Anda, Chewbacca, ve a hablar con tu mujercita —lo animó Victoria.

Tras propinarle un par de manotazos a Víctor en la espalda, Robert fue hasta el baño, pero encontró la puerta cerrada con pestillo.

—Bárbara, mi amor, abre. Necesito hablar contigo.

—¡Ja! Lo llevas claro —se mofó ella—. Yo contigo no.

—Cariñito, por favor. Perdóname —insistió Robert resoplando.

—¡Ni lo sueñes! Para mí no existes.

—Bárbara, ¡abre la puerta de una vez! —bramó él perdiendo la paciencia.

—¡Lárgate, Robert!

—Vaya, ya veo que seguís en vuestra línea... —comentó Victoria al entrar en el baño con Víctor—. Bárbara, por Dios, sal de ahí.

—He dicho que no.

—¡Maldita sea! —gritó Robert—. Si no sales, tendré que echar la puerta abajo.

—Oh, Dios —exclamó Víctor—. ¡No serás capaz!

—Por esa española soy capaz de cualquier cosa —susurró Robert haciéndolos reír.

—Pues siento decirte que la española está harta de ti —chilló Bárbara—, que no piensa volver contigo y que cuando se marche mi familia para España me voy con ellos.

Al oír eso, Robert sintió que se le partía el corazón y, apoyando la frente contra la puerta, declaró sin importarle que Victoria y su amigo estuvieran escuchando:

—Cariño, perdóname. Necesito que entiendas que Niall es como un hermano para mí, y ver cómo sufre día a día me está matando. Sé que eso no justifica mi manera de comportarme, pero aunque suene tonto y romanticón lo que voy a decir —dijo mirando a Victoria—, cuando me enteré de que su princesa volvía a Escocia para casarse con otro en su castillo, te juro que sentí su dolor en mi propio corazón. Y no pude soportar tu alegría por la noticia.

—¡Qué momentazo, por Dios! —murmuró Víctor, agarrado a las manos de una emocionada Victoria.

—Escucha, cariño —continuó Robert recostándose contra la puerta—. Nunca debería haberte dado a elegir entre tu familia y yo. He sido un egoísta. No pensé que Victoria es tu hermana, y que sientes por ella el mismo amor que yo siento por Niall. Tras comportarme como un idiota me he dado cuenta de que, si ella es feliz con su futura boda, es normal que tú lo seas también, y que yo, como alguien que te ama, también esté feliz por ella.

Como Bárbara no abría la puerta, Robert se volvió entonces hacia ellos.

—Os pido disculpas por mi rudo comportamiento —se sinceró—. No sé qué me ha pasado, pero...

—Tranquilo, amigo —replicó Víctor, que chocó la mano con él—. Ahora sé quién le ha enseñado a Vicky a dar esos derechazos.

—Robert, siempre has estado disculpado —sollozó Victoria y, secándose las lágrimas, llamó—: Bárbara, deja de hacer el idiota y sal de una vez.

—No me da la gana —repuso ella con la voz entrecortada.

—¡Qué cabezota es, por Dios! —murmuró su hermana.

—Mira, Barbiloca —gritó Víctor—. Si no sales antes de cinco minutos, te juro que al pelirrojo me lo quedo enterito para mí.

Robert sonrió y, volviéndose de nuevo hacia la puerta, llamó a su vez:

—Bárbara, por favor.

—Dejémoslos solos —propuso Victoria, que cogió la mano de Víctor.

Una vez cerraron la puerta del baño, Víctor, que llevaba un rollo de papel higiénico, cortó un trozo y se lo tendió a su amiga, que se había tumbado en la cama a llorar. Pasados los primeros momentos, y cuando ella paró de hipar, él la miró.

—Por Dios, Vicky. Lloras igual que el payaso de Micolor.

—Eres un idiota, ¿lo sabías?

—Sí. Pero me quieres.

—Nunca lo dudes —asintió ella abrazándolo.

—Oye —dijo entonces él—. ¿Qué tenéis vosotras que no tenga yo para encontrar un maromo así?

Ambos rieron entonces de buena gana, y estaban secándose las lágrimas cuando se oyó un estruendo procedente del baño y la puerta se abrió de golpe.

—¡Por todos los santos, Victoria! ¿Qué es eso de que no te casas? —vociferó Robert.

—¡Por favor! ¡Por favor!... —murmuró Víctor—. ¡Qué pivón!

—Vicky, le he contado la verdad —señaló Bárbara con una sonrisa enamorada.

Su hermana ya lo había imaginado.

—Robert —planteó—, ¿cómo me voy a casar con otro si yo sólo quiero a Niall?

Él la miró confundido.

—Pero ¿por qué sois tan complicadas? —planteó.

—Eso mismo llevo preguntándome yo toda la vida —convino Víctor.

—Sólo quiero hacerle ver lo que duele ser engañado y...

—¿Qué hora es? —gritó Robert llevándose las manos a la cabeza.

—¿Qué pasa? —preguntó Victoria.

—Las diez y veinte —contestó Víctor.

Robert sacó entonces su móvil del bolsillo y marcó el teléfono de Niall. Por desgracia, lo tenía desconectado o fuera de cobertura.

—¡Maldita sea! —gritó mirando a Victoria—. Niall se marcha de Escocia.

—¡¿Cómo?! —exclamó ella.

—¡¿Cuándo?! —dijo Bárbara.

—Niall no quería estar aquí cuando te casaras —explicó Robert—. Anoche llamó a Steven, su piloto: se marcha a México a las cuatro de la tarde.

—¡Oh, Dios mío! —exclamó Victoria pálida como la cera.

—¡Por favor, por favor, por favor..., qué romántico! —chilló Víctor—. Ni en *Pretty woman*.

—Tenemos que localizarlo como sea —señaló Bárbara mirando a Robert.

—Llamaré a Steven, le diré que se invente un fallo en el avión.

—Hola, chicos, buenos días —los saludó Margarita entrando entonces en la habitación.

—¡Marga! —exclamó Víctor en español—. ¡Por Dios, lo que te has perdido!

—¿Qué pasa? —preguntó la mujer, que miró a Victoria—. Tesoro, ¿qué te ocurre?

—Mamá, no hay tiempo para muchas explicaciones —habló Bárbara—. Niall cree que Victoria se va a casar con Charly y se marcha del país.

—¡Bendito sea Dios! —gritó la mujer—. Pero ¡eso no lo podemos consentir!

—Por supuestísimo que no —señaló Víctor, que cortó más papel higiénico.

—Pero... pero ¿a ti qué te ha pasado en la cara? —exclamó Marga al verle la mejilla hinchada y enrojecida.

—Bueno... —respondió él mirando a Robert—, digamos que me he dado un golpe contra un armario empotrado.

—¡Maldita sea! —renegó Victoria saliendo de su ensimismamiento—. Tengo que encontrar a Niall antes de que se vaya del país. ¡Por Dios! Pero ¿cómo va a marcharse y permitir que me case con Charly?

Al decir eso todos la miraron.

—Te recuerdo que este lío lo has montado tú solita, guapa —señaló Víctor.

—¡Vete a la mierda! —le espetó ella.

—Contigo delante para que no me pierda —replicó su amigo.

—¡Eh! —gritó Bárbara—. No empecemos ¿vale?

—Tranquilízate, chatunga —la apaciguó Margarita dándole un cariñoso beso a su hija—. En cuanto venga Juan, verás cómo solucionamos todo esto.

—Bárbara —intervino entonces Víctor señalando a Robert—, creo que tu zanahorio, aparte de estar flipando con este momentazo, no está entendiendo nada de lo que hablamos. Mira con qué cara de leñador nos mira. ¡Madre del amor hermoso!

Y así era. Robert, que no entendía nada, los miraba desconcertado.

—Mamá —habló ella—, este grandullón sin afeitar y con cara de pocos amigos es Robert.

—¡Por Dios, qué tío más grande! —exclamó Marga fijándose en él.

—Con razón no quiere volver Bárbara a Madrid —reflexionó Víctor y, mirando con picardía a su amiga, preguntó—: Oye, ¿todo lo tiene igual de grande?

—¡Víctor! —chillaron la madre y las hijas a la vez.

—Por favor, ¡cuánta decencia reunida! —se carcajeó Víctor.

Marga se acercó entonces hasta Robert, que trataba de entender qué decían. Por sus miradas, sabía que hablaban sobre él, y eso lo inquietó.

—Hola, Robert —lo saludó la mujer, y comenzó a hablar como un indio—: En-can-ta-da de co-no-cer-te.

—¡Mamá! —protestó Victoria—, ¿por qué le hablas así?

—Para que me entienda —respondió ella.

Con una sonrisa, Bárbara tomó a Robert de la mano y le dijo en inglés:

—Cariño, ella es mi madre.

—Lo había imaginado —repuso él—. Os parecéis muchísimo.

—¿Qué dice? —preguntó Marga.

—Dice que está encantado de conocerte, y que nos parecemos mucho.

—Oh, qué adulador —comentó Margarita—. Anda, guapetón, agáchate para que te dé dos besazos.

—¿Qué dice? —quiso saber Robert.

—Que te agaches para que te bese.

Con una enorme sonrisa, Robert se inclinó y abrazó a Margarita, que, al sentir el calor de su enorme corpachón, comprendió a la perfección lo que su hija había visto en él.

En ese momento Juan entró también en el dormitorio.

—Juan —dijo Bárbara—, tú hablas inglés, ¿verdad?

—Sí.

—Pues te presento a Robert, mi novio. —Después se volvió hacia él—: Cariño, él es Juan, el novio de mi madre.

—Encantado de conocerlo —dijo Robert.

—Lo mismo digo, muchacho —respondió Juan saludándolo.

—¡Bueno..., bueno! —exclamó Víctor—. Todo esto es muy entrañable, pero si no movemos el culo el novio de esta muchacha se nos va a escapar. —Y, mirando a Victoria, añadió—: Comienza el plan «B».

En la granja, mientras Ona y Rous preparaban un pastel de carne, observaron intranquilas cómo Niall regresaba de dar un paseo. Había llegado de Edimburgo esa misma mañana, con idéntico humor. Su abuela y la muchacha, felices por el plan de Victoria, intentaban disimular la sonrisa, aunque a Ona se le estaba consumiendo el corazón al ver cómo su nieto sufría.

Silencioso y poco comunicativo, Niall entró en la casa y, tras pasar por su habitación, volvió a la cocina.

—Qué guapo te has puesto hoy, cielo —observó su abuela.

—¿Para qué bajas esa maleta? —preguntó Rous.

—Ona —contestó Niall—, me voy a marchar de viaje a México.

—¿Cuándo, hijo?

—Dentro de un rato salgo para Aberdeen.

Al oír eso, las dos mujeres se miraron sorprendidas. ¡No podía marcharse! Victoria había organizado un plan para reunirse con él al cabo de un par de días. ¿Qué podían hacer? Debían avisar a Victoria. Sin embargo, no había forma de hacerlo, puesto que no tenían teléfono.

—¿Por qué te vas? —le interrogó Rous.

—¿Cómo que te vas de viaje? —inquirió su abuela—. ¿Cuándo lo has decidido?

—Anoche —respondió él al tiempo que cogía un pedazo de pan—. Tengo un par de amigos que visitar, y creo que éste es un buen momento para hacerlo.

—No —replicó Rous—. No lo es.

—Estoy de acuerdo con la chica.

Niall, extrañado de que Rous interviniera en una conversación, la miró.

—¿Por qué dices eso?

—Bueno..., es que... —tartamudeó ella.

—Dentro de dos días es Nochevieja —terció la anciana dejando el pastel—, y no quiero privarme de tu compañía.

En ese momento se oyó el ruido de un motor y, con alivio, Rous y Ona vieron que se trataba del coche de Robert.

—¿Sabe tu primo que te vas?

—Sí.

Al mirar por la ventana, Niall sonrió al ver regresar juntos a aquellos dos. «Por lo menos algo ha salido bien de todo este lío», pensó con tristeza.

—Buenos días a todos —saludó Bárbara con una radiante sonrisa.

—Buenos días, amores —respondió sonriente Ona y, cogiendo a Bárbara por el brazo, dijo—: Ven. Tengo que enseñarte lo que compré el otro día en Dornie.

—Ona —rio Robert—, te estás convirtiendo en una compradora compulsiva.

—Oh, ¡cállate! —lo regañó la anciana.

—Voy con vosotras —dijo Rous poniéndose en pie.

Tras besar a Robert y coger un pedazo de pan recién hecho, Bárbara salió de la cocina. Cuando las tres mujeres se quedaron a solas, Ona y Rous comenzaron a hablar.

—¡Oh, Dios mío, Bárbara! —susurró la muchacha a punto de llorar.

—Tenemos un problema —señaló Ona—. El cabezota de mi nieto acaba de decirme que se marcha dentro de un rato para México. ¿Qué vamos a hacer? Tenemos que avisar a Victoria, ella es la única persona que puede detenerlo.

—Tranquilas, chicas —sonrió Bárbara—. No os preocupéis por nada. Gracias a Dios, Robert nos lo ha dicho esta mañana en el hotel y, como nos ha fallado el plan «A», pues hemos pasado al plan «B» —y pasó a relatarles por encima en qué consistía éste.

—Entonces, ¿Victoria está al tanto de todo? —preguntó Rous.

—Sí. No os preocupéis.

—Oh, gracias a Dios —suspiró la anciana.

—Por cierto, habrá que preparar bastante comida. Este fin de año vamos a celebrar una gran fiesta aquí —sonrió Bárbara pensando en su familia.

—¡Magnífico! —exclamaron Rous y Ona emocionadas.

—Chis —indicó Bárbara—. Volvamos adentro antes de que Niall nos descubra, y no os preocupéis por nada de lo que pase a partir de ahora, ¿vale?

Tras asentir, regresaron las tres a la cocina, donde Robert y Niall hablaban sobre su viaje. Bárbara cogió otro trozo de pan y se sentó junto a Robert.

—Entonces, ¿cuándo volverás? —preguntó éste.

—No lo sé.

—¿Te vas? —se interesó Bárbara.

—Se marcha a México. ¿Te lo puedes creer? —dijo Ona.

—¿Te vas a perder la boda de mi hermana?

Niall la miró entonces a los ojos sin entender la diversión que veía en ellos.

—Creo que no hace falta que yo esté para que se case, ¿no te parece?

—Tú sabrás —replicó Bárbara cogiendo más pan—. A ella le habría gustado poder presentarte a Charly. Además, ayer se probó el vestido de novia y parece una princesa de verdad.

Niall se puso repentinamente tenso. Con picardía, Robert le dio una patada por debajo de la mesa a su novia, que al sentirla lo miró.

—¿Por qué me das una patada, pedazo de bruto?

—Ese comentario sobraba, cariño —susurró Robert.

—¿El qué? ¿Lo de la princesa? —dijo ella, y miró a Niall, que estaba a punto de saltar sobre ella—. Fíjate qué curioso, Niall: el futuro marido de mi hermana también la llama «princesa».

—¡Ya basta! —exclamó él furioso—. ¿Qué os parece si cambiamos de tema?

En ese momento la puerta de la cocina se abrió y entró Set con cara de apuro.

—Tenemos un problema.

—¿Qué pasa? —inquirió Niall poniéndose en pie.

—Hemos encontrado el cercado de las vacas forzado —informó Set—. Alguien cortó el alambre para llevarse a los animales. Creo que nos han robado unas cincuenta cabezas.

—¿Cincuenta? —lo tranquilizó Bárbara poniéndose en pie.

—¡Maldita sea! —Robert parecía furioso—. Cuando pille a esos ladrones, se las van a ver conmigo.

—¡Oh, por Dios, qué disgusto! —se lamentó Ona.

Niall miró su reloj y comprobó que era la una y media.

—No te preocupes, Niall —dijo Robert—. Vete para Aberdeen, nosotros nos ocuparemos de esto.

—¿Estás seguro? —preguntó él incómodo.

—Por supuesto que sí —afirmó levantándose—. Pero, a cambio, tienes que prometerme que regresarás pronto, ¿vale?

—Por descontado —asintió Niall con una sonrisa, y acto seguido lo abrazó.

Tras despedirse de Ona, Set y Rous, se volvió hacia Bárbara, que parecía divertida por su marcha. Niall podía leerlo en sus ojos, y eso lo molestó.

—Bárbara, da la enhorabuena a tu hermana de mi parte, y dile que le deseo la mayor felicidad del mundo.

—Se lo diré —convino ella dándole un beso—. Estoy segura de que ella te desea lo mismo.

Entonces, la puerta de la cocina volvió a abrirse precipitadamente. Era Doug.

—Acabo de avisar a la policía, he visto movimientos extraños cerca del lago Lochy. Creo que tienen nuestras vacas allí.

—¿Cómo? —gritó Niall colérico.

—¿Ya viene la policía? —preguntó Bárbara intentando no reír.

—Sí. Ya están en camino, y me han pedido que no nos acerquemos al lago Lochy hasta que ellos nos lo indiquen —señaló Doug.

—¡Maldita sea! —bufó Niall—. Creo que no debo marcharme ahora.

—¡Oh, sí, sí debes marcharte! —lo animó la anciana—. Aquí no puedes hacer nada salvo esperar. Además, parece que va a llover, así que márchate cuanto antes.

—¡Abuela, por Dios! —replicó él—. No puedo permitir que nos roben nuestras vacas.

—Por supuesto que no —admitió Doug—, por eso he llamado a la policía.

—Ellos son unos profesionales y los detendrán —aseveró Rous.

—No te preocupes, Niall, la policía ya está en camino —dijo Robert cogiendo la maleta de su primo—. Vamos, te acompañaré hasta el coche.

—Y, por Dios, Niall, cariño, no te acerques al lago —dijo Ona con picardía.

Disgustado, Niall siguió a Robert, que después de dejar su maleta en la parte trasera del todoterreno, se acercó a él.

—Oye —murmuró—, respecto a Victoria...

—Mejor no digas nada —siseó Niall y, tras darle un abrazo, montó en su coche malhumorado y se marchó.

Al ver que el todoterreno desaparecía de su vista, Robert se volvió con una enorme sonrisa para encontrarse con todos los demás.

—¡Sí...! —exclamó satisfecho—. ¡Ha picado!

—¡Te lo dije! —aplaudió Bárbara, lo que hizo que todos prorrumpieran en un estallido de júbilo.

Si había algo que todos ellos tenían claro era que Niall nunca se marcharía sabiendo que algo ocurría en sus tierras.

31

Victoria esperaba junto al nevado lago Lochy hecha un manojo de nervios.

A través del hotel, Robert había alquilado para ella un descapotable muy parecido al de la otra vez. Cuando Victoria llegó al lago, y con la ayuda de Doug, Víctor, su madre y Juan, empotró el coche en la nieve y el fango. Luego sacó de su neceser unas tijeras y rajó con ellas la capota. «Ya lo pagará el seguro», pensó.

A continuación, los otros cuatro le desearon buena suerte y se marcharon dejándola sola. El plan B consistía en cabrear a Niall y prohibirle ir al lago, con lo que se aseguraban de que iría allí de inmediato a buscar a sus vacas.

Sentada en el capó del coche, Victoria miró su alrededor. Aquel lugar era uno de los más bonitos que había visto nunca. ¿Cómo no se dio cuenta la primera vez que había estado allí?

A su memoria volvieron las palabras de su vecina Antonia, la «pitonisa»: «Un viaje al pasado te cambiará la vida. Déjate querer y no temas al futuro, porque te traerá más cosas buenas de las que crees».

Sonriendo al recordar aquel día, miró el barro y hundió en él su precioso botín Gucci, hasta que notó cómo el frío la hacía estremecerse. Nunca habría imaginado que, tras la anulación de la boda con Charly, su vida cambiaría radicalmente en menos de seis meses, y menos aún en un lugar como aquél.

En España, Susana, Chema y Luis disfrutaban de unas felices vacaciones de Navidad tras dejar sus puestos en RCH. Esperaban con tranquilidad que el papeleo que Victoria había iniciado para su nueva empresa se formalizara y pudieran empezar a trabajar. Luis sería su mano derecha en España mientras ella, si todo salía bien, la dirigiría desde Escocia.

Había pasado de ser una ejecutiva agresiva de ciudad, mujer de un metrosexual con más cara que dinero, a una simple mujer enamorada de un cabezota escocés con más dinero que cara y que, asombrosamente, también era conde.

En ese instante comenzó a lloviznar. Victoria suspiró mirando al cielo. Bueno, iba a llover, pero para algo estaba en Escocia. «Adiós, peinado», se dijo con resignación. Diez minutos después estaba empapada y aterida, mientras una lluvia torrencial la calaba.

No obstante, los verdaderos temblores comenzaron cuando oyó el ruido de un motor. «Niall», pensó, y una vez comprobó que llevaba todo cuanto necesitaba en los vaqueros, volvió a sentarse tranquilamente en el capó.

Obviamente, Niall había hecho oídos sordos a las indicaciones de su familia. Lo había intentado, había tratado de ir directamente al aeropuerto, pero cuando había llegado a las inmediaciones del mismo, se había desviado para buscar a sus vacas. La lluvia no le permitía ver con claridad, por lo que al vislumbrar un bulto cercano a la orilla del lago, aceleró hasta llegar a su altura y luego frenó en seco.

—¡Joder, joder...! —murmuró Victoria al notar cómo la salpicaban la nieve y el barro.

Durante unos segundos, pudo ver la expresión de incredulidad de Niall mientras contenía la respiración. No obstante, al oír que apagaba el motor, en cierto modo se relajó. El limpiaparabrisas del vehículo seguía en marcha, mientras él la observaba boquiabierto desde el interior del todoterreno.

Al verla allí sentada, encima del capó de un coche sin capota, empapada y con fango hasta las orejas, hizo que soltara un improperio. A continuación abrió la puerta del vehículo y bajó.

—¿Qué haces aquí? —preguntó notando que le faltaba aire.

De un salto, Victoria bajó del capó y, a pesar de que los tacones se le hundían en el barro, no se cayó. Tras retirarse el pelo mojado que le caía sobre la cara, cogió un sobre acolchado de color marrón del interior del vehículo, de donde sacó el contrato de alquiler del castillo.

«O ahora o nunca.»

—Estoy aquí para decirte que te quiero —reveló con los ojos brillantes—. He sido una idiota durante mucho tiempo pero, gracias a ti, a esta tierra y a tu gente, me he dado cuenta de lo que realmente importa en la vida.

«Ay, Dios mío. No dice nada, mala señal..., mala señal», pensó horrorizada al ver que él sólo la miraba.

—Niall, de nada sirve tener una cuenta bancaria abultada, ni los mejores vestidos, si no tienes al lado a alguien que te quiera de corazón. —Y, al tiempo que rompía el contrato empapado, añadió lentamente—: Me he enamorado de ti, no del conde Colum Niall Mckenna, y te juro por Versace —dijo sin conseguir que sonriera— que, si fueras un simple mecánico, o un granjero, o tuviera que vivir contigo bajo un puente, lo haría. Porque te quiero, cariño, y no puedo seguir viviendo sin ti.

Sin poder responder, Niall la miraba extasiado, lo que hizo que Victoria comenzara a ponerse nerviosa. Tenerlo delante de ella, sentir su masculinidad y que no la hubiera besado todavía no era buena señal, por lo que, quemando su último cartucho, dio un paso al frente y sacó del bolsillo trasero de sus vaqueros una caja empapada.

—Toma, ábrela, por favor —le pidió alargando la mano.

Llovía a cántaros, pero ninguno de los dos parecía percatarse de ello.

Niall la escuchaba inmóvil como una estatua, aunque su corazón latía a un ritmo acelerado. Sin decir ni una palabra, y tras mirarla intensamente durante unos segundos, estiró la mano y cogió la caja. Siguiendo sus instrucciones, la abrió y, cuando vio lo que contenía, sonrió.

«Ha sonreído, sí..., sí..., buena señal», se dijo Victoria.

En el interior de la cajita encontró dos anillas de Coca-Cola, iguales a las que ambos habían intercambiado en la fiesta de O'Brien, tras el baile celta. Aquello era un sueño hecho realidad. Ella había vuelto a él para entregarle su corazón. Sin poder aguantar un segundo más, Niall la atrajo hasta sí y la besó como sólo él sabía besarla.

«Por fin... Gracias, Dios mío», pensó Victoria.

—Amor mío, te he echado muchísimo de menos —susurró Niall con la voz ronca por la emoción—. Me estaba volviendo loco pensando que ibas a casarte con otro.

—Y ¿por qué ibas a marcharte?

—Porque te quiero tanto —respondió retirándole el pelo mojado de las mejillas— que lo único que deseo y he deseado siempre es que fueras feliz.

—¿En serio crees que soy tan víbora como para casarme con otro hombre en tu castillo?

—Mira, princesita —dijo él sintiéndose el hombre más feliz del mundo—, de ti no me extrañaría nada, porque eres la mujer más desconcertante que he conocido y conoceré en mi vida.

—¿Sabes, cromañón? Me gusta que me llames así —susurró rozándole los labios.

—¿Cómo? —preguntó Niall hambriento de ella—. *¿Lady Dóberman? ¿Bicho? ¿Señorita? ¿Princesita?*

—Como quieras, bufón —concedió ella.

Después de un rato besándose apasionadamente, Victoria declaró:

—Al verte tan callado pensé que ibas a dar media vuelta y me ibas a dejar aquí tirada.

—Nunca habría hecho eso —repuso él buscando de nuevo su boca—. Creí que me volvía loco sin ti y, ahora que te tengo aquí... ¡Dios santo, mujer! Voy a llevarte a mi castillo, a mi habitación, a mi cama, y voy a disfrutar de ti lo que no está escrito.

Y, tras cogerla en brazos, abrió la puerta del todoterreno y la sentó en el asiento del acompañante, haciéndola reír.

—¡Vaya! ¡Esto se pone interesante! —exclamó Victoria, feliz.

Cuando se disponía a cerrar la puerta, Niall se acordó repentinamente de algo y, tras cogerle la mano, le planteó mientras le ponía una anilla de Coca-Cola en el dedo:

—Cariño, ¿quieres casarte conmigo?

Al ver la anilla en su mano, ella contestó emocionada:

—Sí. Sí quiero, y prometo amarte y discutir contigo todos los días de mi vida, hasta que la muerte nos separe.

Con los ojos chispeantes, Victoria cogió entonces la otra anilla.

—Y tú, Niall, ¿quieres casarte conmigo? —preguntó poniéndosela en el dedo a su vez.

Con una sonrisa que lo decía todo, él la miró y, tras besarla con dulzura, respondió:

—Sí. Sí quiero, y prometo amarte y retarte todos los días de mi vida, hasta que la muerte nos separe.

Epílogo

Seis meses después, el 18 de junio, a las doce y media de la mañana, el sol escocés brillaba alegre para celebrar una boda.

Eilean Donan, engalanado para la ocasión, estaba espléndido, mientras los invitados se arremolinaban en la pequeña capilla del castillo para compartir la alegría de los contrayentes.

Los novios, elegantísimos, acababan de intercambiar los anillos y decir sus emocionados votos matrimoniales, por lo que el párroco terminó:

—Por el poder que me otorga la Santa Madre Iglesia, yo os declaro marido y mujer. Puedes besar a la novia.

—Por fin eres mi esposa.

—No lo dudes y bésame.

Sin esperar un segundo más, el nervioso novio se lanzó sobre su preciosa mujer, que, para delicia de todos, lo acogió con pasión, mientras Lexie, que llevaba las arras y estaba preciosa con su vestido rosa de tul, se tapaba los ojos al ver el tórrido beso.

La salida de la capilla fue triunfal. Todo el mundo echó arroz para felicitar a los novios.

—Están guapísimos —comentó una Bárbara sonriente mirándolos desde lejos con cariño.

—Tú sí que estás guapa, española —repuso Robert, y la abrazó haciéndola reír.

—Por favor..., por favor —señaló Víctor a su lado, emocionado al ver a la pareja disfrutar entre el gentío—. ¡Qué guapa y elegante está la novia!

—El traje es de Christian Lacroix —señaló Victoria junto a Víctor. Ella misma lo había elegido.

Había cambiado mucho, pero no tanto como para no seguir adorando la ropa cara.

—Pero ¿ese tipo no hace relojes? —inquirió Bárbara.

—Venga, venga... —exclamó Juan, que huyó de entre la multitud y llegó hasta sus nuevas hijas—. Hagamos una foto de familia.

—¡Cariño! —llamó Victoria a Niall, que saludaba a unos amigos—. Vamos a hacernos una foto.

—*Come here, Niall!* —gritó Marga, que también había llegado hasta ellos, deslumbrante con su traje de novia francés. Se agarró del brazo de Juan y preguntó—: ¿Lo he dicho bien?

Su marido le sonrió.

—Pero, hermosa, ¿desde cuándo hablas inglés? —preguntó la señora Antonia. La mujer había viajado a Escocia junto a otros vecinos para asistir a la boda, aunque había decidido dejar las cenizas de don Jesús en casa, no fuera que se las perdieran.

—Estoy dando clases —explicó Margarita y, agarrando a Robert, añadió—: Quiero poder hablar con mis futuros yernos y que me entiendan. Robert también está aprendiendo español, ¿verdad?

—Oh, sí —aseguró él sin saber qué más decir.

—Hermosa, ¡qué bien! —aplaudió la señora Antonia—. Eso es maravilloso.

—Di algo en español, cariño —lo animó Bárbara.

—«Gilipollas», «Eh, tú, cabrón», «Mierda»... —soltó Robert con una carcajada.

—¡Por todos los santos! —bufó la vecina—. Pero ¿qué le enseñas a este hombre?

—¡Oh, Dios mío! —exclamó Margarita mirando a su hija—. ¡Bárbara, eres una sinvergüenza!

—Y ¿ahora te das cuenta? —preguntó Víctor, tan muerto de risa como ellos, mientras los colocaba para la foto.

Se hicieron cientos de fotografías hasta que finalmente Ona animó a la novia para que lanzase el ramo.

—Voy a tirar el ramo —anunció la novia en español mirando a sus hijas—. ¡Eh, chatungas! A ver si lo cogéis y dejáis de vivir en pecado.

—Me encanta pecar —murmuró Victoria guiñándole un ojo a Niall.

—Vamos, mamá —la animó Bárbara—. ¡Tíralo!

—¡Diane Lane! —gritó Víctor—. Tíramelo a mí, que ya he encontrado novio.

—Pero bueno, y ¿quién es ese chulazo con más fibra que el kiwi? —señaló Bárbara refiriéndose a un enorme nórdico que no se separaba de Víctor.

—Mi novio Olaf —respondió él sonriendo al ver cómo lo miraban—. ¡Es vikingo! ¿A que es mono?

—Ufff... —silbó Victoria al verlo—. ¡Madre del amor hermoso!

Tras decir eso, miró a Niall, que levantó una ceja y esbozó una sonrisa.

—¡Chatungas! —volvió a gritar Marga a sus hijas—. Agarrad el ramo con fuerza, que veo mucha desesperada por pillar cacho y vuestros novios están muy lustrosos.

—¡Mamá, por Dios! —gritaron al unísono avergonzadas Bárbara y Victoria.

—¡Diane Lane! —se carcajeó Víctor—. Al loro con lo que dices, que estos pelirrojos son muy listos y somos minoría.

—Tú cállate, ¡so... vikingo! —le ordenó Marga guiñándole un ojo.

—¿Qué ha dicho tu madre? —preguntó Robert con curiosidad a Bárbara.

—Por sus gestos y la cara que ponen nuestras chicas —habló Niall entre carcajadas—, mejor no saberlo.

—¡Exacto, mi amor! —señaló Victoria tirándole un beso.

Con decisión, Margarita lanzó entonces el ramo, que cayó limpiamente en las manos de Rous. La muchacha rio, mientras los hombres palmeaban sonoramente la espalda de Set, animándolo.

Divertidos, los novios entraron a continuación en el salón del castillo seguidos por los invitados, mientras que Niall y Victoria se quedaban algo rezagados.

—Ese vestido de seda que llevas te sienta muy bien —comentó Niall atrayéndola hacia sí—. Tan bien que estoy hasta celoso.

—Como diría mi hermana, estoy más buena que el chocolate y encima no engordo —repuso ella en tono de broma. Luego lo besó y añadió—: Gracias, cariño. Tú estás guapísimo.

—¿Tanto como el vikingo? —preguntó sorprendiéndola.

Victoria sabía que había oído sus risas con Víctor y eso la divirtió.

—Hombre, el vikingo es mono —susurró rozándole los labios—, pero tú eres sexy, atractivo, y me gustas mucho mucho más.

—No me convences —murmuró Niall.

—Y ¿cómo puedo convencerte? —planteó suspirando Victoria y mordisqueándole el labio inferior.

—Sólo conozco una manera —dijo cargándosela al hombro.

—¡Niall, bájame! —le pidió ella muerta de la risa—. Cariño, estamos en la boda de mi madre.

—Me da igual —repuso él sin inmutarse—. Mi suegra lo comprenderá.

Y, mientras subían por la estrecha escalera del castillo, Victoria sonrió al ver adónde la llevaba. Tras abrir la puerta y cerrarla de nuevo con llave, Niall la depositó con cuidado sobre la enorme cama con dosel y, mirándola con una peligrosa mirada, dijo con voz ronca al tiempo que se quitaba la chaqueta:

—Ven aquí, cariño, y convénceme.